Was ist Erziehung
什么是教育

[德] 卡尔·雅斯贝尔斯 ◎ 著
李莎莎 ◎ 译

万卷出版有限责任公司
VOLUMES PUBLISHING COMPANY

目录

第一部分 反思教育

一、教育作为不可避免的基本关系　　003

二、教育作为特殊的行为　　004

三、教育的基本形式：经院式教育、
　　师徒式教育、苏格拉底式教育　　008

四、直接与间接传授　　016

五、教育作为能被有限规划的现象　　019

六、处于过去、现在与未来的张力之中的教育　　033

七、教育依存于无所不包的整全　　037

八、教育的实质　　038

九、教育的危机　　039

十、教育的意义与任务　　042

十一、教育的可能性与局限　　057

十二、教育的必要性与意义　　062

十三、爱作为教育的根本力量　　066

十四、作为真实教育之源的真正权威　　067

十五、教育与语言　　079

十六、经验教育　　082

十七、生活秩序教育　　085

十八、艺术教育　　086

十九、宗教教育　　089

第二部分　关于塑造的冥想

一、作为过程的塑造　　093

二、此在与精神世界　　097

三、塑造作为生活方式　　098

四、塑造与古典时期　　103

五、作为塑造的科学性　　105

六、对成人塑造的需求　　109

七、均质化对塑造的危害　　110

八、大众塑造　　113

九、对塑造的批判　　116

十、塑造与实存　　121

第三部分　教育与家庭

一、人性作为家庭的福祉　　125

二、对人、氛围与世界的初始印象　　126

三、父母一体保障了安全感　　128

四、父亲的形象　　130

五、母亲的形象　　149

六、父母唤起疾病之中的勇气　　152

七、祖父母　　153

八、与兄弟姐妹联结中的恐惧与欢乐　　157

九、原生家庭教育　　159

十、游戏的神奇与变换　　165

十一、形式与庆典的意义与局限　　168

十二、现代家庭面临的危害　　169

十三、对个体的挑战　　170

第四部分　教育与学校

一、学校的多样性与教师对教育内容的责任　　173

二、回忆教师时的感激与憎恨　　180

三、学前班的痛苦与幸福　　182

四、高级文理中学的缺陷　　183

五、作为要求与帮助的信任　　183

六、数学与诡辩的萌芽　　184

七、学校与富有意义的闲暇时光　　185

八、教师的肖像画廊　　186

九、令人悲伤的结论　　191

十、教师的教育与自我教育　　　　　　　　　191

十一、作为政治民主教育的学生共责　　　　192

第五部分　教育与友情

一、渴望那份自己的生活　　　　　　　　　197

二、朋友是有意义生活的保障　　　　　　　198

三、朋友——存在的担保人　　　　　　　　203

第六部分　教育与大学

一、大学作为独具一格的学校　　　　　　　207

二、危害与革新　　　　　　　　　　　　　208

三、大学改革的任务　　　　　　　　　　　210

四、高校教师的尊严与面临的诱惑　　　　　213

五、大学生的自由与责任　　　　　　　　　213

六、大学的使命　　　　　　　　　　　　　216

七、职业能力与知识自身的统摄　　　　　　243

八、理论与实践的关联　　　　　　　　　　244

第七部分　教育与传承

一、历史作为研究领域以及对实存的要求　　249

二、历史习得的要素　　　　　　　　　　　251

三、回忆的形式　　　　　　　　　　　　　255

四、审视与实存 256
五、理解的层次 257
六、阐释的方式 259
七、习得的不同面向 262
八、借助直观伟人获得教育 270
九、伟人与成为自己 272

第八部分　教育与国家

一、政治的不同面向 283
二、政治与超越政治的现实 286
三、政治的两种基本理念 290
四、人民与民主 293
五、理性与民主 299
六、人民直接参与政治 301
七、真理、自由与和平 312
八、政治家——人民的代表与教育家 319
九、联邦共和国的缺点与可能性 323
十、国家、人民以及教育事业 332
十一、国家与教育 333
十二、民主是教育 336
十三、民主教育 341
十四、作为借助自我教育实现转变的再教育 348

| 十五、庆典与德国的自由之历史 | 350 |
| 十六、政治的自我教育 | 353 |

第九部分　个别问题

一、大学改革的双重面向	359
二、关于哲学学习	373
三、攀升与机会平等	378
四、权威与自由	387
五、集体与个人	415
六、医学与教育学中的类似问题	423
七、自我确证与自我教育	444

| 文献缩写对照表 | 457 |

第一部分 反思教育

一、教育作为不可避免的基本关系

教育者若无视学生的处境与心情，妄自尊大、居高临下且刚愎自用，便无法制订出以学生为本的教学计划。鉴于年龄、教育程度、个体素养的差异，教育关系是人类存在中一种不可避免的关系。某种形式的爱意在此类关系中起着举足轻重的作用。机械的、苍白的、死板的方式能够取得的教育成果极其有限。充满爱意的理解是提升师生双方价值的重要因素之一。然而，其实现途径并非教育，因为教育会阻挠爱意的传递。唯有批判式的质疑、毫无保留的坦诚、朴实谦和的平视才能促进彼此间充满爱意的理解。感觉自己被教育之人，难免生出一种诚挚的爱遭受蒙骗之感。（PW[①]128f.）

青年学生对待生活会更显严肃，因为相较暮年，青年时代的意义更为深远。他们自觉是可塑之才，未来充满可能性。他们知晓，未

[①] 缩写是指所参考的卡尔·雅斯贝尔斯的文献，缩写的意思以及汉语翻译请参照书后的附录"文献缩写对照表"。

来须由自己创造。他们感到，日常生活、每分每秒、每一次灵魂的悸动都意义非凡。因此，年轻人渴望接受教育，或从师求道，或自我教育，或与志同道合者探索争鸣。（IdeeIII, 63; ähnl.II, 39）

二、教育作为特殊的行为

有别于驯化及交流

在人身上，有三重阻力。第一重是无法质变，只能外在形塑的绝对阻力；第二重是内在可塑性的阻力；第三重阻力是原初的自我存在。针对第一重阻力，可采取与驯兽类似的方法，教育与纪律可用于突破第二重阻力，而针对第三重阻力则需实存之交流。世人均会面临这三重阻力的挑战，因此会进行自我驯化、自我教育，抑或是澄明的自我交流。驯化他人，是视他人为纯粹的客体；教育他人，是在与他人进行相对开放但疏离的交流中，开展一种有计划的、教育性的行为。唯有通过实存之交流，个体才得以在推心置腹、完全平等的当下，与他人的命运紧密相连。驯化漠视心灵；教育在某种权威条件下持存的讨论中，诉诸精神内容与根基；实存之交流则是一种彼此的澄明，其在本质上囿于特定时空条件限制，无法泛化为通用的洞见。它真切存在，却又不会成为一种取之即用的疗愈工具。（APs669）

相较于制造、构建、照料和控制的教育

面向世界积极作为的方法步骤有：

1. 制造是运用材料进行生产，可被理性计算，因此相对机械化。

制造涵盖了从工具、消费品到建筑物乃至社会组织的广泛领域。被生产之物的可用性，是该行为的意义所在。

预测不同于预言，前者立足于普遍有效的知识以及严谨的计算，旨在为即将发生之事提供洞见。预测的准确性通过其是否应验来验证。

构建是在制造的同时服膺于一种形式，以产出作品，但这种形式无法理性预估且无穷无尽。作品使得物之语言变得可被理解，由此传达出创作者的言语。

2. 照料与培育是与有生命之物打交道的行为，我倾听生命之音，为的是针对生命给出的回答，试着再次抛出问题，生生不息。在此过程中，园艺师与培育师们的那些不可预估的经验、知识和感觉依然至关重要。然而，在现代社会，该过程已经趋同于"制造"。由此，生命之物或几近枯萎，或过度繁盛，最终或令人厌烦，或蒙昧愚钝，抑或沦为用之即弃的一次性用品。

3. 教育，作为一种人际互动（尤其是年长者面向年轻者）的行为，构成了一种涵括传授知识、规训行为以及分享精神内涵的整体，旨在把传承带给年轻人，激励他们在传承中从自身的本源之中茁壮成长，追寻自由发展的可能性。因此，教育的原则远不只于传授那些仅仅是衍生的、知识性的内容（尽管清晰界定的能力、语言以及记忆内容亦不可或缺），更是充分利用一切可能，潜移默化地引领年轻人去追寻本源、本真与本根。教育不能容忍死记硬背，亦不苛求每位学子都是卓富创造力的思想家。教育引导学生练习，鼓励学生在实践中学习、成长，而且这种实践过程往往寓教于乐，充满了探索与实验的乐趣。因此，教育通过手工活动锤炼受教育者工作的灵巧性；借助体育运动增强学生的体魄，优化体态，让他们能够参与各种活动并在健美的躯体中展现生命的风貌；通过训练表达与讨论方式，提升学生的思想聚焦能力，使他们的阐述条理清晰、重点分明，表达精练有序，遵循讨论的形式，能够在聚焦论题时周全考量且自我约束，并在交锋论辩时，遵循交谈礼仪，避免"一言堂"；通过解读阐释经典文学作品，如《荷马史诗》《圣经》《埃斯库罗斯》以及其他的古希腊悲剧、莎士比亚及歌德的作品等，深化学生对人类本源性内涵的理解；通过对人之存在的正面楷模与反面教材的并置剖析，帮助学生习得人类的历史图景；培养学生批判性的历史观，引发他们对古老文明的敬仰之情并激励他们追求高尚的理想，这亦构成他们对现实的认知基础；最后，通过自然科学基本方法的训练，赋予学生形态学的视角，强化他们的数学建模与实验能力。

对内涵的甄选以及引领受教育者通向本源的方式，对一切教育至关重要。教育的结果是实际具备的能力与执行力，是塑造的状态以及内在行动的潜能，而非智力知识与认知的堆砌。教育凸显了个体的差异，借助天赋与自我抉择，有人蜕变为精神贵族，有人则流于平庸。若仅倚仗学习以及所获取的独一无二的知识，即便是学识渊博、学力超群之人，亦难以跻身精神贵族之列。真正向往内涵之人，虽同样致力于求知，但于他们而言，学习与知识是次要的。然而，一种"强迫学习"的观念在教育中一再占据上风。这种观念强调，只有先去学习，才能内化所学内容并逐渐领悟蕴含在所学之中的内涵。即便当下尚不解所学之意，未来终将能够理解。正如只有学习了路德的教义，学习者才能潜移默化地吸收教义的内涵。然而，这种对强迫学习的信任，实则是一种不切实际的幻想。唯有能够激发自我强制学习的那种强迫，才具有教育效果；任何其他类型的强迫，皆非教育，而是以实用性为旨归。唯有那些被灵魂深刻吸收的学问，方能成为宝贵财富；反之，则仅浮于表面，未被真正理解。"强迫学习"的理念形成一股错误之流，穿越人类此在的历史长河，随着文字记载、书籍编纂及学校制度的兴起而愈发汹涌。

4. 控制既面向自然界也面向人类。控制是在极端疏离的情况下，让客体（无论自然还是人）为我的意愿与目的服务的活动。

控制不是创造。控制不会生产任何东西，而是让不同力量进行博弈，轮番取胜。通过精心策划，引导各种力量或协同或竞争，最终为控制者服务。

控制不是爱。在控制之中，控制者与被控制者保持距离，不与其进行任何沟通与交流。控制者非但不觉得应承担对被控制者的责任，反而采用狡黠的策略，苛求对方无条件地服从自己指定并认可的一切目的。在此类关系中，爱被对被控制者不可靠的联系所取代，因为失去了被控制者的此在与"变成的存在"，控制本身便不复存在。同时，控制者常以"为你好"之名，行逃避交流之实。

诚然，人类以这种方式对待自然或许尚能接受，但即便如此，我们也应怀揣一份对自然的羞怯之心，这份羞怯能够遏制不受任何限制的极端控制与手段的滥用，确保我们的行为受到良知以及基于良知制定的规则的指引。

然而，人对人的控制会是一个严峻问题。（W364f.）

三、教育的基本形式：经院式教育、师徒式教育、苏格拉底式教育

在超越社会与历史局限性的视角下，教育的基本形态可凝练为以下三种可能性：

1. 经院式教育

经院式教育仅止于"传递"。教师角色限于既有知识的再生产与传递，鲜少涉足前沿研究。教材体系严谨，权威著作与书籍被奉为圭臬。教师没有个性，仅是知识传递代表，随时可被替代。教学内容往往被标准化为模板。在中世纪，教师采用口述与评价的方式教学。时下，口述教学已然被书本替代而消失，经院教育的思想却留存于今。个人服从于整体，整体给予个人安全感，同时也剥夺他们的个性。知识全盘固化。该类教育的理念是：学习固有知识，掌握结论，正所谓"白纸黑字带回家"。经院式教育依然是理性传统的不可或缺的基石。

2. 师徒式教育

该类教育的核心不是非个性化的传统，而是师傅那独一无二的人格魅力。对师傅的崇敬和爱戴，有一丝臣服的意味。由此而产生的距离不仅是等级、代际的鸿沟，更是一种质的差别。师长的权威力量惊人。而徒弟，则为逃避个体责任而甘于屈从，还享受着依附带来的轻松感，由归属感而得以提振的原本微弱的自信心，以及凭借个人之力无可企及的、更加严格的教育。（IdeeIII84；或IdeeII, 47.f.）

3. 苏格拉底式教育

依照苏格拉底式教育的理念，师生关系平等且自由。这类教育摒

弃固定的教学内容，依托于无穷尽的诘问以及绝对的无知。由此，每个人都对自我负有绝对责任而且在任何情况下均无以推卸。苏格拉底式教育是"助产式"的，辅助学生发挥他们潜在的力量，激发他们的潜能，而非从外界向他们强加知识。苏格拉底式教育培养出的不是一个偶然的、有天资的经验性个体，而是一个通过自我实现而不断抵达自身的自我。苏格拉底式教育者坚决摒弃学生将老师奉为权威或师者的倾向，认为这是对学生最深刻的误导：他们拒绝这样的标签，故意藏身于悖论之后，以保持距离。师生之间流淌的是被持续的论辩所滋养的爱意，没有服从，无谓依附。老师深知自己只是一介凡人，要求学生明白凡人与上帝之间的区别。

在这三种教育形式中，敬畏之心均占据重要地位。这种敬畏之心在经院教育中达到巅峰，而且在当今的等级秩序下依然盛行；在师徒式教育中，敬畏具象化为对师长权威的敬畏；而在苏格拉底式的教育中，敬畏则抽象为对无限的精神这一理念的敬畏，在这一精神思想中，重要的是自己肩负起在超越面前实存的任务。（IdeeIII85；或IdeeII，48.f.）

作为教育家的苏格拉底[①]

克尔恺郭尔[②]率先找到了一种从本源上理解苏格拉底的方法。在现

---

① 苏格拉底（Socrates）：古希腊哲学家，希腊哲学创始人之一。
② 克尔恺郭尔（Kierkegaard）：1813—1855。丹麦宗教哲学心理学家、诗人，现代存在主义哲学的创始人，后现代主义的先驱，也是现代人本心理学的先驱。

代世界中,他对苏格拉底的阐释最为深刻,其中也包括苏格拉底的反诘法与助产术,以及他并非真理的传播者,而是发现真理的引导者。(GP122f.)

对苏格拉底的理解方式,会影响一个人的底层思维方式。(GP125)

无论是民主、君主还是专制制度,当今世界的乱象都无法通过政治行动消除。改善这一状况的先决条件是人人皆被塑造。而唯有引导人们进行自我教育,引领他们踏上认知与求知之路,以唤醒其潜藏的本质,才能够实现这一目标。认知是内在行动,求知是美德。一个正直之人,自然会成为一名正直的公民。(GP107)

每个人的潜能都是神圣的,因此苏格拉底总是将自己与他人置于平等的地位。他不想自视为圣子,也因此尝试通过自讽来中和自身本质的优势。(GP127)

苏格拉底并不传授知识,而是使他人自己生产知识。他让自诩为智者之人意识到自己的无知,并进而发现真知。借此,人们会从一种神奇的深度发现他们未曾察觉到的已知。换言之,人只能从自身获得认知,认知无法像商品一样被传递出去,而是只能被唤醒。当认知浮现之时,便是已知被唤醒之际。(GP109)

苏格拉底之所以令人难忘,超凡脱俗,是因为他既展现了批判精神的极致,却又总是把自己置身于真理、善良与理性的绝对审视之下。这是那位思想者义不容辞的责任。他不知道为何承担起这份责任,于是诉诸神灵。纵使世事变化万千,这是他不变的坚守,因此不会迷失于世间万物无尽的表象之中。(GP111)

苏格拉底教育的实质是他的虔诚。首先,这体现在他坚信真理会在锲而不舍的叩问中显现，诚挚地意识到无知并非虚空，而是会把对生命真正重要的知识变为已知。其次，这体现在他对神明以及城邦神圣性的信仰。最后，这体现在他对守护神（Daimonion）的言谈之中。（GP108）

借助思考，受到苏格拉底影响之人会实现蜕变。这种思考使人在万物归一的进程中保持独立。人类能够在思考中迸发出最大的潜能，但也会在思考中陷入虚无。唯有思考蕴含着一种借助思考得以在当下彰显，却又超越思考之物时，思考才是真理。（GP111）

对话是通往真理与自我存在之路

对话是通往真理之路（PG263）

对话：苏格拉底的对话是他生活的底色。他对话辩论的对象包括但不限于工匠、政客、艺术家、诡辩家、娼妓等。像许多雅典人一样，他的一生大多时光穿梭于街巷、市场、学府以及宴饮宾客的筵席之间，与各色人等展开对话。但苏格拉底的对话独树一帜，对雅典人来说非同寻常：这种对话触动、惊扰乃至征服了内心最深处的灵魂。若说对话是自由雅典人的一种生活方式，那么在苏格拉底的哲学里，它则被赋予了全新的意义：从日常的闲谈升华为追求真理不可或缺的条件，因为真理唯有在人与人的交流中方能得以显现。为了辨明真理，苏格拉底需要他人，他也坚信，他人同样需要他，尤其是年轻人。苏格拉底愿意教育他们。

于苏格拉底而言，教育并非"知者"顺带影响"不知者"的过程，而是人们通过共同领悟真理，携手走向自我的关键因素。当他乐于向年轻人伸出援手时，他也获得了年轻人的帮助。苏格拉底的教育艺术，在于在习焉不察之处发现问题，激发困惑，进而引导思考，阐明追寻之道，再辅以不懈的追问与对答案的无畏探索，坚信真理是团结人心的纽带。在苏格拉底离世后，他的思想引发了对话集的勃兴，他的学生柏拉图①成为这一领域举足轻重的人物。（GP106f.）

洞见在无措中产生。苏格拉底对话录的《美诺篇》中就记载了这样一个故事：一个奴隶起初宣称对解决一个数学问题满怀信心，在讲述过程中却陷入了尴尬，认识到了自己的无知，但随后又在不断的提问中找到了正确的答案。真理就这样在对话中得以彰显。对话的双方或许尚未认识真理，却围绕着真理展开对话并受其指引。（GP108f.）

对话是思考自身的现实。（GP263）

通过把对话内容与人物、境况相关联，能够揭示所思的逻辑和实存的意义。（GP265）

讽刺与间接告知

讽刺与游戏：若苏格拉底式的讽刺能被直接的表达方式消解，那他的讽刺就失去了存在的意义。在讽刺中适当地体验间接表达，除了能锤炼理性思维，还能训练研究哲学所必需的敏感性。在讽刺的多重性中，虚假与真理交织，多重含义不断地诱导误解，而真理唯有对那些能够理解它的人才能成为真理。柏拉图仿若想说，未能理解者，

---

① 柏拉图（Plato）：公元前427—公元前347，古希腊著名哲学家。

应该陷入误解的泥潭。讽刺的轻快中不时隐藏些许愤怒。因为当理性在表达中终止时，便不再能再通过理性论证来强制他人获得正确的理解。寓意深刻的讽刺实则是对原本真理的担忧。某些对象知识、著作以及形态等自诩掌握了真理，讽刺将我们从这些谬误中解救出来。诚然，这些知识体系往往精妙，但一旦我们将其视为绝对，它们便丧失了真实性。（GP267）

与之相反，哲式讽刺则是一种对本源式内涵之确定性的明确表达。面对理性论述的清晰与实际现象的多义模糊引发的无措，哲式讽刺要以唤醒而非言说的方式来触及真理。虚无主义的讽刺是空洞的，哲式讽刺却为真理的隐匿性提供一种标志。哲式讽刺穿透纷繁复杂的表象，通过真正的揭示，引领至那处于真理之中的不可言说的当下性。而空洞的讽刺只会让人在表象的迷雾中迷失方向，陷入虚无的深渊。哲式讽刺以直接表达为耻，避免直接彻底的误解。

这一切在柏拉图的对话录中皆有记载。其中，人们或许能看到讽刺的三个层次。第一层次是苏格拉底在对话中使用的、一眼就能看穿的讽刺，这种讽刺是完全错误的，言辞中充满误导，或是过度谨慎，或是充满挑衅。更高一层的是苏格拉底式讽刺的基本态度，旨在生产关于无知的知识。而根据柏拉图的理解，第三层次的讽刺是营造一种悬置的氛围，在这种氛围中，讽刺升华为存在于一切确定之物中的绝对模糊性。唯有在这种模糊性中，存在的核心才得以显现。在绝对的讽刺中，万物皆处于悬置状态。思想与神话如同两条被抛出的绳索，其所向之处，连存在之名都将不复存在。而言说的哲学正是在这条道路上探索各种可能性。哲学是严肃的，但不是教条式的真理拥有者那般阴郁的严肃，也不像虚无主义的嘲讽那般满腔怒火的严肃。哲学的严肃是自由存在的严肃（Eleutherotes），可谓之为游戏。（GP267f.）

教育作为彻底转向的艺术

转向：人类的洞见与转向（metastrophe，periagoge）紧密相连。转向并非外界给予，也非通过观察所获，亦非简单播种就能得到。正如眼球的转动总是需要伴随着身体的转向，人的知识也需与内在的灵魂共同经历一场从"成为"到"存在"的转向。因此，教育（paideia）是引导这种转向发生的艺术。理性洞察力具备神性起源，因此是恒在的，置身于一种隐匿的力量之中。唯有通过彻底的转向，这份能力的神圣性方能得以彰显，否则同样的能力只会遭人唾弃。（GP275f.）

教育作为实现的习惯

习惯：习惯源于重复。习惯在磨砺中诞生，于意识行为之中成长，最终蜕变为无可置疑、无意识的行为模式。我们身处于过往的轨迹之中，过往成了我们的习惯。习惯是我们的此在宽阔的根基。失去习惯，我们的精神将寸步难行。当下无意识的思想体系承载着有意识的思想，风俗则承载着我们的道德观念。习惯有两种可能性：

一种可能是，将习惯视作服务我们的根基，我们能够时刻意识到它属于我们，进而调用它的内容。它的内涵依然受到我们赖以生存的根基的指引。它的形式是一种对我们原本所欲的保障。由此，习惯不能掌控我们，而是为我们所掌控。

另一种可能是，习惯于传统而言是一把双刃剑，既巩固了传统，又削弱了它们。驱动人类发展的并非内涵本身，而是固化的习惯：人们只是顺应了在日常情况下保持习惯的需求，而无视其实质。然而这只是人类的一种自我蒙蔽。一旦把习惯的内涵暴露在阳光之下，习惯便举手投降。它在困境中分崩离析，意义无以存续。人类在安常习故中迷失了自我。

尽管如此，为了让思想得以延续，习惯仍是一种可靠且不可或缺的途径。人类无法时刻清零，从本源中重新创建生活。因此，诸多习惯借由权威获得其合法性，成为决策的准则以及礼节、行为及举止的形式。这些形式在实践中逐渐演变为人们的生活方式。教育、育儿及各行各业的传统，确保人类在一个共同体中井然有序地生活。诚然，在发生危机情况下，这些形式并非绝对的、神圣的，都可能被打破，但我们的内心始终要求我们维护这些形式，保护它们免于伤害。轻松、简单、无意识地遵循这些形式构成了人类的"第二自然"，赋予了一个共同体共享的历史情结，并营造了团结合作的氛围。正如司汤达①在1812年从莫斯科撤退的艰难时刻仍然坚持每天早上刮胡子。放任自流就是自甘堕落。形式就是形式，纪律就是纪律，即便这些形式与纪律对多元精神内涵保持开放的态度，它们依然是权威发挥作用的条件。（W826f.）

---

① 司汤达（Stendhal）：1783—1842。19世纪法国批判现实主义作家。代表著作有《阿尔芒丝》《红与黑》等。

四、直接与间接传授

常识与原初知识在可教性上的差别

我们可以将知识分为两类，一类是可以被掌握或拥有的常识，另一类是赋予常识意义的原初性知识，这两种知识在可传授性与可表达性上展现出不同的特性。数学、天文、医学知识以及手工能力皆可通过简单而直接的语言传授。但这些知识内在所蕴含的真理，也就是正确性的真理，那些可传授的知识乃至整个生命意义的来源与指向，那些人类无法衡量，却能衡量人类的标准又该如何被表达、被教授呢？

蕴含在知识中的真理，可能是描述、定义物体的途径，却不会成为知识的最终形式，这不禁引发深思：真理究竟是否能够被诉诸言语？是否会沦为"空洞无物"的不可言说？显然，无法被言说的真理亦不能再被称作真理。因此，当真理无法直接传递时，它往往采取一种迂回的方式。柏拉图哲学中，如何做到这一点，构成了哲学思辨与探索的一个基本问题。柏拉图本人并未给出终极解答。从纯理论的角度出发，我们既无法洞穿它，也无法给出回答。这是一个引人深思的问题，柏拉图最先开始研究它的极端性并围绕它展开了讨论。（GP259）

书面传授与面对面传授

在柏拉图的《第七封信》中，他谈到了真理的传授："真理的传授迥异于凡物，它无法仅凭言辞传达，而是需历经长时间的潜心钻研，并沉浸于志同道合的共同体之中，真理方能突然浮现在灵魂中，正如被跃动的火花所点燃的灼灼火光，之后便能自行滋养。"那些未曾言明以及不可言说之理，虽然能在交谈中得以间接表达，但也唯有在与共同体进行毫无保留的交流时，方能实现。唯有以持续不断的、联结生命的交往为基础，真理才会在某个刹那闪现在众人之间。（GP259f.）

因此柏拉图并不太重视书面传授。它难以提供顿悟真理的条件：在面对面的共思之中，迸发出思维的火花。（GP260）

唯有面对面才能实现真正的传授。这并非随机发生，而是出现在由传授者精心挑选的、渴望接受它的心灵之中。由此，逻各斯（Logos）深深烙印于学习者的灵魂深处，赋予学习者自助的能力，能够适时地交流和沉默。这些灵魂自身，而非著作，又携带了真理的种子。（GP260）

当然，书面传授对于小部分人而言，亦有其独特价值——那些一点即通、能自行探寻真理的求知者，书面传授能唤醒有经验之人内心深处的记忆。（GP260）

柏拉图，如诗人一样，将思想提升至可能性的高度，使他得以悬置己见。然而，哲学对话的深意，非轻浮的美学放任所能领悟。有些读者能够感受到对自我实现应严肃以待的要求，唯有他们方能洞悉哲学对话的深意。因此，在思考的哲学形态中，对话是对真理的间接传授。

思考真理始终是对话的唯一目的。而思考的第一步从来都是挣脱理性所确定的，但被尖锐发展了的有限立场的束缚，借此对纯粹的理智产生怀疑，旨在使理智臻于完备，以从更高层级的源头中获得有关

真理无条件性、思想内涵以及方向的指引。（GP260）

在任何时代，柏拉图式的对话都像一面镜子，借由丰富的对话场景、成功与失败的图景，通过提示成功的条件以及相关适宜的形式，让渴望与他人真挚交流之人获得教育。（GP264）

通过塑造所获得的接纳辩驳的能力，是高尚的象征。相反，如果人无法接纳辩驳，即便身居高位如帝王，亦难掩其塑造之缺失，其丑陋的灵魂会为人所不齿。（GP266）

教授的形式与真理的形态

教授者并不直接揭示其心目中的真理本质，而是巧妙地运用模糊的手法，激发他人的好奇心，以此促使他们自行探寻真理。这种策略初看之下或显浅薄，然而，若所言自诩为绝对真理的组成部分，实则证明充满谬误时，问题就是：是否借由这种间接传授的媒介反而让真理与真理相遇？（N402）

在直接传授中，被言说的真理是客观的存在，不受限于个体思考，能够被千篇一律地传达出去。

相比之下，间接传授的真理变得可被感知，它以客观性为媒介，作为历史例外的主观性得以彰显。此类真理与个体不可分割。因为经由个体，真理才获得确定性。这类真理从不千篇一律，而是在演变中被习得，旨在唤醒个体自身的蓬勃发展。（W761）

直接传授的内容恒定不变，每个人对此的理解都完全一致并将其视为同一种事物掌握。思考者的身份不重要，重要的是内容本身。然而，当所思的内容超越了大众普遍熟知的范畴，而与思考者自身的本质密不可分时，那么这种传授便只能发生在思考者作为自身共在的情景之中，而且思考者与所思的真理会一起发生演变。因为这是思考者自身的自由实存的行为，他不能把真理看作与自身无关的内容。于他而言，那些必要的行动，是无法直接被外界告知的。直接的形态，使得真正的关键所在需要在言说时被间接感知，被澄明，并最终被实现。（AuP314）

五、教育作为能被有限规划的现象

规划的必要性与全盘规划的危害

在理性的指导下，我们得以辨识两类规划的主要差异：第一类是根据具体情况定制的具体规划，是不可或缺的；第二类则是于不可及的整体中制订的全盘规划，是贻害无穷的。同样地，两种活动也展现出不同的风貌，第一种是穿梭于人类可及的空间中的、激励人心的自由活动，第二种则是在虚拟空间中的幻想活动。（AZM383）

马克思[①]之所以赋予全盘规划以意义，根源在于他深信自己已洞悉历史进程的全貌。在他的构想中，人类的一切活动都与他所谓的历史必然性相契合。（AZM384）

当马克思将其自视的全部历史知识视为其全盘规划的基石，他就将全人类都纳入了他的规划之中。他追求的不仅是为人类进行世界的

---

① 卡尔·马克思（Karl Marx）：1818—1883。德国著名思想家、政治学家、哲学家，马克思主义的创始人之一，代表著作有《资本论》《共产党宣言》等。

变革，更是由此重塑人类本身。他认为，这一目标的实现不能依赖于理智任意构建的规划方案，而是必须遵循他自认为已经发现并揭示的历史必然规律。（AZM384）

科学知识的引导

马克思的论证路径是教条主义的，以一位预言家的说辞为基础，为自我进行伪科学式的强制辩护。与之不同，科学研究希望随着认识的推进，有计划地引导事物的通盘发展，在此过程中，科学认识应得以运用，而且这种引导应通过自由的决策，依赖诸多倡议者协力合作，并在法律与自由政治状态的框架下得以实现。

尽管这听起来简洁明了，但当下这个时代展示出的计划性、组织化以及系统化，却大大超出了合理的边界，将人类全部的此在都纳入其掌控之中，试图渗透一切，正在踏上一条扼杀人类此在之路。

回顾历史长河，人类的全部此在始终离不开富有意义的规划。以治理尼罗河、黄河等为例，古人通过组织民众进行有序劳动，构建相应的官僚体系，旨在治服洪水，化害为利。此类实践早在公元前数千年前便已初具雏形，国家与管理机构也由此应运而生。这些规划的初心，在于改造自然为人类谋福祉，而国家与管理机构则是实现这些规划的组织保障。技术、管理以及经济知识的积累，为这些计划的实施提供了基础。历经数百年知识与技术的飞跃，这些规划不断优化，更加贴合事物运行的自然规律，赢得了世界大多数国家的广泛认同。时至今日，各类机构，作为有意识、有组织地调控社会的整体，无疑是技术时代的标志。从俄罗斯到美国，再到中国，都出现了相同的现象。然而，尽管这些现象在表象上呈现出相似性，其背后的本质却千差万别：

1. 绝对统治与自由世界的规划：工业革命的浩大之势导致了人类普遍的功能化。然而，在此之后，发展路径却显著分化：绝对的统治体系，将各类机构作为工具，而自由的世界则促使这些机构蓬勃发展。（AZM385f.）

2. 对人类不可为之物的规划：人们常被"一切皆可为"这个想法所诱惑。甚至想最终能够有计划地制造出理想的人类形态，或是利用生物培育技术，或是通过建构必要的此在条件，对现有的人类进行改造。然而，受限于我们当前知识与技术的边界，这样的计划在实践尝试时只会演变为灾难。（AZM386f.）

3. 对不可规划之事的间接规划：原则上基于充分知识就可制订的规划，和根本无从制订的规划之间没有清晰的界限。涉及个人自由意志的一切行动，都难以纳入规划之中。但有些环境条件可能更好地激发个人的自主性。由此，通过为自主性创造更多的空间，能够间接地"规划"那些不可规划之事。即便是对待动物我们也不是单纯地饲养，更多的是培育。人类需要教育。但教育的真谛，仅能在那些渴望自我教育的个体身上得以实现。他们在与其他人的交往中、在付出与倾听中、在严格遵循信仰需要被唤醒这一理念中，通过习得方法并进行实践，在富有内涵的传承的空间中，寻得那条未被预定之路。教育计划的界限须严加守护，以免沦为驯化或是杂乱无章的知识堆砌，这都对人类恰恰无任何教意可言。

然而，建构传承精神智慧的路径，是教育与政治领导者的首要使命，它是对不可计划之事的未雨绸缪。与此同时，人类可能又会想通过设立机构，来防止建构此类传承路径时逾越边界。然而，这种行为本身就把人推到了边界之上，在此，人们试图建构的面临着被机构颠覆的风险。

我们运用理智进行规划，用理性识别规划中那些不会穷尽在特定目的之中的意义，认清规划的边界。不切实际的规划终将走向毁灭。规划不能替代理性。如果我们对手头的事物放任自流，便是规划不足；而若企图把人类事物的方方面面都攥在手中，并进行干预，则又陷入过度规划之中。

4. 全盘规划与科学规划：马克思的规划基于他自视掌握了全部知识，与之不同的是，现代的技术思想认为，借助科学研究能够引导事物向理想方向迈进。历史与社会政治学的研究、统计学、比较方法、构建理想模型、观点研究等方法都认为能够帮助人类发号指令。

人类想要洞察自身行为与历史进程的法则，并以此使得社会像大自然一样运作。人类寄希望于心理学与社会科学知识的不断进步，认为随着知识的传播，它们也被用于实现上述目的。（AZM387f.）

理智在制订计划中能发挥效用，但若企图以此操控本属理性范畴的自由抉择，则显得自不量力。当过度规划以科学之名，试图进行武断的调控，取代转向理性的自由时，便化身为害。

人类作为个体只能改变自己，由此或许能唤醒他人的自由。然而，一旦这里掺杂了一丝丝的强制，所有努力都将化为乌有。世界面貌的变迁，取决于理性在其圈内以及个体在其影响范围内的作为。（AZM388）

全盘计划将全人类此在转变为大众组织的单一景象，而且还是在向来受限的人类理智思维的视域下去规划，这实则是对人性的消解。

此外，任何规划，不管采取什么方式，只要是企图把人类的此在拖进毫无必要且违背本性的强制性轨道，都不可接受，因为它们远远超出了真正合理规划的范畴，导致自由的消逝。（AZM389）

转向的必然性与无可规划性

必然发生的转向无以规划。因为在可以解决的个别问题与关乎人类整体的演变之间存在着巨大的鸿沟。前者能在不触及人类自身的情况下，借由规划性的理智实现，而后者则需要全体人类的投入。

转向无法成为一个渴望被达成的目标，但从中却能孕育出一种全新的、追寻目的的意志。唯有在自由中发生的思维方式的革命，才能赋予一切规划以意义。因此，企图理智规划出使人类免于毁灭的方案，其实都是徒劳。唯有当理性的自由孕育出思想的变革，人类才可能采取拯救人类的行动。因为，当下引领那些已然确定的规划之物，已经超越了人类的拯救与毁灭的问题。唯有先于一切规划制订的、承载所有特定规划之物，方能拯救人类。

转向无法被规划，因此，一切试图在人类毁灭之前，引导人类进行转变，并将之视作拯救人类之手段的做法也是徒劳。被矮化为手段之物，会丧失自身的严肃性。唯有将人引向自身的、无目的性的蜕变，方能使人类在内心做好面对灭亡的准备，进而拯救人类。出于自我的本源抑或完全不能存在之物，绝不能被视作手段或被意欲充当手段。直观当前世界的极端现象，虽能促使其他的本源发生作用，自身却不能创造本源。

我们重申：在当下的境况中，我们无法仅凭规划来选择我们的道路。单纯依赖规划，实则是在选择一条通往毁灭的狭径。我们需要其他要素。这些要素源自或者说是依靠自由人类的本源以及他们的决心，要结合探索自身的转向来谋求全新的行动状态；这种状态是制订计划的先决条件，但其自身却无法被规划。单纯的计划是逃避，是对关键所在的逃避。但放弃有意义的规划或是完全没有规划同样不可行。重要的是把握先于一切规划并建构规划进程的要义，以此使得规划更加具体而富有现实意义，更加全面而迫切。（AZM321f.）

就个人而言，在终其一生的不断转向中完成蜕变是必要的，但这并非意味着盲目地坐等。人类并非在未来才会受到理性的启迪，而是无时无刻不在重新接受理性的启发，这是通过与他人的交流并在超越的帮助下实现的，借由超越，他自知身处获赠的自由之中。理性并非一种意志的姿态，而是在本源的深处所做出的决定，所有的意愿都由此诞生。透过与历史中的大人物交流，理性便被唤醒。隐蔽的人物身上同样蕴含着这种理性，他们也构成了如今人类团结的原本根基，这种状态避免了人类集体消解为彻底的无政府状态并进而陷入极权主义的深渊。（AZM324）

教育类规划的局限

在过去的一个多世纪里，一个观点日益成为共识：我们站在一段具有几千年的历史的终点，历史的进程正加速迈向某种未来。全人类，无论是中国人、印度人还是西方人都肩负着一项共同的使命，而我们尚不具备完成这项使命的条件。因此，对下一代的教育尤为关键。一方面，这让我们有机会在历史的积淀中重获生命的厚度，保存理应得以传承的思想内涵；另一方面，这也有可能会彻底切断传承，将其视为一堆废墟。人们从中挑选出所需的材料，将其进行重塑，结合从社会学和心理学获得的、自诩掌握了人类本质与幸福的知识，凭空建造起一座新的殿堂。因此，教育成为世界各国深思熟虑与不懈改革的对象。人们常常思索规划，如何改善教育，或是在教育领域进行彻底革新。在孩子们身处的家庭、学校等一切周围环境中，教育无时无刻不在进行，潜移默化、耳濡目染地对他们的思想行为产生影响，这不仅决定了那些活泼可爱的孩子们的幸福感，更是决定了全人类的未来。

极权社会对教育进行全盘规划至每一个细微之处，整齐划一，强制贯彻。这种规划中，一切显得那么确定、清晰、明确。极权主义者利用科学与技术，尤其是以心理学知识为依据，对教育进行机械化的设计管控。在掌权者的蛊惑下，民众纷纷投身对美好未来的建设之中，形成一股巨大的势能，而教育则沦为塑造顺从工具的流水线。个体身不由己地投身于这股背叛自我的、功能化的洪流之中，甘愿物化自身与他人。这一切都着眼于声势宏大的人类建构，身处其中的个体与个性微不足道，因为他们随时都能被替代，评价标准限于他们的智力禀赋、技能掌握的灵巧度以及功能化的程度。在工作中，个体可被任意挥霍，一旦丧失功用，就随之被弃用。因为这类材料几乎取之不竭，即便被大肆挥霍，也远远超出人类的实际需求。

相比之下，在仍然自由的社会中则展现出另外一番景象。只要他们根植于三千年的历史传承中，无论是西方人、印度人还是中国人就都还在抵抗着精神的沦丧。然而，其中一些人会变得怯懦，因为他们看到反抗在历史的进程前的无能为力；一些人在经历了起初的绝望后，陷入了司空见惯的虚无主义之中，认为一切努力皆徒劳，毫无意义；另外一些人选择逃避，试图掩盖摆在人性面前的那些激进问题以及解决这些问题需要做出的抉择；还有一些人则沉溺于当今社会所提供的各色幻想之中。最终，这些变化为极权主义的崛起悄然铺平了道路，使得人们在关键时刻束手就擒。一旦极权主义成为主宰，所有不想即刻死亡之人，反正也得缄默不语。

自由社会与极权社会在教育上的本质区别之一，在于规划方式的不同。自由社会之所以能够长久续存，是因为它所有的规划都建立在一个基础之上。这个基础穿越历史的长河，通过当下的日常在孩子们身上焕发活力。但作为一个整体，这种基础既无法被规划，也无法被制造。在自由社会中，认清可计划与不可计划的区别，并意识到不可计划却需无尽被阐明之事的力量，是一项艰巨的任务。无论是错误地制订计划，还是遗忘承载一切的基础，都可能使社会悄然滑向极权主义的深渊。持续进行规划于人类而言是必要的，因此，我们并非反对规划本身，而是反对一种错误的规划精神，反对将不可理解之物纳入规划的范畴。防止这种精神的侵蚀很有必要。接下来，我尝试用几个具体的实例来进一步阐明这一观点。

1. 孩子们应当习得技能，掌握知识。借助科学，知识以一种纯粹的形式被传授给孩子们。鉴于此，只要是看似对生活有用的科学知识与科学方法，都被纳入课堂规划之中。比如，历史课堂不再局限于批判性解读，而是将历史作为一门科学来教授；古典语言课以及对母语内涵的领会则与语言学的知识相交融，圣经课变为了宗教史。然而，于孩子们而言，重要的从来不是科学本身，而是以深刻的见解、多彩的图景及形态，充盈他们年轻的精神世界。因此，重要的是将这些内涵简明扼要地传递给孩子们，使他们的思维结构更为明晰，以提升确切的理解力，克服模糊性。这首先是一个精神思想的，然后才部分成为科学的过程。对于科研工作者而言，世间万物皆具探索学习的价值；但在教育领域，很多科学知识不具备学习的价值。在教育过程中，科学思维方式会转化为一种能够获得知识的、有意识的经验，带有些许强制色彩。由此，这种科学的思维方式，在认识到其局限性时，才能作为人之存在不可或缺的基础而发挥作用。规划科学课程时，不应单纯以科学自身的逻辑或专业领域的专业知识为导向，而应秉持另外一种教育理念，即明白什么是本质的。教育所承担的责任与科学研究追求正确性的单一目标有所不同。在此理念指引下，科学在学校中的角色，尤其是对科学教学内容的甄选，应持续接受这种学校精神的审视。当然，作为理性元素，科学思维在传授知识时，应成为一种值得信赖的态度。

2. 对儿童应该因材施教。心理学，作为一门研究人类行为、身心机能、发展阶段以及精神失常行为的科学，应当作为教学计划与决策的基础。教育因此成为一种心理学的活动。一种看法认为，心理研究者能够洞悉人类的现实。一个人的发展潜能与应然的发展路径，都能从心理学的研究中获得答案。这是一种当代流行的灾难性的错误思想。诚然，心理学研究仍然有其意义所在，比如，在揭示疲劳机制、记忆规律、人格发展阶段等方面的获得的认知都能惠及人类；精神病理学的研究更是能减轻一些不必要的痛苦，避免草率的评判；既给予人希望之光，又让人学会正视无情的现实。然而，当前的心理学更多是在人类缺陷与局限的框架内提供建议。它通过测验等工具在一定程度上减少了学校与职场的冲突，表面提升了效率与产出。我姑且妄言，心理学研究往往是对人类的贬低，又是对其专业知识自视甚高，导致在某些个案中做出偏颇的判断。因此，意识到心理学，尤其精神病理学的边界与局限，就能了解它们的作用也相对有限。让心理学家承担管理职能，是一种令人不安的现象。心理分析，尽管包含了一定的科学元素，但总体上还是披着科学外衣的信仰运动。在我看来，心理分析在美国的大肆盛行已经演化成为一种荒诞的现象，成为毁灭人类尊严的方式。（见《普通精神病理学》，第五版，1948；及收录于《心理分析批判》中的"说明和展望"，1951）

鉴于心理学能够提供的洞见有限，教育计划不应以那些所谓的心理学认知为基础。可以说，心理学对教育来说并非至关重要，缺少心理学，教育的本质也不会有所缺失。只能说，在教育者的管理之下，心理学或许能够顺带起一些作用。

3. 要求学校把儿童培养成社会栋梁，这包含了双重意涵。一是唤醒共同体的历史性精神及它们的象征符号中的生命意识。通过模仿共同体中成人的所言所行，观察教育者身上所彰显的人类现状，在理所当然的日常生活之中，儿童就应该被这些精神内涵所充盈。二是传授并训练儿童在未来的工作中所需的必要技能。这两层意涵缺一不可。前者关系到学校的精神，这种独一无二、不可替代的精神有赖于个人的代际传承，不能理性强求，而是需要被保护、培育，以便茁壮成长。后者关涉到意图与规划。关于这一点，百年来，人们不断完善教学法、优化教材、创新练习方法、增强教学的直观性，已取得了长足进步。

然而，辉煌成就之下亦暗藏隐忧。过度重视程式化的、以绩效为导向的教学，却忽视了培育整体精神世界的责任。教育日益倾向于为未来生活做准备，仅重视服务于职业发展的知识，导致课程内容不断膨胀，专业设置愈发精细化，学校逐渐分化为诸多传授专业技能的专业院校。在此过程中，对整体精神的传承以及对教育共同体的信任却日益边缘化。各专业不断争抢课时数，降低专业要求来保证科目多样化。中小学教育变得支离破碎。昔日文理中学，强调包括希腊语与拉丁语、圣经与数学、历史与地理的综合学习，这些科目足以为学生奠定完整的精神思想基础。其他的知识与技能都能够在校外或未来再习得。学校为学生们奠定了智力与思想的基础，由此赋予了他们掌握其他一切的能力。如今，这种现象已经渗透至大学与应用技术类高校：数不清的所谓必修的讲座课和练习课，专业与知识的高度分化束缚了学生思想的自由发展。学校在考试中测试庞杂的知识点，却忽视学生最基本的精神需求，让他失去了沉思、独处、专注的能力。有悲观主义者宣称，在当前教育中，平庸者占据上风，他们要求驯化而非自由的精神生活，此在的形式被分割为空洞的营生以及同样空虚的娱乐。这种观点有道理吗？或者说，深度精神生活的自由尚有机会，而非止于海量知识灌输的自由？若无法实现，无论如何极力挽救，都无法避免全世界早晚都会走向极权形式。

上文展示了三个例子，即传授科学知识、把心理学知识作为与孩子们相处的正确指引以及把学生培养成社会的有用之才。这三个例子说明，原本正确的理念会因规划的僵化以及方法的绝对化而偏离正轨。怎么办？当我们不能完全凭借理性的指引来回答这个问题时，就需要意识到理性的局限以及为不可计划之事制订计划的悖论。

　　旧日之事不可追。真实确切之物，须源于当下的脉搏。但通过借鉴以往经验，我们能够更加清晰地认识到当今学校的使命，也就是以历史上人类的精神内涵为基石来建立学校，将其转化为当下生机勃勃的精神并以此为引领，来传授纯粹的知识以及所有不可或缺的技能。

　　然而，这些使命远非仅凭理性规划所能达成。而且，一旦规划变得理所当然，反而会分散注意力。服务于规划的手段变为目的本身，传授科学知识、提升学业成绩被奉为圭臬，而心理学则变成指导规划教学蓝图的工具。这样一来，科学，原本只是教育的元素之一，逐渐演变成为未来研究奠基的预备课程。教学法对追求记忆效率与技巧的过分追求，使得提升成绩被绝对化。心理学，本应把心理生理机制、心理机制可理解的动机视作可供自由人类支配的工具，却狭隘地把这些视为人类本身。但是，我们可以反驳：即便缺乏科学、教学法以及心理学，卓越的教育依然能够熠熠生辉；但若引领性的整体的历史精神遭受侵蚀，教育的核心便岌岌可危。一位历史教师，以非批判性的视角，将希罗多德[①]这位历史巨匠的生平娓娓道来，辅以编撰的生动小故事，将一幅幅真实

[①] 希罗多德：公元前约480—公元前425。古希腊作家、历史学家。其代表著作《历史》是西方文学史上第一部完整流传下来的散文作品。

的历史图景烙印于学生记忆中，让他们难以忘怀。但某些自诩科学至上的教育者，却对此类方法嗤之以鼻。一位不谙技巧的教师，庄重地教会了学生们书写那些高深莫测的字母，受到学生的敬畏，尽管可能依然被要求，在训练时应使用更多的教学技巧。

一位完全不懂心理学但重视教学的高度与质量，重视共同性的教师，引导着学生们走上严肃而谦逊的人生道路。也许在他的教学中，曾因不懂得心理学而陷入心理学盲区，导致个别问题的产生。他在这一点上不是榜样，并且需要纠正自己的错误，但他始终坚守着教育的本质。也就是说，他首先考虑的并非学生本身，而是要与学生一同去思考事物的道理。

唯有以具体的事物为媒介，严格的教育方能获得认可并自由地运用。以心理学为基石的严格教育，若沦为军事化管理的粗暴形式，则无法在校园中得以应用；而若过度削弱人的个性，又可能为专断乃至暴政的滋生提供温床，皆因在选拔、考核、心理评估等流程中，机构的抉择日趋机械化。

诚然，人们能在教育中深思熟虑并制订规划，但更为关键的是，要清醒认识到这些规划本身的界限，并秉持敬畏之心去遵守。掌控规划的机制自身无法被规划，它若隐若现，我们把希望寄托于它依旧存在。这种希望，并非寄托于分数、数字或教学计划等表象之物，而是深植于教师能够承担起教学责任的自由之中，在那方小小的教室里，生活得以真正地展开。人文主义与传承人类精神内涵的责任在此交织融合。即便在计划的框架之下，那份原初的真实仍占有一席之地，这或许会成为某些官僚化规划者、严苛规章或保守管理者的眼中刺，唯有当这份原初的真实呈现在他们眼前，他们方能在规划中尽量避免对其造成侵扰。这份真实的存在，孩子能直观意识到，那些清醒履行使命的教师也能够深刻感知到，因为这份美好的精神一直在助力他。教师以质朴的教学方式，将经典文献传授给孩子，由此在孩子的心田中撒下了种子，这些种子将伴随他们一生的成长，也让教师的心灵得以慰藉。

孩子的动力、力量与快乐，源自教师人格的引导，并在学校这一精神共同体的滋养下得以强化。这种精神力量跨越校园界限，直接与每个个体言说，讲述着历史上那些即便身处逆境，仍凭借道德力量与幸运去守护真实生活的民族故事。当这种精神之光黯淡时，人们应携手去发扬并鼓励这种精神，共同让它再次变得清晰明亮。一旦精神之光普照，日常生活便充满光明，每一个细微举动都富含深意，学习读写与算术不再仅仅是技能的掌握，不再仅仅是动动手或是肤浅地理解，而是在参与精神世界并领略其中的美好。

而当规划与知识不被视作在统摄引领下的工具，而是不由自主地变为目的时，教育就成为机械的训练，人类也沦为功能性机器，人类本应取得的繁荣将衰败为一种仅维持生命能量的状态。这样的景象，唯有在极权主义下才能理解并实现其意义。（PuW28-38）

规划与责任

人类必须自由选择之处，就是一切规划与行动的边界所在。在这里，人类的潜能不可估量。然而，若设定计划刻意去追求，则可能成为其桎梏，甚至破坏它的实现。它来自未来，用一种令人诧异、简洁又不失震撼的方式走向人类，包含又先于人类所知一切的技术。

（UZG233）

在可计算性与奇迹的张力之中，是行动对超越的责任。（AZM488f.）

六、处于过去、现在与未来的张力之中的教育

非命定的此在——时间铸就的自我存在

作为此在的生命，是在连绵不绝的瞬间中流逝直至终结，无命运可言。时间，对生命而言，仅仅是一种序列，回忆也无关紧要。关注当下此在的享乐与烦恼，无谓未来。命运并非必然，人类只是通过种种联结获得命运。而且，这种联结，并非强加于身，而是在个体主动选择它们之后成为自身所属。正是这一系列的选择铸就了个体的此在，使得此在不会随风而逝，而是把可能的实存变成了真实。如此之后，回忆才向人类展示出不可磨灭的根基，未来则为人类敞开了一片空间。在此空间中，每个人都被要求为当下的行为担负起责任。生活成为一个变幻莫测的整体，包含着自身的岁月、自我实现、自我成熟以及潜能。自我存在，是对完整的生活的渴望，而这唯有通过建构并维护那些富有成效的联结才可能实现。（GSZ186f.）

传统与乌托邦的机会与危险

自孩童时期起，传统就塑造并无形中充盈着新一代人。此后，借助历史，个体开始意识到自身与那些悠久的传承及伟岸人物之间的内在联系。历史，这一被认知与不断习得的过往，成为当下的现实内涵，而当下只能在与过往连续的脉络之中创造出未来，由此也创造出

人类此在的客观性。若失去这份此在的客观性，我们将无法走向自我。（Ph634）

我们如何与历史共存？在当今这个时代，我们拥有前所未有的丰富历史知识，以及空前广阔的信息获取范围。人类曾经的思想与行为，只要被传播过并以文本的形式保存了下来，就能够被我们理解，被拯救于遗忘之中并重新焕发光彩。在历史的长河中，我们看到人类对自我和对世界认知的多样性，我们还看到人类那些自以为是的理所当然，自视能达到的自我理解。

现代人从精神上能够掌握历史的一切可能性，这让他们有机会获得闻所未闻的自主权。因为能够洞悉历史上曾经存在的一切观念，现代人能更轻易获取关于自我的自由而真实的知识。

然而，这种解放却又是模糊不清的。在与历史的互动中，我们可以保持一切事物的本真面貌，抱着一种平和的心态和一丝惬意来观看它们，并汇总所有的内涵，寻找对人类和个人来说那个唯一完整的真相。然而，存在主义视角却对此提出了质疑：所谓的文化综合体，要么是缺乏约束力的美学想象，要么只是文明技术的集合，要么是一种普遍性的毫无意义的抽象，这种浅尝辄止的自我满足只会导致平均主义的出现。

存在主义的视角下与历史的互动，会使争斗持续下去。以历史为镜鉴，强化在自身当下的意识之中的斗争精神。不过，这种与历史的互动也让我们意识到新事物，对于这些新事物，历史无法提供镜鉴。以当下的精神为前提，同时结合此在的物质条件，它要求我们，在新现象中建设永恒的实存。（PGO467）

诚然，在本质上我们生活在本源带给我们的历史传承之中，并且为一个值得我们奉献的未来而活。然而，若仅仅是坚持与重复过去，甚至仅依靠理解历史知识或服务未来，为了已逝的过去和未至的未来而背弃当下，我尚无以为真我。我的行为与存在，并非依赖于后世的回忆与了解来获得价值。服务、奉献、回忆与影响，都只是表象，它们可以是确切而真实的，却非终极证明。

一切的现象、所知与所欲、过去与未来，共同编织成一种永恒的语言，构成每一段历史性当下的维度。它作为当下自身隶属于当下。（W173）

当下的丧失——专注于当下在场

当下的无价值感困扰着我，因此我不断地想要摆脱当下，为其他事，为那些无关当下，而是关乎过去与未来的事而活：原本的存在已逝。当下的生活没有自己的存在。它只有通过回忆才能折射出存在。回忆的重要性在于能够成就当下。但只有当我自己当下在场并创造当下，方能理解过去并铺就把握过去之路。想要真切地洞察过去，我就必须当下在场。随着当下的逝去，过去最终也将离我而去。

另一种声音认为：实际的存在是未来。当下的生活唯有在服务于未来时，方显其意义之所在。这种可能成为的未来，是存在意识的一种反射。这种存在意识源于一种虽未及至，却心向往之，并且为了它的成为而生活的状态。然而，这种我自以为值得追求的状态，却永不会存在。我活在未来的幻影之中。每当一个未来成了当下，我又开始追逐下一个未来，直至宇宙归于沉寂，万物随着人类世界的消亡而毁灭。

与上述两种偏离相对的，是对当下在场的专注。唯有在当下在场时，永恒与存在才得以彰显。活在当下（carpediem），并非任意地挥霍时间，而是以一种全然开放的心态，拥抱每一个瞬间、每一个当下性，因为这正是我们存在的唯一方式。

然而，当下其实蕴含着过去与未来。在深刻汲取历史传承的智慧和珍藏的回忆中，我方能赋予当下以深度。我怀揣着对真实且愈发美好生活的热切向往，通过把握当下，尝试同过去的和未来的一切交流。加入共同体的强烈意愿、对所受恩惠的铭记以及想要惠及他人的愿望，激励着我在当下之中穿梭于过去与未来之间，同时也牢牢把握住当下。（W173f.）

责任与当下性

因此，我们应当秉持这样的态度：既不沉溺于往昔，也不痴迷于未来，而是绝对的当下在场。通过系统地整合既得的真理，来开启未来的道路。（W25）

不负当下，不念过往，不惧未来。若过去或未来无法为当下助力，它们就会侵蚀当下。（PGO428）

我们不能被乐观或悲观的未来图景所蒙骗。相反，我们应当意识到自己的责任。这种责任存在于我们日常的点滴之中，从我们每一次的冲动与感受，到我们的生活方式、与人交往的亲疏、个人的偏爱与追求，直至那些对我们个人或万物的进程都至关重要的或大或小的决定。在我们对人类的构想中，在密码之语的应验中，在所遵循的准则

以及最终的行动指南中，我们都以行动诠释自由，对此我们负有全权责任。（PGO470）

七、教育依存于无所不包的整全

教育界的情况与政界的情况别无二致。教育被涵括在一个精神世界的原初生活之中并依附于此。教育不能自存，其使命在于将这种生活传承下去。该生活直接体现在人类的态度之中，再就是它对此在关怀与国家现实的自觉的立场。在不懈习得现存精神作品的过程中，这种生活得以提振自身。在我们这个教育尚能有所为的时代，其内涵必须由这种精神的命运所决定。

当国家和教育的灵魂消逝，当那份出于无条件性的、在历史的延绵中起决定性作用的意志不复存在，当两者在理智规划与非理性暴力的交织混乱中衰亡，这无疑是那无所不包的整全的影响力被磨灭或是暂时沉寂之兆。时间存在的世界建构具有无法完善却不会消亡的特性。若上述影响力尚能赋予人有关支撑与意义的意识，那么它便会在这份特性中向人类昭示其存在。

实现从国家与教育层面，向一个由精神、人之存在以及超越构成的整全的跨越，并非通往一个在这个世界上统摄的真实，而是引领我们迈向另外一个在实存上优越，却在实际显现中充满依赖性的真实。尽管如此，其仍然在至关重要的本源上决定了作为现实表象的万物的进程。（GSZ110f.）

处于社会的历史性转变之中的教育

如所有传统一样，有意识的教育也依赖于社会机构的特殊形态。机构的形态吸纳了各民族的历史生活，而教育则随着机构形态的变化而不同。（IdeeII，47）

教育的统一性取决于社会的统一性，比如教堂、阶级或是国家。教育是将特殊的社会形态跨代际传承并保留下来的方式。因此，社会的变革必然会引发教育的变革，而革新的前沿阵地每每也都会是教育。所以，对于教育的深入思考往往拓展至对国家和社会的思考。柏拉图就曾构想了一个国家与教育机构深度融合的理想国模型。教育使个体融入整体，而整体则是实现个人教育的途径。

历史潜藏着巨大的可转变性。每个社会的需求决定了课程的内容。从培养教士的神学知识，到人文主义对语言知识和技能的崇尚，再到当今社会对社会学、经济学、科学技术以及地理学等多元知识的重视。教育理想的每一次革新，都促使教育体系发生变革。因此，历史见证了阶级学校、骑士学校、权贵的私人学校的兴衰更替。然而，所有的民主社会都要求共享教育，因为没有什么比让每个人都能享受到同等质量的教育更能为人类奠定一个共同体的根基。（IdeeIII，83f.）

八、教育的实质

一切有意识的教育都以其实质为前提。若缺失了信仰，就沦为单纯的教学技巧，难以被称为教育。教育的终极目标，在于实现个体对当下的本质与自身的意志的自觉，若偏离此道，对教育目标的任何探索皆为徒劳。我们常闻的教育目标口号——无论是锤炼专业技能、强健体魄、培育国际视野、塑造性格、强化国家意识、培养力量与自主性、提升表达能力、张扬个性，乃至构建一个凝聚所有人的文化共识——均未能触及教育的实质，因而意义不大。（IdeeIII，86；或II，49f.）

倘若整全的实质确凿无疑地当下在场，那采取固定形式的教育理所当然地拥有其自身的内涵。教育是一项庄严的使命，引领每一代人都步入整全的精神世界之中，作为塑造的方式，让个体在其中生活、劳作与行动。在这一过程中，教育者的贡献不易为外人察觉。他无须刻意求新，只需要全心全意地投入育人事业，在绵延的历史长河中生生不息。（GSZ100）

若无敬畏之心，教育将不复存在，最多仅剩下勤奋学习。敬畏之心是一切教育的实质。若缺乏对一种绝对性的热忱，人类无法实存，一切都将毫无意义。

这种绝对性要么具有普适性，比如受教育者意欲达到的阶级、国家或是以教会为载体的宗教；要么是个人层面的，如真实、独立、责任与自由。又或者两者兼具。（IdeeII，49）

九、教育的危机

当教育的本质变得模糊或是对教育的信仰不再坚定时，人们就会有意识地追问教育的目标。（IdeeII，49）

教育的本质愈模糊，教育就会愈发形式化。教育者刻意对学生有所隐瞒,强求个人权威与盲从,以换来表面的敬畏。统摄性的本质中的纪律性工作被空洞的"履行义务"所取代。对卓越的追求被虚荣的野心所取代,把外界的认可与评审视为最终目标。教育目标不再是培养学生成长为一个实质性的整全之人,而是退化为单纯学习可能带来即时效益的东西。不再以典范塑人,而沦为应试的工具,文凭成为衡量教育经历的唯一标尺,为考试所学的内容往往又迅速被遗忘。(IdeeIII,86;或II,49)

然而,一旦本质遭遇质疑并趋于瓦解,教育就会丧失稳定性,呈现碎片化的景象。教育将不再将孩子们引向包罗万象的整全并让他们领略这份伟大,而是传授纷杂的知识。

一种不安的情绪正在世界上蔓延;人类感觉正在滑向深渊,于是认为,一切皆系于下一代人。教育直接决定了人之存在的未来。教育的衰退就会是人类的衰落。但当历史赓续的实质在成熟到足以承担责任的人类之中开始瓦解时,教育就会陷入衰退。这种担忧促使人们反思,意识到会完全失去那份实质的危险。有人试图在历史中寻求答案,并把自己并不确定的东西言之凿凿地传授给孩子。而另一些人则完全摈弃这种历史的传承,把教育永恒地视为对技能的打磨、对现实知识的掌握以及对当下世界的认知。每个人都知道,赢得青年,便拥有了未来。

我们这个时代对教育的深切忧虑的症候是:勤勉不辍地探索各种教学法却缺乏统一的理念,每年都会涌现浩如烟海的教育文献,特别注重教学技巧的雕琢。教师个人的付出达到前所未有的程度,但因缺乏整全精神的支撑而显得力不从心。时下境况的特征似乎就是为了进行无休止的教学试验，分裂出无数种无关宏旨的可能性，不真实地直接传授不可言说之理，而瓦解了实质性的教育。频繁进行各种尝试，不断更迭教学内容与方法。人类通过不懈的努力所争取到的自由，仿佛已经自行沦为虚无空洞的自由。一个连自身都不信任的时代，却仍然对教育寄予厚望，仿佛从这虚无之中还能创造出些什么。

青年群体所扮演的角色是一个显著的特征。在教育受到整全精神的引领而拥有实质的环境中，青年是不成熟的。他们尊重、顺从并信任他人，作为青年人还没有发挥作用，因为他们在为未来可能的志业做准备。然而，在教育面临瓦解的过程中，青年人却获得了自身的价值，人们在他们身上寄予厚望，希望能在他们身上重新找回已经丧失的一切。他们可以把自己视作本源，在孩童时期就拥有对学校秩序发表意见的权利。似乎是要求青年人去创造老师们丧失的一切。正如年轻一代需要背负国家的债务，他们也担负了上一代随意挥霍精神财富的后果，需要重新习得一切。然而，若让青年人承担起不切实际的重担，等待他们的一定会是失败，因为只有在经年累月的岁月沉淀中，通过一步步严谨的培养，青年人才能长大成人。（GSZ101ff.）

代际差异的渐融

当此在退化成单纯的功能，其历史的特殊性随之褪色，直至出现每一个年龄阶段都趋于平等的极端情况。在青年时期，人们工作热情高涨，追逐着情感与欲望，这段时光被视为人生中最理想的章节。由此，倘若人真的退化至仅余功能层面，那他就必须是年轻的；当青春不再，他就得营造出一种年轻的表象。此外，年龄本来就不起作用。

个体的生命仅在当下被感知，生命在时间上的延续是一段偶然的过程，不再被看作是由在不同生理阶段做出的那些不可逆转的决定塑造而成，亦不会被回忆和珍藏。若人类果真摒弃了年龄的概念，他便能自如地在起点和终点间穿梭，拥有无限可能去尝试与重塑一切。一切皆有可能，却难觅任何真实。每个人都是几百万分之一的存在，他为何要重视自己个人的行为？世事都如昙花一现，随即便归于遗忘。因此，人们的行为模式逐渐趋同，仿佛都处于同一年龄层。孩童尽可能早熟，要求共享话语权。青年人对刻意维持年轻表象的年长者缺乏敬畏之心。而年长者没有扮演好自己的角色，也未能与年轻人保持一定的距离并树立榜样，反而以一副无拘束的活力姿态示人。这种姿态是适合年轻人的，对年长者来说却有失体面。真正的年轻人需要的是距离，而不是混乱；而年长者真正需要的则是形式、实现以及命运的赓续。（GSZ44f.）

如果被迫只能顾及眼前的目标，人类就失去了审视其整体人生的广阔视野。（GSZ436）

十、教育的意义与任务

对教育的误解

若民主的理念走向衰落，教育的本质便会被遗忘。在过去百年间，教育与科学的教学之间便出现了一道隔阂。教育的意义被视作为年轻人铺设职业道路，打造有用之才。学科的价值被单一衡量为是否有利于经济繁荣，人们竞相追逐那些看似能带来物质回报的科学领域，学校亦随之调整课程，以迎合这种功利性需求。研究者与教师也由此开始名正言顺地提出对物质条件的诉求。特别是当国家的此在与科学紧密相连时，这种知识的利益价值就被推向了极致。从现代科技的萌芽至原子弹的问世，这一现象始终存在。美国，在感受到苏联突如其来的优越性（尽管其中不乏恐惧导致的夸大成分）之后，深刻意识到科技发展与人才培养的空前紧迫性，不惜为此倾注巨资。于是，原子物理学家被推上了时代的风口浪尖，尤其在苏联，他们在物质生活上似乎达到了随心所欲的境地，享受着远超他人的无忧无虑的生活。

在当前这个全球范围内普遍担忧人才储备的关键时刻，我们面临着一项需要高度警惕的任务。对于技术后备人才的短缺，我们深感焦虑。然而，这种焦虑情绪带来的后果尚不清晰。无论是在苏联还是其他西方国家，人们都愿意为教育投入巨额资源，旨在促进科技、经济和军事的自主发展。然而，这些投入并不意味着这些国家真正珍视科学以及精神内涵，因为他们关注的只有技术，而技术仅仅是一种特殊的研究与理解能力。为此培养的人才是服务于特定目标的顶级工人（功能），并不算是接受真正的教育。让人熟悉知识与技巧，甚至是在特定的领域攀至顶峰，并不是对人的塑造，甚至不能培养他的科学思维能力，无法锻炼心智，无法充盈精神生活，也不能让其参与到时刻都会重新创造的人性内涵的历史传承之中。（AZM445f.）

本真的教育与转向

另一类教育，即本真的教育才是更为宏大的任务，长久看来，唯有它能够为克服技术、经济和军事可能带来的灾难创造基础。对教育的全貌审视，要求在本源中以此为目标。在俄罗斯，尽管曾尝试通过马克思主义课程来实践这一理念，却被青年学子视为枯燥无味。相比之下，在自由开放的社会中，这种本真教育显得尤为珍贵，它的成功与否，直接关乎人类未来。然而，仅仅意识到人文教育与自然科学并重是远远不够的，只是认为在重视自然科学教育的同时也必须推行人文教育也是不够的。教学技巧、心理学理论与教学法虽不可或缺，但仅凭这些尚不足以引领教育的革新。革新的先决条件是产生一套全新的教育标准，这套标准应成为大学及公立学校教师的共同遵循，而且将通过行为内涵与伟大的联结，以及对生活严谨的态度，在民族中生根发芽，赢得尊重，并发挥影响力。当然，实现这一切，需要远超当前数倍的资金投入，但人类自身的转向在这里也是真正的先决条件。（AZM446）

暂谈三个基本思想

尽管对教育的基本理念畅谈已久，然而，在此甚至难以勾勒出其基本思想，只能提及与民主密切相关的三个视角。

1. 自由的力量能否蓬勃展现，取决于民众的级次在社会中是否发挥作用。例如，教育体系已涵盖了对学业困难者的补习班和为智力特殊需求者提供的定制教育，却鲜见针对高智商或天才儿童的特别课程或教育。天才亦应享有平等权益，若此权益遭大众抵触，民主基石将动摇。若民主未能让最杰出的人才在各项任务与领域施展才华，为人类进步贡献智慧，其整体的自主性将日渐式微，最终可能自掘坟墓。（关于学校选拔制度的探讨在此暂且搁置。其问题与不公现象频现，这是因为所有人类的机构都存在着很大的弊端,这就需要我们持续进行自我审视与革新。)

2. 通过参与对古典与《圣经》的思想的传承,掌握自然科学与技术的基本要义,并切身体悟民主共同体的道德精神,青年人应该得以掌握教育的内涵,并由此认识到专制社会的对立面。民主国家中自由的力量源于对极权主义本质的洞察,在技术时代,极权主义可能会成为新的统治原则。这种原则在尚未真正实现之前,就能在自由的社会悄然蔓延,如同霉菌侵蚀人们的精神土壤。鉴于人类的天性,这种思想的霉菌无处不在,若缺乏通过无拘束的思考获得的清醒认识,理性的免疫也绝对不可靠。唯有自由的信念与理性的生活实践方能抵御它的蔓延。不能让缺乏清晰认知的学生去持有反对极权主义的态度。教师须能够在自由的讨论中发表观点、解答疑问,同时也要允许任何反驳。用诸如追捕、审问、对精神施压等强制手段来直接对抗极权主义,只会适得其反。使用这些手段来反抗的人自身也成了极权主义思想的代表。

3. 长远看来,本真的教育(不同于专业培训)甚至对技术发展本身具有重要意义。纯粹专业性的学习把人打造成最有用的工具,但即便是在自然科学领域也不能使人具备应有的自然科学素质。真正的教育拥抱所有自然真实与认知可能,无论其技术实用性如何。人类原初的求知欲是推动认知边界不断拓展的不竭动力,缺乏这种认知探索,新发现也将无从谈起,仅可能暂时在既有技术领域有所进展,最终陷入停滞。

在民主观念下,政治即教育,只是不同于以往仅限于特权阶级的政治与教育（就像柏拉图伟大的设想那样），现在关乎全民教育。教育是实现可能政治的基础，而理性的政治反过来从超政治的视角塑造着教育，其结果惠及每一个人。它在充盈公共空间的同时也丰富了私人空间。

现实主义的政治家并不认同这种观点，他们认为政治不是教育，而是少数人的专职。在他们看来，政治人物的私人此在无关紧要，这也与民众的私人此在无关。政治是公共事务。潜藏的私人生活的伦理道德对政治毫无助益，沉默的民众亦不会塑造政治。如此一来，主张政治仰仗于每个个体的理性的观点，在他们眼中，不过是乌托邦式的想象。

但是，这种现实主义是如何的不切实际！任何旨在长远存续并持续发展的政治体系，本质上都是对全体国民的教育。政治的存续取决于那些隐身民众的真实境况，而他们的实质会在政治事件中，即便只是在选举中，得以公开展现。沉默的民众，实则是道德伦理的承载者，一切的政治都依存于此。他们首先通过家庭教育，随后通过学校教育实现了自身的实存。若这份伦理道德的实质消亡，所有人都会被实用主义的政治拉入深渊。（AZM466ff.）

教育的意义

人类每一次的生成（Werden）并非仅依靠生物基因的遗传，更为关键的要素是传承。人类的教育是在每个个体身上循环往复的过程。在个人所处的真实的历史性的世界中，在他的成长历程中，父母与学校的精心栽培，个人能享有的资源，以及在漫长人生道路中的所历所闻，共同流向他，结合他自己的本质活动，成为他作为第二天性的塑造。

塑造，引领个体通过自我存在的探索，迈向对更广阔的整体的认知。由此个人不再固守自己的小小一隅，而是迈入了世界，他狭隘的此在得以被赋予丰盈的灵魂。个人进入的世界愈明亮充盈，与自我本真愈契合，那他成为自己的信念就愈坚定。（GSZ100f.）

教育的使命与民族的未来

一个民族的未来走向，取决于学校和家庭的教育以及个体的自我教育。一个民族培养出怎样的教师，是否尊师重道，日常生活的氛围如何、遵循的标准以及习以为常之事为何，共同决定了这个民族的命运。在此，我只能提出几个与政治有关的观点。

人们呼吁重视青少年的塑造！政治家希望激发青少年对政治的兴趣与热情。人们为学校筹措了大量资金，却仍然远远不够。

无论是高等教育还是基础教育，各阶段的教师都承担着为这个需要被传承的世界赋予秩序与形态的任务。在这样的秩序形态中，世界能激发兴趣、充盈精神、塑造人格。唯有如此，学生勤恳好学、遵纪守法的行为才具有意义，而不是徒增负担。这份书本中所记载的并通过实践得以实现的精神成就，比一切物质基础都更为重要。我们拥有出色的数学、语法以及自然科学教材，却缺少优秀的历史与当代哲学教材，这反映了我们在整体的精神思想与道德教育方面的欠缺。

最重要的是教学与教育的精神。若要专注于本质之理，我们就必须摆脱琐事的纷扰。

1.科学与塑造。在探讨塑造困境与推动科学发展的议题时，我们应当加以区分：一种是科学技能的培训，旨在适应现代生活需求；另一种则是致力于引导并充盈生活内涵的塑造。科学以专业化著称，传授特定的专业技能。科学在所有公民的此在中都占据不可或缺的地位，我们由此成为训练有素的工人。专家，某特定领域的专业人员，则拥有特殊的知识和技能。这些能力是实现此在使命的要求。科学的进步，不仅是技术革新的先决条件，更是未来经济发展的坚实基石。然而，掌握科学技能的前提是内心那份强烈的意愿与追求——渴望投身于塑造与拓展人类此在现实的宏伟事业中，借此实现人类对物质世界不可预估的掌控，进而从枯燥的、消耗人的劳作负担中解放出来。

塑造则属于作为人的人，属于全人类（今天的塑造不再属于某个特定的阶层或阶级，而是作为全民塑造而发挥效用）。全民对教育的渴望与追求，是实现塑造的前提，这份渴求在塑造无垠的广阔中找到共鸣。

2.自由与权威。教育并非驯化，而是助力个体在自由中成为自我。教育崇尚自由，而非人类学意义上的自然现实。它通过自由地习得内涵来充实自己。一旦沦为威权性教育，便注定会失败。

因此，应该在赋予孩子自由的同时，要求他们认识到学习是为了获得洞见，而非出于屈从。他们可以蔑视无能的教师，并发自内心地尊敬那些能让他们学有所得的教师，敬爱那些品德高尚、不滥用权威的师者。如果学校里充斥着威权思想，学生却不会反抗，这种服从思想就会深深刻进他们懵懂且尚可塑的本性之中，并几乎无法再被根除。如此一来，他们在未来的岁月里，都会无意识地服从与反抗，无法自由地生活。

3.教与学。针对欲望膨胀、玩物丧志以及注意力涣散制定一套严格的工作纪律是不可避免的。纪律能够消除任性专断这种虚假的自由。将教育内化为日常生活的常态，需要不懈地磨炼，方能避免编造各种借口与谎言。它是伟大者彰显并发挥效用的先决条件，无论是对塑造还是特殊知识与技能的习得，工作纪律都是必要的。

4.精神内涵。唯有心存敬畏，领悟精神内涵，让这份内涵充盈我们的想象力、思想以及内在动力，我们方能够真正成为人。通过积极研习作品与书籍，精神内涵才能借助诗歌与艺术作品渗入我们的灵魂。西方人应当对古希腊罗马文化以及《圣经》的内容了如指掌。幸运的是，如今这些经典之作的译本不仅价格亲民，且质量上乘，超越了以往任何时代。这意味着，即便不懂古代语言，我们也能领略其文化内涵。与这些既简洁又深刻的伟大古典思想相遇，仿佛为我们的生命开启了一个全新的维度，让我们体会到人类的高尚，并获得了全新的标准。那些未能领悟古典精神的人，仍未从荒蛮中觉醒。童年时期所习得的传统精神内涵，即便未经深思熟虑，也会潜移默化地影响我们的一生。因此，对孩子精神层面的教育缺失，是日后难以弥补的。

5.历史。历史作为教育不可或缺的因素之一，帮助我们认识自己的根源、各民族的生活以及人性。它让我们理解人类曾经的行为、经历、见闻与创造，但这些理解也可能会步入歧途，进而对政治思维模式产生深远影响。

人类往往自信能于世事变迁中洞察必然规律，然而，诸如黑格尔①、斯宾格勒②等理论，以及当下流行的一些观点，用一些欺骗性的知识误导着人们。

这些观点的显著误区在于，它们将事物间可理解的相互关联简化为单一的因果必然链，这种必然性往往是基于理想化模型的构建，它始终面临的质疑是：这种不言自明的可理解性能在多大程度上合乎现实？我们强调的历史因果关系，是具体而多元的，不能简单地归结为整体事件的必然性。它们忽略了在那些既无法事前预测也无法事后理解的事件中的偶然性。对历史中前所未有的新创举也不再感到惊奇万分。那些自人类文明初现时就已萌芽，那些象征性、神秘性、道德性经验的本源，以及神性思想与神圣秩序，在公元前三四世纪高阶文化发端时期，如同奇迹般骤然涌现并迅速达到鼎盛。这些现象超越了任何必然性，它们不仅是历史发展的见证，更是人类对未来抱有希望的基石。

意识到必然性的可认知性，往往引发两种截然不同的情感反应：要么是消极情绪，因为必然性意味着不可改变；要么滋生一种虚幻的积极性，自视能融入这必然性的轨迹，觉得美梦即将成真，一切现实都在支撑这个观点；人类为此孤注一掷，深信一旦洞悉历史的必然性，便能获得一切。

历史的理解的另一重陷阱，在于它可能瓦解社会的等级秩序。可

---

① 黑格尔（Georg Wilhelm Friedrich Hegel）：1770—1831。德国著名哲学家。代表著作有《精神现象学》《逻辑学》等。

② 斯宾格勒（Oswald Arnold Gottfried Spengler）：1880—1936。德国著名哲学家、历史哲学家，历史形态学的开创者。代表著作有《西方的没落》等。

理解的历史性要么被贬斥，要么被奉为圭臬。这种理解与对已有理解的实存性评价的交织，易催生"所有历史的皆有其理"的错觉，即存在即合理，或者无涉善恶。"理解一切即包容一切"，永无止境的、直抵实存深处的、永远无法完成的理解正在迫近在边界处诉说的不可理解性。这不是因为事物的本性能被认知却无法被理解，而是因为理解始终面对的是实存无限的开放性。

对宏大的历史脉络、人类历史的模式及具体历史事件发展轮廓的不同蓝图，各自承载着独特的意义，却以不同的形态实现，所有这些形态中没有哪一个是有效的，但它们多少能勾勒出总体的模糊轮廓。在教育领域，古典主义的巅峰时期备受推崇。里面的例证展现出的道德伦理虽非普遍适用的教条，却在其各自具体的情境中提供了无尽的准则。

我们在历史的长河中看见自我。同时，站在某个时间点上，我们惊叹于自身的起源以及可能的未来。过去愈是清晰可辨，未来愈是多元，则愈发能专注当下。

6.德国的历史。几经命运的巨大浩劫，我们需要从新的根基出发去掌握德国的历史。赤裸裸的现实并不会有所改变，需要改变的是我们解读的侧重点。通过诚实的自我意识与政治思考，我们需重新厘定历史中的核心与边缘，培养一种崭新且明晰的历史认知观至关重要。

当前，德国作为西方史不可或缺的一环，其疆域内自由的历史，亟待我们挖掘。

看似无解的过往纠葛，根源在于我们未能以正确的态度去看待它。要解决这个问题，关键在于我们能否秉持实事求是的精神，勇于对最近的那段历史进行评判。

谈及罪责,与其单一归咎于希特勒个人,不如深刻反思那些盲目追随其后的德国人。在历史的审判台上,希特勒可能不会被认定为完全不具备自主决策能力,而是被判定为有部分责任能力。据一份精神病学报告显示,他在12岁时被诊断患有一种叫作伴随帕金森综合征的昏睡性脑炎的器质性疾病(参见Johann Rechtenwald所著《阿道夫·希特勒得了什么病》,慕尼黑与巴塞尔,1963)。

时至今日,希特勒、奥斯维辛①等阴霾虽已远去,但德国社会似乎仍未完全摆脱可能孕育希特勒式统治的思维惯性。在繁荣的消费与生产社会中,我们是否因过度沉溺于当下的安逸,而失去对现实的判断力,变得耽于幻想、逃避责任、满嘴谎言?若真如此,我们将面临与希特勒时代截然不同的灾难,且同样可能陷入集体无意识的推卸责任之中,正如当时以及现今多数德国人仍不愿为希特勒统治时期的罪行承担历史责任一般。唯有能够区分真实的历史与被解读的历史,我们才能全面洞悉自身的政治与道德处境。在这个时代,极端事件依旧可能降临。历史是过往的镜像,不仅为我们揭示了那些一去不复返的往事,还展现了那些跨越时空、从往昔延续至今的种种,由此得以照亮现实。

7.政治教育。对于正值成长关键期的青少年而言,政治思想的教育是不可或缺的。他们需要接触公共事务,了解国家的基本概况。为了

---

① 奥斯维辛集中营:纳粹德国时期建立的集中营之一,被称为"死亡工厂"。其遗址现位于波兰奥斯维辛。

将他们培养成为对公共事业具有责任感的成熟公民，应当在中学阶段便引入"学生共同责任制"这一理念，让他们在实践中得以锤炼。这意味着，他们需承担群体责任，在群体讨论中自主决策学校内遇到的各类事务以及他们自己的事务。

毋庸置疑，政治教育必须持续进行。一个国家的公民需要广泛获取信息并共同影响政治行动。而政治教育的精髓，恰恰在于其实践性。即便是最微小的群体合作完成任务，也是政治教育。

政治教育所需的思维方式与知识储备，唯有通过锻炼与学习方能获得。夸夸其谈与无序的讨论不能滋养政治教育。唯有持续不断地精心培育，方能使其繁荣。

正反观点的交锋是锤炼思维方式的试金石。开放的思想者，总是倾听对方的声音，甚至乐于助人，使对方的思想更为连贯、有力。他们能够站在对方的角度思考问题，他们还会审慎地把自己方才选择的立场悬置，并耐心地谋求在最大的范围的可能性。

在政治思想中，以下三大方向尤为重要：

（1）我们必须正视一个残酷而无可回避的事实：暴力不会因我们消弭其存在的意志而自动消散。这是一个残酷的、不可掩盖的事实，即便在洋溢着幸福、和平的私人场景中，当暴力看似已遁入无形，我们亦应铭记，这种此在也是建立在有人曾经或正在实施暴力的基础上。非暴力者享受着暴力带来的成果。更遑论在和平的表象之下，暴力仍可能以某种形式骤然爆发。对于政治而言，暴力并非其制定目标的标准，却应被视为一个具有约束力的因素。那些幻想并坚信能够彻底摒弃暴力的人，有朝一日必然会陷入暴力的旋涡。

（2）彻底厘清事实的真相很难，尤其当我们需要辨别哪些是不容更改的既定事实，哪些又是可以改变的现状时。

（3）政治最根本的意义在于通过国家这一形式，建立并持续强化自由的基础，并使之实现自我主张。在此意义上，政治致力于为全体人民创造自由。唯有他人也自由时，自由之人才会真正感受到自由。因此，政治是民主与自由的，是反对纯粹的暴力、威权、专制及极权主义的一种"政党"（如果还想这么称呼它）。政治深知统治的必要性，但同时也强调，任何形式的统治都必须受到严格的监督与时间限制，确保权力始终掌握在人民手中。

暴力、真实与自由的组合，并不能带来持久而稳定的和谐。从政治的视角来看，万物皆流。因此，政治教育所应培养的思维方式，旨在引导处于变局的个体，感知并参与实现变动，不回避暴力与现实，尽力投身于自由政治这一真正政治的实践之中。

仅仅被自由与真理那些宏大而朦胧的理念所触动，是远远不够的。若这些理念未能在思考中得到澄清，它们就会在模糊中摇摆不定，甚至导向谬误。政治思考离不开知识，而政治教育的核心，则在于引导学生深入研读经典著作。

联邦德国的公民首先需要学习基本法，因为它是我们自由的国家此在的基石，是其坚实而不可侵犯的支撑。

我们还应广泛涉猎重要的政治思想，比如柏拉图、亚里士多德[①]、

[①] 亚里士多德（Aristotle）：公元前384—公元前322。古希腊著名哲学家、教育家。

西塞罗①、马基雅维利②、霍布斯③、斯宾诺莎④、康德⑤、托克维尔⑥和马克斯·韦伯⑦等等。这种学习应当是有选择性地深入研读与深刻领悟，而非浮光掠影式的知识堆砌以及对条文与口号的肤浅理解。唯有勤勉学习并掌握这些伟大政治思想家的思想，我们才能摆脱狭隘的政治视野。掌握少数政治思想家展现的宽阔的政治思想与视野，对理解当下世界境况的复杂性，知道这将成为全新的、我们这一代所有人的命运，不可或缺。

在政治教育中，我们还应当处理一些日常问题。唯有此处才是具体的当下，才是令人着迷、激动之所在。理解这些是所有书本学习的根本旨归。

---

① 西塞罗（Marcus Tullius Cicero）：公元前106—公元前43。古罗马著名政治家、演说家和法学家。代表著作有《论法律》等。

② 马基雅维利（Niccolò Machiavelli）：1469—1527。意大利著名政治思想家、历史学家。近代政治思想奠基人之一。代表著作有《君主论》等。

③ 霍布斯（Thomas Hobbes）：1588—1679。英国政治家、哲学家。代表著作有《利维坦》《论公民》等。

④ 斯宾诺莎（Baruch de Spinoza）：1632—1677。荷兰著名哲学家。代表著作有《神学政治论》《知识改进论》等。

⑤ 康德（Immanuel Kant）：1724—1804。德国著名哲学家，德国古典哲学创始人。代表著作有《纯粹理性批判》《实践理性批判》《判断力批判》等。

⑥ 托克维尔（Alexis-Charles-Henri Clérel de Tocqueville）：1805—1859。法国著名历史学家、政治家。代表著作有《论美国的民主》《旧制度与大革命》等。

⑦ 马克斯·韦伯（Maximilian Karl Emil Weber, Max Weber）：1864—1920。德国著名社会学家、历史学家、政治学家、哲学家。代表著作有《新教伦理与资本主义精神》等。

政治教育还应分析当代政治领袖的言行举止，向青年一代毫无保留地展现我们的现状与时事。关键在于激发他们对一些人或职位的尊重，但避免盲目崇拜，即便面对最伟大的灵魂，也应保持批判性思维，认识到人性的局限。

最后，政治教育需让人感受并意识到，在战争状态下，领导与追随关系的不可或缺性。即便在最小的群体中，也会有人展现出优秀的领导天赋，获得青睐和认可。而在大的团体中，在命运攸关的抉择中，可靠的领导者、他的追随者以及他们彼此之间的信任将会决定团体的命运。这是团体长久地存续的根基，使其保持凝聚力和开创力。

那么，该如何开展此类教育活动？疑问接踵而至：哪里有合适的教育者？这样的教育者真的存在吗？教育应在哪种共同体环境中进行？又如何激发年轻人以及那些对政治漠不关心的人的兴趣？

政治教育绝不能由政党来推行，因为任何单一政党都会着力推行自己的带有偏见的价值观。教育的目标应是服务于国家的整体福祉，而非某个政党的私利。因此，政治教育需要在政党之外，借助自由的精神，中小学、大学等教育机构开展。那些自发形成的共同体尤其适合承担政治教育的任务。

构建一个包容所有公民的政治思想的空间至关重要，来自不同党派、秉持各异世界观的个体也能在此相遇。受过教育的政治思想是独立的。政党作为民众的组织，应通过竞争选拔最优秀的人才作为其代表，而政治思想则作为全民教育的内容应被共同推进，所有渴望自由之人都能在此相遇，再经由政党组织在政治活动中发挥作用。政党的政治家也应当学习过并一再重新学习，与党派保持适度的独立性。他

们有权更换党派，唯有对理性、真理和事实的不懈追求，才是构建世界观的唯一基石。（BRD201-208）

十一、教育的可能性与局限

对人的信任是基本条件

于我们而言，对个人与民族的基本信任，是有意义的生活的前提条件。我们信任的不是人的已然，而是人所拥有的未来实现的可能性。诚然，这种信任的正确性难以直接证明，更多的是遭遇质疑。然而，缺乏这种信任的人，至少也应秉持实事求是的态度并看到其他的可能性。若不信任的情绪攀升至无以复加的地步，人类的此在便会沦为一段自我毁灭的历程，并可能很快迎来终结。（A128）

教育与自我教育的勇气

对性格与天赋的研究极度有趣，但研究的成果最终仍然是清晰的一无所知。这是因为这些研究既没有触及本真的教育，也没有探索人对自身的要求。

1.本真的教育

对尚不能清晰了解自身的人来说，教育意义重大。青少年时期的成长经历对我们产生深远的影响。自身的先天禀赋确实无法改变，但这并不是唯一的决定性因素，那些潜藏在成长过程中的各种可能性，同样具有改写命运的力量。而且，每当一种可能性得以实现，其他可能性便悄然消逝。家庭、机构、共同体乃至整个社会的精神风貌，皆由一系列被普遍接受的行为规范、具有任意性特征的符号和语言以及各种要求和形式所构建。因此，仅凭表面现象去评判一个群体的本质，而忽视其接受过的以及日常正在接受的教育，无疑失之偏颇。若渴望增进对人性的理解，便需设身处地地思考：若他们置身于另一种教育环境之中，又将如何成长？然而，我们永远无法最终了解，他们可能会怎样。教育的勇气，正是源自对这些未知可能性的坚定信念。

2.人对自身的要求

没有人能够自发地认清自己的本质以及自己的能力，这需要不懈的尝试。唯有决断的严肃性才能决定人类探索自身的道路，这种严肃性只倾听自身内在良知的声音，而不为外界的评判所左右。我无法事先预知，通过不懈的努力与内在精神的磨砺，自己将能够达到何种高度。获得踏入大学殿堂的机会，应被视为一种感召，提醒我们顺势而为。同样地，对于精神成长的馈赠，我们不应向外界索取，而应视为自身应承担的责任与义务。

总而言之，人并非一成不变的物种，像动物一样无法改变。相反，作为充满无限潜能的已成为者，始终处于在成为的过程之中。（IdeeⅢ，131f.，或Ⅱ，96f.）

超越"教育无用"或"教育全能"的愚蠢二元对立

显然，生活境遇与社会状况对精神生活具有重要意义，这一可能性所蕴含的疗愈功能，持续激发着对教育的意义与局限性的深刻探讨。毋庸置疑，一个时代与民族的精神风貌，在很大程度上由教育体系所塑造。然而，在历史长河中，始终并存着两种相互角力的观点："教育万能论"与"天赋决定论"。前者坚信,教育能引领人类实现无限可能;后者则主张,改变个体唯有通过代际遗传中对遗传基因的调控。莱辛曾扬言,若教育掌握在我们手中,不过百年光景,便能重塑欧洲的性格风貌。与此针锋相对的是,另一派声音坚持认为天性根深蒂固,教育至多只能在其上添上几笔修饰。实则,这两种极端观点均失之偏颇。诚然,教育更多是在挖掘并发展人类天性中固有的潜能,而非彻底改写人的本质;然而,没有人知道人类的天性中究竟蕴含着何种潜能。因此,教育能够唤醒潜藏于人心深处的未知天性。每一种新型教育模式的最终效果也由此无法预测。教育总是以它独有的方式,超越预期地塑造着人类。人类通过传承成为并超越自我,是基本的事实。即便拥有相似的天赋,也能在几世代的更迭中,因意识的差异而展现出截然不同的形态,仿佛整个民族的性格面貌都发生了改变。这一基本事实揭示了教育的重要性。我们无法从整体上为教育预先设定界限,唯有在持续的观察中,方能逐步揭示其真谛。(APs603f.)

际遇的不可预测性

犹如培育一座花园,人类世界同样孕育着无限可能,只不过这座花园中的"花朵"与"草木"乃是人类自身。在处理与他人的关系时,我们不可像对待其他的生命一样,将自身凌驾于他人之上。人与人相遇的独特性与不可预测性,使得任何教育学规划都有局限性。(AZM245)

技术行为与教育的局限

1．世间有目的行为局限

有目的性的、以世间的某种成功作为既定目标的行为，以既存之物为导向，将其视作永存与可能……（Ph99）

我们以不变者为指引，以此来清楚地把握可能性。（Ph99）

世间有目的的行为因个体境遇的差别而存在个体的局限性，其界限是可变动的。但即便是最极端的权力扩张……也会碰到原则性的界限，而这种界限是不可动摇的，世间的一切行为都会被其圈定。

2．技术行为、培育与教育、政治行为：三重领域的局限性（Ph99）

世界的改变不仅仅指技术发明，还意指人类不断演变的"自我创造"。（Ph100）

技术的局限在于：

（1）技术依赖于既有材料，无法凭空创造，也无法实现永动。

（2）存在不可逾越的数量极限。诸如光速、现存的材料与能源的数量的限制。此外，采用特定的材料并遵循特定模型所制造出的机器，尺寸大小同样受限。

（3）作为人类之此在的我，同样面临诸多限制，比如作为有机生命体所需的温度、营养物质、氧气、大气压强、睡眠环境等。因此，在进行任何技术活动时，我必须确保自己生存的可能性，或是在非自然的世界中，为自己打造出一个作为此在条件的小小世界。（Ph100f.）

就人类技术制造能力而言，面对生命、灵魂和精神的现实也存在其固有的局限性。技术创造之物，均基于一套明确的机制，它们本质上是由材料构成的，因此是无所谓的。相比之下，生命、灵魂与精神则是技术无法直接制造的，当然，技术能在一定条件下对其产生影响。因此，有必要对装置本身及其用途进行严格界定与区分。我使用装置能够改造或实现的范围，是技术制造的界限所在，而非自身行动的界限所在。

在技术对物的统治与实存个体的自由交流之间，还存在着培育与教育这个领域。尽管它们的对象仍被视作客体，但其特有的本质却得到了认同。在培育与教育的过程中，人们期待着蕴含在对象之中的原初性。人们与自己培育的动植物建立起一种虽无言语却类似于问答的关系。而面对受教育者，教育者会在不露声色间，通过倾听与受其引导，收获目标和方法。

然而，教育与培育的局限性亦植根于其根本原则之中。对象的自主性是培育者与教育者有目的地拟定一切目标的前提。基于这些对象自主性的每一次全新的显现，教育者和培育者不仅得改变方法，还得调整他的目标。

但是，将生命、灵魂和精神当作可被机械加工的材料来对待也是有可能的。如此一来，不恰当的方法或材料选择的特定局限性便会暴露无遗，诸如期望的破灭（如受教育者的逆反）或自主性的削弱乃至丧失（生命的消逝，或受教育者的驯化）。诚然，在某些领域，如生物学，尚能确定，通过模仿也能取得一定成就，动植物的培育就已近乎技术行为，但即便如此，培育者的非凡才能依然不同于纯技术行为。然而，在面对人类时，这份确定性几乎是微乎其微的，因为人类的本质是历史性的，对每一次经历的觉知都可能会引发新的行为，并非一成不变的客观对象。人类这种本质就在于，他获取的新认知会以不可预测的方式改变他自己的本质。（Ph101f.）

我们把有效参与世界建构的人的意愿称为政治行为。在该行为中，共同参与者的意愿会被唤醒并被塑造，以克服来自其他意志体（对手）的挑战。（Ph102）

统摄国家及教育者

只要不缺乏清醒的意志，那么未来一切便与政治和教育活动紧密相连。面对事物发展进程中的无力感，人类非但没有退缩，反而迸发出改变现状的意志，这正是政治参与者们的自我存在展现出的勇气。面对人性中的无力感，倾其全力，传授文化传承之中最为深邃的精神内涵，让人类得以高贵，则是教育者的力量。

然而，那个整全从来都不是纯粹的整全。不管人类在世间遇到的最终权力机构是何，在关键的本源面前，人类便会遇到统摄国家与教育者。（GSZ81f.）

十二、教育的必要性与意义

民族的安全与道德精神的未来

各界的意见普遍流露出缩减联邦国防军的诉求，这对联邦德国的命运至关重要。

我们可以将这一议题与另一项完全不同的事业关联起来，即将从国防预算缩减中释放出的资源转而投入教育领域。从长远视角来看，教育之于国家的未来，其重要性超越了国防本身。我们的安全无论如何都是掌握在拥有核技术的强国手中，然而，我们的道德政治与精神未来，以及作为民族我们在历史之中的价值定位，则全然取决于我们自身。因此，国家能够采取的最具深远政治意义的行动，仍然是教育。（A98）

民主、自由与理性的保障

正如个人理性在持续的变动中始终维持开放性，自由社会中的理性生活亦能在自我启蒙、自我批判与自我控诉中得以存续。通过锻炼所有个体的思维模式，这条路径引领全体民族进行自我教育，从中体现出对后代教育的意义。在民主社会中，要确保"自我教育"这一进程的绵延不绝，对青年一代（对整个民族）的教育工作尤为关键。民主、自由和理性都依赖于这一教育。唯有借助这种教育，我们此在的历史内涵才能得以维系，并成为在新的世界境况之下充实我们生活的推动力。（AZM444）

自由与极权之间的抉择

理性的政治家都明白，对自由与极权的统治的斗争都是表象，然而作为当下迫切的现实，也具有军事与政治层面的意义，因此时刻考虑着如何维持自我主张。但他们也明白，精神与道德的力量才是长久发展的根基。因此，他们诉诸教育，唯有教育能成就伟业。教育不仅决定了下一代的精神境界，更是左右着当下对于自由与极权统治的抉择，乃至最终关乎人类此在的存亡。

我们不能把旨在培育技能的与旨在唤醒真正的人的教育混为一谈。二者均不可或缺，但技能教育需要以人为指导，或者说重新为人所控。

武器技术对军事行动起着决定性的作用。因此，西方国家震惊地发现，俄罗斯在某些科技领域已然遥遥领先。俄罗斯为实用技术的研发投入了巨额资金，聚集了大批的优秀人才，给予了科学家至高无上的地位和特权，并培养出一大批青年才俊，西方年轻的科学家们难以望其项背。俄罗斯实现了从沙皇时代的文盲大国向教育普及之国的转变，此举意义深远。反观部分西方国家，教育并未得到应有的重视，德国便是其中一例：与对其他事业的投入相比，德国对教育事业的经费投入少得可怜；教育主导权落入政党以及宗教人士手中，而这些人通常仅具备一些专业知识；教师职业吸引力下降，那些有天赋的、拥有独立人格的人，不再以追求教职为志业。此外，我们尚缺乏推动教育繁荣的巨大驱动力，而这或许与转向密切相关。而在大洋彼岸的美国，教育体系已经被杜威[①]那些有害的指导方针搞得一塌糊涂。孩子们因学之不足而愤慨，大学则因生源基础薄弱而叹息。然而，与德国的情形类似，于美国而言，更为严峻的挑战在于技术与工业领域人才的断层，这远比基础教育的不足更为致命。

而这是未来之本。国家在教育领域的决策失误，其后果不会立刻

---

① 杜威（John Dewey）：1859—1952。美国著名哲学家、教育家、心理学家，实用主义的集大成者，也是机能主义心理学和现代教育学的创始人之一。

显现，而是在数十年之后，昔日决策者已退居幕后时，教育事业因政客们的漠不关心而遭受损害。那些视野狭隘的政客们，往往只关注眼前的利益与下一次的选举。然而，从长远来看，忽视教育对国家产生的危害远比其他任何因素都要严重。

技术和经济生产力的竞赛，绝非无关紧要。通过发展武器技术，极权主义或能不战而胜。但真正具有决定性意义的，是极权与自由社会在生活内涵上的较量，而教育正是这场较量的基石。极权的统治只想培养出技术工人，若报道属实，那些接受这种教育的青年早已对此心生厌倦，但他们从未想过反抗，而是选择尽可能地忽视。而若自由的社会想要实现教育的转向，必须挣脱技术与宗教的桎梏，回归教育的本质。美国拥有优秀的私立学校，出类拔萃的教育成就随处可见；德国也拥有优秀的教师，在任何情况下都能出色地完成自己的教学任务。然而，时至今日，推动教育转变的力量仍未形成。唯有当理性的政治家兼具教育智慧，与思想界和教育界的有志之士齐心协力，对教育事业投入数倍于当前的资金，方有可能在当前教育岌岌可危之际，依托下一代的成长缓慢推进变革，为未来构筑基础。这一愿景的实现，离不开那些伟大且明智的政治家。他们肩负着民族的意志，使之变得清晰，创造出那些虽不如经济奇迹一样耀眼，但能在潜移默化中引领民众转变的力量。这是一个漫长的过程，但在某些方面已经初见成效。也许，在教育领域，自由与极权之间的较量，将在持久的过程中，默默地分出胜负。

技术领域关注经济生产力与军事实力，精神领域则关注人类的蜕变。前者一心制造各种装置与设备，却导致人类的功能化以及世界被炸毁的悲剧。而当后者使得经济生产力与武器技术为人类所掌控而非奴役人类时，就实现了人类的转向，使得人生成为真正的人并拯救人类的此在。（AZM337ff.）

十三、爱作为教育的根本力量

唯有现代心理学家才会认为，想要了解一个人只需要对他进行分析鉴定就够了。被爱之人的所是，呈现在爱人的眼里，因为真正的爱是明晰的，而非盲目的。柏拉图在苏格拉底身上看到的，是真实的苏格拉底思想，无论是在显而易见的实现中，还是在不同的外在形态中，诚如历史学家色诺芬①所记载。（GP244f.）

爱的多重维度：

爱把生命拉升至真正存在的境界，是对超感之物的直观。

爱在世间、在教育中、在把所见的本质图景烙入此在的努力中，促使了生命的实现。柏拉图认为，爱是美的见证。

爱是自我与自我在相同层面的相遇，以此来实现人类最高的可能性。爱是在与另一个自我交流中的自我成为。

繁荣、实现与自我成为，爱的这三个方向合而为一，紧密相连，是那一份自我实现之爱不可或缺的瞬间。（W1008f.）

在诸如对青少年的教育中借助爱的力量，并非衰退的表现。对爱人者而言，这是在传递繁荣中实现自我繁荣。迷失于控制欲中并把功

---

① 色诺芬（Xenophon）：公元前约440—公元前355。历史学家，苏格拉底的弟子。

利性的规训视为最终目的时，教育才会走向衰落。（W1009）

爱在彼此的共在中得以实现。不同的自我存在相互联结，在彼此间流淌的爱意之中，万物得以在其自身存在的光芒之中闪亮。

从自我抵达对方自我的充满爱意的交流，蕴含了对一切事物、对世界以及对上帝的爱。交流把这些内容作为集体性吸纳的程度，决定了它自身发展的高度。唯有借助客观的内容，交流方能得以充实，而有爱之人才会赋予这些客观内容以重要意义。（W1011）

十四、作为真实教育之源的真正权威

权威、权力与暴力的区分

权威、权力与暴力：真正的权威使人心悦诚服。缺乏内心的认可，表面的权威也会消逝。当权威感受到威胁时，它便会动用暴力。

权威的内涵远超出任何个体的意愿与认知。权威要把握的并非局部，而是整体。它在一定的历史时间段内，在各自特定的显现形式中发声。它的充裕性涵盖了施令者与服从者，因为，即便施令者也自觉要臣服于权威。权威约束着人类一种内在自由的、与其对立发展的行为。

权威通过暴力延续自身，这种暴力或是内在对灵魂的压迫，或是外在的物理暴力。缺少暴力助力，权威只能为精英所用。如果要持续掌控一切的此在，权威就需要强制手段。

因此，能够自足的权威是自由意志与强制的统一。自由意志自知会受到不成文的规定、蕴含在思想教育中的真理的形态，以及人类所敬畏的秩序、职责与形式的约束。而强制则会在背后默默地控制一切，在必要的时刻以暴力取胜。因此，权威中存在着由从属于权威的自由所引发的张力。自视自由的具体行动，由此依然追随着权威。

权威与支配着暴力的权力的统一关乎一个民族的生存问题。权威的内涵赋予一个民族等级秩序，而权力则保障其得以延续。

权威在历史的沉淀中得以发展。权威无法人为刻意塑造，只能在深刻的传承中被找寻、更新，而在当下的本源中，传承会以不同的形态示人。

依据纯理念性的解读，纯粹的权威是个人拥有的权力。但仅凭这种权力，个人还无法处于全人类的共同体之中。权威的丧失，是因为个体力量有限，维系它的努力只是徒劳。纯粹的权力是独裁，它剥夺了权威的内涵，因此无法在人类内心认可的助力下长久存续。权威与权力不可分离，否则二者都将走向毁灭。（PGO88.）（参见Autority Tund Freiheit《权威与自由》，S330ff.）

权威的不可避免与历史性

权威的原则至关重要，必须在任何时代都能有效，无论以何种形态出现：可能是运动中的瞬间，抑或现存的绝对固化；可能是热烈的感动，抑或传统的习惯；可能是精神的力量，抑或不容置疑的机关，运用暴力强制实施它们的决策；可能是教堂的神秘，抑或世界帝国；可能是信仰的教条，抑或此在秩序的法律准则。从历史经验来看，权威间的较量屡见不鲜，尤其在基督教国家中更为显著，这揭示了信仰差异如何成为沟通的巨大障碍。

若缺乏权威，集体生活、有凝聚力的精神、教育、军事秩序、法制国家、法律的效力都将不复存在。权威是不可避免的，失去了权威，人类将失去存在的价值，陷入由虚无的恐怖操纵的暴力秩序之中。成熟的、使历史的内涵在自身发挥效力的个体，能够在维系权威的同时去演化它，因此，权威也并非不可撼动。腐朽的权威会引发暴动，在这种混乱之中往往难以成功建立起新的权威。（GP376f.）

无论何时，人类只能生活在权威之下。那些拒绝正视这一事实的人，只会沦为外界暴力的牺牲品。幻想人类能超脱权威束缚而生活，只会让人陷入最荒谬、最致命的俯首帖耳之中。倡导个体思想绝对自由的主张，实则愚不可及，因为它只会导向彻底的屈从。人类真正的选择，在于决定自己投身于何种权威的怀抱，即选定何种内涵作为生活的基石。人无法以局外人的立场，客观地审视所有的权威。局外人的立场意味着虚无和盲目。但对权威的选择也并非有意为之，而是通过个体意识到并净化己身处其中的权威，通过唤醒被遮蔽的权威，通过回忆起自身所是的根基而做出的选择。一旦我明确了对我绝对有效之物，再深入地探索这一根基都不为过。（GP749f.）

个体无法孤立地生存。但每个共同体中都会存在一个有凝聚力的权威，共同体中的成员不自觉地追随他，却不会感到不自由。共同体内通行着一些公认的、鲜少被深究的准则。归属感与此在的秩序都根植于一种实质感与群体的土壤之中。

回顾历史长河，无论是古代中国、印度，还是西方的中世纪，这种权威都曾经存在过。自个体意识觉醒之日起，权威就作为一个存在的、持续的、令人向往的世界向他走来。所有的观念、象征符号、行为方式以及习惯解释并合理化所有的一切。在这样的共同体里，一切都理所当然，个体不加质疑地参与共同的生活。（PGO64f.）

略显神秘的往昔，体现在当下的各种风俗习惯、表达方式和机构中。革命可能会爆发，个别的权威可能会受到威胁，但这一切都发生在整体世界中长久存续、无可撼动的权威之中。众所周知，这种权威是不可改变的。（PGO65）

这种包罗万象、形态各异的权威，如同空气一般无处不在。人类就在其中展开生活。（PGO65）

权威的危机与转变

权威的衰落有精神层面的原因。权威曾经是一种基于信任建立起来的联结形式，它为不确定性设立起法则，借助存在意识把个体凝聚在一起。而在19世纪，这种形式最终被批判的火焰付之一炬。这一方面催生了现代人的犬儒心态，对一切事物都抱持无谓的态度，对大小事务都不屑一顾；另一方面，恪尽职守的忠诚精神也消失殆尽。软弱的人文主义已经丧失了自身的精神内涵，怀抱着苍白的理想为最可怜、最偶然的事件辩驳。在科学对神学祛魅之后，在这个没有神明存在的世界里，我们意识到，没有一条自由的法则是被无条件认可的，剩余的唯有秩序、共同参与和互不干扰。没有哪种意志能够重新树立起真正的权威，因为这只会建立起不自由的暴力。能够取代权威的，必须真正产生于新的本源。批判仍然是进步的前提，但它并不能创造任何东西。曾经积极的生活力量，如今却在瓦解中走向衰亡，它甚至走向自己的对立面，陷入任意性的深渊。批判的意义不再是根据有效的准则去评判与引导，它真正的任务已然成为去贴近事物并表明事物的所是。但这只有在批判被真正的精神内涵以及一个自我创造的世界的可能性赋予灵魂时，才有可能实现。（GSZ78f.）

直到技术时代的到来，才撼动了整个权威的体系。其带来的惊天巨变堪比"普罗米修斯之火"对原始人类的影响。我们正身处技术带来的时代之变之中。旧日权威世界仍然强势参与，但日渐式微，无法阻挡事物的发展进程。几千年之前那些令人瞠目结舌、震撼不已的人类最初的技术发明，如今已被一种全新的技术所取代。这种技术以自然科学为基石，统筹一切领域并不断精进、无休止演变。它统领了人类的生活，颠覆了过往一切的权威。

然而，最根本的现象依然如故：人类仍需要一个在整体上由权威引领的世界。这在技术的世界里能否实现？这个势不可当的新世界，与过往所有的世界是否有本质区别？（PGO65f.）

一种由技术实现的、非生命的绝对权威，是否会接替以往人类权威的角色？是否会诞生一个充斥暴力与恐怖的世界，取代原本保障自由的有组织的工作世界？精神与道德的连续性以及虔诚的传承能否创造出富有精神内涵的新型权威，以保障人类的尊严为旨归来引导工作世界？（PGO69）

在政治自由的世界里，蕴含自由的权威如何作为一种对人类此在秩序信仰的共同体而发挥作用，这不仅是自由社会所面临的，而且是整个人类都面临着的宿命般的考验。这种权威不会是启示信仰，因为只有小部分西方人（甚至是在所有的人类中都只有小部分）真正地信奉它。

权力会反对一切确定的权威。从历史的角度来看，权力与权威是同源的。当权威变得僵化，不再因信仰而生，而仅仅靠暴力维系其地位时，权力就会转而反抗权威。特别是当权威失去理性，甚至违背理性，非但不能促进理性的蓬勃发展，反而成为其发展的桎梏时，源于理性的反对力量就会对权威发起挑战。这时，权威就会逼出"智慧牺牲"（sacrificium intellectus）中所蕴含的内在暴力性。

通过感受到自身意志与统摄性整全的一致性，原初的权威保障了顺从中的自由。然而，随着时间的推移，权威发挥影响的形式逐渐僵化，开始通过排斥那些不臣服于它的个体来界定自身。它依赖强制手段来确保不会偏离路线，由此也舍弃了鲜活的生命力。它的精神已经凋零。（PGO69f.）

每种权威都是传承的一种方式。（W783）

权威与统摄

权威源于外界，但它同时从内在与我交流。若不存在外界权威，那我就是自己的权威，这当然很滑稽。反之，若我内心缺乏对权威自主的认同，那么外在的权威于我而言，便仅仅是强制力。来自外界的权威，总是起源于人。（W782）

施令者也听从统摄的指挥，因此，唯有当个人的权威能让统摄发挥作用时，人类的权威才可能存在。（W782）

从根源上看，权威是统摄不同形式的呈现。因此，权威不能没有超越，因为它见证了超越的存在。权威也离不开此在的权力，唯有作为此在的权力，它才是真实的。此外，权威也不能缺少构筑自身精神

的理念，不能缺少实现自身世界定位的知识空间，不能缺少承载着它同时也处于它之中的实存。（W782）

权威作为信任之源

在维护权威的同时，哲学对包罗万象的理性所能带来的澄明保持一丝谨慎。理性能够自证，向世间万物敞开怀抱。即使是权威本身，也缺乏外在的标准，一切均须被纳入理性的运动之中。

即便面对哲思之人，权威在某些方面也必须不自觉占据一种隐形的优先地位。自身深奥莫测的哲学信仰，在某个点上需要那种不被全然理解的权威。然而，这种权威并不因其世俗化的表象而变得排他，相反，它在认可中接受转变的试炼。权威若想要持存，而不是沦为单纯的此在的必然或教育工具，那它必须成为信任那份坚不可摧的基石。（W866）

人类唯有从彼此之间的联结中方能汲取正面的力量，这构成了真实在世间存续的根基。对外在联结的盲目反对，是虚假的，只会引发内心深处的混乱，这种混乱甚至可能存续至反叛初衷已逝之后。真正的反叛，是自由为争取生存空间而展开的斗争。在这样的斗争中，反叛的正当性根植于自我联结所赋予的强大力量之中。（GSZ187f.）

着眼于历史伟人，敬畏之力坚守着人的本质与潜能的崇高标准。它不允许任一自己的所见被销毁。它对在成为自我的过程中，所有作为传承、对其产生影响的要素，保持忠诚。它理解自我存在的根源，知道正是在那些非凡人物的阴影下，自我意识才得以发展。它作为虔诚保存下来，永不言弃。通过回忆，那些已逝的过往作为一种绝对要求，于它而言依然当下在场，虽然在世间已经不再真实存在。
（GSZ189）

自由与权威的两极性

从安瑟伦[①]的论述中，我们得以窥见与权威的联结以及理性对自身获取的自由。他知道，空洞的理智毫无意义。但他也知道，仅有信仰也不足够："若我们坚守信仰，却都不曾尝试理解它，这在我看来是一种草率之举。"（GP750）

与肆意妄为不同，自由只能通过权威而存在，而实质性权威也只能借助自由建立起联结。

那么，权威能否仅凭对其必然性的洞悉而被制度化呢？仅凭理智策划的，而非历史性的人造权威，终将是暴力的化身，缺乏精神内涵。诚然，在共同目标导向的活动中，对特定规则的服从是必要的，不会使人不自由。这种有限的服从是为了实现共同的目标而自由做出的决定。相反，绝对的服从会使人不自由，因为这会使个体失去自我。每一个人造权威都会要求这种绝对的服从。

因此，历史性权威的缺失将导致自由的消逝。因为，自由并非从虚无中诞生。根植于虚无的自由无法寻得自身的精神内涵，由此亦无法寻得自身。这种自由只是肆意妄为，从客观的心理学角度来看，它必然会丧失通往自由之路。

[①] 安瑟伦（Anselmus）：1033—1109。欧洲中世纪经院哲学家、神学家，极端的实在论者，被称为"最后一名教父和第一个经院哲学家"。

自由与权威的统一，作为在本源上的理想设想，实际上却难以维系。在自由与权威分道扬镳之后，它们会针锋相对，坚守各自阵地，强调自身的独立性。然而，唯有它们共在，才能保持彼此的真实性。把权威视作暴力的意志，在毁灭自由的同时，自身亦走向毁灭；同样，把自由当作一种肆意妄为的渴望，也会摧毁自由。

自由与权威之间的斗争，在它们的分裂之中持续上演。两者真正意义上的统一，仅在历史的极少数辉煌时刻短暂显现，转瞬即逝。（PGO71f.）

在对每一种无条件性的追求之中，人类皆因过度苛责自我而变得不再自然。因为，存在的真实，于其历史长河中不可替代的独特性之中，与无凭据的不允许、不想要以及相互团结紧密相连。唯有那些勇于以暴力性对抗自我，通过自身真正充盈的潜能以激发热情之人，方能踏上通往真正人性的道路。昔日，这或许依赖于外界权威的强制推动；而今，则更多地依赖于个体自觉承担的作为责任的自由。

在历史中沉淀的自由，自身是无条件的，然而，它在大众的现实生活里，与各种精神力量权威的存在紧密相连。自由与权威之间的张力在于，任何一方若失去对方，都将难以维系其本质。自由将滑向无序的混沌，权威则沦为专制。因此，自我存在渴望那些保守的力量，在与之对抗的过程中，个体的自我存在才得以自我实现。它渴望传承，对于所有的精神生活而言，传承唯有在权威的形态下才得以真正延续。（GSZ190f.）

为了守护自我，自由亦需权威。尽管权威常被批判，但它是一股不可或缺的制衡力量。自由仅在它必然被剥夺之处。权威与自由，看

似对立的两极，实则相互要求，共同抵御专制与暴政。（W807）

自由在权威之中生成

首先，被信仰的权威，是真实的、触及本质的教育的唯一源泉。个体在人类的有限性中开启了生命的旅途。在成长过程中，为掌握世代传承下来的精神内涵，个体与权威之间建立起联系。权威为其开辟了一份空间，在其中，他在成长中得以与各种存在相遇。若在成长过程中缺失了权威的指引，即便他能掌握大量知识，娴熟地驾驭语言与思维，也终将徘徊于空洞无物的可能性之境，虚无在旁默默凝视。

在成熟的过程中，个体在自我思考与亲历经验的交织中，感受到了自身本源的当下在场。唯有权威的内涵成为个体自身的内涵时，方能获得生机；否则，权威的内涵于个体而言依然陌生；自由会反抗这种权威，因为自由只容得下那些转变为自我存在之物。通过抓住权威而生成的自由，也能够反抗（特定形态的）权威。而那些通过权威走向自我的个体，终将学会独立于权威之外。对人类理想个体的想象得以可能，他成熟而独立，时常回顾过往，铭记历史，同时从最深处的本源中汲取生活的力量。他能以深远的目光规划并执行自己的行动，既被权威所塑造，又忠于自己的内心。在成长与发展的征途上，他深知支撑的重要性，心怀敬畏与责任。在尚未能凭借自身本源做出抉择之时，他愿意倾听并接受他人的引导。然而，随着自由的日益成熟，个体内心深处的本源逐渐显现，成为指引其决策的力量与光芒，直至真理之声在心灵深处清晰回响。届时，个体将自由地把握真理，用以对抗外界强加于身的权威要求。对他而言，自由不再是肆意妄为，而是内在真理的必然抉择。在他的内心深处，权威是一种超越，通过他的自我存在发出声音。（W797f.）

人类所追求的完全独立与绝对自由，终究是一个遥不可及的境界。每个生命体都不可避免地会在某个时刻失败，终究无法成为完人。因此，即便是那些正直诚信的个体，即便他在攀登那座日臻成熟的自由之高峰时已经遥遥领先，也难免遭遇自由与权威之间张力的挑战，进而感到前途未知、充满颠簸。自我的自由内涵往往伴随着对权威认可的深切期盼或是对其的顽强抗争。正是这些对权威的质疑与反抗，塑造了自由作为真理可能性的重要标志，使之得以与随意或偶然的冲动区分开来。权威，在此扮演了双重角色：它要么赋予自由以坚实的力量，要么在反抗中，为自由锻造出形态与支撑，亦遏制无度的肆意。恰恰是能够自助的人，才希望世间有权威的存在。

即便有许多人在团体中获得真正的自由，绝大部分人也会在寻求这种自由的道路上陷入失序的状态，因自身此在的冲动而肆意妄为。因此，对于无所不包的团体而言，在现实中，权威必然是真理的形态，有权力承载着全部真理；或者在走向衰落时，权威能从混沌中以命定的形态实现重生。（W799）

自由与权威之间持续的张力所引发的运动，对其进行具象化描述，能够引导我们回归至那统摄的权威之中。在历史性的现实之中，权威是真理在统一之中获得形态的谜题。由统摄的一切形式所孕育出的真理，与世间的权力以及承载着这些真理与权力的高等级人类的相遇，是真正权威的本质。

唯有在权威之中成长，我方能认知权威。我能在权威之中生活，却无法对其进行推导或者归类。我能从历史的视角来钻研权威，却无法从外部解读它的深意。

这种权威无法被概览全貌。我无法将其视作整体的他者而走向它。但若我仅能从外部观察，而未曾之其中生活过，我将永远无法领悟它的精神内涵，我甚至完全不会将它视作权威。

是何种权威成就了我的自我存在，我又能领悟并投身于其何种面向，这皆源自超越的命运安排。企图有意识地去比较、验证乃至挑选出所谓"最好"或"最真实"的权威，实乃徒劳。一旦我将其视为权威，那份选择便已悄然落定。从哲学的维度审视，正如无法渴望或创造一个终极目标一般，我们亦无法在本源的连续性中寻觅真正的权威。

我或可从哲学视角，通过逻辑推理把权威的衰落讲清楚：当整体内部的各要素分崩离析；当真理的某一面向，无论是此在、强制的确定性还是精神脱离整体，自封为权威；当权威蜕化为缺乏真理本源生命力的空洞此在；当权威沦为某些个体等级的自我标榜，不再拥有世间的权力，也不愿为获得这种权力做出牺牲或承担风险时；当我放弃自我存在的自由，或是为了获得某种所谓的洞见，而"自由地背叛自由"；当我无条件服从权威，不再探寻其背后深层的内涵，权威便失去了其真实性。（EP41-44）

马克斯·韦伯曾经是权威，未曾宣之于众，也未曾推卸责任，鼓励着那些在他肃穆又光明的人类思想中获得认可的事物。（PuW310）

因为即便面对最伟大的人物，个体也应该坚持成为自我。权威是真实的，却并非绝对的。（PuW389）

十五、教育与语言

语言的传承使人得以为人

个体通过语言的传承得以为人。精神世界的宝藏，唯有通过语言方能得以绵延至今。未受教育的聋哑人，精神世界受限于认知的荒原。而受过教育的聋哑人，则证明通过语言表达出的内容也许能在一定程度上借助其他的感官传达，却仍面临理解与思考的深层障碍，哑语所承载的精神文化创造力亦显逊色。

对语言的掌握，构成了无意识流向个体的精神宝藏。俗语道："语言为我思考。"因此，通过深入研读那些创造力横溢的思想家与诗人的作品，切实掌握语言，能够奠定我们的精神世界的根基。然而，若语言表达匮乏，即便是某些专业领域的经典之作也难以充分展现其教育真谛，甚至黯然失色。即便粗略掌握一门外语，也能阅读相关专业书籍或报刊文章，但要真正拓宽思维视野，还需沉浸于那些富有创见的思想家的脱俗之作中。

全面、深度掌握一门学问，往往需人毕生努力。对语言可能性的习得，唯有在母语的浸润下方能达到极致。无论个体实存的根基如何，若缺乏开放的心态与学习的热忱，一切的历史性都会变得狭隘。语言的界限，往往源自渴望排他性。关于如何跨越这一语言设置的内在的精神藩篱，查理五世有言："我每学会一种语言，便如获新生。"虽然人之存在的多元化，植根于具有历史合理性的人之存在，承载着诸多人之存在，但在这个涵括所有人之存在的根基中，通过以太一（注：太一是宇宙间万物归一的哲学概念）为旨归的交流，他们试图理解彼此，实现自我转变。

然而，人终归需在纷繁的选择中择一而行，作为生存的基石。因此，人主要生活在由一种语言构筑的世界中，只能从自身历史性的根基出发并借助它，踏上通往太一之路。（W417f.）

儿童对语言的创造性习得

我们悉心观察儿童在3岁前展现出的非凡语言学习能力，并将这些发展过程描述出来。这一过程，既是自然法则的生动演绎，也是传承的历史性习得，其形成与演变的方式，决定了孩子们未来的人生轨迹。（W395f.）

在3岁以下幼童身上，我们反复目睹了那个神秘莫测的人之生成的过程——那是人作为人被赋予了原初性与天赋的过程。只有精心维持那份儿童的天性，才能够在日后的岁月中继续保留这种能力。然而，儿童这种特殊的能力，自始至终都与那些教授他们母语的成年人紧密相关。儿童在无数次的互动中，自然而然地习得了语言。他们放弃那些自己发明的、在人际交往中难以奏效或仅供嬉戏的词汇，因为这些个性化的表达在通用语言构建的成人世界里难以立足。语言的意义，源自其作为传承的角色，它植根于集体，依赖反复倾听与理解。当我们愈发清晰地认识到，所有儿童语言发展的独特性都无法撼动语言本身，我们便能更加深刻地感受到语言这一现象所蕴含的磅礴力量。儿童语言能力发展的本质，是创造性的习得，而非从无到有的原创性发明。（W444）

语言与事物

我们对语言持有的态度，游走在"知道"与"无意识"的两极之间。在思考事物时，我相信语言能随时为我所用，而无须刻意去思考它。黑格尔在语言领域展现的便是一种纯粹的创造力绽放，它质朴无华，不加雕饰，亦无须语言哲学作为支撑。在他看来，非刻意运用的言辞才是真正的语言。然而，我们唯有在内心深处，有意或无意地锤炼一种恒定的法则，语言才是纯粹的。最有力、最真挚、最无欺的语言，往往是不经意的，当我们沉浸于自我及周遭事物之中时，它便会流露出来。

诚然，学习语言是每个人的必经之路，但关键在于研读由该语言撰写的著作，探究这些作品关注的议题，进而间接地掌握其精髓。

此外，事物的形态，往往深受其所属语言的影响。洞见的高度即语言的高度，二者相辅相成。（W440）

语言的迷惑性

运用语言的人类被语言完全歪曲。我们借由语言构建起一个世界，然而，语言却由此在人类与存在之间筑起了一道屏障，自成一方天地。人们曾竭力以语言为媒介使他人理解的内容，却在什么都不理解的后人的口中渐渐沦为舒服的习语。在此过程中，语言的实用性逐渐凌驾于其深刻意蕴之上，大量空洞无物、词不达意的表达主宰了人类。人们被这些语言的表象所俘虏，对事物及自我的本质反而视而不见。他们塑造了语言技能，却没有塑造客观的能力；积累了满腹的辞藻，却没有锻造自身的本质。他们的此在，作为一堆粗糙而未经启蒙的现实堆砌，隐藏在这些表达之中，而未能得到塑造。语言的这种迷惑性，作为一种虚幻的已存，将仅存的真实摧毁，陷入一片混沌之中。（W428f.）

十六、经验教育

借助思考进行自我教育,个体得以掌握传承下来的研究结果。然而,不应该把这些宝贵的知识简单地视为一成不变的学习内容。学习,只是个体为了融入认知过程而主动习得的一个个瞬间,其精髓在于个人经验与个人深化思考的融合。世界的此在,绝非轻易可学、可占有之物。

一切认知的实现,皆源自经验与思考的融合统一,两者缺一不可。认知的广度,取决于经验的广度,但也同样取决于我们思考与钻研这些经验的深度。(W263)

新的经验只能产生于既有认知框架之上。经验本身,作为一种直观,时刻蕴含着内在的结构。因此,面对一个完全无知,由此也缺乏观察训练之人,我们甚至无法向他清晰地展示我们认知之中的对象。(W262f.)

学习作为通往真理之路(孔子[①]思想)

据孔子所言,若真理曾显现于过往之中,则探寻真理之路必经对历史的研究,但同时要学会辨别真伪。学习并非对所学之物的一知半解,而是深入地内化,唯有此,学习才是通往真理之路。而对于既有真理,不能死记硬背,而是要用心体悟并加以实践运用。(GP159)

---

① 孔子:中国古代思想家、政治家、教育家,儒家学派创始人。

学习作为德行的保存（孔子思想）

在孔子的教育理念中，学习成功的前提是学生有德行地生活。学生须秉持敬爱亲长、诚实守信的品德。品行败坏之人永远无法触及学习的真谛。若学生僭越礼制，孔子会说："非求益者也，欲速成者也。"[1]他强调，修身需要精通六艺，即：礼、乐、射、御、书、数，以此为基础，方能开始修习文学。

有意义的学习能意识到困难所在，而且竭尽全力去克服它们。好学者每日三省其身，且能温故而知新。求学的道路满艰难险阻："可与共学，未可与适道；可与适道，未可与立；可与立，未可与权。"[2]因此，年轻人应怀揣"学如不及，犹恐失之"[3]之感。而对于担心自己缺乏足够学习能力的学生，孔子鼓励道："力不足者，中道而废，今汝画。"[4]错误不可不改："过而不改，是为过矣。"[5]他称赞他最喜爱的学生"不贰过"[6]。

在孔子谈到与学生们的关系的时候，他说："不愤不启，不悱不发。举一隅不以三隅反，则不复也。"[7]但对学生的考察也并非要他们

---

[1] 出自《论语·宪问》。

[2] 出自《论语·子罕》。

[3] 出自《论语·泰伯》。

[4] 出自《论语·雍也》。

[5] 出自《论语·卫灵公》。

[6] 出自《论语·雍也》。

[7] 出自《论语·述而》。

马上就能做出回答，而是："吾与回言，终日不违，如愚。退而省其私，亦足以发。回也不愚。"①他也不会过度称赞学生："如有所誉者，其有所试矣。"②

谈及自身求学经历时，孔子说："吾非生而知之者，好古，敏以求之者也。"③他观察同行之人，并"择其善者而从之，其不善者而改之"。他并不了解原初的知识："多闻，择其善者而从之；多见而识之，知之次也。"④他随着年龄的增长而进步："吾十有五而志于学，三十而立，四十而不惑，五十而知天命，六十而耳顺，七十而从心所欲，不逾矩。"⑤

学习的一切意义都在于实践："颂诗三百，授之以政，不达；使于四方，不能专对。虽多，亦奚以为？"⑥

学习关键之所在是提升内在的修养："小子！何莫学夫诗？是可以兴、可以观、可以群、可以怨。迩之事父，远之事君。"⑦"诗三百，一言以蔽之，曰：'思无邪。'"⑧

---

① 出自《论语·为政第二》。

② 出自《论语·卫灵公》。

③ 出自《论语·述而》。

④ 出自《论语·述而》。

⑤ 出自《论语·为政》。

⑥ 出自《论语·子路》。

⑦ 出自《论语·阳货》。

⑧ 出自《论语·为政》。

人若不学习，其他的美德也会随之退化："好仁不好学，其蔽也愚；好知不好学，其蔽也荡；好信不好学，其蔽也贼；好直不好学，其蔽也绞；好勇不好学，其蔽也乱；好刚不好学，其蔽也狂。"①

十七、生活秩序教育

礼，秩序通过礼俗而得以维系。引导人民的只能是礼俗而非知识。礼俗创造了整全思想，而整全思想又赋予礼俗灵魂。不学礼，无以立。礼是对所有人持之以恒的教育。是此在所有的领域中，万事万物得以发出合理声音的形式，是严肃参与事务，是尊重与信任。礼以一种普遍的准则引导着人类，人类通过教育内化于心并使之成为自己的第二天性。由此，人们把这些普遍的准则视为自我本质的一部分，而非外在强加的束缚。这些形式带给人们坚定、安全和自由。（GP161）

孔子的言行凸显了礼的整体性。他仔细观察，收集、阐述并整理了中国社会纷繁复杂的礼俗：从行走、问候、与人交往的礼仪，到这些礼仪在不同场合下的特殊形式；从祭祀、节庆的方式，到婚礼、庆生、死亡以及下葬时的仪式，再到不同的行政规则；从工作、战争、日程、四季、人生、持家与待客之道，到祭祀的流程，乃至在朝廷之上以及为官者的举止风范等。中国著名的生活秩序与礼节之繁复，历经数千年而不衰，以维持秩序为首任，深深植根于社会的每一个角

---

① 出自《论语·阳货》。

落，生活在其中的人们须时时遵循，以防受害。

孔子认为礼并非绝对。"兴于诗，立于礼，成于乐。"①若不追溯充盈形式的本源，不注重在形式中发挥作用的人道主义精神，浮于其表的形式与纯粹的知识一样毫无意义。（GP161）

"人而不仁，如礼何？"②"居上不宽，为礼不敬，临丧不哀，吾何以观之哉！"③"吾不与祭，如不祭。"④（GP162）

十八、艺术教育

曾经，创作艺术、音乐和诗歌等艺术形式摄人心魄，人也借此体验到了自身在超越中的当下在场。在世界分崩离析之际，艺术却在世界的扭曲之中获得了新的形态，由此引发的问题是：艺术创作者应如何发现那些沉睡的、需要借由创造者获得意识与绽放的存在？当今的艺术仿佛被存在鞭笞着向前发展，存在不再是艺术寻求平静、走向自我，进而充盈内涵的神坛。数十年前的印象主义中尚呈现艺术的宁静，到自然主义的时期，当下至少还被当作艺术创作的素材，而如今，在熙熙攘攘的事件之流中，世界的本质被完全抽离，难以让创造的目光在其间驻留片刻。原本能够在艺术中得以映射的、作为一个共

---

① 出自《论语·泰伯》。

② 出自《论语·八佾》。

③ 出自《论语·八佾》。

④ 出自《论语·八佾》。

同体世界的精神无法再被感知。世界已经变成一种压倒性的真实，只剩下无法言说的黑暗。在这种黑暗面前，笑容与泪水似乎都失去了力量，就连讽刺的语言也显得苍白无力。倘若试图以自然主义的视角来理解该现实，只会自取其辱。描述个体的苦难、精辟地刻画当下的特殊性或是以小说形式再现事实无疑是一种成绩，却不是艺术。人类当下不合时宜的雄伟，已经毁灭了造型艺术与悲剧艺术的可能性。

当今的艺术需像从前一样，让人不由自主地，在真正被信仰的形态中感受到超越。如今，貌似是时候让艺术重新来告诉人类上帝是什么，人类自身的所是为何。我们应当（似乎这一切尚未发生）回顾人类的悲剧，以及在漫长过往的形态中真正存在的光辉，这并不是因为过去的艺术更胜一筹，而是这些艺术思想至今仍是当下的真理。如此这般，我们虽然与处在相同境况中的同辈们一起真正地努力，但我们也明白自身的不足，即我们仍未能透彻地理解我们自己的世界。（GSZ129f.）

艺术之美在"美是道德的象征"这一观点中获得了自身的意义。天才极富创见的创作是无法替代的。因为艺术可以解放思维，美的形式的可传播性能够推动集体教育，使人建构起超感性基础，为接受道德教育做好准备。（GP50f.）

在完善为图像的一种直观的形态中，艺术作为跳板，达成了这种完满。在享受艺术作品时，对艺术的习得让我们感受到震颤、放松、启迪、慰藉。在这一理性难以企及的、作为直观的语言当下全然在场的完满中，没有任何缺憾。（Ph285）

悲剧则更进一步，意图实现灵魂的净化（Katharsis）。至于这里所说的净化到底指什么，亚里士多德也没有解释清楚。但这总之是与人类自身息息相关的。并非通过观看式的体验，而是通过心灵的触动我们得以对存在敞开怀抱，通过洗涤遮蔽的、蒙骗的、肤浅的，且是我们狭隘且盲目的此在经验，来习得真理。（W923）

我的父亲不听音乐也不唱歌。但他常常自嘲地讲述他年少时曾得在一场公开的演唱会上扮演一个天使，并完成了一段女高音独唱唱段。我的母亲却生性乐观，她的歌声和钢琴声贯穿了我的童年。但为了不打扰到父亲，父亲回家之后她就会停下来。父亲会因为母亲的愉悦而高兴，却从不参与其中。（SW46）

孔子认为礼与乐是教育的首要因素。集体精神会被流行的音乐所左右，个体精神则在音乐中找到规范生活的动力，因此，政府会推行或是禁止某种音乐："乐则韶舞。放郑声……郑声淫……"[①]（GP162）

"知乐，则几于知礼矣。"[②]"大乐必易，大礼必简，乐至则无怨，礼至则不争。"[③]

但音乐与礼一样，并非绝对的："人而不仁，如乐何？"[④]（GP162）

---

① 出自《论语·卫灵公》。

② 出自《礼记·乐记》。

③ 出自《礼记·乐记》。

④ 出自《论语·八佾》。

十九、宗教教育

　　源自教会宗教的密码语言无可替代。礼拜的经验与教义中形象是超越实质的容器。即便孩童尚未能理解他所处的真实，也会被引入其中。在图像和比喻、气氛和节庆中，儿童打开了一扇通往远古世界的窗扉。想要彻底理解这一切，即便是穷尽一生之理智，也难以全然洞悉其奥秘。（AZM348）

　　往昔，向孩童传授了古典文化与《圣经》，他们才能意识到这是西方历史生活的根基而严肃以待，并非作为权威，而是作为一项使命，认知倾听，以达博古通今之境界。（PuW389）

　　学校昔日设立的宗教课程，涵盖了"圣经"的历史、教义、教会史等广阔的领域，以一种潜移默化的方式，将这些理念根植于下一代的心田。这些理念或许不会在短期内显现出效果，却让他们一生难以忘怀。（PuW374）

第二部分
关于塑造的冥想

一、作为过程的塑造

真理意识的获得并非如探囊取物，而是需要在每个时代与人民中重新培育。人类习得了塑造的过程，传承由此成为可能，而真理意识也才能得以成长。就我们的历史记忆而言，该过程肇始于希腊文明，在亚洲和史前那富有神秘感的混沌世界已经初现端倪。在共同体内的生活中，个人的内在行动让真理意识从世界的经验中生长起来。（W2）

我们所区分不同的统摄方式，它们在各自被思的存在方式方面具有历史性，是西方塑造过程的结晶：我们的先辈，曾经在这些不同统摄方式的空间里生活、思考。他们的思维已经有意识地掌握了这些方式。我们在这些空间中觉醒。经由它们，我们体验到了我们所能触及的本源。借助对这些统摄方式的深入思考，先前被思者在真理中得以保存并在太一中被理解。（W125）

真理本质的充盈，绝非仅凭哲学思考就能完成，而是在一个自我塑造的世界中，通过教育与自我教育的进程方能实现。然而，在命运的共生中，借助哲思，我们得以洞悉真理的本质。这正是哲学逻辑的

要义所在。（W3）

逻辑，作为理性的工具，化身为个体的塑造过程。唯有全心全意投入其中，这种逻辑方能成功。对清晰、开放与公正的渴望，远远超越了对单一知识点或者认知整体对象的渴求；它源于我们的本性，无条件、不屈从，更多是为我们的心灵成长提供空间与指引。

或许有人会认为，在这样的要求下，逻辑应该富有主观与浪漫的色彩。实则非然。在个体走向自我的过程中，理性的塑造过程获得了存在客观性的全部广度，反之亦然：通过揭示在人之存在的历史性中的每一种存在的方式，理性的塑造过程也使得人之存在在其深处全然显现。在存在清晰的有效性中，个体觅得了自我；这些有效性不会被颠倒且清晰可见，然而，唯有那些通过自我教育而目光澄澈的人，方能体验。以为存在的根基做好准备为旨归，这些人能够无欺地、完全忠于自我地铸造他们的习得方式，上述有效性只有在他们身上才得以全然呈现。逻辑不应该主观化，但应该具备实存的特性。在逻辑曾经还是哲学时，它一直具备该特性。（W10）

思维的塑造过程

1.那个基本问题会成为本源，但并非起点。在塑造过程中，我们首先投身于对广阔世界的观察、体验和理解之中，汲取得以传承的具体知识。这一过程，往往伴随着求索者内心的波澜：面对众多纷繁复杂、缺乏绝对合理性且有限的目标，以及与此同时无限的可知性，他深感不安。进而，他对既有知识体系中的矛盾之处、耳闻目睹的种种以及自身言论感到诧异。他所寻求的，是万物的太一，是终极目标，是本源，是世界整体，是神性。

2.倘若塑造之旅的终点指向一个根本性的问题，那么对此问题的解答便不能简单地等同于对日常琐碎之问的回应。作为人类实存的历史内涵，传承下来的宗教与形而上学的解答构成了知识探索的边界（前提是它们不是对世间之事强行、无信仰的绝对化，而是在信仰与内化的过程中，对存在本身的体悟）。这些解答，作为伟大的历史符号留存于神圣的典籍之中，作为思想存在于孤独的哲学之中。它们被视作一种独特的存在。其真理被自身的本质所习得。它们的任务是澄明本源的空间，存在的意识从本源之中得以充实，而存在意识的表达就是那些答案。这份存在意识通过人类的知识、意志与行动得以验证，并由此挣脱黑暗，得以绽放。

3.对问题的理解是否正确，唯有在回答中方能显露真章。而回答所蕴含的真理分量，则取决于对问题历史形态与既有解答的理解，以及通过有理据的意义关联来去伪存真的能力。在经历过哲学的非凡构想和灾难之后，我们认识到，这一目标的实现既非对所有思想的堆砌，亦非强制性的信仰管控所能达成。真正领悟这一基本问题的前提，更多体现为一种哲学态度。那是一种在对自我实存的不断反思中，使得对真理的热忱获得理性冷静的姿态。唯有这份冷静，通过不懈地质疑既有的立场、思想与符号，方能获得那份广阔的视野。在这片视野中，本源的质朴最终得以淋漓尽致地展现。（W36）

借助理性塑造意识

在不可能终极完善的整体之中，依凭理性塑造意识，踏上成真

（Wahrwerden）之路。这一过程的核心，在于对我们的意识的塑造，使它能够自由地追求所有真实性的统一。这依靠的是不懈地拓宽真理的疆域，进而扩展自我参与的传播的范围。

狭隘的意识在固化的真理中获得滋养和优势，而扩展的意识则更显从容不迫，涉足所有可能的真理存在的栖息之地。然而，这种松弛与从容并非走向混沌无序，而是迈向真正的秩序。在这样的秩序之中，每一条真理都被赋予了明确的边界，而其根源与力量，则深深植根于那难以言喻的太一之中。真之存在的广泛方式在塑造形成的意识中愈当下在场，太一的指引也愈纯粹。从狭隘走向开放，意识的文明化进程展现出一系列鲜明特征：

1.在交谈时，我们误以为能够以共同的意识为媒介，与交谈对象时刻表达着同一个真理。我们假设，有一个平台，承载着那个放之四海而皆准的唯一真理。

但是，对于扩展的意识的塑造，既活络又通过秩序来固化它，它促使我们每发一言，皆需审慎考量：真理在何种领域、何种意义下有效？源自何方？受到哪些限制与条件的约束？

2.我们不断地交谈，仿佛我们属于一个在情感、动机、价值观和道德标准层面完全一致的共同体。它们往往看似理所当然、坚定不移，实则泛泛而谈、根基不稳，一旦遭遇挑战，便与强烈的情感媾和。

然而，塑造扩展的意识，是基于完全开放的理性。在这里，本源与真正的无条件性得以澄明，从而消融了狂热主义，唤醒自我存在的力量。我们得以深入理解历史的根基，清晰地认识到自己的根源与立足之地，并使自己对真正的交流敞开心扉。

3.我们倾向于把某些知识视为确凿无疑的，可据为己有的知识。

然而，理性的塑造是一种方法论上的恪守真理的纪律，不管是否不可或缺，一切固化的皆为悬而未决的。塑造扩展的意识，不仅着眼于内容性知识的积累，更致力于对思维方式与态度的培养，这是一种质性的训练。（W689）

二、此在与精神世界

在此在整体的实现过程中，人类始终难以获得终极的完善，于是，在超越此在的过程中，他在自身存在的基本形态中，在通过交流对自身充满笃定的空间中，建构了第二个世界，即精神世界。尽管作为精神存在，他亦与自己此在的现实紧密相连，但在蓬勃的发展中，他超越了此在的现实。有那么一刻，个体挣脱了纯粹现实的束缚，在对精神的观察和创造中实现了新的存在，而后又以这一新的存在回归现实。

正是基于这样的本源，第二世界在第一世界中得以孕育并被揭示：人类凭借对存在的理解，超越了既有的此在。以教育为媒介，实现了精神世界的塑造，其中也包括借助贯穿其理念的意义生成的、对此在关怀的特定行为。在艺术、科学与哲学的作品中，精神创造了它的语言。

精神的命运悬于对此在的依赖性与原初性的两极之间：它可能因过度依赖而迷失，也可能因沉溺于不切实际的幻象而失去方向。如果在此在现实中，若精神之命运仅体现为对现实理念的简单映射，那么这个理念可能会消逝，精神则或将沦为外壳、面具，乃至纯粹的诱惑之源而存续。

在我们这个被大众秩序、技术化和经济化所主宰的时代，若上述不可避免性被绝对化，则精神会随着人之存在同样遭受毁灭的威胁：正如国家作为人类的伙伴会衰退一样，若精神不再从本源出发，以追求真实的生活为目标，而是沦为服务于大众的工具，为有限的目标性编制虚假的生活，那么它同样会枯竭。（GSZ112f.）

三、塑造作为生活方式

塑造是生活方式；纪律作为思维能力是它的支撑，有序的知识则构成它的广阔天地。对既往形态的观察、对令人折服的有效洞见的认知、对万物之理的涉猎、对语言的精湛驾驭等共同构成了它的素材。（GSZ113f.）

将塑造视为既定理想模板下的塑性，忽视了科学不断驱动的理性进步，终将导致其僵化与狭隘。相反，若视塑造为一场态度的塑形之旅，以理性为指引，尝试每一条道路，全面激发精神世界的活力，则为人们开辟最为广袤的空间。（IdeeII, 34）

塑造，作为人类文化的一个要素，是历史性知识的展现。它作为历史现实的一种独特的语言，穿梭于世界与宗教之中，洋溢着生命的气息，是交流、启迪与实现的媒介。对过往的深刻理解与掌握，实则是对人类的要求：在把握历史赋予的可能性中，生成自我。（Ph635）

塑造的思维模式贯穿于一系列活动之中，旨在培养整全之人，锻造其本质，而且秉持着塑造过程本身即为目的的理念。这些活动宛如一场游戏，全神贯注于自身。然而，它们与游戏的不同之处在于，对待人之存在理念的严肃性。这种理念构建了一种连贯性，使得每一次塑造活动不仅是已习得塑造的展现，更是通往未来的塑造之路。

塑造并非对知识的占有，而是对精神内涵的吸收。在这一过程中，虽然知识也会累积增长，然而若这些知识是一种塑造要素，会映射出学习者内化于心的思维方式、行为模式与观察视角。这样的知识本身并非塑造。对于个体而言，纯粹的知识是达到目的的手段，可以被运用，却仍是身外之物。但是，塑造性知识却能深刻地改造人，渗透至人的本质。例如，在布克哈特（Burckhardt）①看来，历史知识的意义不在于一时的聪明，而是永恒的睿智。应用型知识能够准确说明效果，具有可预估性；塑造性知识永恒有效，但不可预估。

塑造并非天赋之禀的自然发展，而是需要历史性的习得。想象力与幻想力为天性所赐。而塑造则是借助伟大人物的形象以及对图景深度的洞见来充盈灵魂。在井然有序的等级架构中，塑造再现了世代累积传承的洞见。

然而，塑造的使命在于，通过锻造个体的行为模式、思维模式、意识乃至对世界的感知方式，影响并引导这些天生的个性特质逐步趋向于一种普遍性，进而使这种普遍性作为每个人独特的个性得以真正彰显。

---

① 布克哈特（Jakob Burckhardt）：1818—1897。瑞士著名历史学家和文化评论家，以对文艺复兴时期的研究而闻名于世。其代表作品主要有《文艺复兴时代的意大利文化》（1860）、《世界历史》（1907）等。

塑造可被比拟为第二天性。因为它并非与生俱来，而是与传承、教育、家族血脉以及我所属的共同体的实质息息相关。塑造的方式，直接决定了一个民族的精神地位：追随哪些卓越先贤，带着敬畏之心与哪些人相遇，如何看待他们的本质，以及如何发挥他们的典范作用。

　　塑造活动是一种思维活动，借此，我把我每日的行为均置于一套法则的约束之下。这套法则的意义更易于通过否定性的视角来阐明，比如：在精神活动中，我们会面临抉择，当前状态与情境下，我是否有正当的理由去从事某项活动？——这一问题的答案来自驱动力的内涵，它禁止我们出于无聊而非真正兴趣去涉足精神盛宴，如观赏《哈姆雷特》之类的活动。在塑造中，日复一日的纪律是不可或缺的，这是为了守护内涵的一如既往的严肃性，而非仅仅是外在形式与秩序的问题。当然，这种秩序有其自身的价值，而且即便在灵魂仿佛暂时黯淡的时刻，它依旧稳固。我不能虐待自己的灵魂，也不能虐待我的智慧之作，它们必须相互契合。唯有受过良好塑造的本质，在当下明晰的良知中，无须任何理由便能做出决定。（W353f.）

塑造的不同形态

　　塑造作为价值与失败。——个体通过不懈学习，吸收传承下来的不同范畴，掌握研究方法，洞悉存在的知识内容与所构建的图景，进而获得自己的世界观，这就是塑造。实证论与观念论，作为世界观的两极，分别代表了塑造各自可能的范围。我无法逃离这个世界，因为唯有通过它，我才变得真实。即便最为渊博的塑造，亦无法把个体引向实存，而是仅仅创造了实现实存的条件。由此观之，有限的塑造也折射出实存局促的此在。

塑造，本质上就是已经变为真正此在的意识。受塑造之人的观察视角条理清晰，不会以混沌与孤立之眼光审视万物。他摒弃了机械式的理智原则，转而依循客观理念的实质行事。

塑造，既具有理论性，触及思维形态的塑造与知识边界的拓展；又兼具实践性，是我们的态度与行为模式的第二天性，切合那种历史性有效的理想类型。

在实证论的视野下，塑造聚焦于对现实的把握与理解，它是有理有据的知识形式，让我明白如何知之、为何知之，以及知之所不知。塑造表现在我们能够提出问题，在具体的情境中能够运用所学去深入探索事物的本质。此类塑造追寻的是必然性、事实的实证性与可能的可制造性的意义。而在观念论的维度上，塑造则是一种对整全的参与，关乎形态与图景对心灵的充盈。它追求的意义在于能够理解无法通过经验证明的观念，并从中构建出对世界的直观构想。它使得被塑造之人能够在世界此在的内涵中超越强制性，实现彼此的相互交流。——在实证论这一极，教育意味着技术能力，能够有目的地驾驭所遇一切；意味着语文能力，能够达成真正的理解。而在观念论这一极，这种理解充盈了内在的精神世界，并成为一种疗愈艺术创造性的能力，乃至作品创作以及实事求是的行为。（Ph203f.）

塑造的历史性

历史回顾。被塑造之人深受特定历史理想的熏陶。这些理想作为由特定的想象方式、行为举止、价值观、语言习惯以及能力范畴构成的一个整体，逐渐内化为他们的第二天性。希腊人崇尚美善合一（Kalokagathie）的塑造，罗马人以尊严（Dignitas）为塑造的基石，坚守礼仪与诚实的传统，英国人则把绅士风度视为塑造的典范。这些塑造的理想，因孕育它们的阶层（骑士、神职人员、修道士、市民），精神领袖的引领（社会名流、艺术家与诗人、研究者），学科领域的侧重（音乐—体操训练、学术知识与技能、语言—文学教育、技术—自然—科学能力），以及教育机构（文科中学、集市公共生活、宫廷、沙龙、大学）的多样性而各具特色、不尽相同。它们的共通之处在于，它们都强调形式与自我掌控的重要性，坚信通过不懈的练习，塑造能够内化成为第二天性，使一切看似天成，而非后天习得的。

有时，整个民族会拥抱某一阶层的塑造理想，将其推广为全民共识，如英国与法国绅士文化的盛行，便是这一现象的生动例证。相比之下，德国历史上缺乏一个具有强烈感召力的塑造理想，导致外界常将德国人贴上"愚昧"与"野蛮"的标签，他们的塑造具有个人化色彩。

值得注意的是，决定社会特权地位的，并非塑造本身，而是塑造的成果。在希腊化时代的埃及，唯有接受文科中学教育的青年方能成为真正的希腊人，并享有担任公职的资格，这一制度对受塑造者有详细的记载。古代中国，科举制度则是进入文人阶层并跃升为朝廷官员的关键门槛。在我们这儿，唯有接受过高级别中学的教育（昔日，只有文理高级中学才拥有此殊荣），才能被视作被塑造之人。高中文凭是通往大学教育的必经之路，而大学教育则赋予个人追求特定职业的资格。(IdeeIII, 78f.; ähnl.II, 33f.)

四、塑造与古典时期

塑造与古典时期。——在西方，尽管不乏个别探索非传统之路者，但对大范围的阶层而言，人文主义至今是教育获得成功的唯一途径。那些年少时便沉浸在希腊语与拉丁语之中，研读古典时期的诗人、哲学家、历史学家的智慧结晶的人，那些掌握数学，熟悉"圣经"教诲并了解本民族为数不多的伟大诗人的人，都浸润在一个无限灵活而且开放的世界中。这个世界赋予了他们永不磨灭的内涵以及理解世间万物的能力。然而，这一教育实现的本身便是一种选拔。众多学子或以失败告终，或止于皮毛，未能获得教育的真谛。关键并非掌握语言、数学思维，或者客观知识的独特天赋，而在于接受精神洗礼的意愿。人文教育实则是个体的自我教育，个人借助自我存在，在自成的过程中，也完成了自我选拔。其魅力在于，即便是平庸的教师也能收获意想不到的成果。譬如，一个学生在课堂上学习《安提戈涅》时，因为听到的都是对语法和韵律的讲解，故而心生反感，即便如此，学生也能在这样的经典文本前，感受到灵魂的震颤。

若有人追问，这一路径缘何具有优越性？究其根源，唯有从历史的长镜中方能窥见，而非仅凭某些理性认同的目的性所能全然解释。古典时期，在西方文明中奠定了人性的基石，这一塑造理念在古希腊首次得以实现并获得理解，其后世影响深远，惠及每一位理解者。西方人之存在的每一次伟大的勃兴，皆离不开对古典文化的重访与多角度思辨。遗忘古典，则意味着野蛮的抬头，人类则将如断根之萍，漂泊无依，这正是失去古典文明庇护的写照。尽管时代变迁，古典文明始终是我们的根基，而民族自身的历史则更多地扮演着辅助角色，缺乏自主塑造的力量。我们，作为西方人，共同隶属于一个由古代文明精髓铸就的民族。如今，这种塑造充其量只是为大众意愿所接受。真正珍视它的人越来越少。（GSZ114f.）

面对"人文主义已式微"的傲慢论调，说它属于残余的衰落的市民阶级，我们不必惊慌失措。只有当专横的权力摧毁了它不喜欢的、人类真正的精神诉求时，这些虚假的认知才会获得承认。

人文主义，本质上是一个教育问题。它用最纯粹的形式、最简单的表达向年轻一代传授最深邃的人类内涵。继续扶持人文主义文理中学，让有天赋的孩子通过研习古典语言等方式获得卓越教育，不仅非过时之举，反而是当下唯有这条道路所能达成的。所有西方国家的孩子应不仅熟悉《圣经》，更应深入了解古典历史，熟读古典文学的翻译佳作，深谙不同时代的艺术特点。

然而，今天对人文主义的宣传不乏误导性。（RA332）

缺乏历史性、关于人类的空洞理念，不可能孕育出全新的人文主义。

展望未来，一种把中、印人道思想融入西方文化的新型人文主义或许能应运而生，并成为全人类共同的人文主义。它将呈现出多样的历史面貌，因了解彼此，故而各美其美。

但是，最为关键的是，人文主义并非终极目标。它只是搭建起一座精神空间，在这里，每个人都能够且必须为他自己的独立性奋斗。（RA334）

五、作为塑造的科学性

倘若在大学中诞生一种独特的塑造，那它就是科学性塑造。这种塑造完全由科学性态度所决定。它是一种能力，为了获得客观认知，暂时搁置个人的价值观，超脱个人的立场与意愿，以便能够不偏不倚地剖析事实。科学性是客观性，是全身心投入研究，是谨慎地权衡，是探寻不同对立的可能性。自我批判性。它拒绝短视的功利思考。它的特性是怀疑与诘问，是最终论断之前的慎思，是对论断的边界与适用范围的检验。

科学研究与专业培训之所以具有塑造的效果，是因为它们不仅传授知识与技能，更在于发展一种科学性思维的态度。这一过程促使学生们获得独立而客观的认知，逐步摆脱偏见的桎梏，摒弃狂热与盲目的心态。当学生意识到自身并非一切，方使真正的无条件成为可能。可解之谜与对世界未完成性的认识成为通向超越的跳板。科学的态度，并非止于促进有限的认知，更是培育理性的塑造之旅。

被对研究与释疑的无尽渴望所感染，会促进人文精神：倾听理由、理解、换位思考、真诚、生活的纪律性以及一以贯之，这些品质共同构筑了人文精神。

然而，这类塑造并非预设目标的产物，而是自发的成就。若刻意将其拔高，视为一个能够脱离科学而实现的特殊目标，恰恰就会丧失该类塑造的真正意义。或许有人想到的是一种浅薄的人文塑造，这种形式不诉诸文法和修辞的训练，而是提供可见的美好事物供人享受与闲谈，再或许想到对宗教教育的需求，它在大学的教学中亦仅能得到微薄的满足，——所有这些都是假象。大学非宗教圣地，亦非神秘主义的温床，更非预言家的舞台。它的原则是：通过思考开发一切工具，挖掘一切可能性，趋向极限，同时引导学子在关键行为与信仰上回归自我，依靠他们自己的认知，明晰自己责任担当的意义所在。大学呼唤的是无畏的求知意志。因为真正的认知源于独立的自发性，所以它的目标是培养个体的自主性。在这里，权威让位于真理，尊重真理无尽的形态。这是人人都在追寻的真理，但没有人能最终完全地拥有它。

倚仗大学理念进行的塑造，本质上是建立在本初的求知意志上。对于这种塑造而言，认知本身就是目标。在这种塑造中成长起来的人坚定不移，同时也极其谦卑。此在的目的与最终的目标并不能仅由简单的认知决定。在这里至少有一个最终目标：世界意欲被认知。（IdeeIII, 79ff.; ähnl.II, 50f.）

经由科学内涵进行塑造

自然科学与人文科学，两者在教育领域的价值呈现出截然不同的风采。自然科学的现实主义与人文主义似乎代表了两种不同的塑造理念。两者均以科学研究为基石，前者致力于通过观察与实验，探索自然界的现实，而后者则倚重对人类典籍与作品的理解。

在人文科学领域，我们驻足于可理解的范畴之内，把那些所有精神皆无法理解的人类此在条件，如地理禀赋、种族、自然灾害等，视为自己领域的边界或未知的疆域。然而，正是这些难以理解的因素决定了我们的存在，是自然科学试图认知与解释的对象。

人文科学与自然科学都倾向强调自己的优越性，自我标榜为真正的科学。然而，迄今为止，尚未存在一种使得人文主义与现实主义融合互鉴、相互启迪、相互渗透的教育理想，除却少数如亚历山大·冯·洪堡（Alexandervon Humboldt）[1]、贝尔（K.E.von Baer）[2]等杰出的个体之外。

人文科学的塑造价值在于参与人类的过往，了解人类无限的可能性。即使忘记了认知的路径（在语文学领域曾经实践过的路径），其结果本身也具有重要价值。用神话、图景、作品以及人类现实的内涵来充盈心灵，这本身已具有非凡的教育价值。

相较之下，自然科学的塑造价值在于锤炼精确的现实主义的理解力。与人文科学相比，其知识内容的塑造价值相对较弱。在物理学与化学领域，真正具有塑造价值的，并非那些结论性内容，而是通往这些结论的路径（即方法）。单纯知晓结果而忽略其背后的方法论的人，掌握的其实只是死知识。因此，仅仅掌握结果，与塑造教育的目标背道而驰，是把科学推向权威崇拜，进而催生了一种迷信的教条主义。最缺乏塑造价值的莫过于那些被大众推崇的、教条化为世界观的"科学观"。若我无法自主地理解某一知识的论证过程，这样的知识

---

[1] 亚历山大·冯·洪堡（Alexander Von Humboldt）：1769—1859。杰出的德国自然学家、博物学家、地理学家和探险家。他的探险和研究成果被编写成了多卷的著作《亚马孙行程》。

[2] 卡尔·恩斯特·冯·贝尔(K. E. Von Baer)：1792—1876。生物学家、动物学家和胚胎学家。他提出了"胚胎学发展史"的基本原则，这个原则现在被称为贝尔规律。

会带来毁灭性的后果。那些原则上本就是错误的世界图景，会如过去的神话一样发挥作用。缺乏灵魂的世界图景取代了昔日的神话世界；一个极度贫瘠的整全取代了思想内涵丰富的整全。空洞的自然科学观念，取代了人类与自然亲密无间、生动而直观的交流方式。现代社会对世界的"祛魅"并非自然科学本质使然，而是源于对自然科学的误解及由此引发的教条化与迷信化倾向。相较于这种教条主义，一个充满奇迹与魔法的神话世界甚至更适合作为塑造元素。

上述内容主要适用于精确的自然科学。它们以科学界的极致精确与严谨著称，使我们最为清晰地理解自身认知活动的前提条件。它们印证了康德的观点，即唯有在数学能得以应用的情况下，才存在科学。因此，于自然科学而言，对认知过程的理解也远比单纯接受结果要重要得多。然而，自然科学的疆域远不止于此，它跨越至无生命的广袤矿物世界。与之相较，生命领域展现了一个更为神秘莫测的现实。康德的观点适用至今："毫无疑问，基于简单的自然机械法则，我们难以窥见有机体及其内在奥秘的全貌，更别提诠释之。这份确信，让我们敢于断言，人类不可能，甚至不要起念抑或希望，再次觅得如牛顿般的智者，他仅凭不带有任何目的的自然法则，便能揭示一株小草生长的奥秘。"时至今日，生命科学已经取得了非凡进展。纯粹的内容本身由此也更具塑造价值。生命无尽的多样性开辟了一个全新的世界，有效地扩展、澄清并深化了每个人习以为常的与自然的交流的方式。然而，塑造的价值取决于，在多大程度上把自然科学知识转化为对周遭环境的生动观察、检视与习得。（IdeeIII, 81ff., ähnl. II, 35ff.）

精神病理学塑造的任务。总体而言，这远非止于传授知识，而是一项旨在培养精神病理学家的工作。它依托于有条理的知识、有纪律的观察以及方法性的经验来训练精神病理学家的思维。它传承伟大的传统并创造性地服务于这一传统。知识的意义，在于它如何被转化为观察与思维的工具。

我衷心希望我的书能帮助读者获得精神病理学塑造。诚然，习得知识框架、掌握一些专业术语，或许能轻松地营造出一种掌握全部的错觉。然而，真正的塑造，在于建构一个有序的知识系体，并赋予学习者清晰的、自由发散的思维能力，使他们能洞悉知识的边界所在。精神病理学的塑造，还包括随时准备好观察的自身经验——这是任何书本都难以提供的——以及概念上的清晰度和思维的发散力——希望我的书能促进后者的发展。（APs44）

因为重要的不在于知识的堆砌或全知全能，而是明确每个领域知识与现实的基本原则，并同时将它们在一个具体的细节中具象化。（SW35）

六、对成人塑造的需求

在冷漠与偶然的交织中，若成年人接受了这样的教育后仍然无法融入一个世界中，反而深陷被遗弃的困境而且自知，那么对成人塑造的需求便是一个时代的特征。往昔，成年塑造的重心在于知识的广泛传播，关注的问题是如何使知识尽量通俗化。而今，我们所面临的挑战已转变为如何在由教育者、工人、职员、农民等组成的共同体中，借助当下此在的本源，孕育出一种全新的塑造模式，而非是对旧有体系的削弱。面对被社会遗弃的现实，个体不仅需要具备理解并适应复杂现实的能力，更需找到一个超越职业界限、政党分歧，将人与人作为人类紧密联结在一起的共同体，重塑为一个真正的民族。对成人塑造成果的质疑，并不妨碍我们认识到所面临任务的严肃性。若成人塑造的理念在时代的洪流中支离破碎，其复兴之路虽看似遥不可及，却仍是人类残余尊严的最后的诉求。若没有一个民族能让个体在其中自然而然地感受到归属感——或者是还在废墟中存在这样的民族——若每一个共同体都面临着解体危机，重建新的民族共同体或许被视为乌托邦式的浪漫憧憬。然而，这一渴望的正当性不可否认：在这个时代，目前仅存的是朋友间的紧密团结，个体清晰的现实，以及跨越分歧与陌生人交流的意愿。因此，这个意义下的成人塑造不是对现状的反映，更是作为一种需求，是时代教育体系崩溃下，人类在塑造的废墟中迷失的症候。（GSZ103f.）

七、均质化对塑造的危害

塑造的均质化与能力的专业化。——在大众秩序的此在下，塑造愈发迎合普罗大众的需求。若将知识尽数简化到用纯粹的理智一眼即可洞穿的程度，那么，这种广泛普及的背后，实则是精神的衰落。随着平均化趋势的加剧，那些曾经由长期的训练发展出的、蕴含思维与情感纪律的教育阶层，正逐渐消逝，而他们本是精神创造的重要源泉。

大众忙于奔波，无暇用整全的原则来指引生活。若缺乏明确的收益保障，他们不愿意做出任何准备或努力；他们不愿意耐心等待成果的成熟，追求的是即时的满足感；精神食粮因此转化为即时的享乐。因此，随笔成了一种合适的文学形式，报纸取代了书籍，碎片化阅读取代了经典的长久陪伴。阅读速度的提升，追求的是对简洁信息的快速浏览与遗忘，而非心灵的触动与深思。人们再也无法在沉浸式阅读中与内涵融为一体。

如今，塑造，在屡陷虚空的艰难挣扎中，难以获得一种形式。而某些特定的价值取向已然萌芽。在信息爆炸的时代，人们追逐新奇，渴望原创思想的刺激，却又迅速将其抛诸脑后，仅视为一时的猎奇。人们意识到，在自己所处的时代之中，一个全新的世界正在觉醒，旧有事物难以令人满足，因此新型事物被不断贴上标签，以发挥其时代影响力，新式思维、新式生活体验、新式身体文化、新式实事求是的精神、新式经济管理等等。凡被冠以"新式"之名，便自带光环，而旧式之物则黯然褪色。——即使我们无话可说，我们依然拥有自己的理智，能够将其用于应对挑战困难。若个人被视为有智慧的，那么这种评价现在已经代表着可能实存的精神存在。——在人际关系的荒漠中，亲近与爱意成为稀缺品，取而代之的是相互利用，身边的"同伴"与"对手"，更多是基于抽象理论或现实此在目标的构建。当个体被赞许为"有趣"时，这往往意味着被当作一种外在的刺激源，而非源于他个人的存在；一旦不再令人诧异，刺激就不复存在。——真正的被塑造之人，是那些能够融合新颖、智慧与趣味于一身的个体。如何培育这些特质，这一话题已成为大众讨论热点，但与此相关的消遣式的交流并不能带来真正的满足感。唯有那些真正的交流，作为信仰之争的表达，或是在共同构建的世界里分享各自的经历与见解，方能带来真正的满足。

知识及其表达方式的广泛传播导致了词句的滥用。在混乱的塑造中，万物均可言说，却往往是言不由衷。词语意义的模糊性，乃至对连接精神与精神的概念性的舍弃，使实质性的理解变得遥不可及。丧失了对真正内容的把握，最终只能有意识地抓住被当作语言的语言，并把语言变成意图的对象。就像透过玻璃窗看风景，当窗户变得模糊时，我依然能看到风景。但若我把注意力转向玻璃本身，真正的风景便隐匿无形。如今，人们避免借助语言来观察存在，而是把存在与语言混为一谈。存在应该是原初的，因此应避免使用任何惯用语，尤其是那些曾经负载过内涵或有潜力承载内涵的高级词汇。罕见的词语与语序必须伪装成原初的真理，新的表达，新的深度。精神的存在似乎依赖于不断的重新命名，人们因惊艳的语言表达而短暂沉醉，直到发现它也很快被损耗，或者被证明这不过是一层面具。在塑造的混乱中，对语言的依赖折射出对形式的苦苦追求。因此，当下的塑造要么沦为词汇堆砌的混沌苍白的表达，要么成为语言替代现实的言说表演。语言对人之存在的核心意义在注意力的倒转中沦为幻象。

然而，在这股不可阻挡的解构潮流中，塑造的某些现实层面却得到了强化，展现出多样化的提升路径。在职业知识领域，精确的专业知识已成为常态，专业技能得到普及；相关知识能通过实践的方法被掌握，以最为简洁明了的形式呈现。在这片混沌之中，不乏绿洲般的存在——那些真正掌握专业知识、具备专业能力的专家。然而这些专业知识相对分散，专家们往往是在某个领域内精耕细作，难以与个人

的本质及全面塑造的意识整体融为一体。（GSZ115-118）

八、大众塑造

新闻媒体与大众塑造

新闻媒体——报纸是我们时代精神此在的体现，是意识在群众中的实现。它最初以传递新闻来服务群众为使命，现在已然成了主宰。与只有专业人士掌握的术语和特定领域的专业知识不同，它创造了一种易于获取且富有确定性的生活知识。每一篇报道的出炉，都是这种生活知识的一次表达，逐步超越专业的知识学习，成为这个时代正在形成但尚未完成的匿名塑造。作为一种理念，报纸使大众塑造的伟大普及成为可能。它避免了空洞的概括，避免了浅薄的堆砌，转而以生动形象的笔触，精辟地呈现、微妙地建构事实。从深奥的学术探讨到崇高的个人创作，无一不纳入其广阔的视野之中。通过客观真实的记录，它将原本影响力有限的个体所有，烙入到时代的意识之中，仿佛进行了一场再创造。通过转写专业知识，它们变得通俗易懂。与我们现在所处的世界相比，尽管古代的世界狭小、透明而且简单，古典文学却把它们描绘得栩栩如生，这或许能够成为我们的榜样，而且曾经也是某些人的榜样。它的本质是一种人文精神，全然开放，直面事物的原貌。然而，随着如今实际事物的极端复杂化，世界意欲被认识的诉求也与以往彻底不同。

在看似朴素的报道中，用完美的语言表达出最精辟的洞见，在日常印刷物的废墟中偶遇这样的宝藏，对现代人而言，是一种高尚且难得的满足感。它们是精神训练的结果，凭借一己之力潜移默化地影响当代人的意识。人们认识到这些日常报道的意义时，就会对新闻工作者肃然起敬。他们不仅需具备敏锐的洞察力，以捕捉瞬息万变的现实；更重要的是，要将所见所闻传递给千家万户。当下生产的言辞，具有影响力。它是最贴近生活的成就，直接作用于大众的集体想象，因此，在一定程度上掌控事物的进程。尽管从传播范围与持久性来看，报纸或许会被诟病。但如今，日报的工作却恰恰代表着对真正现实的积极参与。因此，新闻工作者承担着独特的责任，这种责任赋予了他们自尊和荣耀，即使在匿名的情况下也是如此。他知道自己的能量，能够在事件发生进程中操控人们头脑中的杠杆。通过找到表达时下的言语，他成为当下时刻的共创者。

然而，它最大的潜能也可能会滋生腐败，尽管新闻媒体并未面临危机，它的帝国依然稳固。这个帝国内在的争斗并非为了维护统治地位或与当下对手之间的较量，而是关乎独立的当下精神力量的存续——是屹立不倒，还是不可避免地沉沦。有时，当下的精神风貌或许只剩下灵巧的速写，这是可以理解且不可避免的现实。更为令人忧虑的是，新闻业在迎合大众偏好或受制于政治经济权力的过程中，其责任感与精神创造力遭受质疑。有人声称，在新闻媒体中维持精神正直是不可能的。为了寻求销路，它必须迎合数百万人的口味，导致内容趋于轰动效应、流于表面，且回避了对读者深度思考的引导，变得平庸与粗犷。为了生存，新闻媒体愈发成为政治与经济权力的附庸。在这些权力的控制下，学会了策略性地掩饰真相或为异见力量发声，其内容与思想的独立性渐行渐远。只有当一种此在的力量被一种理念所承托，而新闻记者的本质与这种力量融为一体时，他方能迈向自己的真理。

我们这个时代，特征之一是形成了一种拥有自身道德规范的阶层，它实际上掌握着精神世界的统治权。它的命运与世界的命运休戚相关。没有新闻媒体，这个世界将无法生存。其未来的走向，不仅取决于读者与现实的权力格局，更取决于人们通过自身的精神行为来影响这个阶层的初心。问题在于，大众的特征是否会彻底摧毁一切，使得人类在这里的一切可能性均化为乌有。

新闻记者能够实现现代普世人的理念。他全身心沉浸在日常的喧嚣与现实之中，并能够在其中保持慎思。他寻求内心深处的一个支点，在那里与时代的灵魂同频共振。他有意识地把自己的命运与时代联系在一起。陷入虚无时，他会感到震惊、痛苦及挫败，也会在随声附和、人云亦云时失去真实性。唯有真切地在当下感受到存在时，他才会获得真正的动力。（GSZ122-125）

基本之物与大众塑造

在自由世界全新的社会格局下，哲学面临着不同以往的任务。如今，群众不再仅受他者意志的鼓动，转而依靠自身的知识与意愿，在投票中扮演着决定性的角色。今天，哲学思想唯有广泛触及民众的心田，方能获得在世界上的影响力。鉴于现状，大众虽已掌握读写之能，却难以概览西方塑造的全部范围。但他们是知情者、思考者和参与者。他们对高级认知与批判性区分的理解愈全面，他们就愈发能够把握这一新机遇。因此，对于全人类沉思的时刻至关重要的是，传达核心要义的方式需力求简洁明了，同时不失其深刻内涵。今天，很多人实际上并不清楚自己想要什么。鼓动性的宣传以利益与权力为诱饵，无视真假的界限，肆意侵占那些缺乏独立思考与抵御能力的灵魂。为了让真理发声，以宣传为载体不可避免。在此背景下，创造性思维的核心任务在于构思出真理的朴素表达形式，以便在每个人原本便拥有的理性中产生共鸣。至关重要的是，简单的思想能够以清晰的运作方式与那些可理解者们相遇于某处，在那里，他们不仅知晓真理，更在内心深处付诸行动，这意味着理性将全然觉醒。（PuW19f.）

九、对塑造的批判

颠倒为"塑造世界"

在古典时代，世间一切伟大、真实与美好的事物，无一不成为我们关注的对象。曾经精神思想高度发达的德国人，对人类创造的一切辉煌都满怀喜悦与热爱，他们不懈追寻，并且最终掌握它们，此番情景，无疑令人赞叹不已。从这个角度来看，我们的古典时代是一个致力于理解的时代，令人诧异的是，这样的时代竟是前所未有的。无限的理解力开阔了人们的视野，这是其优势所在。与此同时，这些任务及作品的特性，也存在自身的局限性，这是它的弱点。那个时代拥有无限的精神财富。但是，这种财富在很大程度上只体现在对理解的态度中，而未能在人类自身存在中得以实现，这可能会误导人们，把对外物的理解带来的满足感，替代自身实存的实现。（A76）

古典时代所遭遇的厄运，转变为塑造的世界，具有内生的必然性。即便是那些看似微小到几乎被忽视的颠倒，也足以削弱肃穆性，并用一种人文主义的狂热取代它。

1871年建立帝国以来，德国的文化逐渐走下坡路，而塑造世界却因被视为古典时代遗留给我们的一项重要资产而得以保存。（A78）

这种塑造或许已囿于知识的浅表，看似无所不知，实则未能掌握人类的真实。它如同断裂了根茎的花朵，虽绽放却不再能够照亮自身的无限可能。相反，远离不再置身其中的此在，作为在沉思自在中获得的实存的时刻，一种普遍性的固化状态在其客观的充盈性上依然是真实的。通过踏入过去的现实，该实存认识到其对他人可能的历史性的广度。（Ph635）

"塑造的宗教"，这种转变曾是公开的谎言，克尔恺郭尔（Kierkegaard）和尼采（Nitzsche）[①]都曾对其公开揭露，却未能战胜。它一直延续至今，阻碍了精神的严肃性。

因此，我们对待古典时代的态度具有双重性：通过联结我们的古典时代，我们成为德国人。若失去了这一点，我们将退化为野蛮人。但唯有当我们对这个时代进行批判并摒弃那个被扭曲的塑造世界时，我们才能真实地站在这个时代共同的土地上。我们的"塑造困境"在于，被扭曲的塑造仍然存在，并被一部分精英所宣扬。（A78）

然而，在青年时代，我们以亲身经历体察德国。尼采开阔了我们的视野。我们的古典时代（1770—1830）的短暂辉煌，已经颠倒为

---

① 弗里德里希·威廉·尼采（Friedrich Wilhelm Nietzsche）：1844—1900。德国著名哲学家、文学评论家和文化批评家，被认为是西方哲学中最有影响力的思想家之一。

"塑造"。人们掌握了对华丽辞藻的驾驭能力。历史知识与理解的浩繁，与真正的现实相混淆。一切都变成布景，仿佛戏剧一般。而这个剧场本身，作为塑造的场所，既非上帝的礼拜，亦非一个培养人民自我意识的地方，它更多的是沦为廉价情感与消遣娱乐的场所，是一个事实上已经丧失了根基的社会谈资。政治现实不被认真对待，它既非人民的也非受过塑造的社会阶层的事务。（HS352f.）

精神思想固化为塑造世界，依靠支撑它的有效的理念，在运动中不断转变这个世界，这些理念在这样一个塑造世界的财富中肆意发展，直至被融入新的理念之中。当精神思想自视为绝对化时，它注定会失败。因为精神思想的固化对实存与超越的力量而言是不足够的，这些力量会破坏并重新激发新的精神形态。（W721）

伟大的诗人曾是民族的教育者，是他们的道德理念的先知。听众不仅会被打动，而且也会被转向自身。

但是，文学创作与观看总是会很快退化为纯粹的表演，它变得没有约束力。最初的严肃性是在悲剧性认识中获得救赎的方式，这是人们在观看演出时获得的体验。但是，若退化为一种普遍的自我娱乐，它就会沦为一种取悦的享受，而丧失其严肃性。

观察并从中汲取美学的陶冶固然重要，但更为关键的是要深入其中，将展现的知识视为与我息息相关的事情来体验。若我抱持着一种置身事外的安全感，如同旁观者般冷漠，或是心存侥幸，认为那些事件虽近在咫尺，却已幸运地与我擦肩而过，那么内涵就会丧失意义。我从一个安全的港口中眺望这个世界，仿佛无须再在前途未卜的船上中，运用技巧追寻目标。我看到了伟大而悲壮的阐释：这个世界注定面临伟大的毁灭，而这种毁灭是为那些未受波及的观众提供的享受。

这一切会导致存在性活动的瘫痪。世间的不幸非但未唤醒人们，反而催生了一种消极的心态：世界本就如此，既已既定，我便无力改变，唯有庆幸自己未深陷其中。然而，在安全的距离之外，我却渴望旁观它：在别处它完全可以发生，只要不打扰到我就行。在观看的过程中，我会感受到震撼，为自己臆想的澎湃情感而心潮起伏，立场鲜明，评判犀利，交织恐惧，并在实际生活中与之保持距离。

将悲剧性认识转化为美学的教育现象，可追溯至古希腊晚期（借由旧剧的再演）及近代时期。不仅是观众，诗人们也舍弃了最初的严肃性。（W952）

在这个衍生的塑造世界中，人与作品之间横亘着一条沟壑，导致呈现出的形象毫无生气，其中强烈的情感激荡、戏剧性的事件以及精妙的舞台效果，均无法代替古希腊戏剧与莎士比亚戏剧中所蕴含的无尽的深邃。如今，遗留的仅有若有所思、多愁善感、激情澎湃，或许还有几分真实的领悟，但再无创作性可言。塑造的严肃性取代了实存的严肃性，即便是赫贝尔（Hebbel）与格里尔帕尔策（Grillparzer）这样的最优秀的诗人所创作出的形象，在真实性的叩问下，也听起来空洞无物。（W953）

这种情况在观念论从其起源中脱离出来而成为塑造形式时感觉尤为明显——彼时，它仍拥有英雄式的坚强与现实主义精神，并且每一次对残余的毁灭都是一场真正的克服。由此，观念论曾以思维的丰富与细腻，在人们眼前铺展出一个宏伟的、井然有序的、和谐的世界图景，这与本初的真实世界观的广阔相呼应。但是，在退化为塑造形式的过程中，它变得软弱而虚伪，因为在它所塑造的人的现实中，缺乏作为自身经验基础的真正克服。在它那里，人类拥有一个建构的、可见的圆满世界。他面对每种场景都有解决之策，但本身却是无足轻重的存在，根据心理学性格类型，这是一个或多或少地倾向逃避、忧心安全且神经紧张的人，在现实生活中，会被自己的哲学抛弃。（W620）

现实的崩塌与丧失

从青年时代起，我们就置身于对市民性的内在反叛之中，反对习俗的谎言，反对遮蔽万象、扼杀伟大与值得尊敬之声的轻浮。我们同样排斥那种泛滥的人文主义教育观，它充斥着自我满足的无所作为、畏缩的缄默以及草率的否定，表现出一种缺乏实质的浅薄。当时的我们渴望真相，然而，在追寻的过程中，我们却发现，自己竟对其知之甚少。唯有通过最为深刻的自我批判，我们方能踏上那条通往真实之路。（PGO440）

沉溺于历史长河之中，感受对美好与伟大的欣赏、对低俗与卑微的不屑，这尚无法开启根基，仅仅开启一扇通往人文主义教育世界的窗口，那是一个悬浮于现实之上的第二世界。人文主义，作为一种自由的、在观察中仅关乎文本与纪念碑的游戏，是探索现实的基础与路径，也是一种理解带来的享受，它的这种方式深受我们青睐。然而，我们也感受到内在状态所处的危险，它同时面向光明与恶劣的财富，并不由自主地陷入其中。

这种对伟大的敬畏之情，对人却是不公平的。它把人客体化，并将其视作能观察并塑造世界历史的所谓的权威机构而加以评判。

然而，我们应当接触的是最为本质的。这唯有当我们穿透表象，跨越历史的界限，来与其交流时方能实现，它以人类的严肃性与我们交谈，促使我们发生蜕变。一旦我们聆听到这种语言，我们与历史现象的互动方式就会发生改变。然后，我们放弃了那些无关痛痒的、浩如烟海的历史知识，因为我们知道，虽然处处皆有神明，但我们并不具备超人类的能力，让所有神明都与我们对话。我们不再追求作为旁观者的情感波动，转而聚焦那些推动我们成为自己的内在与外在的行动。我们知道，每个人都面临自身实存可能的局限性，对待的方式也各不相同，但我们并不知道，我们的这份开放将会引领我们行至多远。（PGO93）

然而，若是国家、宗教与文化相互分离，那么它们的客观性就会瓦解。国家将成为一种空转而毫无灵魂的机制，宗教则沦为迷信，对此在充满恐惧，文化则沦为单纯的塑造消遣，面对被忘却的实存无能为力。这一切皆因缺乏以自我为根基、作为自足之存在的客观性。（Ph597）

文化本身无法自存，作为塑造则最终变得无足轻重：它的存在依赖于国家现实以及宗教实质丰盛的滋养。（Ph597）

在过去，曾不遗余力地保护塑造免受侵蚀——那是一种来自富裕世界中，富有却缺乏约束力的上层阶级所推崇的美学观念论精神的侵蚀。（PA242）

十、塑造与实存

塑造是每位个体必须获得并一再耕作的土壤，其明确的秩序构成实存清晰性的前提条件。它是日常工作的领域，但是，唯有世界作为最终的此在时，塑造才会是终极引导者，否则塑造就不能成为统摄我的力量，反而受制于我之下。

塑造最初被实存所创造，然后被其承载，最终被其打破。当塑造自立时，实存就会消逝。只有实存消逝，世界才能获得绝对的存在。塑造由此展现出自我的生命力，它在美学上不具有约束力，因为它只专注于观察对象之存在不断更新的丰盈，而且赋予形式的形成与自我圆满以优先权，而自我存在则会隐退。这种塑造所面临的挑战，如决策的紧张，形式的破碎，个体强制性的延续，对任何客观性的质疑，例外、偶然与任意性，都会成为实存可能的呈现形式，然而，也可能只剩下个体基本的自我此在的无足轻重、消极的转向。

在哲学生活中，塑造被视为一种增值资产。在塑造中，意识的交流标准的整全才富有当下性。尽管如此，它在设置界限的意义上被相对化，由此实存超越了它。虽然塑造愈丰富，实存的可能性就愈大。但唯有在塑造的每个面向均超越塑造本身，并显现为透明的实存的内涵时，才是实存的真实。随着塑造领域的不断拓展，实存的张力亦随之增强。尽管原始状态下，未加反思的实存能够在自然安全中得以存续，但在高阶的塑造中，尽管实存呈现分解的趋势，但同时也构成达到最清晰决断的条件。（Ph204f.）

第三部分 教育与家庭

一、人性作为家庭的福祉

家庭生活。——家作为一家人的共同体，源起于爱，这种爱使每个人都在毫无保留的忠诚中，与其他家庭成员保持终身联结；家庭希望借助传承的实质对孩子们进行教育，促进彼此间的持续交流，这种交流唯有在日常生活中遇到困难时，才能在坦诚之中得以真正充分地实现。

在这里，我们邂逅了最可靠的人性，构成了其他一切的根基。反观大众社会，那份最初的人性福祉四处分散，难以辨识，全然依赖于自己，与自己的小世界及其命运紧密相连。正因如此，在当今时代，婚姻的意义愈发凸显。昔日，当公共精神的实质更为强大，能为个体提供支撑时，婚姻相对次要。而今，人类似乎重返他们本源，在那最狭小的空间之中他要做出抉择，是否要继续坚守人性。

家庭需要自己的居所，自己的生活秩序，团结、虔诚以及所有家庭成员之间的信赖，在整个家庭中，每个人都是彼此最坚实的依靠。（GSZ53）

性别之爱的排他性将两个人无条件紧紧相连，共同面对每一种未来。这种爱，无须任何理由，它源于这样一个决定，在经由他人实现自觉的那一刻，便把自己与这份忠诚紧密相连。放弃多配偶的负面之处，恰恰是一种积极的结果：唯有贯穿生命的始终，当下的才是真正的爱情；不自我挥霍的负面，是可能的自我存在乐意无条件坚守忠诚的结果。没有严格的爱，就没有自我存在；然而，唯有借助绝对约束的排他性，人类方能真正地实现爱。（GSZ189f.）

二、对人、氛围与世界的初始印象

最初的记忆

深藏于记忆最深处的画面，往往是日常生活的碎片，有时也是一些对此在关键性的情景。

关于上小学之前（也就是前六年）的岁月，我只朦胧地记得几件事情。然而，我的祖父雅斯贝尔斯（他在我3岁时去世）的形象却异常清晰，一个头大身小、白发稀疏的人儿，在他那间装饰着桃木家具的豪华小房间里（书柜、秘书、沙发、折叠桌）。那张折叠桌下有两个低矮的抽屉，里面装着巧克力——在我的记忆中它多得数不胜数。一个抽屉时不时就会在我眼前打开，我就得到一块巧克力。

我还清晰地记得，父亲坐在朝花园一侧的餐厅里，享用早餐，他把面包圈蘸上一点咖啡，递到我渴望的小嘴边——那里还有一个大画架，父亲早上会站在那里画水彩画。

记得有一次，我很害怕：在餐厅里，我突然意识到，未来有一天可能要去上学。那一刻，我冲进客厅，打断父亲与客人的交谈，我坚定地跟他说："我不需要上学！永远不需要！"

奇妙的是，早期的回忆本身也能成为回忆。当我10岁，五年级时，在德国课本上读到一首鲁克特的诗歌，认识了那种对难以理解的生命体验痛苦而彻底的回忆：

> 青年时代，青年时代，
> 那首永恒回响的歌谣，
> 啊，它何其遥远，啊，它何其遥远，
> 曾是我的一切……

尽管还是个孩子，但我被一种莫名的渴望所感染。这就像感受到已经失去，同时又意识到我曾经被赠予的无限丰富之物。这种遥远心境与无法触及却又属于我的快乐融为一体，让我的灵魂变得开阔，但同时也让我的心灵破碎。

我早已感受到了过往的深度，尤其是在海边。我永远不会忘记第一次有意识地看到大海的情景，那年我八九岁。我们去了诺德奈岛。我们安顿好后的第一个晚上，父亲在日落前带我去了海滩。潮水退去，我们沿着海滩、朝着海水走去。海滩很宽，我们走了很长一段路才到了海水边。沿途，我们看到湿漉漉的沙滩在阳光下闪烁，海面反射着耀眼的光芒，还有在我们脚下那些无数珍贵的从未见过的贝壳、水母、海草：每一样都像是来自无限遥远的魔幻存在。父亲给我介绍了我们捡到的东西，随后我们并肩而立，静默地凝视着那片海。我依然能感受到自己的小手紧握着他的大手。自此以后，海滩与大海再也未能复现那夜的神奇，海滩再也没有那么宽阔，沙粒再也没有如此干净。再后来，每一次在海边旅行看到海滩时，想起那个夜晚，都会对眼前的景象感到一丝失望。

在那之前，我就已经和父母在北海待过一段时间，在施皮克奥格（Spiekeroog）。我只记得一片神秘的小树林（弗里德里肯山谷）、一个水族馆，以及一位穿着衬衫、正在与水和动物打交道的工作人员，我还记得我的祖母——但关于大海的记忆却已消逝。（SW47ff.）

三、父母一体保障了安全感

我们的父母对我们而言始终是一个整体，他们从未在我们面前表现出任何的不和。在我的记忆中，从未出现过我们挑拨离间或偏袒父母任何一方的情况。作为一个整体，他们对我们来说是无形的权威，是一切喜悦与生命的源泉。那份父母作为统一体的深刻意识，消融了父亲与母亲角色之间最极端的对立性。

因此，我们从未讨论过他们之间的关系，也从未谈论过他们的爱情，而这种爱情实际上却支撑着我们生活的每一天。（SW74）

在父母如此的呵护之下成长，我们获得了一种永不消逝的安全感和保障。它超越了物质层面，父母的爱给予了我们生命之基的确定性，即便1933年后，我们遭遇了种种可怕的事情，这份确定性也从未曾退却。（SW17）

1937年，当我被剥夺教授职位，为我父母撰写关于自己出身、父母及童年的手稿时,我将这篇未发表的手稿交给了一位挚友兼心理分析师阅读。他的反馈如下:"这是一幅镀金背景的图像;如此完美的父子关系,世间根本不存在。"而我力量的源头之一,正是拥有这样一位父亲。他以理性启迪我,从不以暴力或盲目服从束缚我。他谆谆教导,以身作则,为我们购置玩耍与学习材料,但他不陪我们一起玩耍。他是我们的权威,却不自居权威。他多才多艺,从水彩画到狩猎,样样精通。在与亲戚、朋友以及各种出身的人的交往与谈话中,他总是自然得体,不放任自己,但也反对墨守成规。我的母亲则擅长为那时市民社会中流行的盛大宴会与庆典注入活力,且不落俗套,这并非父亲所擅长的。他散发着一种无意识的优越感,自带一种氛围感,似乎无所不能。他的美德是我们在这个世界上的庇护所。因为有他,任何事情都无法对我们造成伤害。因此,当我意识到父亲并非无所不能时,对我而言是一次巨大的冲击。在顺境中,他保护着我,但在一次与校长的激烈冲突中,他会向我承诺要斗争到底,一直找到部长那里去,却也坦诚无法向我保证成功。他曾在购买地皮时被骗。我看到他太容易轻信别人,没有看透一切,但我也看到他淡然接纳既定事实的豁达。

我觉得与母亲的关系是如此不言而喻,以至于我甚至不需要向她表达爱意。我未曾像遵从父亲那样遵从她,也未与她有过如与父亲般的激烈争执。我任由自己被她那充满爱意的心所承载,知道自己会在她天然的智慧中得到庇护。她以开放的心态接纳未知,勇于探索,且不拘泥于任何规则或教条。"你可以和你妈妈一起去偷马。"一位朋友曾戏言。她的严厉源于她的爱,这种爱不能忍受卑鄙,并在每个人身上寻求那份潜藏的高贵。她与快乐者同欢，与悲伤者共泣。因为爱得深沉，所以她能够在现实中看见超越现实的东西。沉浸在幸福与痛苦之中，她的灵魂虽受震撼，但仍然保有一些不可动摇的信念。打破幸福的设想与世俗认知，她与她的孩子们命运紧密相连，直至无可回避之事的发生。对于她来说不存在绝望。无论境遇如何，她都带领我们这些孩子前进。她以无尽的勇气，终其一生都鼓励着我们。无论发生什么事情，即使在悲伤的阴霾笼罩之下，她那神奇的开朗总能自我修复。母亲的此在，对孩子们而言，是一股巨大力量以及最后的避难所。父亲与母亲，对我们而言，是一个不可分割的整体。教育是通过非刻意的榜样发生的，真实与忠诚无须刻意言传便能展现其力量。我们家中有一种虽未明确意识到，但确实存在的共同的自信心。在这里，欢乐与热情、谦虚与放弃同样理所当然，孩子们的灵魂得到重视。（PA238ff.）

四、父亲的形象

父亲的典范作用

在父母身边，我感到安心。我们会无意识地将父亲当作榜样，尽管他本身无意于此。没有教堂，不会依据客观的权威，不真实被认为是万恶之首。而同样不可取的，便是盲目顺从。这两者都不被允许！因此，父亲对我的反抗展现出无比耐心。他不以简单粗暴的命令来压制我的不同意见，而是耐心地解释为什么这是合理的。（SW16f.）

父亲探索自然

在我的童年时期，我们每年都会去一趟弗里斯兰群岛。我是和大海一起长大的，第一次见到它是在诺德奈岛。某天晚上，父亲牵着我的小手，沿着宽阔的海滩向海水边走去。当时，潮水已退去远方，穿过新鲜、干净的沙子到海水边的那条路很长。沿途的水母与海星，是海洋深处的神秘标志。我像被施了魔法一样陶醉其中，并未加以思考。那时我无意识地体验到了无限的魅力。自此之后，大海就像生命的背景一样理所当然地存在着。大海是无限的生动的存在。海浪是无限的。万物皆动，无处坚实，整体处于一种可感知的、无限的秩序之中。对我而言，凝视大海，便是领略大自然最为壮丽的时刻。家带来的安全感固然是不可或缺的，而且舒适惬意，但这不足以满足我们对世界的渴望，还得有一些其他东西。大海就是它真实的当下，它在通向远方中超越了安全感而解放，把我们带到一个所有稳固性都消失的地方，但我们并不会陷入无底深渊。我们把自己托付给无限的奥秘，那份不可预见的混沌与秩序。（SW15）

与大海的邂逅，本身便带有一种哲思的韵味。自童年时期，我就无意识地感受到这一点。大海，作为自由与超越的化身，仿佛是从事物根源中获得的真实启示。哲学思考被要求能够接纳这样一个悖论：稳固的基础无处可觅，但事物的根基恰恰由此才得以发声。这是大海提出的要求，不受任何羁绊。这是大海独有的魅力所在。（SW16）

我家乡的风景，即一片广袤的沼泽地，与大海的无限性最为接近。它们以绝对的平坦铺展，若非人为抵御水患筑起的一米或几米高堤坝，几乎难以察觉任何起伏，这样的地貌，在当地已经可以被称为山。举目四望，唯余天空、地平线，以及脚下这片土地。天空如穹顶般广阔无垠，这份无垠的广阔自成风景，虽非大海，却与之相似，自幼年起便深深吸引着我，以至于在我心中，除了大海，再无其他能与这份平坦的景致与完全自由的视野相比拟。（SW16）

后来我又体验了中部山脉。自6岁起，我便认识了哈尔茨山脉（Harz）：既亲切又略带陌生，森林中弥漫的神秘气息，虽未直接触动我的心灵深处，却激发了我对小矮人与森林精灵等的无数遐想，成了童年幻想的源泉。（SW16）

再后来，19岁时，我见识到了高山，阿尔卑斯山脉。当我首次踏入恩加丁（Engadin），并体验到这份高贵的、尼采式景观的壮丽时，尽管赞叹有余，但同时也有一种感觉：这些山峰遮挡了我自由的视线，限制了我的视野。（SW16）

在那段时间里，我的同学也弃我而去。他们选择与校长同阵线。每当出现分歧时，我都成为捣乱分子、不合群的顽固之人。在这样的困境之中，在学校的最后两年，我的父亲帮助了我，他告诉我："现在，我们别无选择，你必须学会如何自救。"他让我成为奥尔登堡南部的一个大型狩猎场的共同承租人——与他以及另外两名律师一起，共同管理那片面积约为5平方千米的土地。在那里，我拥有了造访每一块土地、每一个花园的权利，让我得以与自然风景亲密共处，与农民交谈，这样的校外生活给了我莫大的帮助。（SW20）

狩猎

那时，不经意间，松树种子破土而出，环绕着科索尔斯山那片缓缓向沼泽地倾斜的沙地。我曾经在这片松林间逗留了数小时之久，四周唯有沼泽与和沙地，感觉自己与世隔绝，仿佛置身于原始时代般的孤寂，那时人们与动物甚至与树木之间更加亲近。随后，一只野兔出现在我的视线中，原本射杀它的欲望竟也烟消云散了。（SW71）

……不久，我的父亲便发现了鹿群活动的区域。在我们猎场边缘的一片松树林旁，它毗邻国家森林公园夫伦坎普（Litteler Fuhrenkamp），他建议我在附近设置一个舔盐区，再挖一个深坑，作为我们静待猎物的据点。这对我来说是一项愉快的任务。于是，在一位农民的协助下，我们在低矮的松树丛中设立了舔盐区，把洞穴开凿在松林与空地交界处的斜坡上。

当一切终于准备就绪时，在7月的一个夜晚，9点过后，我与父亲带着我们的步枪静坐在预先准备好的地方。现在，作为一个猎人，灾难来了。事情是这样的：一头鹿不期而至，仅距我们10米之遥，在松树间悠然穿行。父亲为了让我体验狩猎的乐趣，轻声说："开枪吧！"我瞄准并扣动扳机——却因过度紧张而忘记了先拉紧扳机。所以我必须先拉一下，然而我不仅拉紧了一个扳机，而且多此一举地拉紧了两个。巨大的声响瞬间惊扰了那头鹿，它跑掉了。但奇迹般地，那头鹿竟又折返回来，匆匆从我们眼前掠过，而我却再次错失良机。我们继续坐着，尽管遭受挫败，还是希望能再次成功。然后，在黑暗中，我看到附近的地面上有一只动物向我们走来。"是一只狐狸。"我低声说。父亲迅速指令："开枪！"我扣动扳机，——然后看到前面滚下去的——是一只野兔。更糟糕的耻辱。那时正是野兔禁猎期。我们后来把这只动物扔进了运河。我的父亲沉默不语，没有责备我一句，也没有表达鄙视，只是惋惜。但他肯定想，他的儿子或许并不适合成为一名真正的猎人：太紧张、太鲁莽。（SW71f.）

这些围猎活动从未给我带来快乐，部分原因可能是我的体力难以承受，而独自狩猎时，我能更自如地分配力量；另一部分原因是这种方法使我无法安静地沉浸在大自然中，而被迫过多地参与人类的活动。

搜索狩猎是我最钟爱的方式，也是我唯一能够收获些许成功的领域。我经常打到野兔，偶尔也能借助猎犬射杀野鸡。但在我心中，最难以忘怀的，始终是那些如画的风景——

正午时分，松树林中热浪滚滚——温暖、明媚的9月午后，秋意盎然——寻找野鸡时，阴沉天气中的细雨淅沥——冬日的雪景则将世界装扮得纯净而辽阔。

清晨的阳光洒在广袤的田野上，微风轻拂；——站在森林边缘的高地，眺望夕阳，木鸽归巢，飞向森林；——夜幕降临时，薄雾轻轻升起，尚未没过头顶，或在低洼地不时地沉落。

牧羊人归拢羊群的姿态——农舍里炊烟袅袅升起——天空中猛禽盘旋——傍晚，蓝色天空中的云卷云舒，空间仿佛变得无限宽广。

在田野间肆意奔跑，仿佛是在征服这片土地，令人难以忘怀。（SW73）

父亲教授滑冰与绘画

冬天的主要乐趣就是滑冰。父亲教我们滑冰。他自己穿着长刃低帮滑冰鞋，在大弧线上非常稳定地、毫不费力地滑行数千米，那是他自幼练习的成果。我们穿着无刃高帮滑冰鞋（这种鞋更容易学习），虽无法复刻父亲的英姿，但也在弧线切割与长距离滑行方面渐渐掌握了不凡的技巧。那时，汉特河下游多纳什维（Donnerschwee）和布兰肯堡（Blankenburg）以外的草地，几乎每逢冬季便被淹没数英里。若恰逢霜冻而无降雪，则成就了一片天然完美的滑冰场。我们与父亲在广阔平坦的冰面上飞驰，这是最美好的时光之一，我们时常拉开距离，而后又在目的地重逢，在那里共享"Het und Söt"（加糖的热啤）。感觉自己在高速飘浮，凭借的只有冰面、光线、空气、风与天空这些元素，加之对技巧的自信，人们会体验到冰雪世界中无与伦比的享受。这种挣脱一切束缚、轻松自如的活动所带来的自由，通过象征性赋予此在意识一个令人难忘的基本特征。

然而，若遇降雪，这份快乐便大打折扣。因需清理场地，滑行距离会受到各种限制与规定。城市附近多本（Dobben）（现在部委在那里）的池塘与草地便是如此。那儿成了我们放学后的乐园，我们会跟同伴们一起练习，直至夜幕降临。偶尔还会以老师的滑冰技术为乐，调侃一番。有时我们会尝试一些花样，享受夜幕中的灯光，但我们感觉更多是在社交娱乐，而不是融入自然。（SW96）

在游戏规则中，战斗欲找到了一种形式，这种形式教育人们在真正的战斗中也要恪守游戏规则，这些规则使社会此在的进程更加容易。（GSZ63）

然而，尽管体育运动看似是理性的此在秩序的边界，人类却无法单凭体育运动获胜。身体的锻炼、勇气的激发以及形式的掌控，尚不足以抵御自我迷失的风险。（GSZ64）

然而，在绘画的世界里，他（父亲）实现了真正的自我融合。

他通过实践来实现自我理解，而非单纯的思考。他内心关切的是自然，而非艺术，这或许正是为什么他的水彩画是被魔法青睐的艺术。（SW80）

对他而言，当下绘画本身即是真理的全部，不在于任何外在的目的，更不在于赋予这份工作以重要性与意义。这是一份灵魂多余的力量得以享受的闲暇之乐，绘画于他就像打猎一样是一种休闲爱好。（SW80）

当他年过半百，不再画画时，我的父亲开始向我传授手法与技巧。我在绘画中度过了一些美好的日子，尤其是在精确观察中感受到了喜悦。我从未认真从事绘画工作，并且很早就放弃了，更远未及父亲的艺术造诣，但它终生陪伴着我。（SW80）

父亲带我熟悉故乡
旅行

我们徒步游览了奥尔登堡的周边地区：在多纳什维的沙丘上能找到火石；一路走到海德（Heides），又继续走到洪德斯穆伦（Hundsmühlen）的森林和沼泽；在去布洛（Bloh）的路上经过奥芬（Ofen），那边有几个小水洼，能抓到蝾螈；沿着汉特河顺流而下，一直到布兰肯堡，其间还有一次意外地搭乘了父亲亲手划桨的小艇。乘坐火车则可以轻松到达稍远一些的地方。我们很少去那里，但印象深刻，例如兹维希纳恩湖的辽阔、湖畔环绕的森林以及古老教堂旁那略微高耸的墓地。拉斯泰德是一座高贵的城市，拥有宏伟的公园、城堡，以及那座由巨大砖石砌成、常春藤缠绕的古老教堂钟楼，印证着前拉斯泰德修道院的古老传说。胡德修道院的废墟是奥尔登堡一座令人惊讶且费解的建筑，我们怀着敬畏之心观赏它，但当时对其历史知之甚少（它实则是一座珍贵的西斯特修道院遗址），只领略到了它的美。我们在学校的郊游中学到了一些东西，但我非常讨厌学校组织的郊游，以至于只有当我们自由活动，我可以独自去观察时，我才能看到一些东西。我永远不会忘记，8岁时跟随班级一起在哈斯布鲁赫（Hasbruch）那片古老橡树环绕的森林中，在狩猎小屋与潺潺的溪流旁时，我的父母意外现身，远远望见他们的那份释然与喜悦：我感觉到了解脱。

每年夏天，为了身心的健康，我们全家都会前往某个疗养浴场共度四周。6岁那年，我们的目的地是哈尔茨山区的萨赫萨（1889年）。那时弟弟恩诺尚是个婴儿，躺在婴儿车中。我们住的地方能看到用作采石场的陡峭山壁。我还记得父亲第一次带我绕道而上时说："我没想到你能爬得这么好。"每天清晨，我们都坐在村外的泉水旁。我们在山坡上的灌木丛中玩耍，寻找并收集各种新奇的石头，又不断返回到坐在泉水边的母亲身边，她或是在工作或是在阅读，那些快乐的时光至今难以忘怀。我父亲则热衷于徒步，他带回了矿石、钻头和珍稀矿物。采矿区及其周遭的氛围，对我来说，像是一个遥远的秘密。某日，父亲带我去探访沃肯里德（Walkenried）遗址。我们坐在那摇摇欲坠的建筑物面前。他用水彩描绘着眼前的景象，并递给我纸笔，鼓励我尝试捕捉所见之景。时至今日，我仍能感受到那份未能如愿的无助感。我什么也没画出来，唯有练习了如何耐心忍受这种无能为力之感。

后来，诺德奈岛几乎成了我们每年夏日的必访之地。父亲带我们去那里，待我们安顿好之后，他便会离开。在母亲细微的呵护与热烈的掌声中，我们在海滩上尽情地玩耍。我们掌握潮汐的律动，并依据退潮与涨潮的时间来策划我们的主要游戏：用铲子堆砌起一座沙堡，再通过团队协作将其扩建，力图让它们在汹涌而来的潮水面前尽可能持久地防守，直至最终缓缓沉没。

在石堤后面的干沙地中，在那些正常涨潮达不到的地方，有许多插着大旗的巨型城堡，我们对此嗤之以鼻。对我们来说，没什么比单纯地堆砌沙子更无聊，没什么比远离海水更令人沮丧，也没有什么比将孩童们分门别类地编入"连队"，于城堡间相互竞争，更为枯燥。我们的生活在这里被安排得井井有条。我们住在宽敞的房间里，吃着中午从旅馆带回的美味佳肴，其余时间则在玛丽·兰布雷希特这位得力助手的帮助下，自己做饭。除此之外，我们非常节俭。母亲让我们了解每一笔支出的去向，以及她账簿上的点点滴滴。这让我们体会到，消费需量力而行，不可肆意挥霍。我们放弃了商店里的许多奢侈品——华丽的"人"字形拱门以及众多东方风情的物件——远远欣赏那些我们未曾踏足的豪华酒店——我们承受这一切，也许并非没有渴望，但还是安然满足于自己的小世界；这更加坚定了我们的认知：我们不属于富有的阶层。但另一方面，我们也能参加温泉音乐会和沙龙活动。我非常享受这座始建于本世纪初的高贵疗养馆房间内的优雅气氛，以及对精神此在的要求。自中学时代起，在这里我总会感受到去解读诗人并进行思考的冲动。尽管每日早晨那一小时的复习功课的任务让我倍感煎熬，且很少能够坚持到底。在岁月的流转中，诺德奈岛终究成了我们的自然而然的家园。我们熟稔那里的每一条街道、每一个角落，乃至牛奶厂。唯有灯塔，我们鲜少踏足。

在我14岁生日那年，父亲送给我一辆自行车作为礼物。那时，自行车已经开始流行，并接近其最终的形态，但仍然很昂贵，只是富人的娱乐项目，在奥尔登堡，拥有这种新型交通工具的更是凤毛麟角。一辆好的自行车大约要300马克，而我，早就已经对它梦寐以求。在此之前，我也有其他的娱乐活动，比如用木棍敲打在路上滚动的钢制车胎，那种奔跑中维持其运转的感觉，就像是一种人造的移动代表，给我带来了不小的乐趣。我本想有希望能拥有一辆真正的自行车，所以已经把轮胎收掉了。但父亲却认为这太过奢侈，只能暂时搁置。我虽然非常伤心，但在第二天就重拾了与车胎玩耍的乐趣。我不知道，这是否给我父母留下了什么印象或者他们又考虑了些什么。几天后，父亲宣布：因为我如此勇敢地放弃，他重新考虑了此事，决定现在就送我一辆自行车作为礼物。他告诉我，最重要的是人们得学会放弃，而不会被击垮；容易被满足的愿望是危险的。对于这份突如其来的惊喜，我简直难以置信，因此我欣喜若狂。在军营广场上，我仅用几分钟便掌握了骑车的技巧。获赠的那辆自行车，在我看来，简直是一个技术实用性与美观完美融合的奇迹，每一次的拆解、擦拭、重新组装都充满了乐趣。

拥有自行车，为我开启了一个全新的世界。我感觉自己仿佛逃离了一个未曾注意到的牢笼，能用最简单的方式到达任何一个地方。下午放学后，我们会骑车直奔城外，去大约15千米外的多纳什维的一家酒馆，去我以前从未去过的许多地方，探索整个地区。每一刻闲暇，都化作了车轮下的风景。夜晚时分，还可以绕着古城墙骑行，这一路上，自然衍生出各式各样的乐趣。我们在平坦的道路上飞驰，松开双手，手中拿着装有一磅樱桃的袋子，吐出的樱桃核划出圆滑的弧线，飞向街道。

然而，这一切美好之中，最为珍贵且意义非凡的，莫过于我父亲也买了一辆自行车，并经常同我一起骑行，那是我第一次有意识的旅行。尽管我早在6岁已经去过萨赫萨，之后也去过诺德奈岛。但那并非真正的旅行，只是坐着火车突然到了另一个地方。而且在那里，我们并非去探寻一个陌生世界，而是按部就班地生活以强身健体。因此，我总感觉自己从未真正离开过奥尔登堡。有时候我会梦想着离开这儿。譬如，当我们在洪德斯穆伦时，那是一座位于奥尔登堡南边6千米的庄园，我会去想它如何一直向南延伸，要乘以多少倍的距离才能到达韦赫塔（Vechta）、奥斯纳布吕克（Osnabrück）、明斯特（Münster）等地。我感受到世界的辽阔无垠，以及内心的追问，我是否真能到达那里？那里的一切是否真的如此？这激起了我想去尝试的强烈渴望。自行车给了我这个机会。

父亲带我一起骑行至汉堡，参观了1896年的园艺展。沿途，我们经过了不来梅港（Bremerhaven）、不来梅弗尔德（Bremervörde）以及施塔德（Stade），返回时则穿过吕讷堡（Lüneburg）的草原，直至索尔陶（Soltau），然后乘火车回家。那次旅行，于我而言，就像是初次踏入广袤世界的一次探险。我们把威悉河置之身后，那条曾是我视野极限的河流。在不来梅弗尔德一个小而简陋的客栈里过夜，我感受到一种前所未有的魅力，能在陌生的世界里与陌生人——不同于在酒店和海滨度假村里——在他们繁忙的日常生活中体验到家的温馨。我们看到了施塔德，沿着施温格河，一路奔向易北河。多么壮阔的一片江河！所以它们是真的存在，是易北河，不是威悉河——世界正是如此一条接一条，奔腾不息。踏入汉堡的那一刻，我们非常激动：人山人海，车水马龙，如此一个大都市！我们参观了园艺展。最令我难忘的，却是晚餐时的一个场景：在一台自动售货机前投入一枚硬币，夹心面包便落下来。我父亲笑言："就让它这样一直掉，直到我们吃饱为止。"在吕讷堡，我们拜访了我父亲的兄弟，我的叔叔。他陪同我们一起出城。途经一个十字路口时，看到一个路标：索尔陶50千米。"对卡利（Kally）而言，50千米显然不在话下。"叔叔赞许地说。那一刻，我感觉自己是这个世界的主人，那时确实差不多能完成这样的距离。骑车穿越吕讷堡草原，又是一次全新的体验。我们发现，在骑行了19千米后，依然看不到一座房子，也没有遇到任何人。在蔚蓝的天空下，一阵未知剧烈的噪声突然从身后传来。我父亲迅速环顾四周，说："是龙卷风，快躲进路沟里！"我们急忙把车平放到沟边，自己则平躺到干燥的路沟里，龙卷风挟带着细小、不透明的尘埃旋涡，从我们眼前呼啸而过，沿着道路肆虐前进。在接下来的旅途中，我们经过的一些地区，据父亲所说，那儿曾是赫尔曼·比隆（Hermann Billung）的居住地，在亨利一世时期，他曾率领军队在这里打过仗，最终我们抵达了索尔陶。每当回想起这段旅程，我都感觉自己仿佛在人类文明之外的未知世界完成了一次探险之旅。

不久之后，父亲又带我骑自行车去了奥尔登堡南部的达默（Damme）。我们看到了巨型石墓、杜默湖，及其南面的——从小山丘俯瞰平原——铁路,我父亲说这条铁路通往科隆和巴黎——这对我的未来意味着何种可能!但是,最令我印象深刻的是在达默的那些日子,其中包括一个星期天。那是我第一次进入一个纯粹天主教的世界。从清晨开始的钟声,到道路上的十字架,再到人们脸上流露出的与我们不同的神情,都让我感到惊讶,但并没有让我感到不适,反而对我充满吸引力,以一种非同寻常的方式扩展了我对人类的想象。我感觉自己仿佛跨越了半个世纪,回到了遥远的过去。这不过是另一种当下,只是与我们的不同而已。这击破了灵魂的理所当然,真正意识到作为自己的自己。在不经意间,我的意识悄然转变。我父亲有一本斯特拉克扬(Strackerjan)的著作《奥尔登堡公国的迷信和传说》。尽管当时的我对阅读尚不热衷,翻阅片刻便觉倦意,但我也发现了一些令我无比着迷的东西,这为我的灵魂开启了一个现在依然存在的领域。(SW99-104)

父亲开启历史之门

我们,作为弗里斯兰人,世代栖息在从荷兰直至丹麦的北海沿岸的沼泽地带。自孩提时代起,父亲就经常随口给我们讲述我们地区的历史,带我们参观纪念碑与当地的风景。这一切都非刻意为之,客观的陈述也没有浮夸之词,仿佛是不经意之举,却影响了我们的心灵。

我们有三大"传统对手"——像一句老话所言——海洋、诺曼人和德国人。

现在,我们已筑起坚固的堤坝来防范海洋。父亲绘声绘色地讲述了,以前在祖父母家附近,那肆虐的风暴如何吞噬了居民和公牛。还有让我们感到毛骨悚然的翡翠湾诞生的故事，每当潮水退去，那里仍能看到昔日教堂村庄的遗迹，以及"高路"的昔日辉煌——布特雅丁根堤坝以北的浅海区域曾经非常繁华，村落林立。父亲与我们一起站在堤坝上，向我们解释它的用途及特征，外侧缓缓倾斜，内侧则陡峭峻立。这些堤坝，以其朴素而不失宏伟的姿态，不仅让我们得以饱览陆地与海洋的广阔景色，更是守护生命的屏障，深深镌刻在孩子的心中，像是一个不可磨灭的象征。我的父亲还讲述了堤坝协会诞生的历程，以及协会是如何建造并维护堤坝的……

诺曼人昔日那充满毁灭性的掠夺传奇，听得我们不寒而栗，但对他们无畏的航海之举却也不无同情。那些在浩瀚无边的海洋中航行的壮举，我们虽无法完成，但他们的事迹本质上与这片土地息息相关，而这片土地的灵魂也是我们的灵魂……

德国人已经不再是敌人。在我们日常感受到的精神归属感中，整个德意志共同体的存在变得自然而然。人们喜欢说我们在维也纳也有雅斯贝尔斯（Jaspers）的远房亲戚。但是一些隐隐的抵抗的情绪始终存在，首先是排斥外来的一切，继而延伸至对普鲁士的抵触，最终乃至是对世界历史的质疑。（SW41f.）

我的父亲经常引用塔西佗《日耳曼尼亚志》第三十五章中有关考克人（Chauken）的描述，以提升我们对自我本质的意识。尽管塔西佗把他们与弗里斯兰人区分开来，而我们又与下萨克森人有所不同，但鉴于考克人曾居住在埃姆斯与易北河之间的海岸线上，我们仍将他们视为自己的祖先。塔西佗谈到他们时说："这是一个在日耳曼人中非常高贵的民族，秉持公正以维护自己的伟大。无贪婪之心，无不可控之举，宁静度日，不挑战争，不以掠夺与杀戮去毁灭他人。不倚仗不义之举牟利，正是他们勇气与力量的最佳证明。然而，当危机降临之时，所有人都能迅速武装起来，他们拥有强大的军队、士兵和战马。当他们维持和平时，也享有同等的威望。"在他那有限的法律书籍中，耶林（Ihrering）的《罗马法的精神》与《权利之战》占据一席之地。耶林在弗里斯兰灵魂中代表的正义理念，就是一种法制与正义的基本立场，这种立场既难以捉摸又容易形式化。这正是父亲在描绘、评判事物时传授给我们的一种本质的基本实质，而且，他认为这种实质得益于人性的最终根源，超越所有历史。（SW45f.）

父亲的安慰、鼓励与告诫

在我上初三时，我接受了一位名叫罗夫坎普（Röverkamp）的高年级生的课外辅导。父亲安慰我说："我的孩子，倘若你已倾尽全力履行了你的责任，即便结果未能如愿升级，也无须介怀——关键在于你曾全力以赴——最终取得的成绩并非个人所能全然掌控。"上了几节课后，罗夫坎普坦言，他其实不明白我为什么需要补习，我已经很好地掌握了所学的知识，而对于不会的知识，我领悟得也非常快，所以补习完全是多余之举。这让我备受鼓舞，以至于日后遭遇自我怀疑时，就会想起这件事。这位高年级生正准备去大学，在哈纳克（Harnack）那里学习，他向我介绍了语文学专业，提到了能坐得住、静心钻研的必要性，跟我分享了他的论文主题：诺斯替主义中的赫莫根尼，并向我阐述了赫莫根尼的世界观。这给我留下了极为深刻的印象，因为我认为它极具启发性，让我即刻倾向于认同其真谛：一个灵

魂,若仅仅听而不问,缺乏自我本源的激情,那么它的态度会缺乏任何批评性,由此僵化而教条。(SW62)

求知欲是我的力量之源,更确切地说,是求知欲的根基——渴求真理。我的父亲同样渴望真理,并给予了我莫大的帮助。当大公国图书馆馆长认为我这位高年级生借阅的许多书(如斯宾诺莎)很危险时,我父亲会对他说:"您可以给予我儿子任何他想要的东西。"(PA240)

我的父亲教会我,要有批判精神。因此,我变得对欺骗与自欺格外敏感。(PA240)

当时对外国军官的敌意,像是理所当然的,以至于在孩提时期,当被问及是一位同校同学时,我脱口而出:"不,我根本不想认识他,他是军官的孩子。"我的父亲就此指责我:"我的孩子,人不应当有偏见,军官也可能是一位正派人士。"(SW45)

父亲真正视儿子为伙伴

1900年的一天,学校生活即将结束,父亲郑重地把我唤到他的房间谈话:"卡利,是时候思考你未来的职业道路了。了解家中的财务状况对你至关重要,这样你才能明白我能为你提供的支持范围及我的能力边界。"他随即给我看了他的账本,清晰的账目让人一眼就能了解家里的经济状况。在我看来,那无疑是一笔可观的财富。如果我没有记错,大约有17万马克的资产与2万马克以上的收入。父亲语重心长地说:"尽管我希望还能再奋斗10年,并且母亲与你的两个兄弟姐妹也都在,但你必须得有所心理准备,我随时可能会去世。不过我认为，在你必须自食其力之前，你可以假定自己有10年的时间，能够自由地学习、工作。我注意到你对艺术与历史抱有浓厚兴趣，若这是你的心之所向，不妨深入学习。在博物馆等机构里肯定有相关职位，能让你运用所学，谋求职业发展。选择职业时，最为关键的是它能让你获得真正的满足感。不需要赚得太多，够生活就可以了。"父亲的观察是正确的，他愿意听取并尊重儿子的天性，这实属难能可贵。然而，那时的我，过于顺从父亲的态度，以至于我无法毫不犹豫地回答道："不，爸爸，我不想学习艺术史。我想融入现实生活。所以，学习法律，成为一名律师应该是最佳选择。我对艺术很感兴趣，但仅此而已。"

高考顺利通过后，我们享用了鱼子酱、葡萄酒来一起庆祝。但是，起初我却有些抗拒，这份情绪当时连我自己也难以名状；我意识到的一个理由是：对于成就的认可，完全无法满足我。我所渴望的，是我的本质被看见、被认同：即使考试失败，这份本质也不会蒙羞。父亲听闻后，不无道理地指出，这两者并不矛盾，在世间取得的成就自然值得我们欢欣鼓舞，理应被庆祝，但不应过度夸大其重要性。事实上，拒绝这份快乐，也并非全然自然之举。（SW92）

儿子体验到父亲的局限性

第二个改变我的经历是，源自我认识到父亲并非他未曾自诩的那样：一位无所不能、完美无瑕的权威者。（SW89）

就在那一刻，我觉察到，同时父亲也坦诚地告诉我，他能力的极限以及他能够帮助我的边界所在。那是我人生的一个重大转折点，对我来说意义深远，因为我看到了父亲的真实，而且我也看到：人不可能无所不能。故事的背景发生在学校。在这里，我遇到了一些杰出的老师，像阿曼、里希特老师。每每回想起他们的教诲，我都心存感激。但那里有一位不能忍受我的校长。一次，我与一位体育老师发生了冲突。我有一张医生开具的证明，说明我无法进行某些体育活动及脱衣。体育老师却对此嗤之以鼻，坚持要求我遵从他的指令。我没有顺从，没有按照他的要求去做。第二天，灾难发生了：我被指控违反纪律，校长更是将此事严重化，他说："要么你向N.N.先生道歉——我当时读初二——要么你就会被开除！"

这意味着我将被迫远离父母，去另一个城市（耶费尔或韦希塔）继续学业。这对我来说难以想象。我渴望留在父母的身边。怎么办呢？校长的态度很坚决。我父亲告诉我："你必须自己决定。我只能向你保证，如果校长想开除你，我会一直上诉到教育部，争取你能留在学校的权利。但我猜想，教育部门不会撤销校长的命令。因此，你必须自己权衡，要冒什么风险。"（SW18）

他自身行为的榜样作用，以及在关键时刻做出的判断，向我诠释了理性、可靠与忠诚的真谛。（PuW276）

在人文主义的文理高中，我与校长产生了冲突，起因于我拒绝盲目遵从那些不合理的命令。自幼年起，父亲便对我有问必答，而且允许我拒绝去做我不理解的事情，即便是出于对具有一定说服力的应有之举的敬畏之情。在父亲的教诲下，我坚信，课堂秩序和军事纪律是不同的，而后者不合理地侵入了校园。（PuW276f.）

父亲无法时刻契合心中那理想化的形象，这是理所当然的。然而，我总是不自觉地将他视作完美无瑕。他那份始终如一的沉稳与卓越，使得偶尔的失误更显突兀。因此，高三那年的一次经历，让我难以忘怀。当时，我们的农民亲戚不愿意追随他们讨厌的易北河东部的农民精神，父亲与他们一样，反对当时经常上调的谷物关税政策，他们认为这些关税实则是对大农场主的偏袒，并且基于自由贸易原则，他们同样拒绝工业关税。或许我在别处听到了一些支持关税上调的理由，于是，我满怀激情——一种探讨的热情，但同时也是被父亲的教诲所唤起的真理意志的热情，这种意志要求我们对最后的原则与现实进行公正的检验——准备向父亲阐述这些论据。对我那略带攻击性的态度，父亲肯定感到不悦，无论如何，他回绝说："孩子，你不能要求我与你讨论这个问题。"言语之间透露出一种我不曾耳闻的自负权威感——除了在被我因此而鄙视的老师那里——而恰恰是父亲的教育使我们对此非常敏感。我内心倍感失落，尤其是因为我极度渴望一场充满活力的讨论，享受正反观点交锋带来的酣畅淋漓，而我的父亲，本是我唯一能够与之讨论的对象。因为我发现，大部分人本就固守己见，缺乏讨论的能力，这也符合当时市民社会的行为准则：只与志同道合之人谈论与政治、宗教相关的话题。

　　随着我步入高年级的课堂，我意识到，父亲回避讨论哲学话题，这不是他的缺点，却是让我痛苦地感受到孤独的边界。那时，我已经阅读了斯宾诺莎的一些作品以及保尔森的哲学导论。斯宾诺莎的思想尤为令我感动。我一直在想，整个自然界应该有灵魂，而这一整体可以被喻为上帝。在一次散步中，我想要跟父亲分享这个世界观，却屡次欲言又止，直至行将结束之际，我终于鼓足勇气，向他阐述了这个观点，并询问他的看法。他以一种异常温柔与慈爱的态度回应道："我的孩子，我从未涉足哲学，不理解这些，但我担心，这些难以证明的抽象观点，可能会令人误入歧途。"他的后半句话我深以为然，但前半句却意味着，我无法与我最敬爱、最仰慕的男人讨论我现在最为关切的普遍性这一议题。说这句话时，他正站在鲁恩大街上，至今我依然清晰地记着他所处的位置。后来，在我大学的第二学期时，在一次雷根斯堡附近的行程中，我又开始谈论康德对空间与时间观念的主观性的思想。我的父亲依然友好地听着，却摇了摇头，表示他无法理解——他无法不认为这是一种相当荒诞的想法。（SW89f.）

五、母亲的形象

母亲散发出信任与爱的光芒

我的母亲与我那沉稳的父亲截然不同，她个性火热，有一种似乎无坚不摧的力量。她总是满怀希望地展望未来。面对我这个体弱多病的孩子，她似乎从未真正将我视为病患。她无限地爱着我们，并且这份爱仿佛能让所有期许自然成真。（SW17）

尽管出身于国民学校，但她像她的父亲一样，对精神世界保持开放心态，学了一点儿法语，会弹钢琴。这些东西对她来说可能意义不大，却让她意识到人的阶层与使命的高度。（SW74）

当我们还是孩童的时候，她参加了很长时间的钢琴课，热情洋溢地弹奏钢琴曲目，并与两位朋友组建了一个音乐小组，有时会激情澎湃地讲述她在音乐小组里的经历。她策划去奥尔登堡郊区的集体旅行，能够神采奕奕地享受这一切；她极富感染力。奥尔登堡每一位与她相识的人都喜爱她；她以一颗温暖的心，对待每一位接触她的人，仿佛只为他们而存在。她唯一厌恶的是庸俗。她始终追求生活品质的提升，但不忘和平与自洽。同时，她有一种自觉的生活智慧，不经意间流露于一些生活的准则之中，例如：永远不要同他人谈论自己的孩子。此外，她还开创出一种本能的外交艺术，懂得保持沉默与保守秘密，用善意的小谎言来化解困境，偶尔有些鲁莽地观察并非出于好奇，而是为了提供帮助。她对事实秉持毫不妥协的现实主义态度，对自己及周遭事物保持真诚。那些无伤大雅的小小谎言，绝非她向虚伪妥协，而是她非教条式生活智慧的体现。（SW57f.）

母亲激发了家的凝聚力

在我们的童年以及成长的过程中，母亲是那股承载一切的力量。她慷慨的灵魂与坚不可摧的意志支撑着我们，对她来说没有不可逾越的困难。她的开朗总能驱散一切阴霾。我们从未见过她沮丧的样子，无论是面对疾病侵扰、人际纷争，还是仅仅是此在的不适与乏味，她总能找到鼓舞人心的话语，让我们重拾对生活的乐趣。她振奋人心的话语，让整个家庭充满欢乐与勃勃生机——无论是搬迁的忙碌、照料病人的辛劳，还是晚上我睡不着时，她对我说："亲爱的卡利，放心吧，只要你不睡，我就会陪着你。"只要她在，我们就有一种安全感，远离任何猜忌与恐惧的侵扰。

我们全家人，包括父亲在内，都比较沉默寡言，独处时往往都有些无所适从，除非是要讨论或解决一些具体事物。然而，我的母亲总

是能把我们所有人凝聚在一起,她的言语会填补每一次沉默的真空。只有她在场时,家庭才是真正的存在。(SW75)

母亲赞同孩子们走自己的道路

与父亲的亲近,总是交织着寻求他的认可;与母亲的亲近,则无比轻松,那份拥有显得理所当然。我仿佛感觉到,在某些难以言表的瞬间,母亲不仅倾听我的心声,更是认同我的观点,这样的时刻,让我愈发深刻意识到与母亲最初的亲密关系。这种默契,并非通过理性的客观性直接表达出来,而是间接地传递出来。母亲没有限制我的浪漫幻想与演讲游戏(明白这是游戏)的自由。记得高中时期,我曾被生命的意义深深困扰,迷茫于未来的方向。在城堡花园湖畔的一次散步中,我问道:"假如我决意前往印度,且可能一去不返,你会如何回应?""我会让你去,"她说,"如果你认为那就是你的人生。"然后我们就开始谈其他的话题。但是,正是这样的时刻在我心中种下了坚定的信念:只要我认真以待,无论我要做什么,我的母亲都会一直支持我。她不仅是在日常中默默维系着家庭的和谐,以此建构了我们的家庭生活,而且她像我的父亲一样,也不愿让这份安宁限制孩子们生命萌芽的空间。她在我们心中埋下了最坚实的信赖。她的勇气,激励着我们实现最深刻的自我,不言而喻。因此,她也能毫无负担地参与我们一些无关紧要的小活动,比如当我热衷于家具装潢时,她也从中发现了自己装潢的偏好。(SW91)

在我的成长历程中,有过一次新奇的、意料之外的以及令人深感欣喜的经历:我的母亲对于现实的命运所持的开放态度。她不做道德评判；很少责备别人，即便偶有责备，那也是出于原始而非道德上的愤怒。她看到了事件背后难以理解的以及超越的必然性之残酷。她不想掩盖这种必然性；对她而言，生活体验应该是完整的，而非狭隘的。因此，她有一种深刻的冒险精神，这在我弟弟日后在战争中报名成为飞行员时体现得淋漓尽致。在倾尽全力争取一切尽可能地好转之后，她会坦然接受不可改变的事实。这对她来说并非宿命论，更不是遗忘。她的灵魂似乎看到一个愈发深刻的根基在显现。因此，随着岁月的流逝，她的本质也在不断成长：在她那份充满爱意的青春的灵魂力量之上，又增添了另一种爱，一种永恒的、仿佛在这世间已经不复存在的爱（最后是我挚爱的、在内心纠葛中不幸遭遇失败的弟弟的本质）。（SW76f.）

六、父母唤起疾病之中的勇气

然而，由于我自幼便体弱多病，我的父母一直很担心我。婴儿时期我的呼吸就不正常，我的父亲注意到了我的"呼噜声"。我的头皮和膝窝都长了湿疹，还有那无休止的咳嗽。孩提时代的我，夜晚经常剧烈咳嗽，身体总是很虚弱，我从未拥有过健康的体魄。即使我的生命在此看似非常危险，但我的父母从未放弃过勇气。他们让我感受到生命的美好，于他们而言，我不是负担，而是一份甜蜜。父亲在1908年写给我的一封信，就是成千上万例证中的一个："……这个征兆没有骗你。你母亲与我，在你身上体会到了许多巨大的喜悦……即便我们深知，你的健康状况可能会折损你所有美好的人生规划，但这仍然不能阻止我们内心暗暗地为你感到高兴，为你所做的事情以及你取得的成就感到高兴，特别是为你的健康、美好且清澈的情感世界以及生活观感到高兴。我们对那位无名的赐福者心怀感激，即便不如我们所愿，因你的健康状况恶化，而使得你和我们遭遇不幸，我们也将接受这一不可改变的事实，因为我们深知，即便如此，在此之前，你已经享受了丰富而且在一定程度上美好的人生……我这样简单而坚定地写下这些话，是想告诉你，我们从未抱有不切实际的希望……我们从未这样做过，但同样，我们从未放弃希望，此刻亦然。我们只是正视所有的可能性，并据此加以调整。"（SW47）

尽管历经风雨，但依然对生命抱有一种基本的信任，这份信任源于我亲爱的父母，受到他们的精心呵护。（PuW278）

七、祖父母

祖父母代表乡村世界

农场生活，于我们而言，是一个充满无限可能的世界：形形色色的小动物：鸽子、鸡、鸭，猪圈，还有成群结队的奶牛与公牛，夏天在牧场里悠然自得，冬天则驻留在畜舍里。如果要吃鸽子，我祖父就顺着梯子爬到鸽子笼，抓起一只小鸽子，用手指夹住鸽子头，然后挥臂猛力摆动，鸽子的身体就会扑腾落地，而头还留在他的手里。小鸡的宰杀，则是通过割断其颈部来完成。我惊奇地看着这一切，但并没有感到恐惧（就如同日后，我善良的祖母作为寡妇，站在鸡舍里，用两腿夹住一只公鸡，割断它的脖子；这只能由她来做，因为没有人敢这么做，不管是女佣还是女孩都不敢，她不得不做）。许多古老的工作方式在这里依旧盛行：快速地搅动牛奶直至析出黄油，再由祖母去清洗，还有打谷等农活儿，每一项都进行得有条不紊，安静、适度且心怀敬意。时至今日，我仍能感受到长廊的干净整洁，闻到黑面包与新鲜牛奶的气味，"人们"围坐在那张铺着厚木板的长橡木桌旁吃饭，而我们，则与祖父母一同，在餐厅里享用我们的膳食。（SW50）

祖父用仁慈和智慧给人留下了深刻印象

一些与祖父一起度过的场景尚留存在我的记忆之中，例如，他牵着我的手，带我探索山中、牛棚以及花园里无尽的乐趣，与此同时，他警告我不要靠近庄园周边的沟渠，因为那里已经不幸发生过溺亡事件，一旦不慎落入，就完全孤立无助，没有人能听到你的呼救，也没有人能帮助你。因此，在任何情况下都不要靠近那里。我仍能感觉到那善良、温和、几近恳求的态度："我可不愿你在祖父这里遭遇不幸。"

日后我得知，人们对他对待我的方式感到十分诧异。毕竟，他以严格和命令著称，对待子女与农场工人皆是如此，从不留任何讨论的余地。这一转变的根源，在于我父亲曾清楚地向祖父阐明了他的教育原则：婴儿时期应施以训导；一旦他们的意识觉醒，不可再施体罚；而待理性觉醒之时，则需以理待人，以理服人！我的祖父不想破坏这些原则，也采用了这一教育理念对待孙儿，虽然有些惊讶，但也欣然接受。（SW51）

他在管理农场方面恪尽职守，展现出了卓越的知识和见解，在农场工人、女佣以及整个家庭中都享有非凡的权威。他克制了自己易怒的倾向，因为早年曾深受自己父亲暴躁脾气的影响。他身上散发出一种沉稳有力的气质，激发了周围人的爱戴与崇拜。他的热情，悄然转化为一种温暖而善良的本性。（SW51）

我记得两件小事，能够证明他秉持的基本原则：在受难节当天，即便是不信教的人，也会保持肃穆。这一天，劳作暂停，但为了消遣而外出则被视作违背良俗。这种遵循，不仅体现在外在行为的约束上，更是植根于内心的自觉。作为一项基本要求，无须赘言其重要性。——另有一幕，令人难忘：一位行人沿着国道前行，边走边用手中的棍子击打路旁的花朵。这让我的祖父很反感。他谴责这种粗暴行径，却并未多加解释。整片田野，包括路边的野花，都被修剪得整齐有序，这是得体且符合人性的。但是，机械愚蠢地摧残那些花朵，不仅暴露了人类灵魂的卑劣，而且是对大自然灵魂的伤害。（SW51f.）

祖母的关怀强化了自信心

我们常常去她那里做客，认识了这个包裹在坚硬外壳下的温柔、慈爱且记忆力超群的灵魂。她向我们讲述她的童年。她来自耶弗兰德（Jeverland）的杉德（Sande）。如今我们的家与那里虽仅一小时车程之遥，但在她年轻时，却仿佛是跨越了文化的鸿沟。初到布特亚丁根（Butjadingen）的海林（Heering）时，她必须先适应那儿粗鄙的风俗、餐桌的布置以及朴实无华的日常生活。不铺桌布，没有精心缝纫的亚麻床单，对她而言，是一个完全陌生的世界，需要时间去适应与接纳。她似乎能够承受一切，容忍一切，而不会绝望崩溃。记得高中时期，每当身体不舒服或天气不好时，去她那儿做客总能感受到家的温暖。站在牧场上，面对那座风车，感觉生命可能性受到威胁，并陷入世间之痛的忧伤之中，我会阅读斯宾诺莎的著作以获得力量。我的祖母，虽然对此知之甚少，但她为我感到高兴，夸赞我学习好，为各种各样微不足道的小事表扬我，这悄然间强化了我的自信心，让我能够重新充满勇气，骑车回家。（SW52f.）

祖父母让我们体验到城市的魅力

那里有全新的乐趣：在花园中的池塘边，人们能远离尘嚣，尽情地独自玩耍；在茂密的灌木丛中，则有无穷无尽的水果供人享用。（SW54）

对我而言，耶弗尔这座城市，处处充满了巨大的魔力。旧城墙上的公园内，昔日的堡垒壕沟已化为绵延不断的池塘，引领游人穿梭于一个又一个漂亮的景点之间。我们的朋友费特科特家族拥有一座"天鹅"啤酒厂，在那里我们看到了庞大的生产设施，而且能够在某些地方嬉戏玩耍，尤其是那座带有塔楼的城堡，以及矗立着埃多·维姆肯墓碑的教堂——鳞次栉比的景点让孩子们既惊叹又陷入沉思。毕竟，这里的每一样物品都比奥尔登堡更加高贵，而且每一处都承载着历史故事，愈发令人惊叹不已。比如，关于城堡地下通道的故事，其所谓的入口至今仍然存在。即便是城堡管理员不经意间的一个玩笑，对孩子而言也充满神秘。记得那次参观走廊时，看到两幅古老的油画，它们的色泽非常暗淡，以至于在一幅画上什么也看不见，另一幅上则只能看见一只动物。那位管理员指着两幅油画说："这是在耶弗兰德被射杀的最后一只狼，这则是它被射杀的那个夜晚。"（SW54f.）

祖母的依恋——甜蜜的负担

对于祖父的记忆，我的脑海中仅存的是他的容貌。然而，我经常和兄弟姐妹、母亲一同探访祖母，或是独自去她那儿。她个头儿娇小，因心脏病而身体虚弱，行动不便。她的善良在给予我们慰藉的同时，也让我们感到忧伤。我眼前还能浮现出那些画面：她站在阳台上，哭着望着我父亲离去的背影。他是回奥尔登堡，她则每次都认为，这将会是永别。我看到她清晨坐在桌前，心悸得厉害，徒劳地想用一杯南方的葡萄酒来缓解不适。我又看到她站在车站，当时我已经上车了，站在窗口，听到她说："卡利很乐意离开，他不爱我。"我大吃一惊，至今仍然心有余悸，并且暗下决心，未来一定要更好地对待她。然而，后来我只在她途经奥尔登堡时，短暂地见过她一面。几天后，她便永远离开了我们。那天上午11点，学校突然通知我回家。我走进餐厅，坐到沙发上。然后我父亲走过来，抱住我，痛哭流涕地告诉我，他母亲去世了。他想亲自告诉我，所以特意把我从学校叫了回来。我不知所措，悲痛欲绝，却哭不出来——整整一天，我的思绪更多的是围绕在我父亲身上，而不是我的祖母。（SW55f.）

八、与兄弟姐妹联结中的恐惧与欢乐

就我记忆所及，我从未独自一人，而是与我的姐姐艾尔纳（1885年出生）形影不离。我们都还记得我们的弟弟恩诺出生的那一天（1889年）。

艾尔纳和我，唯有在家里、在父母身边或者在母亲附近才会感到舒适。任何分离的念想，都会带来一股近乎摧毁性的恐惧感。即便只是去别人家（友好的人家）度过短短一日——比如在恩诺诞生时拜访了谢尔斯医生家；在搬进"红色城堡"时造访了范森登斯家——艾尔纳都像是被麻痹了一样，整日里胆怯而沉默，心中唯一的念头便是回家。我虽然像她一样不喜欢离家，但在新环境中也能够慢慢活跃起来，接纳并积极融入其中。（SW81）

在被家的安全感包裹时，艾尔纳便头脑清晰，思维敏捷。当她、我和我们父亲三人一起打桥牌时，我经常成为他俩的笑料，因为我总要思考很久才会出一张牌——下国际象棋时也是如此。她自小便拥有自己的特质。当她在场时，你会感觉到有人在那里，像是一股无形的力量，发挥着建构形式与结构的作用。

艾尔纳从未能克服对学校的恐惧。她极度痛苦，在离家仅4分钟之遥的学校里，她饱受思家之苦，不得不中途辍课回家，或是假装生病，甚至在恐惧的驱使下，想出各种花招来逃避令她厌恶的学校生活；最终，她接受了私人教学，因此得以离开学校。尽管她无比聪明，学习成绩也不错，但由于惧怕而引发的麻痹，让她难以表达自我。（SW81）

我高中毕业后，我们俩一起按计划研究了几个星期的绘画，如丢勒（Dürer）的《启示录》木刻，这是一位热爱艺术的酒商借给我们的仿真品，还有霍尔拜因的波尼法修斯·阿默巴赫等。我们从利希特瓦克的一本关于艺术品鉴赏的著作入手，从临摹他的示例（如朗格等）开始，然后尝试进一步自主地发展这套方法。在这个向我们涌来的、内涵丰富的精神世界中，这份陪伴让我体验到一种终身难忘的幸福。这段时光，对我而言，既是结束也是开始，成了我们之间深厚的

联结的牢固象征。（SW82）

九、原生家庭教育

人性是教育的实质

我接受教育的时代是自由主义的时代。这种思想理念在我童年时期如雷贯耳。但关键在于，这些理念对我们而言仅是浅表知识。家庭态度中的人性才是我们教育的实质，它保留了被摒弃的先贤信仰中那份道德严肃性。

在这种教育中，基本上仍然是权威导向的要求与个人对自由的追求之间，存在一种张力。支撑我们的自由主义世界观并非僵化的教条，而是为人性的可能性创造出一片空间。自由并非随心所欲，而是受到一种道德无条件性的约束，它未被宣之于口，却时时刻刻在被实践。这是一种实际上持有保守主义态度的自由精神。（SW84）

对无条件真实性的要求

当克尔恺郭尔被问及信仰的根源时，他回答说："因为我父亲告诉过我。"在这一点上，我与他有着共鸣。一些要求对我们孩子而言是理所当然的，我也能用同样的理由来为它的合理性辩护："这是我父亲告诉我的。"尤为关键的是，自幼年起，我就开始遵循对绝对真实性的要求，由此，探究哲学的生活也未能使我达到那个不容置疑的目标。然而，我们的家庭教育的短板却是不加思辨地忽略了基督教相关知识，以至于我在学校里才听说了基督教，将其当成一般的学习对象。然而，当时我已经隐约获得了自己生命的另一种根基。我并非那种积极践行信仰的基督徒，原因很简单：我的父亲没有告诉过我。

我们的父母未曾带我们去过教堂，也没有教会我们祷告。我们也从来没有谈论过上帝。尽管我们在学校里早早地听过圣经故事，但如同童话般接受了它们，未曾反思，也从未曾质疑现实与虚构之间的区别。亚伯拉罕族长，沙漠漫游—圣诞故事，彼拉多与耶稣受难，这些故事深深地印在我的心里。后来，宗教课程贯穿了整个学习生涯，却往往被视为无足轻重、令人厌烦的存在。我们家里只会偶尔会提及牧师，也只是没有恶意地微笑着谈论。（SW84）

我并不需要挣脱特定的教义信仰，因为它从未存在过。如果克尔恺郭尔回答"为什么会有信仰"这个问题时，说是因为他的父亲告诉过他，那么，我则从父亲那里得到了不同的教诲。我很晚才意识到哲学上的信仰。没有人教我祷告，但我们的父母心怀敬畏之心，严格教育我们。在真实、忠诚的理念指导下，他们带领我们参与各种富有意义的活动，让我们沉浸到自然的壮丽以及精神创造的内涵之中。他们让我们在一个充实的世界中成长。（PuW337f.）

纯粹习俗的不可信性

我们像遵循习俗一样参加坚信礼课。但随着年岁的增长，我们发现课程内容变得荒诞不经，正如我们所预期的那样，授课牧师也不讨人喜欢。恒星永不相撞，被视作上帝此在的证明，他主宰着恒星的运行（但我们刚刚听说恒星相撞可能是天际间新星骤然闪耀的原因）；教皇则被描绘得贪婪无度，以至于他每天必去圣天使城堡，只为检查并抚摸大箱子里那堆积成山的黄金。有一次，因迟到而受到的惩罚竟是免去祈祷，这让我们倍感诧异，因为祈祷与否，于我们而言并无任何区别。但面对神父，我们有一种怜悯与充满尊重的守护之情。至于坚信日，我们想的完全是世俗事物，因为它就是一个节日。（SW85）

我的父亲不去参加庆祝活动。据他说，是由于秃头无法忍受教堂的寒冷。庆祝活动结束后，牧师来拜访我们，以友好的姿态向我们致以祝贺，并受到了家人亲切的接待及款待。在这样的氛围下，宗教的话题自然而然地被他搁置一旁，未曾被提及。（SW85）

作为一名高年级学生——我的坚信礼已是几年之前的事——我曾萌生过为追求真实而退出教会的念头。当我告诉父亲这一想法时，他对我说："我的孩子，你当然能做任何你想做的事。然而，你尚不清楚这件事情的意义。你并非独自生活在这个世界上。共同的责任要求我们不能仅凭个人意愿行事。唯有遵守社会秩序，我们方能与他人共同生活。宗教也是一种秩序。摧毁它的后果将会难以预料。然而，我同意你的看法，教会与所有人类机构一样，存在很多谎言。但或许，当你年逾古稀时，情况会有所不同。在生命结束之前，当我们不再活跃于尘世时，我们可以通过退出教会来澄清真相。"（PuW375）

奥古斯丁的思想建立在他的信仰之上。尽管在母亲莫妮卡的熏陶下，他自幼便接受了基督教的启蒙，但他的教育与人生目标，实则更多地受到了父亲在异教传统中的影响。这样的生活为他带来了此在的快乐与感官的满足——以及乏味。（GP320）

理性的约束性

我的父亲有意识地依据理性的原则来教育我们。首要的原则，便是为孩子们树立典范。父母亲以高度自控来实现自我教育。情感放纵、行为失态以及任意妄为都不被允许。感到焦躁或不悦时，父亲总会沉默地避退。我们的母亲则毫无拘束地追随她自己的内心。她的言谈举止洋溢着勃勃生机，远超我们其他人，但在喜怒哀乐中，她总会恰到好处地拿捏分寸，仿佛是她天生具备的一种形式。

其次，若我们的行为并非自发的或是源自内心的认同，而是被外界强加于身的说辞、要求和评判时，那么一切都应伴随着合理的解释。父亲鼓励我们提出问题，不把自己视为不容置疑的权威。在恰当的时机，会以精练的语句，向我们阐述人生的真谛：真实、开放、忠诚是基础，然后是理性与自然，最后是勤奋与成就。这些都是关键词。随着毕业季的临近，我们不时会意识到父亲教育方式的缜密与清晰。例如，我们与部长的孩子们是同伴。父亲曾经跟我们讲，有一次他与部长妻子交谈时，她说孩子们必须学会绝对的服从，因此，他们的意志必须尽早被击破。我的父亲听闻此言，回应说，若服从缺乏个人信念与理解的支撑，那么服从就没有价值；意志不应该被打破，反而应该被强化，方能成就真正的意志。

这些原本抽象的教育原则，之所以能够发挥实质性的积极效用，离不开父亲的权威与母亲无微不至的关爱，它们在真正引领着我们的生活。父亲在卓越与可靠中流露出的那份冷静是我们的支柱，即便在当时我们并未意识到这一点。因此，在成长的过程中，两件事情对我的意识产生了不可磨灭的影响：一是体会到理性的局限性，二是认识到父亲终究不是神,因为他在这个世界上并非无所不能,他的行为亦非永远无懈可击。

在我成长的岁月里,对理性的盲目崇拜自然而然地使我陷入了诡辩之中。大多数情况下,我的父亲都很有耐心,能以一句掷地有声的话纠正我,而且是让我感受到自取其辱。因此,有一次,看到我在客厅的窗边用小刀修剪指甲,父亲责备我说:"孩子,到外面去吧!"我反驳道:"这不过是一件再自然不过的事情。"我的父亲反问:"那所有自然的事情你都在客厅里做吗?"

但有些情况更加棘手。我记得一次谈话对我启发很大。我坚持不愿在街上行走时让位于年长者之左,坚信左右两侧在尊重长辈上并无差异(当时的我,对此深信不疑)。因此,走在左边是不合理的。我父亲就此做出了如下评论:这或许是正确的。但是通过这个例子,我能够意识到,人类生活中有诸多规定,正是为了确保秩序的存在。他说不知道左右之分的原因,或许曾有其历史意义。现在,它只是一个沿袭古老传统的规则。但是,为了能够与他人共同生活在这个世界上,每个人都必须遵守这些规则,否则一切都会变得混乱、丑陋、恶劣。因此,只要它们没有造成明显的损害,没有违反忠诚的原则,没有妨碍成就的实现,他就会顺从地去参与这些以及其他看似相当愚蠢的事情。真理是不可侵犯的,但无须每时每刻赘述它。这是承认我们自己的无知(因为,我们的看法并不总是真理),也是承认人类共有的特质,而这些特质并不是最好、最可靠的。——正是与我父亲的这些讨论,让我领悟到,在一些无关紧要的事情上放弃理性,竟能一举化解理性本身带来的诸多困扰。这样,父亲所倡导的在人际交往中遵循形式与秩序，强调尊重长辈，敏锐感知等级与职位，以及对成功与杰出人物的表达崇敬，都产生了效果。

在另一个重要的案例中，这个问题再次引发了我们之间的争论。18岁那年，我萌生了退出教会的念头：是源自对真实性的追求，这并非无关痛痒之事，而是关涉到催生无数愚昧的忏悔，因这种忏悔而存在的机构，导致了太多的虚假。我将这一想法向父亲和盘托出。他耐心地倾听，直至我倾诉完毕。随后，他语重心长地说："孩子，你高估了自己的影响力。无人会指责你缺乏真诚，因为众所周知，教会的归属并不等同于信仰的纯粹。你所说的，不过是众人皆知的常识，这样的言论很可能只会引来嘲笑。而且你并没有提出更好的方案，仅凭一个'不'字，不能在世间做出任何成就。你空有一腔热情，却提供不了任何帮助。你必须认识到，作为社会的一员，我们肩负着诸多责任，因为这里是人类共同的家园。我亦曾梦想拥有一片远离尘嚣的农场，三英里内唯有自然为伴，但那只是幻想，与我们的此在相去甚远。正如我们生来就属于这个国家，没有人会征询我们的意见一样，我们也同样归属于教会。这两者都是维系社会秩序的基石，一旦崩塌，后果不堪设想。因此，我们必须参与其中，尽己所能，在既定的框架内创造最佳的局面。正如格内斯特（Gneist）①所言，国家是一种必要的罪恶。教会或许同样如此。你的人生还长，有诸多与世界相关

---

① 海因里希·里希特·戈内斯特（Heinrich Richard Gneist）：1886—1971。19世纪德国法学家、政治学家。1816年出生于普鲁士。戈内斯特是普鲁士宪法学派的重要代表之一。他对法律和政治制度的研究对德国法律和政治思想产生了深远的影响。

的责任需要承担。或许，当你年逾古稀，从职业生涯中抽身而退，不再肩负社会整体的责任时，情况会有所不同。那时，在生命即将落幕之际，你可以把一切过往梳理干净，甚至考虑退出教会，因为没有人会向一位老人索求什么。若我能活到70岁，我也会考虑此事。你也到70岁时，再考虑这件事。所以，若我是你，会在尚未全面理解人类生活及其所有影响之前，避免在非必要之时自以为是。"

我的父亲就是这样一位践行者。在他71岁，从工作岗位上退休后，他也退出了教会。（SW85-88）

十、游戏的神奇与变换

我们的房子坐落于莫尔特克街，对面是一座花园的旧址，里面有许多古树，因为要被划分为建筑地块出售而暂时荒废。我们最初的游戏就是在那里开启的——比我大6岁的舅舅西奥多·坦森（Theodor Tantzen，我母亲的弟弟），作为学生曾寄宿在我父母家，成为我们的小小领袖。广场上挺立着四根树干，彼此间距约一米半，恰好可以成为我们想要建造的小屋的四根支柱。在舅舅这位约莫12岁却已备受钦佩的领袖带领下，我们这群稚嫩的助手，共同搭建起一座数层之高的小屋。当我们爬上自己搭建的顶层，站立在木板上时，心中涌动着一种无与伦比的快乐，觉得自己就像荒野中的印第安人。小屋的墙壁是用麻布做的，屋顶则是用防雨的柏油纸做的，确保了我们即便在雨天也能不被淋湿，且特别享受湿润的建材散发出来的气息，因为那是大雨的标志，而我们却坐在里面安然无恙。后来，我们在一条宽阔的沟渠上用横梁打造了一艘木筏，那条沟渠蜿蜒前行，最终汇入附近的汉特河支流哈伦河（Haarem）。木筏随时可能倾覆，安全起见，其实是允许一个人站在上面。我们手持长杆在岸边或河底推动它，把它引向哈伦河。孩子们凭借身体的本能，迅速掌握了驾驭这只木筏的技巧，这给予了我们一种安全感，使我们一起无所畏惧地乘着木筏驶向前方。我们仿佛化身为世界的探险家。在冬天黑暗夜晚，这种感觉变得更为强烈。那时，我们穿过房子后面的大花园，对从未见过的设施深感惊讶，一方面感觉自己像是冒险的罪犯，另一方面也感觉自己有权利去认识这个世界。攀爬高墙、木板，越过沟渠都是梦幻般的体验，每一步都充满了未知，永远不知道前方等待着我们的将是什么。我们每次都会根据以往的经验，考虑下一个合适的晚上要尝试什么。然而，随着对花园的逐渐熟悉，我们很快就厌倦了这些探险活动。于是，我们转而寻找新的乐趣，比如吓唬在洗衣时或者在洗衣房里的女孩子们，洗衣房的门窗对着漆黑的花园。趁着她们不备，我们突然制造巨大的声响，随后迅速隐匿于漆黑的灌木丛中或逃之夭夭，让她们完全找不到我们。当然，恶作剧也需有度，有一次，一个男孩从窗户向洗衣房内扔了一把沙子，那一点儿都不好笑，那个男孩很快就被其他人教训了一顿。（SW93f.）

　　我们不断更换新的游戏，有的风靡一时，有的则悄然退场。这其中，最让我们乐此不疲的莫过于捉弄那些成年人。我们会将钱包用一根几乎隐形的黑色细线系好，放置于路中央，自己则隐匿于灌木丛后，紧握着线的另一端。每当有路人弯腰欲拾，我们便在千钧一发之际，通过细线将钱包从他们手中抽回，每一次都能收获他们各异的精彩反应。市长罗格曼（Roggemann）很有幽默感，他被捉弄时友善地笑了一笑，并称赞这游戏的巧妙，这让他在我们心中的地位也悄然提升。许多人则是抱怨不满。一些人明显是有意要拿走钱包，会生气地、默默地、迅速地离开。好景不长，一旦这个游戏被发现了，就不再有人玩了。于是，我们开始玩一些模拟在世界上运动以及旅行的游戏。因此，追着钢圈是一大乐趣，我们手持长棍，轻敲钢圈使其维持滚动，同时控制方向。我们必须跑而不能走，所以这是一种快速的移动方式，让人感觉像是骑自行车一样。或者我们在一个小型的儿童手推车上搭一个小屋，里面可以挤着坐下两个人，还能遮雨。前面的人控制方向，后面的人以脚蹬地以推车前进。就这样，即便我们的旅行范围其实仅限于附近的街道，我们也自认为无论天气如何，都能周游世界。再后来，我们又开始使用射击武器，如飞镖弓，但由于箭头太笨重、整个武器太大且难用，很快被淘汰。相比之下，射豆器更为实用，经过一段时间的练习，我们甚至能精准击中飞鸟，尽管捕获它们的次数并不多。我最喜欢的则是弹弓。通过修剪小树的分枝，精心打磨成手柄与弹弓架，长度约为15厘米，搭配一根多次缠绕的双股细线与两根橡皮管（约5毫米粗），然后把两根管子用皮革连接起来，可以放入铅弹或小石头，松开后弹射力十足，而且瞄准度很高。它便于携带，弹药也容易获取。在任何地方都能使用，可以打麻雀，也能在野外进行射击比赛来精进技能。在瞄准精度与射击强度方面，我们都取得了长足进步。在这些游戏中，捉弄成年人时的隐秘感是主要乐趣之一。塞西莉亚广场是一个长满草坪与灌木的区域，由四面八方交织的小路组成，被周边的房屋环绕，坐落在正中间。在夜深人静之际——那时的路灯还很暗，刚刚够用——我们悄悄地坐到灌木丛中（在夜色的掩盖下，即使有人有计划地追踪我们也很难找到），用小弹弓去射击明亮的窗棂。我们从未打碎过任何玻璃。有些人会因为受到惊吓打开窗户，探出头，却只看到空无一人的街道与平静的广场。有些人则发出咒骂声，正合我们心意。当然，人们逐渐习惯了我们的捉弄，放任我们射击，这样一来，这个游戏的乐趣也慢慢淡去了。——在所有这些活动中，恐惧无疑扮演着举足轻重的角色：如何衡量自己的胆量，选择藏身之处，以及如何在甩开如"普茨·约瑟夫"（PutzJosef）这样的追寻者之后，长舒一口气。（SW94f.）

十一、形式与庆典的意义与局限

中学生时我们有舞蹈课。舞蹈课在奥古斯特学院（Augusteum）进行。这所学院，以其当时珍藏的艺术瑰宝与空间形式，彰显出一种难以言喻的高雅氛围。舞蹈老师奥斯特温（Osterwind）先生严肃的表情体现了形式所代表的社会权威。尽管他过度的优雅有些可笑，但我们依然视他为值得信任的导师。我们需要学习如何行走、鞠躬，以及如何在行走中鞠躬等，这些都表明人类本性是多么原始。当时我们不假思索地相信，每一种形式一定都蕴含着某种意义，因此也乐此不疲地投入每一次的练习之中。在跳舞时，尤其是在跳圆舞曲时，感觉是如此隆重，以至于在有些课堂上仿佛是进入了一个充满城堡与冒险的远古童话世界。最终的舞会与庆典，几乎像是一个自我尊崇的美好社会举办的仪式流程，不容丝毫的放纵。我在跳完加洛普舞后，父亲就不无道理地提醒我注意度量与限度。尽管如此，这一切并未成为生活的要素，只要是年轻人愿意以充满幻想的眼光去看它，它就依然是童话。然而，不久之后，市民社会的粗犷便显露无遗，那些隆重的庆典与形式并没有被认真以待。然而，在我的记忆中，仿佛曾经在某个瞬间身处18世纪，置身于那个自我约束又尽情享乐的贵族阶层中，形式早已成为他们的第二天性。（SW99）

十二、现代家庭面临的危害

家庭需要自己的居所，自己的生活秩序，团结和虔诚，以及所有家庭成员之间的信赖，在整个家庭中，每个人都是彼此最坚实的依靠。

即使在今天，人们仍然以无可超越的本能，坚守着这个原初的世界；然而，随着一种普遍的此在秩序的绝对化，它瓦解的趋势日益增加。（GSZ53）

把人们编入军队，把居所变成睡觉之所，不仅把实践的，而且把整个日常生活流程都技术化为一种企业管理，把充满灵魂的周边环境变成可随时置换的漠不关心。那些自诩代表更广泛的整体利益的权力机构，试图为个人私欲开辟空间，削弱家庭的团结，离间孩子和他们的家庭。在此情景下，公共教育不再被视为家庭教育的延伸，而是反客为主。这一系列举措的最终指向昭然若揭，就是把孩子们从父母身边夺走，让他们成为整体独有的孩子。（GSZ53f.）

在此，我们仅指出这种实质丧失的一个症状。家庭遭到了威胁。孩子们目睹了婚姻冲突与离婚的阴霾，感受到被遗弃，丧失了立足之地，惶恐地面对着虚无。这正是父母未能继续承担对孩子成长之责的沉痛后果。父母们未曾意识到自己的义务，应当把孩子带入一个共同生活的世界，这里有可实现的目标并得到信仰的托底。但是，随着这个世界的败落，家庭作为唯一的避难所的意义反而有所提升，而且，如今它也在重建自我。在世界普遍面临瓦解之时，人们仍然能在家庭中觅得安全感、可靠性与忠诚。今天，可能是孩子们，在呼唤与家庭的联结。若父母不欲通过其生活方式为孩子树立典范，甚至毁坏了人类生生不息、持续成长的根基，那么孩子们对父母的反抗，实则代表着人之存在本质的深刻需求，无须知晓其方式和原因。（U477f.）

十三、对个体的挑战

面对当下的困境，普遍的人类此在关怀的思想渴望重新建立秩序，但这恰恰只能借由个体的自由来实现，而由教育唤醒的存在的本初内涵则孕育了这份自由。（GSZ55）

当个体割裂了与家庭及自我存在的纽带，无法从他们的根基中融入一个各自的整体之中，那他就只能在期望获得却始终缺席的大众整体的精神中漂泊。着眼于追求普遍的此在秩序，我背叛了自己的世界以及它的诉求，寄希望于能通过普遍的此在秩序获得一切。当我不再相信自己，仅仅作为一个阶级与利益团体的符号，或是企业中的一个职能存在，而且一心只向权力靠拢时，家庭就会瓦解。仅凭整体所能实现的，并不能消弭作为本源的自我能够承担而且真正去承担的责任。

因此，普遍此在的秩序的边界，实则在于个体的自由，若人类应当存续，他必须从自身中创造出无人能够掠夺之物。（GSZ56）

第四部分 教育与学校

一、学校的多样性与教师对教育内容的责任

对于这个问题,我无法直接提供一个方案,但或许能谈谈几点核心原则。这些原则主要适用于国民义务教育学校。它们会成为所有人的道德、精神及政治命运。

大量的财政资源是必要的,但并非充分条件。唯有当教师推动实现了民众与执政者的精神革新时,这些资源方能彰显其真正价值。

在此,我仅谈一谈国民义务教育学校。在现代实际的世界背景下,人之存在的永恒主题,应当在此中以崭新的形态获得重生。

在教育内容的过程中,不能盲目倚重心理学与社会学的建议。然而,如今人们对这些领域的见解寄予厚望,陷入了一种科学迷信之中,认为必要的现实主义在此起指导作用。当然,若这些建议能够启迪真知,那么它们无疑值得我们给予应有的重视,借此能够避免一些由技术或适用层面的错误制度或错误习惯所带来的负面影响。与此同时,殚精竭虑想出的措施,其实更容易招致新的干扰。不过,所有这些其实都无足轻重。真正的本质是:

人，并非仅仅由心理与生理的构造所定义，而是通过对其而言客观化了的精神世界，才得以为人。这个精神世界既是由人自己创造的，也是被外界赋予的。因此，一切教育均取决于教育的内涵与教育的内容，丰富的内容使得内涵变得容易理解。心理学与社会学的知识丝毫不能决定教育的内容。

教育的内涵，同样也不能由我们这个时代的意识决定。自中世纪末期以来，人类便开始了对自我时代的深刻反思，时至今日，在我们这个日新月异的此在世界中，对当今时代的深刻反思更为普遍，也愈发深刻。我们或许会好奇，从历史长河中看，我们的时代究竟处于何种位置，它蕴含着哪些未来的可能性，以及它多变的表象在此刻呈现出怎样的特征。然而，这只是诸多任务之一。仅从对时代的认知出发，去推断、界定"时代性"的特质，纯属无稽之谈。因为这样的认知，即便在一定程度上包含了一些真知，也终究难以全面。每个人的行动与思想，都是"今天"之意涵的佐证，没有任何一种知识能够指责他们因循守旧、失去自我，因为那些传统的束缚早已不再适用。同样，我们也不能仅凭对时代的理解，就推断出教育必须包含哪些内涵。将时代思考视为历史课程的任务之一，无疑是一项有益的尝试，但同时必须澄清这类知识的缘由及局限性。人超越其所处时代之处，就是教育必须拥有本源与意义的所在之处。

教育的根基也不能建立在人类的图像之上，无论它多么崇高。这一图像在诸多图像中均有所体现，然而，我们永远无法得知，人是什么。没有一幅人类的图像能够穷尽人类本身的面貌。为了成为真正的人，我们不能把自己束缚于任何单一的人类图像上。

教育的内涵，只能是精神现象的一个由超越照耀、承载的客观领域，植根于所有伟大的传承之中。借助那份把伟大转化为当下的力量，教育始终与我们同行。优质的教育，能引导人们清晰地感知那些跨越千年的经典著作中所蕴含的这一客观世界，从而提升他们洞察当下伟大之所在、明辨是非的能力，同时增强他们的良莠意识以及无预设判断的能力。为了使教育能够参与到精神世界、伦理观念及政治领域，我们亟须能够开启通道的教科书。编写这样的教材，无疑是一种创造性的精神劳作，尤为稀缺。

我们不免忧虑地问道：在当今的联邦共和国，这样的教育内涵是否依然存续？我们是否已建立起明确的标准，指导我们学习哪些知识、培养哪些能力，以及如何达成一种集体意识的完满统一？这样的教育理念应当贯穿于教学的每一个角落，比如历史课堂。我读过当前使用的教科书，它们虽力求清晰、简洁、条理分明，素材与风格均贴近世纪之交，但在我看来，其中的四分之三对青年学生的成长价值有限，而真正重要的且对理解历史意识的真理至关重要的知识却被遗漏了。那些昔日被视为基石、今日却可能带有误导性的内容被过分强调，而那些意义深刻的内涵与重大决策却屈居于后。昔日的教育揭示、阐释了"事实为何"，如今亦理应如此，关键在于精选教学内容。这一原则同样适用于在历史的背景下习得的政治教育，青年须在具体的直观中体验到：政治就是命运。

我现在回到与国民义务教育学校相关的议题，它们对于塑造整个民族的未来至关重要。

在这一议题中，提高国民义务教育学校教师的地位这一举措，看似表层，实则不可或缺。国民义务教育学校教师的声望不能像在专制国家那样落后于其他同人，原则上，他们应享有与其他教师同等的薪资待遇。在当前社会，若无适当的经济基础作为保障，个别人或少数人或许还能有机会获得声望，但对于一个行业而言是不可能的。然而，提供必要的经济支持，仅意味着国民义务教育学校的教师有机会提高声望，但真正决定地位高低的，还是教师的自身。

面对这一挑战，首要任务是寻找优秀的教师。今天，有一些杰出的教师散落在各地，在自己的小圈子里默默耕耘，他们的事迹虽偶被提及，却很快又被淡忘。我们需要做的，就是挖掘这些隐藏的宝藏。让其他教师近距离观摩、感受他们的教学风采，学习他们如何在课堂上塑造学校的精神。这种精神一旦被带入更多的课堂，便会产生连锁效应，推动整个教育生态的良性循环。进一步地，这些卓越的教师应清晰地描述自己的教学方式，并写入纲领性建议。或许，真正的高质量国民义务教育教科书会出自这些人之手。

目前的情况是，在国民义务教育体系中，教师们需凭借自身的主动性和创造性，去缔造教育内涵的表现形式。唯有当教学典范、教科书以及培养方案形成协同效应时，学校方能变好。

这一过程如同一个闭环：想要培养教师，要求教师自己得是教师。这一循环往复的过程，正是优秀教师自发涌现的源泉。我们应当意识到，优秀教师的涌现，并非能人为制造，却能被人为地促进或被阻碍。因此，当这种涌现存在时，可能会使它发挥表率作用，也可能不会。

拥有这些卓越的教育理念，对当地而言无疑是一笔宝贵的财富。

遗憾的是，这些理念因过于零散而难以全面融入我们的教育体系。究其根源，很大程度上归咎于普遍存在于政治家与公民之中的伪民主观念。试问，文化部门的领导与官员们，又有几人真正了解国民义务教育学校的迫切需求？谁又能清晰阐述学校中的民主精神？他们之所以能身居要职，并非基于专业素养，而是我所批判的政治操作机制下的产物。他们频繁颁布冗杂的规定，他们对国民义务教育学校的教师缺乏应有的尊重，殊不知正是这些教师，才是实现教育愿景的关键，而官员们则能够为此创造有利的或者是如今常见的不利的条件。在他们眼中，教师仅是下属，而非值得服务、珍视的独立个体，其活动与自由亦被忽视。可惜不容忽视的是，当前教师队伍中，多数专业素质较低的教师对优秀理念仍然持排斥或敌视态度，他们或因能力不足，或因缺乏主观意愿，未能遵循践行这些理念。

从基础的写作与阅读技能培养起，国民义务教育学校的每一门课程都能被赋予精神思想。有一种陈腐观念，也是当今某些政客反智的空谈，即认为读写能力仅是技术层面的事，任何教师都能教授，因此是无关紧要的，遭到轻视。但在我6岁那年，一位难忘的老师让我领悟到，学习写作几乎可以成为一种庄重的举止。我成了这一秘密的见证者，字母自有一种简洁之美，无须繁饰，亦不会退化至简陋。老师会亲自坐到每位学生身旁，一笔一画地在笔记本上留下字帖般的字母与单词，让我们学会辨别清晰与模糊、美丽与丑陋，认识到不同的可能性。能够读写，对我们而言，固然简单，却成了一种奇迹。

通过这个实例，我想强调的是，国民义务教育学校的教师所传授的，即便是最基础的技术性知识，也都隶属于精神领域。直接与孩子们探讨这些精神内涵，或许会适得其反，但若能采用恰当的交流方式，便能携手生活在这片精神沃土之上。否则，许多本应美好的体验，便会变得索然无味。当这份精神本源被激活，往往不可避免地被视为负担的辛劳与工作、练熟与重复，也能转化为有意义且值得追求的事业，因为人们应该为那些宝贵的东西全力以赴。

若国民义务教育学校的教师无法成为精神思想的形态，不能够在受人尊敬的阶层中，被视为传承的承载者，那么人民也将一无所成。

至于是否应因此拒绝更高级别学校吗？答案显然是否定的。我们当然期盼拥有更多优质的高等级别中学。但统一性会导致平均化，并削弱教育意愿的动力。

特别值得一提的一个问题是那些历史悠久、备受尊崇的人文主义文理中学，我不能否认对它的感激之情。若人文主义教育仅作为少数特例存在，那么任何妥协都无异于对其生命力的扼杀，最后它会成为一个多学科混杂体，其中各门学科都被简化削弱。或许在今天，我们仍可以构想，有这样一所高级别的中学专注于古典语言、数学、古典时代的精神遗产以及《圣经》的深入研究。当然，现代事物、自然学科及技术类知识可以在此基础上再补充。同时，英语和法语这些对孩子而言相对易学的语言，也应在人文主义教育中占有一席之地。

对真正的人文主义文理中学持存辩护的唯一理由是：古典时期的教育有可能培养出其他方式难以企及的贵族。今天，几乎所有的孩子都为技术所迷惑，这既自然又合乎情理。然而，技术类的知识其实可以在校园之外的生活中习得。人文主义文理中学，则成了少数敢于挑战常规、由父母与孩子共同选择的一条蹊径。

然而，若审视这一选择的另一面，不难发现，关于文理中学能培养贵族的憧憬似乎并未如愿以偿。以现代人文领域的学者与语言学家为例，他们的成就无疑是卓越且不可或缺的。然而，他们不能振奋、鼓舞人们追求生活与真理，而且很肯定的是，他们也培育不出贵族。

他们现在没有能力把那些陈旧且不合时宜的塑造概念，凭借其原初的实质进行革新。他们未能创造出新的精神现实。如果以事态的严重性来衡量，在今天所谓的"塑造紧急状态"下，现有的塑造的努力显得并不真实。人为地恢复人文主义教育方案无济于事。继续人为地在社会中划分为接受塑造者与未接受塑造者，尤其是当接受塑造者已失去其榜样作用的情况下，会是一场灾难。

我承认，关于人文主义文理中学的讨论中弥漫着一种哀愁，这意味着要与无法挽回之物告别。然而，真正严重的问题是，这样的转变是否会割断我们与古代贵族精神世界的纽带？幸运的是，这个问题目前尚无定论。即便未精通古代语言，我们仍有可能被那份贵族气质所吸引。只需瞥见古代艺术展览如何跨越界限，吸引最广泛的人群，便可见一斑。诚然，有位卓越翻译家坦言，阅读译作于他而言是一种折磨，但不可否认的是，古代文学作品的译本在某种程度上依然是优秀的。就连备受尊敬的人文学者，也广泛涉猎这些译作。实际上，即便是语言学家，也难以做到对历史上各时期古代语言的如同母语般的流畅理解。因此，古典世界的贵族提出的要求，也能够在国民义务教育学校中得到传承。

但为了呈现最佳的翻译作品，推动当今日新月异的研究成果，以及在科学讨论中持续进行深刻的阐释工作，我们急需专家、希腊学

者、拉丁学者、考古学家及历史学家及他们在大学中取得卓越成就，这最终将惠及整个社会。（A98-105）

二、回忆教师时的感激与憎恨

我在学校里遇到过一些杰出的老师，像阿曼、里希特老师，每每回想起他们的教诲，我都心存感激。但那里有一位不能忍受我的校长。一次，我与一位体育老师发生了冲突。我有一张医生开具的证明，说明我无法进行某些体育活动及脱衣。体育老师却对此嗤之以鼻，坚持要求我遵从他的指令。我没有顺从，没有按照他的要求去做。第二天，灾难发生了：我被指控违反纪律，校长更是将此事严重化，他说："要么你向N.N.先生道歉——我当时读初二——要么你就会被开除！"

这意味着我将被迫远离父母，去另外一座城市（耶费尔或韦希塔）继续学业。这对我来说难以想象，我渴望留在父母的身边。怎么办呢？校长的态度很坚决。我父亲告诉我："你必须自己决定。我只能向你保证，如果校长想开除你，我会一直上诉到教育部，争取你能留在学校的权利。但我猜想，教育部门不会撤销校长的命令。因此，你必须自己权衡，要冒什么风险。"

在这个关头，我那位优秀的班主任——之前提及的里希特老师，给我打电话说："雅斯贝尔斯，我觉得我们有必要聊一聊。诚然，您的立场无可指摘，校长的做法确有不妥。但请试想，若此刻您的权益得以伸张，恐将对校园纪律与秩序造成不小的震动。维护个人权益固然重要，但您是否愿意因此让学校的纪律体系面临崩塌的风险？或许，您可以权衡一下适度妥协的价值，毕竟，这对您而言远不及权威对学校而言那么重要。我并非在建议您这么做，只是希望您能够考虑一下。"这番话对我而言是一个很大的宽慰，让我意识到，选择退让其实是一种明智之举。然而，让步对我来说并非易事，我必须找到一个窍门。于是，我采取了这样的策略：我找到校长，表示愿意遵从他的意愿，去找那位体育老师并道歉。"只要您完成道歉，之后的事就随您便。"校长如是说。那时，校园里弥漫着一种的紧张氛围，体育老师也状态不好，显得有些胆怯。经过深思熟虑，我计划对他说："我受校长之命，特来向您致歉！"当我出现在体育老师面前时，他非常有礼貌地接待了我。我开口："N.N.先生，我受校长之命，特来向您致歉……""我很感谢您，请坐，我很高兴您……""谢谢。"我简短地表达了歉意，鞠躬后便匆匆离去。回到校长面前，我汇报了道歉的过程，校长说："具体细节我并不关心，您已经道歉，此事便了结了。"（SW18f.）

虽然事情就此解决，却在我心里扎了一根刺。我意识到，仅凭理性赋予的明确权利、内在坚守的纪律与原则，并不足以让我们在这个复杂多变的世界中畅通无阻。更让我痛心的是，我未能鼓起勇气，以个人的生活作为赌注去抗争（那时我如此认为），而是选择了一条模糊的中间道路。这段经历，对我而言，既是矛盾的两面，也预示着我生活中不可或缺的双重需求——在未来的日子里，它们将以不同的形态，在我的存在中反复上演，提醒着我生活的多样性与挑战。

三、学前班的痛苦与幸福

我对学校的抗拒终归徒劳,尤其当这份抗拒日益加剧,每日前往学校的路途竟成了一种煎熬……

然而,我对"学前班"也有一些美好的回忆。我们连续三年都拥有同一位老师——努兹霍恩先生,他严厉而不失慈爱,以庄严到几乎神圣的态度教我们写作、阅读、算术,并给我们讲圣经故事。他认真地在每位学生的书写本上写下范例单词,笔触间流露出的提按有度的气韵与形式,让我们赞叹不已。他讲述犹太始祖在童话般的迦南地的故事、马姆尔丛林以及绿洲与沙漠的故事时,总是全情投入、声情并茂,这让我意识到事物之间的关联以及权威的深度,这种体验,此后鲜少再有。学前班虽隶属于高级实科中学,但对我们而言,学校那个浩瀚的、充满知识与能力的世界仍遥不可及。然而,因为努兹霍恩先生时常提及校长斯特拉克扬的崇高形象,仿佛那位可敬的校长就站在我们身旁一样。此外,努兹霍恩先生还向我们讲述了伟大的教育家、奥尔登堡人赫尔巴特的故事,他的纪念碑就矗立于学校广场,每次进出校门,都仿佛在默默注视着我们(但是,几十年后,我对赫尔巴特毫无实质的洞察力以及如幻想般愚蠢的形而上学的思想感到多么惊讶和失望!)。除了老师本人忠实可信的品格之外,三年间未曾更换老师的稳定,无疑有助于在一个充满意义的整体中获得安全感。努兹霍恩先生不仅以其人格魅力赢得了我们的尊敬与爱戴,更在第三年结束时,如同慈父般给予我们高度评价,激发了我们对未来学校生活的憧憬与尊重。他对我们的人生之路表示祝福,眼中含泪与我们道别。(SW57)

四、高级文理中学的缺陷

自1892年至1901年，我就读文理中学期间，其氛围已悄然转变，与往昔大相径庭。它不再受人文主义思想的指引，缺乏能令人印象深刻、潜移默化地影响课堂的校长形象。学校逐渐演变为学科的简单堆砌，各学科间的内在联系变得模糊不清，班主任的频繁更迭更添了几分不稳定感。与此同时，一种自负的科学语文学者风气盛行，这一切愈发难以赢得师生的真心信赖。而节庆之时学校的集体庆典，才使得整体的团结真正变得空洞而虚假。对皇权与大公的恭顺表象，以及那些我们迅速熟稔、因而失去作用的套话与歌词"向戴着胜利花环的你致敬……"与"奥尔登堡啊，向你致敬，向你的颜色致敬，向你高贵的骏马致敬，向你的谷穗致敬，向你的王侯宫廷致敬……"无法唤醒我们生活中的任何实质性基础。庆典所见与课堂所学之间，缺乏任何关联性，课程本身亦如此。学生们或许尚未明确意识到这一点，但是他们很可能感觉到了整个过程的不真实。因此，自踏入校园之初，我便不由得陷入了一种排斥情绪，拒绝这种虚假的共同体，并欣然逃离这所学校的一切。大多数老师（并非全部）身上带着一些消沉与顺从，与我从父母、祖父母及所有亲戚身上感受到的自由与鲜活形成鲜明对比，更加深了我对学校的陌生感。（SW57f.）

五、作为要求与帮助的信任

二年级（10岁那年）发生的一次特别的经历增强了我的勇气。

而这一变化源自双重动力：对我的要求与信任。当时，罗斯老师出于愤怒对一名男孩实施了惩罚，让他在教室的通风口前长跪，忍受着膝盖的疼痛和刺骨的寒风。男孩深感不公，其父母向校长投诉了该事件。随之而来的，是一场关于真相的探寻。课后，班主任弗吕斯图克老师特意留下了我，说："雅斯贝尔斯，我有些话想单独和你说。"待教室里只剩下我们两人，他郑重其事地向我说明："雅斯贝尔斯，我知道你是一个明事理的孩子。发生这种事情而且大家的情绪都很激动时，永远不可能完全还原事实。但重要的是，我们不能仅凭幻想，罗斯老师不应为未做之事受到指责，同样，真实发生的事也不应被掩盖。现在，请尽你所能仔细回忆，把你所了解的一切告诉我。"随后，他耐心细致地向我提问。这次经历让我深受触动，老师对我那份突如其来的信任，极大地鼓舞了我的自信心，同时也向我提出了新的要求。（SW63f.）

六、数学与诡辩的萌芽

对我来说，数学是唯一一门几乎无须过多努力便能理解的学科。我至今仍清晰记得，四年级时，当我初次理解了或自以为掌握了三角形与圆形的知识时，豁然开朗以及不解的困惑同时涌上心头。老师提到，即便是最细微可见的线条也有形体，而直线本身并没有形体。

同时，一场纯粹的思维游戏也开始了，学生对自己的想法感到惊奇，因而向老师寻求启迪。在一次算术讲解中，老师提出了一个命题：如果两个相等的部分组合，那么整体也必然相等。我的脑海中闪过一个念头：若半死等于半活，那么，死的岂不等于活的？我向老师表达了这个疑惑。可惜他太过愚蠢，根本无法提供合理的解释，而是抱怨了几句，以至于错过了这个绝佳的教育契机，没能让我认识到自己的想法正是初露端倪、无法自我理解的诡辩。（SW62f.）

七、学校与富有意义的闲暇时光

在就读文理中学时，我的精神世界成长得颇为缓慢。记得那时，即便是作为中学五年级的学生，在夏日海边的闲谈中提及圣诞愿望，我的回答也异常坚定："只要不是书，其他什么都行，书对我来说，简直是无聊至极。"然而，两年后，我的态度就发生了翻天覆地的变化。我开始如痴如醉地沉浸在书海中，在其中探索着生活中那些不可知的可能性。邮票和硬币的收藏盒被束之高阁，取而代之的是我亲手制作的图片集。在期刊出租的小店里，我以几枚小硬币换得圣诞目录册与旧杂志，剪下其中的插图——主要是古典艺术作品，其次是文艺复兴时期的作品，再者是肖像画、城市景观、自然风景等，我将它们一一整理，小心翼翼地粘贴在纸上。这个图片集成了我在校外的精神避难所，只有通过图片集，我才把学校的知识变得对我而言栩栩如生。

尽管在学校里，除了阿曼老师偶尔的小尝试外，几乎不见图片作为教学材料的影子，但这份自发的图片集就像一个结晶点，原本散乱的东西必须围绕它有序排列起来。为了更深入地理解每一张图片，我花费了大量时间查阅资料。然而，有一次，一位老师向父亲抱怨我在校表现不佳，说我应加强语法学习，而鉴于我成绩下滑，我的父亲也同意了这位老师的说法，建议我专注学业，暂停图片收集。对此我提出抗议：在我看来，这些图片是学业全部意义的所在，没有了图片，我的学业便毫无意义。这足以说服我的父亲，让他允许我继续走自己的路。（SW61f.）

若想帮助那些在闲暇时感到无所适从的人，关键在于向他本人提出要求。个人主动充实闲暇时间生活的意愿，只能被唤醒，无法被赠予。一个人的成长与最终面貌，其根本在于个体自身，然而，周围的人在此过程中也承担着不可推卸的共同责任。这份闲暇时间的自由，须借由个体的本源性，实现真正的自我充盈。（AZM244）

八、教师的肖像画廊

留存于心的美好记忆，都与几位独特的教师以及对古典世界的印象有关。幸运的是，只要学生得以阅读原文，即便是糟糕的学校也无法抹杀古典世界的美好，而这正是高级文理中学的教学之道。

这些老师们无一例外都是个性鲜明之人。那时留给个人施展个性的空间还很大，特立独行是可能的。（SW58）

伯恩克生动但不加批判地教授历史

当时，我们的历史老师是伯恩克（Böhnke），他的讲述无比生动。讲到重步兵军队行进时，他仿佛亲历战场。他口中的希腊历史，主要是依据希罗多德的说法（正如后续所言），并不执着于对史实的考究，也不加以历史批判，更多的是沉浸在自己的想象之中，以一种近乎强加的生动性，讲述历史故事。在众多历史课程中，唯有伯恩克老师的课，作为内心的想象，留在我的记忆中。维持课堂秩序对他而言并非易事，唯有当他的讲述引人入胜时，教室才会暂时归于宁静。然而，他似乎并不在意这种纷扰，总是以乐观的心态面对，偶尔学生过分喧闹，他会开玩笑，而且自己还哈哈大笑。每堂课的开端都少不了那些例行公事的提问，检验我们对课本知识的掌握，但往往结果不尽如人意。因此，学生们就将书本摊开在桌面上，把里面的数字与关键词串联起来，以回答问题。大家都尽量熬过这几分钟的考验，之后，伯恩克就开始继续他的授课，不仅学生们松了一口气，就连他自己也显得轻松了许多。

记得有一次，学校督导门格（Menge）来听课，在提问环节时，我习惯性地把历史书摊开，老师也能看到。这位督导，自诩为一位伟大的教育家，缓缓踱步至我身旁，以一种刻意严肃、无声的责备目光审视着我。我只是淡然地瞥了他一眼，然后继续根据问题读出年份或名字。这一举动，却触怒了门格先生，他愤然指责我在"作弊"。对此，我只能合上书本，不忘轻蔑地瞟了那位督导一眼。我们喜爱并同情伯恩克老师，因为我们早就注意到，在课余时分，他常常独自去校园花园散步，我们也听说，其他老师刻意回避他，因为他的妻子曾经犯过我不知道是什么的盗窃罪。其他老师居然能做出这种行为，再次让我对学校精神产生了一种不信任。学校精神有问题，这让我反抗的情绪再次变得合情合理。（SW58f.）

巴普的希腊语教学娴熟却缺乏温情

还有巴普（Bapp），一位温文尔雅、身形清癯的先生，以严谨务实、公事公办的态度著称。我至今仍清晰记得，他讲解的希腊语初级课是多么精彩；还有我们一同领略奥维德与维吉尔作品的日子。他的教学风格，没有丝毫的激情，平静而踏实，始终如一地富有启迪性，这给我们留下了深刻的印象。在他的课堂上，纪律仿佛是一种不言而喻的存在。面对不良行为或作弊现象，他要么刻意忽略，要么用简短而不失力度的转身作为提醒，让人心生惭愧。然而，这样的课堂，虽严谨有余，却缺乏吸引力与温情。空气中似乎弥漫着一股情绪，仿佛这一切都是不值得的，仿佛对一切感到失望。我们无法理解巴普，他整个人保持着一定的距离感，却受到尊重。（SW59f.）

贝耶斯多夫妄自尊大地以自我为中心

贝耶斯多夫（Bayersdorff）是一位举足轻重的人物，身上散发着一种深邃的智慧气息。他坐在那儿与我们交谈时，总带着一种高高在上的姿态，仿佛自己独一无二，不可或缺。他学识渊博，能信手拈来历史上、意大利旅行见闻以及哲学领域的奇闻逸事，但每当故事即将引人入胜之际，他却戛然而止。比如，在阐述康德关于空间与时间主观性的深奥理论后，他会以一种故弄玄虚的方式，刻意回避我们迫切的追问。他自尊心极强，极易感到被冒犯，稍有不慎，便认为自己没有受到绝对的尊重。记得中学七年级的一次法语作业，我因一个单词的翻译被误判为错误。当我拿着书中明确的单词表作为证据，请求更正时，他坚持己见，断言那是错误。我据理力争："我们在做作业时，理应能够信赖教科书。"对此,他却大声要求我立即离开教室。然而,10分钟后,他又将我叫回,却对我视若无睹。我很快意识到,这是一场误会。他误以为我在质疑他翻译的准确性,这在他看来是对他权威的无礼侵犯。而事实上,我不过是想通过指出教科书的内容,避免被错误扣分。但那一刻,我选择了沉默,因为我清楚地知道,无法与这样一位如此激动的老师交流。(SW60)

斯坦沃斯校长——明智的方法论者,但蔑视人类

斯坦沃斯(Steinvorth)校长为高年级学生讲授希腊语,他异常聪明,每堂课都安排得条理清晰,环环相扣,让学生们清晰地知道自己的所学与所成,大脑有种舒适的紧张感,乐意跟随斯坦沃斯校长的思路,然而,他的课堂缺乏氛围感,授课内容主要是语法规则、语言特征以及文本结构的逻辑解析。比如,在讲解索福克勒斯的《安提戈涅》时,从教学法角度看,他的阐释无疑是精妙的,然而,学生却丝毫没有参与感。因此,在一张班级合照中,斯坦沃斯校长以拉特兰博物馆中的索福克勒斯雕像的姿势站在我们旁边时,显得很古怪。他似乎对他的学生始终有一种厌恶感,至少对我是这样。记得在一次宗教课上,当我被问及安塞姆关于上帝的本体论证明时,因一时未能迅速组织好思路,他就对我嗤之以鼻,仿佛敢于回答这样的问题已经是一种放肆。在我心中,斯坦沃斯校长仿佛是所有冷漠与无情之人与物的化身。一旦他们位高权重,得以施加影响力,并在可计算的伪客观性中做出决断时,他们就变得异常危险。我承认,我曾对他,作为那所学校精神的代表,心怀恨意,这份情感不仅针对他个人,更是对整个

学校体制以及全世界那漠视人性的权力机制的控诉,这种权力肆意践踏着我的无能为力。但离开学校的那一刻,我意识到,那种恨意已让我备受折磨,我发誓再不让自己对一个人怀有如此的恨意,至今依然未曾再发生。如今回望,我更加理解斯坦沃斯校长——一个内心充满责任感却又灵魂匮乏的人。他尽力客观、公正地完成自己的职责,即便这必然是徒劳无益的。(SW60f.)

然而,斯坦沃斯校长却有些失态,而且厌恶我。我几乎从未如此深切地鄙视过任何人,尽管我内心始终感激他那广博的知识与卓越的教学才能,这些让我受益匪浅。

从父亲的教诲中,我了解到军队纪律与学校纪律之间的巨大差异。我试图向校长解释,他强加于我们的是军事化的纪律,而这并非我们所愿。对此,他仅愤怒地回应:"这就是您家族的精神、反对的精神,我们必须对您保持高度警惕,我也会确保所有老师与我一样!"

然而,我当时也把这位校长折腾得够呛。高考结束后,我成绩很好,校长准备给予我一份殊荣,让我在有大公爵出席的欢送会上用拉丁语发表演讲。对此我拒绝说:"不,校长先生,我不会用拉丁语演讲的!"他惊愕地问缘由,我坦诚相告:"这是在欺骗观众,我们目前所学的拉丁语还不足以支撑一场演讲。"

所以,这是一场较量,这场较量在我辞行时达到了高潮。依照惯例,学生需向校长与老师当面告别。当我站在校长面前,他说:"您将一事无成,您身患疾病。"他说得没错。但我没有受到过多的影响,因为我内心的生活赐予了我莫大的勇气,即便我身患疾病,无论

这一生会如何，我都会满怀希望展望未来。（SW20）

九、令人悲伤的结论

当然，还有许多其他的老师，我并未在此一一描述他们的独特之处，尽管他们每个人都作为一类人的象征留存在我的记忆之中，并偶尔浮现在我的眼前，我对少数几位或许抱有好感，但并未对其中任何一位怀有敬仰与爱戴之情。

十、教师的教育与自我教育

教育的对象同样涵盖了教师群体。在当今社会，人们对于教育的认知或许已变得过于理所当然，仿佛教育者天生就明了何为正确的教育、其内容涵盖哪些以及如何有效规划。实则，教师自身也需持续接受教育，这是一个伴随终身的自我教育过程。随着教育运营的日益增加，民主教育体系中的一个重要转变是，它强调了教育与被教育之间的循环。当这个循环充盈着信仰、知识与能力时，就会富有成果。正如理性发展的每一次发展都错综复杂，教育的成效亦非单一因素所能决定。那种认为教师因自身已经接受过教育便能自然而然地教育未成年学生的观念，其实与另一种预设同样荒谬——即成年人因受过教育就能对所有事物做出正确判断。只有通过交流在自我教育的道路上不断前行的教师，才能有效地施教于人。而唯有那些能够以严谨而持久的学习为基石，掌握这种自我教育精髓的人，方能成为真正意义上的受教者。（AZM444f.）

十一、作为政治民主教育的学生共责

我的问题是，这种合作参与的模式究竟涵盖哪些范畴，又排除了哪些元素。在我看来，这样的合作是一个宝贵的契机，它利用初期的基础性实践，为后续的政治民主教育奠定坚实的基础。合作的核心内容应当局限于学生能够自主判断的领域，比如学校的郊游、工作方法、闲暇时间、个人收藏等，这些事务的执行天然地需要学生们自由的倡议。同时，这种合作不应涉足那些产生于传承或教师权威的内容。一旦教师失去学生的信任，不再被视为知识的可靠传承者，那么自由的学生们的反应则是对教师无言的要求：拯救你们在我灵魂中的形象（若允许对这种关系使用伊菲革涅亚[①]这句话）。换言之，好学生在言行举止间透露出，老师理所应当是权威，这无形中给教师提出了要求，让他感受到自己应该怎么做。学生基于长期的自身经历，在共同的、被检验过的确定性中将能力不足的教师置于审判台上，这通常只在极端情况下才有意义。不能时刻展现出优越的智力，并非主要症结，真正的问题在于教师的性格缺陷或有害的教育观念。值得注意的是，反抗始终是一种革命行为，它本质上更属于未来的政治生活，而非校园。学校环境的繁荣离不开权威的引导，这种权威建立在教师（尤其是少数杰出者）以身作则、学识渊博、能力出众且以非暴力方

---

① 伊菲革涅亚：古希腊神话中的悲剧英雄。

式默默地产生不可抗影响力的基础之上。

当共同管理的事项经过精心挑选并适度限制后,学生应通过围绕实际问题展开的深入讨论,来锤炼自身的政治参与能力。在这一过程中,学生们学会倾听而非独占话语,他们努力使对话获得形式,避免冗余与偏离主题。通过秉持公平、尊重的原则,在批判性审视中保持耐心,并在达成共识后展现团结的力量,学生们共同塑造一种集体精神。在选举环节,学生们基于信任推选代表,而这些被选者则需以实际行动证明自己的可信度,否则将会在下次选举中落选。值得注意的是,当选者并非凌驾于众人之上,他们依然是同学中的一员,但是多了一份受托的责任与同伴们的认可。这种机制下,民主政治所必需的沟通、交际技巧得到了系统性的锻炼,尽管在此过程中形成的"贵族"并不稳固,且需不断经受每个人的检验,但它确实反映了人与人之间实际存在、难以彻底消除的不平等性。追随值得信赖的人,进行审慎而不会轻易动摇这份信任的批评,是民主政治的条件。此外,不嫉妒他人,同样是条件之一。为了在学校环境中系统地培养民主思维,我们既可以为学生群体设定具体任务,也可以通过组织围绕个人兴趣展开的、结构化的讨论来实现。这样的教育方式,不仅让学生掌握了倾听与交谈的礼仪,更教会了他们实事求是与自我约束。

在培养民主思维方面,我认为创办校报是一个极佳的途径,但其成功的关键在于给予学生充分的自主权。成年人,即"曾经的学子",不应参与校报的撰写工作。而且,确保学生免受成人与教师的不当干预,是维护校报真实性不可或缺的前提。断言学生不应参与学校管理,我认为这纯属无稽之谈;学生只能在适度范围内,从学校的权威体系中获取实践管理任务的权利。这种实践应发生在为学生特别开设，而非被他们所占领的空间中。然而，在这儿，学生应展现其独立性，不是去模仿成人，而是明确自身需不断学习。尽管高年级学生的思想已经到达了最终的边界，但他们的实际责任范围仍相对有限，更多的是在进行精神层面的试验游戏。学生无须通过提前体验成人生活来证明其洞察力。能够辨认自己的责任所在，正是学生们学习什么是责任的方式，而且只有在他们能够基于一定的经验，完成分配给他们的战术任务时，他们才会要求承担这份责任。学生的自由，如同所有自由一样，需在权威的引导下得以实现。这意味着学生无须过早涉足未来生活中的决策，而应专注于通过学习、观察、思考及自我批评来塑造自己的精神世界，从而明确自己的行动方向。学校面临两种危险：一是类军事化纪律下的虚假权威，二是无领导的思想与行为带来的无止境的放任，进而导致真正权威的丧失。严谨的学生，往往会搁置过早的政治参与以及武断的政治观点，他渴望学习、倾听与提问。在学校生活这一狭小却真实的领域中，有一些事情是学生能够赋予秩序的，学生能从这些秩序之中以及通过参与塑造秩序的过程，学习政治智慧。正是在这个阶段，如同日后在市政管理的小天地中一样，学生为内心的姿态奠定了基础，使得一个自由民主国家的出现成为可能。

第五部分
教育与友情

一、渴望那份自己的生活

尽管亲爱的父母给予了我足够的温暖和安全感，我在青春岁月里，仍然感到孤独。一种莫名的渴望攫住我，父母给予的安全感无法提供的，是属于我自己的那份生活。

我有一个好朋友叫弗里茨·祖尔·罗耶，我们曾一起在慕尼黑、柏林及哥廷根读书。假期里，我们回到共同的故乡奥尔登堡，在他父亲悉心经营的广袤农场中，我们得以认识大自然的真实。我们的专业都属于自然科学，他有志成为教师，而我则是医生。那完全是一种并肩奋斗的生活，应该也充满了热情，却并非那一类同道之人的生活——他们在灵魂深处、在自身可能成为的可能性中、在彼此之中走向自我。不幸的是，弗里茨过早地离开了这个世界，我无法得知我与他之间的友谊本还可能发展到什么程度。那时的我，未曾意识到，为何即便拥这份友谊，那份渴望却仍旧挥之不去。渴望什么？——我当时究竟想要什么？（SW30）

二、朋友是有意义生活的保障

有些人的本质,曾向我展示了人类无限潜能的实现,这是一种保障,保障无论如何,在纷繁万物之中,根本上都蕴含着值得我们为之而活的意义,而生命本身也因此能够成为一种壮美的现实。我曾经一直在寻找,能够与其缔结全心全意友谊的人;寻找我爱的人,仿佛我们永远属于彼此;我以骇人的惊惧把此人视为一次冲破所有枷锁、圆满失败的命运。我遇到了这三个人:恩斯特·迈尔——在持久的较量中与我团结一致的朋友;格特鲁德——我的爱妻;马克斯·韦伯——一个坚持着牢不可破的距离,在绝望中体验世界,学识渊博,内心分裂破碎,永远无法抵达太一与纯净的人。(SW31)

恩斯特·迈尔——与哲学伙伴的邂逅

我的朋友恩斯特·迈尔是一位犹太人,和我一样学医。在一次解剖课上,他开始与我交谈。我当时全神贯注于课堂,一开始有些冷淡,可能有时会打断说:"稍等,迈尔先生……"随后的日子里,我们便开始在学生宿舍里拜访对方。每当实习手术之余,我们便沉浸于哲思之中,我很兴奋,他也很兴奋。这便是我们友谊的起点,它自始至终都保持着一种平等的姿态,不是臣服,而是并肩同行。某次,我偶然碰到恩斯特正在读里克特的《知识的对象》,不禁脱口而出:"您怎么能读这种理性的废话,没有任何实质性的内容!瞎编的东西!"他听后,反驳道:"您又怎能毫无理由地指责对我意义非凡的思想呢?"这样的思想碰撞,贯穿了我们俩的一生,随着年岁的增长，我们共同探讨哲学的基础愈加清晰。这种哲学共同体的影响之大、范围之广，以至于若没有恩斯特·迈尔，要完成我的主要作品（《哲学》）对我而言是无法想象的。他还参与了创作，书中的一些灵感源自他。对作品精益求精，对表达清晰、文体完美的兴趣与执着，都要归功于他。在这本书中，我们完全一致（这种状态后来难以为继），至今仍让我怀念不已。能够拥有一位同伴，不仅与我并肩探究事物的哲学，更是一位沉浸于哲学自身实质之中的挚友，这无疑是极其珍贵的幸福体验。这份幸福，与恩斯特·迈尔紧密相连。（SW31）

格特鲁德·雅斯贝尔斯——婚姻的圆满

通过恩斯特·迈尔，我结识了他的妹妹格特鲁德，她当时（1907年）居住在海德堡。她的哥哥曾告诉她："最近我认识了一位与众不同的学生，你绝对应该见见他！"他也向她坦言我身患疾病的事实。格特鲁德的一生历经坎坷（她的姐姐得了精神病，她的一个朋友自杀了，以及其他一系列不幸），年轻时遭遇的命运仿佛硬生生地把她从生活中拽了出来。她的本性变了，她对事物的珍重不再似以往那么轻盈自然。尽管如此，她想活下去。她直面苦难，不愿逃避。在她看来，想要摆脱悲惨的现状，埋头于实际的工作是唯一的途径。她立志要完成高中学业，之后去读大学。当时，她正潜心学习希腊语和拉丁语，不愿有任何事物分散她的注意力。她为自己的哥哥找到了一个朋友感到高兴，但起初并无结交之意，尤其是这个人还身患疾病。直到学期末，出于让兄长开心的考虑，她才终于同意与我相见。

与格特鲁德初次相见时，有东西如一道闪电般击中了我，她背对着我起身，转向我的瞬间，那种感觉便油然而生。仿佛是两个灵魂早已相连的人，终于在这一刻相遇。这种感觉难以名状。

我曾多次提笔描绘爱的模样，有人认为那是虚构的乌托邦，但于我而言，那些文字尚不足以充分反映现实。

转而谈谈更为日常的片段吧。自1907年格特鲁德定居海德堡以来，我身上发生了诸多转变。曾经的我，虽有不足和欲望，也是一个有求知欲、努力追求真理、沉着冷静的男人。而今，我每天被提醒是一个有血有肉的人。这份转变并非来自言语的灌输，而是我的人生伴侣在生活的点滴中默默地对我提出的要求：你不能认为只要取得了足够的精神成就即可！格特鲁德确保我不会搞糟太多东西，在人情世故方面我特别健忘，而她会提醒我应该做什么。她阅读并检查我所写的每一份作品，她的存在唤醒了我的冲动，不要过度沉溺于精神世界与纯粹的思考之中。更为关键的是，我深信不疑，若论及我哲学思考的深度，那么，若是没有格特鲁德，我永远无法抵达那种深度。（SW31f.）

马克斯·韦伯——对大师的敬仰

马克斯·韦伯与我并非朋友之交，因为朋友之间是平等的。从形式上看，他自发的行为举止完全是平等的，绝不会承认任何其他形式，但是我如此敬重这个男人的伟大，以至于每每面对他时，都不免心生羞怯。唯有少数几次，当我们的对话触及个人事件，或是对某些现实事件进行评判与干预时，那份羞怯才得以暂时消解。在这些时刻，我们仿佛站在同一高度，就深刻而严肃的话题展开争论，其间或许还隐约闪烁着友谊的火花，但即便如此，今日提及也觉过于唐突。

我相信自己没有弄错，在马克斯·韦伯身上，我看到了我们这个时代精神领域的巅峰人物。他的伟大虽聚焦于一个领域，却具有跨越界限的普遍特征，他的存在使我对伟大有了概念。当我说他是这个时代最伟大的男人时，脑海中浮现的并非诗人、艺术家或政治家的形象。因为这些身份难以与马克斯·韦伯相提并论。马克斯·韦伯，他本身就是哲学的现实。

他的学术成就已足够令人瞩目，但更为深远的是，他构建了社会学的范畴世界，并在为此精心撰写的论文中详细阐述了其应用之法。然而，最为关键的是，马克斯·韦伯让价值判断与事实判断之间那条众所周知、看似简单的界限变得富有张力，激起了历史学家与社会学家的热情。因为明眼人都能洞察，这实则是一个理性难以彻底解答的难题；理性的探讨虽日益重要，但在研究者因基本立场不同而展开的激烈交锋中，其实际效力往往大打折扣。

在马克斯·韦伯身上，我看到了人文科学的伽利略，他矢志不渝地实现该学科作为一门科学的可能性，同时精心构建并发展其基本原则与方法论。

然而，他的追求远不止于此。整个科学运作固然重要，却无法满足他。他能够感知世间一切的伟大，并以热爱之心拥抱之。但正是他深刻的真实性，让他在思想上始终铭记着万物的过去、现在与真相。

在他的生活中，我看到了一种完全无法治愈的分裂。他从来没有弥合这种分裂。这又是一个现代人的悲剧，而且，相较于克尔恺郭尔与尼采的悲剧，尽管他们在创造力上或许更胜一筹，但都英年早逝，都如狂风般激烈，都凭借直觉迅速行动并领会不寻常之事，而马克斯·韦伯才是真正忍受分裂的人。克尔恺郭尔有基督信仰作为出路，尼采则以永恒回归与权力意志在一定程度上实现了自我救赎。而韦伯则因坚持真实，这些出路对他而言是不可能的。他的分裂难以弥合：在这样一个无法合一的男人的身旁，我感觉无比难受；一生之中，自杀的念头反复缠绕他，病痛与康复一再交织。面对这样的他，我不得不说：这不是榜样，没有一点儿会让我想说，我也这么做。然而，在临终谵妄之际，他最后一句话是"真实就是真理"，就这一点而言，他是榜样，而且是绝对值得信赖的典范。

若有人如韦伯般认真理解并践行此言，那他必然会陷入一种驱使人绝望但又不强迫人绝望的复杂心境。我虽以韦伯追求真理的意志为榜样，却也不解为何自己内心仍能维持某种统一感。正如上文所言，仿佛命运女神堤喀①在无形中引领，慷慨地赋予了我一些在真理之思面前经不起理性验证的东西。每个人都有他自己独特的命运，马克斯·韦伯的命运是如此可怕，以至于虽然我怀着崇敬的目光看待这种命运并倾听了它的要求，但是我自己却以截然不同的方式生活着。
（SW31ff.）

---

① 堤喀（希腊语：Τύχη），也称堤刻、梯刻、泰姬或太姬，是古希腊神话中的机缘、幸运女神。

"海德堡学派"——一个工作团队的幸福

那时,我有幸在海德堡精神疾病医院度过了多年时光,虽然并非以助理的身份,因健康原因我更像是一位无具体职责的见习助理。在尼塞尔博士的引领下,这家医院里形成了一个与大学截然不同的群体。这里弥漫着一种"家的精神",将上自领导、下至助理紧紧凝聚在一起。我们不是为了团队为个体设定的科研目标而工作,而是在一种讨论的氛围中,每个人都秉持着对自我工作的高度责任感,认真地履行着自己的职责。这个独特的群体,后来在精神病理学界被誉为"海德堡学派",实际上指的就是我们六人的小团队。那种精神层面的精诚合作,此后再也没有体验过。(SW34)

三、朋友——存在的担保人

朋友成了力量的源泉。那些心地善良、友善相待的熟人,把我们纳入这个世界真正的共同此在之中。然而,那些稀有的朋友,才是力量的源泉。凭借着对某个虽不明确却共同深信不疑的目标持有坚定不移的赞赏,他们在精神战场中并肩作战,铸就了无坚不摧的友情与团结。即便面临隐私界限模糊的考验,他们仍勇于在保持适当距离的同时,敞开心扉,展现最坦诚的自我。正是这份勇气与真诚,让心墙逐渐瓦解,在相互展示的过程中,我们渴望看见对方,也渴望被对方看见。若无法坦诚交流重要之事,真正的友谊便无从谈起。(PA241)

如今,最宝贵的馈赠莫过于"自身存在的人们之间的那份亲密无间",它是存在的保障。人世间,不是那些擦肩而过的泛泛之交,而是那些始终相伴左右、帮助我寻得自我的人,方能作为现实真正地触动我。我们不再拥有万神殿,但是拥有装满了这些真挚之人的记忆空间。我们感激这些记忆中真实的面孔,是他们成就了今天的我们。决定我们人生轨迹的,往往不是史册上闪耀的伟大名字,而是那些在生活中让我们感受到伟人精神风貌的活生生的人。我们深知,这些人在我们身边,他们不求闻达于世,不慕虚荣,他们并非公众眼中的普世有效之理,却承载着世间万物的正确进程。(GSZ194)

第六部分 教育与大学

一、大学作为独具一格的学校

大学是一所学校,却是一所别具一格的学校。在大学的课堂上,学习远不只于听讲,更重要的是,学生应该由此习得进行学术研究的态度,进而塑造出贯穿终身的科学思维方式。这一教育理念强调,学生要对自我负责,他们需以批判性的眼光跟随教师的步伐,享有学习的自由。对于教授而言,其职业是以科学的名义传递真理,享有教师的自由。(理念III,1f.;类似II,9)

大学的理念,其生命力首先闪耀在每位学生与教授身上,其次才体现在机构的外在形式之上。一旦这种生命力消逝,任何机构都无法挽回。然而,这种生命力必须通过人与人之间的交流被唤醒,通过贴近时代的新著被鼓励,以获得自我意识并增强有效性。学生正在寻觅这种理念,并已经为之做好准备。当学生未能从教授那里获得这种理念时,他们其实是茫然无措的。那么,他们就必须自己去实现这种理念。

在大学里,哲学教授的理念对我而言,是成为自我此在的正当性。只要西方大学里还存在自由,这种理念的实现便全然依赖于那些接纳它、并肩负使命去实现它的人。

哲学教授须在青年人面前证明自己，因为他们天生对真理抱有比年长时更为敏锐的感受力。这些教授的任务，在于引介那些伟大的哲学家，确保他们不会与小哲学家们相混淆。如此一来，那些永恒的基本思想，便能以其崇高的形态被世人所认识。哲学教授须唤醒对一切可知事物、对科学意义以及对生活现实的开放心态。他们须运用思考的基本操作，去把握并穿透这一切，而这种思考的基本操作使我们得以繁荣。哲学教授应当积极践行大学的理念，从而认识到对创造、建设以及实现类的行为所担负的责任。他不该掩盖最外在的边界，但应该教导人节制。（PuW339）

二、危害与革新

高校里的大众此在，存在一种趋势，要把科学作为科学消灭掉。他们认为，科学应当去迎合那些仅追求实用目的的人群，比如通过考试并获得相应的权利。科学研究被要求必须承诺产出可直接转化的成果，方能获得支持。如此一来，科学便退化为一种可被习得之物的理智客观性。高校不再在躁动的精神中去实践"勇于认知"的口号，而逐渐演变为单纯的学校。通过制订强制性的学习计划，消除个人自主选择学习路径会带来的危险。丧失了在自由环境中勇于冒险的精神，也就难以孕育出独立思考的可能性源泉。最后留存的是一种专业领域的精湛技术，或许还有海量知识的积累；绩学之士，而非研究者，成为典范。人们开始把两者混为一谈，这正是高校理念衰退的症状。

真正的科学，乃是那些有志之士的高贵事务。那份原初的求知意志，单凭其力量，就足以防止科学陷入任何危机之中。这种求知意志，人人皆有，但需自行承担风险。如今，若有人将一生奉献于科学研究，或许会被视作"异类"。但实则，科学研究从来就不是大众的普遍选择。即便是那些在工作中实际运用科学的人，也唯有当他们内在态度转变为研究者，才算真正参与科学，到科学之中。

因此，当今世界正在经历一场科学意义的逆转。科学忽然备受尊崇。由于大众秩序唯有借助技术，而技术唯有借助科学才得以实现，这个时代充满对科学的信仰。然而，由于科学依赖系统的教育，且对科学成果的惊叹与赞赏，尚不等同于对科学的意义的参与，因此，这种信仰是一种迷信。真正的科学，不仅是知识的累积，更重要的是理解并掌握科学的研究方法，以及明确知识的边界与局限性。当人们相信科学研究的成果，却忽视了探究这些成果背后的方法与过程时，那么，在想象的迷雾中，这种迷信就会替代真正的信仰。人们坚信科学结果的可靠性。这种迷信体现在多个方面，包括对科学的乌托邦化，认为它理解万物、无所不能，在技术层面能够克服万难。同时，它把福利视作总体此在、多数民主的可能性，认为多数民主是人人享有自由的公平之路，更甚者，它还体现在对理智的思维内容的教条式的信仰，视之为绝对正确。这种迷信的影响力几乎触及每一个人，即便是学识渊博之人也难以幸免。尽管在某些特定情境下，它看似被驱散，但实则始终存在；这种迷信在其追捧者与拥有真正科学的批判性理智的人们之间，裂出一道鸿沟。

对科学的迷信很容易发生逆转，转变为对科学的敌视，进而迷信起那些否定科学的力量所能带来的帮助。那些相信科学万能，甘愿在专家（他们知道并规定什么是正确的）面前放弃独立思考的人，一旦遭遇科学的局限或失败，便会失望地转向江湖骗子，因此，对科学的迷信与招摇撞骗在选择上是相似的。（GSZ137ff.）

……能够把真正的科学精神融入日常生活思维的人寥寥无几，这反映出自我存在的逐渐衰退。令人混乱的迷信引发了重重迷雾，身处其中，沟通变得不再可能，而且这种迷信还扼杀了真实的知识与真正的信仰的可能性。（GSZ139）

三、大学改革的任务

教学楼、学院设施、研讨会、图书馆……增设教师岗位，关爱学生，确保每位学子都能在自由的氛围中全身心地投入学业中——这一系列举措，都涉及物质层面的问题，提供必要的资金即可解决。已经有人反复指出所需资金的规模之庞大，尤其当考虑到要全面覆盖整个学校系统时。

对于德国人民的未来而言，教育和课程的重要性与军队不相上下。然而，由于教育管理的失误往往需要数十年后才能显露出其灾难性的负面影响，加之当前所有人的此在普遍面临暴力威胁，亟须安全保障，这导致政治家、议会及政府往往将更多关注投向国防军，而非教育事业。在紧迫性上，社会福利政策又超越了教育和国防，因为它能迅速且直接地惠及社会各阶层的民众，带来实实在在的利益。选民在投票时，往往会根据这些即时可见的好处来做出选择。相比之下，对整个教育体系的关注似乎被边缘化了，尽管它对我们人民未来精神道德水平等级至关重要，却成了政客眼中当前最不紧迫的任务。

我们设想一下，如果政治家们具备远见卓识，并为国家筹备了充裕的资金，这诚然为改革创造了不可或缺的条件，但资金本身并不等同于改革的成功。筹集资金是国家层面的责任，而真正关键的是这些资金如何被有效运用。大学改革的核心，决定性地要从大学内部的每一位成员开始。

在此，我们面临双重挑战：一是物质层面的建设，包括规划必需的建筑物与设施，合理安排、划分激增的学生群体，明确教授、讲师及助理的职责分工，重构组织架构，并确立必要的权限，确保大学改革在法律框架内顺畅进行。另一项更为深层的任务，则是重振那几近消逝的大学理念。若我们追求的是新形势下的大学革新，那这两项任务并非齐头并进，而是需以大学理念的复兴为引领。否则，单纯地将大学教育简化为一种初级教育模式的复制，那么，这样的"大学"即便保留其名，其本质也已荡然无存。

任何涉及宪法修订、自治模式调整、学院权益变动、教学类型改革或课程设置的想法，都应立足于明确的实际目标之上。然而，只有以实现精神思想生活、构建研究与教学深度融合为改革旨归，方能全面审视并找到变革的正当性。这两项任务并非分别完成，而是必须同步推进。第一项任务意味着，我们可以精心设计与制定实现目标的手段。第二项任务的基本特征则是，它无法通过简单的行动规划来实现，它依赖于每一位践行大学理念的研究者、教师及学生个体的此在。组织工作是为本质之物制造机会，但无法创造出这些事物。以大学理念为指引的组织工作，会时刻考虑这些机会，绝对不会削弱它们，而是不遗余力地推动它们的实现。

大学改革的"双面性"意味着两项任务密不可分：一是大学的组织架构与资源供给，二是内在思维模式的转变，以重新获得大学理念，赋予其新的形态。单纯追求课程数量的堆砌，无异于舍本逐末；而单纯的空想，则会在激情中脱离实际。如何通过具体而明确的策略与思想动员厘清这两者的关系，这直接关乎大学的命运。

自古以来，来自各个阶层的"精神贵族"始终是少数。他们崇尚伦理，不懈追求个人精神境界，而且天赋异禀。大学理念面向的对象正是这些少数派。精神思想的原初力量，为规范树立了标杆。普通人通过仰望这些精神灯塔，汲取其智慧与启迪，从而发现自我价值，这一过程对所有人而言都是一种福音。

然而，精神贵族需通过民主机制得以确认，而非仅凭个人的诉求。因此，大学依赖所有人——每一位学生与讲师——的立场。大学持续繁荣的基石，在于确保那些在学术成就与人格魅力上出类拔萃的个体能够被看见、被提携，并获得未大肆宣扬却是实质性的认可，进而发挥引领作用。（IdeeIII，37ff.；参见PA78-92）【参见：大学改革的双面性，第307-309页】

大学的这场革新及其激发的新思想将影响整个人类，其中一项可能成果是：促进了对可靠国家观念的认知与传播。一个真正以人为本的国家，在行使权力的同时，也懂得自我约束，因为它建立在法治基础之上。这样的国家，其意义植根于公民的日常思考与团结之中，它如同所有的精神世界，不断自我修正。其自由之精髓，在于思想者的合法争鸣，即便在最激烈的观念碰撞中，也能通过共同的使命维系彼此间的纽带。这样的国家吸纳了各类知识，不仅在大学的精神创造中找到了自我最清晰的意识，更找到了培育公民的源泉。（HS39f.）

大学，对于民众而言，显得既非必需又难以理解；大学实则既非不必需，亦非难以理解。（HS54）【同参见：大学改革的双面性，第307-309页】

四、高校教师的尊严与面临的诱惑

高校教师是科研人员。大学生已跨越了中小学生的阶段，成长为能够独立自主、勇于担当的成年人。高校教师通过悉心引导，并让大学生参与到他们自身的精神探索之中，成了他们的引路人与榜样。把大学教师的角色等同于中小学教师，无疑是一种滥用。（IdeeIII, 116）

尽管不少教师倾向于性格温顺的学生，这类学生不会违背师意，但每位大学教授都应坚守一条基本准则：在申请教授资格评定时，优先给予那些有潜力至少达到或接近自己学术成就水平的学生机会。同时，教授应怀揣更高的期许，期待能遇到超越自己的学生。这种期待不应局限于自己的学生范围，而是对整个学术界后辈的提携。（IdeeIII, 118；类似II, 67f.）

五、大学生的自由与责任

当大学生投身于那场理念不断进化的运动之中，他们便踏上了成为未来学者与研究者的道路,终身都是哲学科学之人。即便他们最终从事的是一份建构现实的实用性职业,构建现实的创造性,丝毫不逊色于字面意义上狭隘的科研成果。(IdeeIII,81)

原则上讲,学生们享有学习的自由,这是他们作为成熟高校成员的重要标志,而非中小学生般受限。为培育具有独立人格的科学家,青年学子需勇于探索,敢于冒险。他们也可自由选择在安逸与消遣中堕落,进而退出学术的征途。

若将讲师与大学生过分拘囿于学校的条条框框,思想的生命力、创造及研究都将走到尽头。我们可能错失培养出那些思维缜密、能批判性审视真理,并在任何情景下都审慎地追求真理的人才。因此,自由,乃是大学生命之源。(HS54)

人尽其才,意味着赋予每个有才干之人以施展的空间,不论其出身阶层。测试以特定能力为标尺,因此,不应成为选拔那些在真正精神层面上才华横溢者的障碍。(IdeeIII,139f.;同样参见IdeeII,104)

经过一系列漫长而持续的考试逐步迈向目标,对那些尚未独立的中等学习者而言,不失为一种有效的助力。作为自由学习这段长途旅程的终点的考试,则是精神的本源。大学通过对学生提出以下要求,推动这一成长机制:学生应自立自强,具备自我引领的能力。步入成年的他们,已无须旁人牵引,因为已经具备了自我主宰的能力。他们广泛涉猎学说、观点、导向、事实与建议,为了能够主动审视,独立判断。那些依赖他人引领的人,实则尚未准备好踏入大学精神的殿堂。真正的大学生,拥有主动性,能自我设定任务,深耕精神世界,明了工作的真谛。他们在交流中成长,既非大众,亦非群氓,而是无数个勇于探索的独立个体。这既是现实的写照,也是理想化的愿景,它涌动着一股蓬勃的力量,让每一位参与者都能感受到,被赋予了一项最为崇高的使命。

最后再谈谈考试。考试应该最终一锤定音——学生本人自由地进行自我筛选。倘若被合理筛选出的大学生,在整个学习期间都被学校过度束缚于既定的正确的路径,那么大学便失去了其作为高等学府的真正意义。相反,大学的本质在于,每位学子都能在学习旅程中自主做出选择,即便这意味着可能面临一无所获的风险。如何在精神与制度层面构建这样一种选择机制,是最重要、也是无法最终得以完美解决的问题。(IdeeIII, 140;同样参见IdeeII, 107)

精神层面的贵族,并非社会学意义上的贵族。每个生而拥有这种精神特质的人,都应该找到通往大学的道路。

这种精神贵族的身份,不受出身限制,无论出身于贵族家庭还是工人阶层,无论贫富,都同样罕见,精神贵族只能是少数群体。大学生,这群从广大民众中脱颖而出的精神贵族,应当汇聚于大学之中。(IdeeIII, 115;同样参见IdeeII, 118)

精神上的贵族与精神上不自由者之间的区别在于:前者日思夜索,殚精竭虑,而后者要求劳逸分离;前者勇于承担自我探索的风险,听从自己内心发出的最微弱的引领声;而后者则渴望外部的指导、学习计划以及工作分配;前者敢于失败,而后者通过勤奋来保证成功。(IdeeIII, 115)

然而,大学生社团的现状却令我深感忧虑。它们不仅为校园生活设定了基调,还享有极高的声望,但这背后却关乎大学生学习与生活自由的问题。真正的自由意味着自发地建立个人友谊,在探索自己的精神道路上保持自信。在我看来,这个问题正受到社团的强制性的困扰,各种社团消耗着学生的时间和精力于琐碎无益之事,促使他们通过表面的归属感来构建自我意识。他们不再是为了精神的冒险和自我责任而投身于学业,反而沉湎于特权社会的生活目标,顺从于老一辈对青年幸福的刻板想象。不再自主思考,而是被传统观念的枷锁束缚,一旦内心动摇,这些思想便可能走向极端。如此这般,大学生与时代的精神运动完全脱节,这在我看来,正是他们未能真正成长为大学生的明证。个人的成长经历与后续观察,让我在这些社团中看到德国大学正面临的一种厄运。昔日,那种在解放战争后激发学生社团创立与发展的精神已荡然无存。真正的教育在大学中也日渐式微,取而代之的是,一种模式化的教育模式的盛行,这种模式化的类型令我厌恶。(PuW330-331)

六、大学的使命

我们来探讨一下大学的四项使命:第一,为日后从事特定职业而进行的科研、教学与课程;第二,塑造与教育;第三,精神交流的生活;第四,科学的宇宙。

1. 只要大学是以科学寻求真理,研究就是大学的基本任务。由于这项任务以传承为前提,因此,研究与教学紧密相连,教学即是引导学生参与研究的过程。(IdeeIII,64)

2. 真理远超科学的范畴，是借助科学从人类统摄般的存在（我们称之为精神、实存或理性）才被掌握的。因此，大学的理念不仅限于科学研究，而是通过科研与教学服务于生命的塑造，即在各个意义维度上真理的启示。

以正确的方式传承知识与技能，业已能够形塑全人类的精神。试图将教学机构与塑造机构割裂开来，是无稽之谈。教育学院——譬如，在大学内设立仅服务于塑造的特定学院，且要求所有学生在专业学习前必须参与——这不过是一个抽象的构想；脱离了整体的塑造，不过是用传承的高雅言辞去培养一种不切实际的审美精神，失去了塑造的真谛。（IdeeIII, 64）

3. 这些使命的实现依赖于思考者、研究者、教师与学生之间，乃至所有人之间深入的交流……（IdeeIII, 65；同样参见IdeeII, 38）

4. 科学在其意义上是一个整体……（IdeeIII, 65）

大学在其理念的引领下完成这些使命：大学是一个综合体，它集研究与教学机构、塑造世界、交流生活及科学宇宙于一身。每一项使命在与其他使命的相互作用中，都变得更加有力量、有意义且更加清晰。从理念层面看，这些任务是相互依存的，一旦将它们割裂开来，大学的实质就会瓦解，每一项使命也将会荒废或者变得杂乱无章。它们共同构成了大学理念这一鲜活的整体。（IdeeIII, 65；同样参见IdeeII, 40）

1. 研究、教学与课程

（1）研究的态度

孜孜不倦、不屈不挠的工作是任何认知进步的先决条件，包含三个要素：

①狭义的工作就是学习与练习，就是积累知识、掌握方法。这是其他一切的基础，特别要求纪律与秩序，消耗我们最多的时间，却也最为灵活，随时随地都能开启。正是通过这份努力，我们构建了属于自己的工具箱，在洞察新知的瞬间，能够条理清晰地表达思想，井然有序地掌控进程，即便是灵光一闪的念头，也能被科学地探究与深化。勤奋工作的价值，无人可轻视。学生们应像在中小学时那样，即刻投身其中。（IdeeIII, 66；同样参见IdeeII, 40-41）

②为使工作超越无休止的忙碌，赋予其意义与深远理念，还需超越单纯意愿之外的元素。即便某些理念在理性审视下或显偏颇，它们却赋予了认知以意义，激发研究者的前行动力。重要的是，理念唯有在不断耕耘中方能生长，"灵感之光"的到来，往往出乎预料之外。（IdeeIII, 66；同样参见IdeeII, 41）

③面对勤劳的工作与理念，科研人员拥有一种智性的良知。他深知，虽然运气与直觉在探索中不可或缺，但更需在正直的意识边界内，尽可能驾驭自己的工作。盲目勤奋而缺乏目标，对他而言是良知的背叛；单纯的感受、认可或鼓舞，若未转化为姿态或行动，同样是违背了他的良知。他致力于从整体的视角去看待偶然事件，追求思考的连贯性，反对任意的中断。然而，当良知迫使他追逐更深层的"灵光"时，他会打破常规，以高度的连续性去追踪那份新的灵感之光。对科学家而言，无论是绝对的一以贯之的努力，还是高频的中断与重启，都会引发他的猜忌。（IdeeIII, 66；类似II, 41）

（2）研究的材料

认知需要内容。全面的认知不愿遗漏任何细微之处……（IdeeIII，67；II，42）

精神性，只能作为生命力存在……（IdeeIII，67；II，42）

基于此，作为思考的背景，精神生活对大学产生着深远影响，存在着一种永远无法捕捉，也无法凭意愿或通过机构引发的人的灵活性，存在着一种个人的、隐秘的命中注定。人们不断地相聚又离散，形成着变幻莫测的共同体与人际网络。然而，当人性的精神思想的脉络不再跳动；只有语文学，而缺失哲学；技术实践大行其道，而理论被边缘化；知识累积成无尽的事实却缺失了理念，强调科学的严谨而遗忘了精神思想，那么，大学便逐渐贫瘠。（IdeeIII，67f.；II，42f.）

（3）研究与教学

……只有当研究在认知的整体中维护其富有生命力的关联时，它的意义与创造性的进展才得以延续……（IdeeIII，68；II，43）

然而，关键在于，唯有借助研究，教学方能获得实质。因此，教研协同增效是大学不可或缺的崇高原则。这种结合并非出于经济上的考量，企图通过"一师两用"来削减成本；亦非单纯为了保障研究者的物质实存。从根本上说，它是基于大学教育的理念——唯有最好的研究者，方能成为卓越的教师。只有他们能让学生亲历认知的旅程，感受科学的精神。他们自身就是活生生的科学，在与学生的交流中，科学以它最本真的面貌被观察和领悟。正是这样的教师，能够激发学生内心的探索欲，因为只有那些亲身投入研究的人，才能克服照本宣科的死板，进行实质性的教学。

一个人无须同时兼具研究者与教师各自所特有的素质，这种经验似乎与研究和教学相融合的理念相悖。马克斯·韦伯曾提及亥姆霍兹[①]与兰克[②]，两者作为教师的评价都很差……（IdeeIII，68f.）

另一方面，不可否认的是："将复杂的科学问题以通俗易懂的方式呈现给未经训练但吸收、领悟力强的头脑，并激发他独立思考的能力，这是教学工作中最为艰巨的挑战之一。"但重要的是，衡量科学解释是否被有效吸收的，并非听众的数量，这份才能与研究者和学者的专业才能又不尽相同……（IdeeIII，69）

研究者的在场对教学效果产生影响，途径有很多……（IdeeIII，69）

（4）科学训练与专业训练

大学致力于提供面向职业的专业训练，它的理念由人来实现，它的基础是科学性。这一基础要求学生在参加与日后职业相关的专业学习之前，先接受关于科研态度与方法论的培训。因此，对于特定职业而言，最优的培训路径不在于单纯的知识灌输，而在于培养并强化科学思维的器官，使他们能够终身获得思想与科学的训练。大学作为起点，为各领域的职业培训奠定基石，而真正的培训发生在实践之中。大学应致力于创造最佳条件，以促进这种实践导向的学习。学生需掌

---

① 赫尔曼·冯·亥姆霍兹（Hermann von Helmholtz）：1821—1894。19世纪德国的一位杰出科学家。

② 利奥波德·冯·兰克（Leopold von Ranke）：1795—1886。19世纪德国最重要的历史学家之一。

握提问的艺术，学会在专业领域内深入探究，而非机械记忆考试所需的一切专业知识，因为这类知识往往考试一过即忘。关键在于培养判断力——不是记忆了多少知识，而是如何在各个领域主动获取必要的知识，并从多角度审视、理解事物的能力。这种能力并非单纯通过教材学习就能获得，而是源自参与真实研究过程的体验。当然，技术类的以及需要通过教学法处理的一些学习材料也应当被掌握，但这些可以留待个人自学时深入。正如前人半个世纪前的洞见："大学并非文理中学的延续。"理论学习应精选对未来实践大有裨益的材料，但更重要的是，理解问题所在、学会发问、掌握研究方法，并保持思维的灵活性。无论是旨在成为研究者，还是提升实际工作能力的培训，其核心是相通的。在这些职业中，卓越者皆在面对任务时的思维方式与方法论展现出研究者的特质。研究，虽常被视为发现普遍有效的新知识的高尚事业，但其行为与实践中寻求最佳解决方案的行为并无本质区别。（IdeeIII, 69f.；同样参见IdeeII, 44f.）

大学必须为所有脑力劳动者播下科学理解与认知终身发展的种子，并引导学生以全面认知可认知的事物为目标方向，这是不可或缺的前提。这些职业远不止于技术操作和既定流程的专业性重复。无论是医生、教师、行政官员、法官、牧师、建筑师、经济领袖还是组织者，尽管各自职责迥异，它们关涉的是全体人类的所有生活关系。为这些职业所设计的教育培训，若不能以整体为指引，不发展他们的认知感官、不培养宽阔的视野，不能激发他们的"哲学之问"，那么这样的教育培训便使他们的人性光芒黯然失色。诚然，当前国家考试体系中，专业实践技能的考核存在局限，但这些不足往往能在实践中得以弥补。然而，若缺乏精神思想的、科学的训练作为基础，那么一切希望都将破灭……（IdeeIII，71；同样参见IdeeII，45f.）

（5）教学形式

以教学活动的外在展现形式为分类标准，我们有多种授课类型：讲授课、习题课、实践课、研讨课、小范围的私人学术讨论以及一对一的讨论。

在教育领域，讲授课程始终占据着举足轻重的地位。这类教学方式的特征在于，能够以生动的方式向听众解析知识的获取途径及论证逻辑……（想法III，72；类似II，53）（IdeeIII，72；类似II，53）

我们不应一概而论，为讲授课设定统一的"正确"标准。优秀的讲授课程往往独具特色，不可复制，它们的基本意义或许会因讲师的个人的态度而有所不同，但都具有价值。从教学法角度审视，有的讲授课程能够紧密联结听众，深深吸引他们的注意力；而另一些是对生动的学术研究的独白式阐述，在此过程中，虽看似不顾及听众反馈，却真正引领听众参与到实际研究的过程中。在为学生构建学科全景认知方面，讲授课程发挥着不可替代的作用。它之所以至关重要，是因为它能够激发学生的全局视野，同时又能深入每一个细微之处……（IdeeIII，72f.；类似II，53f.）

真正有价值的讲授课程，是那些成为讲师一项重要使命的课程，它们经过精心筹备，同时也源起于当下的精神，每一次的呈现都独一无二。

这类讲授课属于传道授业的不可替代的真实存在。关于杰出研究者的授课记忆，会伴随人的一生，那些打印出来的、几乎一字不差的课堂笔记只是边角料。讲座课的某些方面之所以有效，固然肯定也与出现在印刷材料中的内容紧密相关，但借助在讲授课中呈现的内容，统摄在间接言说，讲课的内容源于统摄，也服务于统摄。借助语调、手势以及所思内容的即时呈现，讲座课营造出一种传道授业的氛围。这种氛围，实际上只能在口头陈述中，在教学领域也唯有在讲授课的情景中能够出现，在纯粹的交谈与讨论中是欠缺的。在这样的情境中，教师本人平时隐藏的内在世界也被唤醒。教师的思考过程、严肃的态度及惊诧的表情，不经意间展露了他的自我，让学生得以深入参与其精神内在。然而，若刻意为之，这种高价值就会丧失，只会是忸怩作态、浮夸言辞、虚伪表述，乃至蛊惑人心、厚颜无耻。因此，关于如何上好一堂讲授课，没有固定的准则。除了认真以待，将其视作职业生涯的高光时刻并充满责任感，以及要舍弃一切矫揉造作的成分之外，并无其他规则……（IdeeIII，73f.；类似II，54f.）

我的讲授课与研讨课绝非独裁式的。我面对的是尚未出现、将要出现的任务。同事一些偏顺从的学生曾反馈，认为我的授课显得随意且缺乏明确方向，仿佛我从未深入哲学研习一般。然而，其他的听众则陶醉在独特的课堂氛围与可能性中，仿佛一扇大门为他们豁然敞开，带领他们通往一个日常鲜少了解的世界。对我而言，讲授课是一种领悟的途径，而非对已有学说的简单复述。（PuW315）

无论是人际交往、院系会议上的交流、报纸上的信息、街头的见闻，还是旅途中的体验，最主要的是对心爱之人及其命运的观察，这些都被转化为无法溯源的表达。在探索、掌握当下真理的过程中，我也逐渐领悟了那些伟大的哲学家的相关理念。那些微小而偶然的瞬间，启发我获得了诸多洞见。我的工作虽需规划与引导，但其真正的成功依赖于那些看似无形的力量——白日梦。我常常凝视风景、仰望天穹、观察云卷云舒，也时常静坐或躺卧。正是在这种想象力无拘无束的翱翔中，沉思带来的宁静赋予了我冲动。若缺乏这股冲动，那所有的工作都将沦为无尽、琐碎与空洞的堆砌。我觉得，若一个人不每日抽出时间让梦翱翔，那么引领他工作与生活的那颗璀璨星辰，就会变得黯淡无光。（PuW317f.）

通过练习，人们在实践中会逐渐掌握处理材料、自然形象、人类作品、实验与文本以及在具体案例中的操作设备与应用概念的方法。在此基础之上，人们还能够积极主动地去扩展这些方法。这些技能多涉及技术层面，且因专业领域和技术手段的多样性而各有特色，故在此不做深入展开。教学往往遵循一定的传统框架，但这只是课程的骨架。

练习应直抵事物的本质与知识的根源。与仅仅是延续中小学阶段以传授知识为主的课堂（对于上过高中，但精神上的能动性不足以支撑其高效自学的学生，这是一种适应方式）相比，真正的教学更注重间接地指向整体。虽然教材作为辅助工具被提及并简要解析，帮助学习者明确自身的知识短板，但核心在于引导学生亲自参与前沿研究，以此锤炼其理解能力。对已经掌握基础理论知识的学生而言，借由研究具体的对象与问题，去深入探究普遍事物的本质，这会为他们持续学习并拓宽知识边界提供源源不断的动力。单纯阅读课本易使人感到乏味，囿于单一的研究对象，视野则会受限。而一件事物会使另一事物变得生动有趣……

最后，还有一种教学形式是讨论课。在小规模的互动中，每位成员积极参与，共同探讨一系列原则问题并为后续讨论奠定基础，该基础能推动两两之间的思想交锋，直至最后发展为私下里的深刻探讨。这里，师生平等以待——根据大学理念应当普遍如此，共同致力于以清晰、自觉的形式呈现精神，激发内心的冲动，促使彼此在之后各自独立的工作中，分别收获客观的成果。

大学的教学不能固化为一个模式，它始终自然而然地融入了每个人的独特风格；因为在穿越理念的运动中，个人的形态只有在纯粹客观性中才会发挥恰当的作用。这些个人特性的差异及课堂当下特殊的目的，使得教学方式各异。

普通生与精选优才生的课程设置应当体现差异化原则。中小学与大学同样要有所区分。中小学旨在全面教导并培养每位学生，而大学则有所不同，大学的意义在于，为拥有非凡精神以及相应工具的学子提供教育。然而，现实是，许多大学生仅是通过高中教育获得了基本知识的普通人。因此，大学内部实际上承担着进一步筛选的任务。然而，不懈追求客观性的意志，以及那份不可遏制的、为追求精神的冲动而甘愿奉献的品质，最为重要，却又难以事先明确识别。拥有这种资质的少数人源自不同阶层与阶级，大学应当间接认可他们并为他们提供施展才华的舞台。依据大学的理念，教学应聚焦于培育这批精英。在精神发展的过程中，遇到困难与错误是不可避免的，也是不无裨益的。卓越的学生能够通过自主选择与刻苦学习，在大学丰富的课程体系中找到属于自己的道路。同时，我们必须接受，甚至是所希望的是：那些迷茫于如何起步的学生，若缺乏明确的指导和规范，很可能在学习的道路上无所收获。人为强加的管理、固定的学习计划，以及任何试图将大学教育简化为小学模式的做法，都与大学的理念背道而驰，更多是环境适应的产物。人们告诉自己：大多数学生得能从我们这里学到点什么，至少能通过考试。但这种原则对中小学生多么有益，对已是成年人的大学生就多么有弊。

尽管如此，大学教育并非只为极少数精英服务。欧文·罗德认为：若教学内容让99人困惑，而第100人无须指导，这将是令人绝望的。关键在于关注那些渴望学习、有能力飞跃、有主动性但尚需指引的学生群体，而非聚焦于顶尖的极少数人以及普通的大多数。

课堂——不同于高校教学——让学生牢记材料的内容，很可能也始终是必不可少的，但顶尖的大学教学远不止于此。在一些讲授课与练习课上，学生即使暂时跟不上节奏，也能从中获得激励，通过加倍努力迎头赶上，这比那些简化教学内容到学生能够完全理解的课程要好得多。此外，自己阅读书籍文本，以及在实验室、收藏与旅行中的所见所闻，应从一开始就是个人学习的源泉。若以顶尖学习者的标准来引导教学，普通学生也会努力向这一标准靠拢，共同在追求无人能及的卓越中成长。

讲授课难免要有一定的计划与秩序。特别是对于初学者而言，讲授课内容的顺序绝非无关紧要，因此，学习计划有其必要性。然而，这些学习计划应该被视为建议而非束缚，旨在通过澄清、提供可能性帮助他们，而非限制大学生的自由成长之路。

当大学教学演变为强制要求学生参与特定的讲授课与练习时，它便开始堕落，最终滑向了对学习的全面管控。大学教育小学化意欲在一定程度上确保学生掌握既定知识并取得良好的平均成绩。在此路径上，大学不可避免地衰落，学习的自由与精神的生命同时遭到了扼杀，因为这两者从来都是在失败的洪流中幸运的、不可预测的成功，而非普通制造所能够取得的成就。

教师与学生的不快，源自教学计划与学业规章、学校管控与大众成绩的多重束缚。理智的务实缺乏活力，在这种氛围中，尽管在技术能力与知识储备上或许有所收获，但真正的认知力以及研究与观察的勇气却难以为继，而且日后的实践精神更是在萌芽阶段就被扼杀了。（IdeeIII，74ff.；类似II，55-58）

第一，教学被称为课程，聚焦于对材料、内容、认知以及可提问知识的学习。哲学，既可作为哲学史来学习，也可作为概念体系来掌握，但这些概念在初识的过程中尚未被激活，一旦人们认识了它们，它们就随时处于待命状态。所有这一切，均可以在课堂上得以实现。第二，哲学学习意味着参与教师的思维活动，参与学习研究方法与调查方法；即投入哲学的思辨与探讨之中。正如康德所言，我们所学的不是哲学，而是哲学的思辨与探讨。第三，涉及克尔恺郭尔提出的"间接告知"，在追求面对自我及对他人时的极致清晰与可传达性中，我被某些东西所引领：它们不能直接言喻，但又迫切要求并推动自身能够转化为可言说之物。

若我们把这三者加以区分：学习哲学知识、参与哲思与探讨、哲学的成为现实，那么问题是：哪种教学属于大学教学？在我看来，三者缺一不可。唯有当这三者借由哲学家都活跃在大学之中，哲学才能真正展现其作为哲学的价值。（P27）

在此意义上，康德早在1765年便向其读者写道：大学教育不在于灌输思想，而在于培育思考的能力。"刚从基础教育的规训中解脱出来的青年，习惯于学习，他认为，从现在开始他要学习哲学，但这其实是误解，因为他现在应该学习的是哲思。"他可以学习历史科学与数学科学，这两门学科以相对完备的面貌展现在世人面前。康德强调："要想学习哲学，前提是真实存在一门哲学。人们得能够拿出一本书说：'你们看，这里有智慧和可靠的洞见！'""若未能增强学生的理解力，培养他们日臻成熟的洞察力，而是假托已完善的世界智慧欺骗他们——营造出一种科学的假象"，那么这无疑是对教职的滥用。（GP564f.）

若我能够阐明哲学是什么，那么我就掌握了哲学的精髓。哲学是太一、唯一，穿透我们的一切经历，指引我们的一切行为，让我们的存在与感受都沐浴在持续的批判性自我审视之中。哲学赋予我们力量，去接受命运赐予我们的一切，包括那些看似源自自身的一切。哲学应该教导我们，正视幸福与灾难，让它们如同别处的景观，既清晰可见，又不会深陷其中。

上述内容无法被直接传授，然而，哲学思想能够让我们做好准备，引领我们进入一种虽无法定义、但可以称之为"哲学的"内在状态。当听众心生向往，要主动了解这些思想时，精心挑选并阐述这些伟大哲学思想或许能够发挥作用。在恰当的契机来临之际，这些思想一击即中，使学习者豁然开朗，或者换言之：这种思想能够穿透我们精神之眼那层与生俱来的白内障。（P35）

（6）教义与学派

哲思的生命力，从根本上讲，源自两千五百年来屈指可数的几位哲学家，他们既是巅峰也是本源，每位都独一无二，是自我衡量的标尺，也是后来者的精神家园。然而，若后来者不从自身本源出发，便难以真正融入这一本源之中。真理的传承，仅能激发那些内心已燃起求真之火的人。他虽是真实且原初的，但是实际上不具备创造性。

真正的哲思与原初的哲思具有完全一致性，这使得学习哲学以及简单地接受既成的哲学真理变得不切实际。习得，最初既非进步，也非退化，而是哲思觉醒与传播的现实。

若个体的原初性在伟大的哲学家中寻觅本源，并且借助教义来直抵那些它们所显现的，那么这种哲思本身也富有阐释力，能够自我表达，并发展出一套系统的哲学，却从未妄图跻身伟大哲学之列，哪怕作为一个小体系；这一套哲学只是一种工具，用于进行并非自我创造、却独具一格的哲思，使通往伟人之路保持通畅。这样的哲学，将不得不在每一种历史情境中重塑自我形态。那些在学习与传承中寻觅自身哲学形态的人，即使无条件地敬仰那些并非在每个时代都会出现的卓越的哲学家，也清晰区分自我与先贤。

正因为习得的前提是，哲思以客观的形态出现在我面前，且理解需要一些技能，所以哲学不可避免地成了教义。然而，作为教义，哲思有可能遭受毁灭性的误解。尽管教义与学派于真正的哲思而言是一种危险，但鉴于哲学思考与探讨旨在传达世界中此在，教义与学派依然是它无法回避的使命。

大学中进行的研究与理解，使知识的可能性得到全面实现，覆盖了事实与建构的方方面面，由此，大学作为一切科学的协同增效体，其统一性与内部的生命力，正源自每位研究者与学者当下的哲学思考与探讨。这种"超科学"性，或是在各科学中与各学科协同发挥作用，或是赋予各科学以意义并使得各科学间建立原初的关联，在哲学教学中，作为整体的灵魂凝聚成为清晰的意识。大学的繁荣程度取决于这种灵魂对大学的渗透程度。

因此，将哲学教学纳入大学中的教学活动，如今已成为维护科学与哲学传统的条件。学校传授的财富是概念、区别与定义、思维方法、阐释技巧以及可获得的历史知识。除了传授哲学思考与探讨的先决条件之外，哲学教学的另一项功能是：唤醒并维持学生认真倾听过往哲学研究的原初。哲学教学尚不是哲学真理，它只是通过智识的学科为习得哲学真理提供了条件；它要求学习如何正确且精准地阐述那些被视为真实的事物，并营造一种让人感受到这种要求的氛围。

教义，或许是哲学思辨传播的一种重要形式，但它作为形式是易逝的。教义源自历史上持续的交流需要，旨在传达真理。然而，一旦教义被固化为持存之物，它就变得具有欺骗性；因为，当哲学被视为可客观认知的内容时，那么它就已经踏上了自我迷失之路。哲思具有这样一个转接点，在那里，在每次客观化的过程中，它都有一瞬间完全属于自我，以便当它在空洞的客观性中丧失了原初时，扬弃自身。

随着哲学趋于稳定，学派愈发丧失了哲思的能力，因为人们渴望在某一种教义中获得恒定性，从而摆脱对自我存在的要求；当在社会学机构（在古代和现代的大学）中，依循哲学传统设立了必需的职位，而这些职位却吸引了并非以哲学为志业的人时，那么，在上述衰败中，哲学还面临着沦为经营的风险。然后，那些不自担风险，不曾在与世界、人类以及历史传承的互动中进行哲思的人，会被误导，把哲学视为一门既成的、可以学习的学科，一个通过智力操作就能拓展并传授的专业。

作为历史剧本教育的传统，作为对哲学思辨与讨论的无用残余知识的保留，如果对其本质有明确的认识，这种经营便构成了连续性的一种非伪造条件，因此它是必要的且值得赞许。然而，当学派的成立假借哲学之名，而且标榜自身为掌握了真理的科学时，伪造便开始发生。这种学派拥有一种独特的声望，为隶属于该类学派的学生提供更好的发展前景。然后，人们开始对这些真正的哲学家趋之若鹜，仿佛他们已经在某处找到了正确之物，或者已然靠近它们。除了自己的业内同侪，人们也会援引那些哲学家的观点，在谦虚的姿态中给予自己安全感，仿佛我们的哲学活动可以是不完整的，且能通过分工得到有效推进。人们遵循礼尚往来的规则，互相重视对方的作品，在这种学派之间的团结之中，人们把自己的经营标榜为精神运动。

然而，那些带着建构学派的意图去探究哲学的人，从根本上讲一定是不真实的。这种人不仅把哲学视为一门科学，而且还自诩是唯一真正拥有哲学并引领它走向科学正道的人。例如，他把哲学与世界观割裂开来，声称哲学包含了普遍有效的论断，而世界观只是其中之一；哲学应该在没有世界观的情况下成为可能。他要求自己的教义得到认可，而且贬低他人的研究为非哲学。他热衷于争论，因为他的生活原本就缺乏自我存在，无力支撑他进行哲学思辨与探究。他需要不断否定他人来捍卫自己的表达。他所肯定的，对他而言才是一件事物，这必须刻意保持空洞，或者成为世间万物的唯一科学。

即便教师原本通过哲学思辨与探讨，揭示了某种内涵，若身为大师的学生，舍弃师门的教义与方法，转而追求其他学派的学说，则不免使其流于表面。哲学史映照出哲学如何沦为空洞的概念堆砌及矫饰的方法。学生的天性使其能够肩负传承伟大哲学家的著作、传播他们思想的历史使命；能够重新梳理哲学家的思想结构，使之更加清晰并在技术上加以拓展，同时，通过对比自己与哲学家的实质，来凸显后者。然而，这些学生无法进行哲学思辨与探讨，因为那是原本自由的自我存在的一种特殊表达。

把哲学设立为专门科学的学校，导致教师陷入一种困境：他们一直在许诺，却又逃避兑现任何承诺，因为他们无法把绝对真理的认识作为客观的知识来提供。这样的学校激发了学习者对哲学的占有欲，他们通过死记硬背来逐步占有它，并以此为满足。当教师与学习者如此拼尽全力想要抓住些什么时，哲学在两者身上却都消逝了，并未成为一门科学，因为他们的手中实则空无一物。

在真正的哲学思辨与探讨中，唯有原本自我存在的那些人，方能在其中相遇并携手并行。与遵循传统，秉持科学迷信的态度，把哲学思辨与探讨囚禁在专业尊严中相比，即便一个人在通向虚空之中无助地把握了整体中的本真且在冒险中失败了，他也更有可能扛起哲学的大旗。如果哲学的现实因此不可避免地需要学校运营的相伴，那么它只是为了在确保思想得以人为传承的同时，诱使每一位开始哲学思辨与探讨的学生脱离开来，并敢于完全依靠自己。哲学，正是在这样一次次地把自我从迷失中寻回的过程中得以实现的。哲学不同于科学，无法单纯依赖于专业同事，而是植根于每位科学家、研究人员与学者的哲学生活之中。在原初中进行哲学思辨与探讨之人，会给予自己那份在思考中越过思考的自由。他们不在关乎一切事物，也就是存在本身之地，寻找强制性的知识。

因此，真正的学派——但是在不确定的意义上，即没有统一的教义——是正在传承的哲学生活的相互关联。每一个不可替代的个体，在其进行哲学思辨与探讨的起初，就已经选择了他们的亲疏。这样的学派不以某位大师的名望为核心，它的成员以真正独立者的身份相遇。当不诚实之人将归属他们的圈子的团结狂妄地标榜为一种价值时，这些人拥有自由的团结。自由能够察觉到自由在哪里，即便在对它有敌意的地方，也能满腔热情地去感知那份自由。在这样的学派中，成员之间可以陷入真正的哲学敌对之中，这种敌对既激进又充满骑士风度，因为它想要把世界上的所有的对手都变为朋友。因为，借助可能的自由之存在，即便是在对立之中，更深层次的共同体依然存续。这个学派是由希腊人开启的西方哲学思辨与探讨的氛围，是一个跨越时代的无名国度。

在这种不确定的学派关联中，由机构保障的传统仍然是自由的；它只在预设的前提之下发挥约束作用，并无借助所得的教义形态传播自己的意愿，更多的是希望唤醒其他的自我。容忍那些在追随中获得满足的学生天性，成了要摒弃的行为；因为出于个人原因，对其他自由的热爱，只允许在交流中达到与现实相同的水平，或拉开距离以保持可能性。（Ph245-249）

2. 塑造与教育

我们对科学的意义进行回溯时，偶然触及了超越科学的范畴——科学的基础与目标，它们并非科学自身能加以证明，更多的是指引科学工作的进程。这是不可或缺的，否则科学就会变得空洞无物，毫无意义。

科学的意义在于它是一种包罗万象的精神中的一环，在于它由个体被称为可能实存的自我存在所承载，在于它隶属于那份包含且超越一切理智的理性。

假如我们把精神、实存、理性所产生的效果统称为精神生活，那么以科学为直接事务的大学，因为精神生活才获得了真正的运动。这种精神生活形态丰富，大学只是其中的一种。大学借助有序的合作，服务科学，追求一切意义上的真理。

这就像隐藏在科学的明晰性中的一个秘密：科学的意义并非止于理智及具体的成就。在科学世界中，超越了有限认知的特定内容之物在发声，这才是其意义所在。

但是，大学的影响力远不只于科学领域，它通过各种方式影响精神生活。大学被赋予了塑造与教育的任务，就是对此最明确的认可。（IdeeIII，78）

大学教育就其本质而言是苏格拉底式的教育，它并非教育的全部，也不同于中小学式的教育。（IdeeII，50）

大学生已经是成年人而非孩童。他们已经成熟，能够完全承担起个人责任。教师无须给予指示和个人的引导。在大学的氛围中，凭借个人的自我教育获得的内在自由是唯一宝贵的财富。但如果像在宗教修会、军官学校、培育耶尼切里军团等情境中那样大张旗鼓地展开教育，那么这种内在自由就会消逝。人无法在不丧失自由的情况下臣服于这种普适的规训或某位大师。唯有在自由之中，我们方能体察自己原始的求知欲，进而体验到作为人类的独立性。这种独立性是由上帝赋予的，也自知受到约束。（IdeeIII，86；类似II，50）

大学的教育，是一种通过参与大学的精神生活，而被塑造为一种富有内涵的自由的过程。

这样的塑造并非一项孤立的任务，因此，除了研究与教学相统一的第一原则外，大学的第二个原则是把研究教学融入塑造的过程中。研究与专业培训具有塑造的作用，因为它们不仅传授知识与能力，而且还唤醒关于整全的理念并培育一种科学性的态度。然而，精神认知的训练尚不足以塑造出一个被烙下印记的人，整全的塑造涵括更多内容，但是大学的塑造是关键的一环。

并非所有形式的塑造都源于大学理念，大学的理念也无法承担最终塑造的任务。但是，在构建人的全貌时，理性与哲学的烙印尤为关键，以至于由研究及澄清的无限意愿所引发的触动与一种特殊的塑造关联在一起：它提升了人文精神，即倾听理由、相互理解、换位思考、诚实正直、自律性以及保持生命的连续性。（IdeeII，50f.）

所谓的专业塑造（有别于全面塑造）不是塑造，而只是塑造的一个片段，它是为胜任某些需要特殊的知识与技巧的职业而进行的技能培训。（IdeeII，33）

这份原初的求知欲与那种纯粹的塑造进行斗争，因为这种沉溺于自我满足的纯粹塑造实则是一种欺骗性的安抚与圆满；它与空洞的智性进行斗争，空洞的智性无异于缺乏任何信仰，无欲无求，故而也就不再渴望新知；与把知识理解为习得已有结果的平庸态度进行斗争。原初的求知欲旨在推动研究直抵知识的边界，唯有在边界处获得超越

一切可知性的跳板时，它才会感到满足。（IdeeIII，47；类似II，20）

然而，蕴含在这种理念中生命的自由会带来"危险"的后果。由于这种生命唯有在自我责任感中才能繁荣，因此，要求大学生对自我全权负责。学业的自由源于教学的自由，不应当存在主宰大学生的权威与类似于规章的学业指南。他们有选择堕落的自由。有人说：若想让男孩成为男人，就必须敢于让他们冒险。苏格拉底式的课堂或许能在此扮演一个合理的角色，包括狭义上的学习与方法的练习——但是大学生能够自由地选择，他想要在多大程度上参与其中。教授与学生之间无权威的苏格拉底式平等关系，同样符合大学理念。但是严格的相互要求是这种关系的前提。唯有那些富有精神内涵、勇于进行自我筛选且经受住考验的精神贵族方可胜任。我们共同生活的前提是，勉励彼此追求能力的极致与大学理念。舒适安逸是我们的敌人。我们本能地被卓越者所吸引。伟人的实存是对我们提出的要求，对他们的仰慕激励着我们砥砺前行。然而，无论何时何地，这种关系都保持苏格拉底式的。没有人是无懈可击的权威。即便在岩石面前，沙粒仍享有独立和自由，它同样是实质。对个体而言，精神贵族主要体现在严以律己，而非律他或自觉比他人优越。作为大学、教授与学生中的一员，每个人的基本意识是，他应当如同肩负最崇高的使命一般努力工作，但也一直处于能否经受住考验的重压之下。就此而言，最好的是，不要给自我反省以广阔的空间，但是也不寻求外界的认可。（IdeeIII，86f.；类似II，52f.）（64-71）

3. 交流

大学汇聚了一群在科学上孜孜不倦且追求精神生活的人。

universitas的原初含义，便是由教师与学生组成的共同体，这与大学作为一切科学的统一的意义同等重要。大学理念中的使命之一，就是把自己置于无限的相互联结之中，以期接近整体的太一。该理念强调，沟通交流不应囿于各专业的壁垒之内，而应当跨越界限，延伸至科学与个人的生活之中。因此，大学应当被视为一个框架。在这个框架之中，研究人员之间、研究人员与学生之间，通过讨论与交流，建立起联系。依据大学的理念，这种交流最终只能是苏格拉底式的，即较量式的相互诘问，唯有此，人们才能够更清晰地认识自己，并对彼此敞开心扉。

在两人之间的友谊、爱情及婚姻中，最富有精神成果的交流得以实现。两位男性间友谊（如格林兄弟、席勒与歌德、马克思与恩格斯）以及婚姻（谢林-卡罗琳娜、约翰·斯图尔特·米尔、布朗宁夫妇）所蕴含的精神意义在此无须赘言。我们将重点讨论大学的使命。

大学是一个无条件地致力于各种意义上的真理研究的场所，研究所有的可能性都必须为真理服务。由于真理的探索是激进的，大学必须具有精神上最强烈的张力，这是大学发展的条件之一。然而，引发精神斗争的张力，唯有倚仗共同的统摄才能获得意义，而共同的统摄则通过极性才得以彰显。真正的研究者在激烈交锋中依然保持团结与协作。

大学对真理的探索被免除了一切直接的实际责任，大学仅对真理本身负责。研究者们为真理进行的搏斗，并非个人此在的恩怨之争。这种搏斗发生在尝试的层面，因此，只要国家和社会想要拥有大学并予以保护，这种搏斗便不会危及个人的此在。

由此，思想对世界实现的后果所肩负的间接责任就愈发重大，无论这些思想正确与否或者对错参半。事实上，这些后果一开始并不明朗。但是知道它们的存在，促使有责任意识的思想家变得谨慎。黑格尔曾说："理论工作的影响力远超实践工作；一旦认知的王国遭遇革命，现实便不复存在。"尼采认识到了这份责任，感到不寒而栗。然而，身为思想家的他，在毁灭性的自负中，不负责任地将每一种思想的可能性以最有效的言辞甩给这个世界。他陶醉并惊骇于极端的魔力，自顾自地朝着时代的虚无呼喊。

以下两点进一步促进了交流：一者没有直接的此在利益，纯粹的尝试也故而看似是无害的；二者思考承担的间接责任。与独自一人时无抵抗的思考相比，在交流中察觉到的可能性中，思考的间接责任更容易被激发。

能触动精神的一切都会对人产生影响，这是真理。交流本身就是一个通过检验这种影响来觅得真理的本源，正是交流才使得大学成为真理的生活，因为大学并非一所在指挥中遵循既定计划与目标、按部就班运转的学校。

因此，大学内部的交流方式直接关系到每一位大学成员。那些谨慎的自我封闭、把沟通交流转变为无约束力的社交、把主要的交际形式转变为遮掩的惯习等，都是精神生活的堕落。对沟通交流的方式进行有意识的反思，能够使人重新发现交流的途径。（IdeeIII，88f.；类似II，59ff.）

来自理念界共同体的交流氛围，为那些本质上总是孤独的科学工作创造了有利的先决条件。（IdeeII，59）

1. 论辩与讨论

在科学领域，讨论是交流的形式。我们分享自己的发现，既渴望得到证实，也欢迎质疑的声音。随着讨论的深入，针对某一对象的专业性讨论，最终会在边界处演变为哲学式的质疑。在此，我们对论辩与讨论加以区分。

（1）逻辑论辩中遵循既定的原则。参与者运用这些形式规则推导出结论并依据矛盾律击败对手。这些论辩详尽的规则可追溯至中世纪，并在遵纪守规的共同体中得到实践。

论辩是一个听众言语交锋的公开过程，具有智性权力争斗的意味。听众关注的焦点并非内容，而是谁能在论辩中占据上风。自古典时期以来，逻辑推理学已经发展出的无数技巧表明，论辩并非关乎真理，而是关乎胜负。这场权力争斗——顺便说一下，这场争斗对形式上的清晰或有所助益，即便它对精神的完整化毫无裨益——的结局是，在某处依据"不要与否定原则的人论辩"这一原则而中断交流。

（2）在作为精神交流的讨论之中，没有一成不变的原则，也不存在坚守制胜的立场。讨论的过程就是不断审视和调整自己与对方预设原则的过程。讨论的目标，在于弄清楚自己实际想要表达的意思。只要上一个原则不是一个设问，那么每一个新确立的原则都是新一轮讨论的起点。人们互相展示自己隐含的预设，并且致力于在讨论中达成一个愈发明朗的共识。讨论没有明确的终点，也不追求所谓的胜利。每一个能够保持正确的人恰恰会因此而怀疑自我。每一个结果都只是一个阶段。

真正不设限的讨论只能发生在两个人之间。即便只有第三个人在场，也会产生干扰，容易把讨论变成争辩并激发争夺权力的本能。尽管如此，多人参与的讨论也不无裨益。首先，它为两人之间的深入讨论奠定了基础。其次，多人讨论是一个展示立场并发展观点的过程。再者，它允许并置不同的论述，而非试图进行唇枪舌剑般激烈的讨论；此外，多人的讨论不以达成具体的结论为目标。因此，两人以上的讨论也遵循一些特定的规则：避免重复自己的话语，避免通过重复来强调自己的"正确性"，不以争夺最终决定权为目的，而是在满足于自我表达的同时，也开始倾听所有其他人的想法。（IdeeIII，89ff.；类似II，61f.）

我们渴望学习相互交谈。这意味着，我们并非只想重复自己的观点，而是渴望倾听其他人的见解。我们追求的并非仅是发表断言，更是在关联中思索、倾听理由、随时准备接纳新的洞见。我们努力尝试着在内心换位思考。是的，我们想要寻找的恰恰是反驳我们的观点。抓住矛盾中的共性比固执地坚守互斥的观点更为重要，后者会使对话陷入僵局，最终无疾而终。

激动地捍卫既定的判断很容易，冷静地阐明思路很难。凭借固执的断言来打断交流很容易，不断超越断言、直抵真理的根源很难。接受一个想法并紧抓不放，以逃避进一步的思考很容易，步步为营、勇于面对每一个质疑很难。（HS67f.）

然而，反之亦然：天马行空地思考而永远不做出决定很容易；而在通过全方位开放的思考获得的光明中，做出明智的决策很难。借由谈话来逃避责任很容易，坚持抉择但不固执己见很难。顺应一切最小阻力的道路很容易；在坚定决心的引领下，倚仗思维一切的流动性与灵活性来坚守所选的道路很难。

当我们能够真正地相互交谈时，我们就踏入了本源的空间。这要求我们的内心必须既要信任他人，同时也要值得被信任。在这样的交谈中，可能就会出现一种静谧的时刻，人们在此中共同倾听并听见，何为真理。

因此，让我们摒弃彼此之间的怨恨，尝试携手探寻通往真理的道路。冲动的言辞难以承载真理。我们不想为了冒犯对方而做作地表演，我们不想只是为了贬低对方而对自己倾尽溢美之词。然而，不能因体贴的克制而树立障碍，不能因温和而隐瞒、因安慰而欺骗。在交谈中，有疑则问，不存在理所当然的正确，没有必须受到保护的感觉和生活谎言。然而，同样不能容忍挑衅的、毫无根据的、轻率的判断在谈话中肆意横行，伤害彼此。我们属于彼此，当彼此交谈时，需感受到我们心系共同的事物。（HS68f.）

2. 合作：塑造学派

每一项科学成就本质上都是个人的成就。虽然是个人成就，但是通过合作得以协同增效。合作这种交流方式能够使驱动力、清晰度以及刺激均达到极致，互相激发彼此的灵感。

这种交流式的研究活动有别于其他集体工作。集体工作是一种科学的工业运营，领导者委托工人进行生产，他虽然称这些工人为同事，但实则是雇用他们充当他的计划链条上的一环。

集体工作还可以采取这样的形式：譬如，在某个诊所共同精神的引领下，一系列的个体各自承担所筹划著作中的一个主题。这样每项成就都是个人的成就，但是凭借在交谈、相互阅读以及批判时呈现的共性为背景，整体依然得以维系。

学派作为科学连续传承的载体应运而生。它的存在承载着双重意义：首先，树立一个典范，其研究成果通过类比的方法被不断深化拓展，其学术体系得以扩建、传播及复制；其次，作为科学传统的联结，学派赋予学生像老师一样独立治学的能力。而且，学派领袖往往并非某一个单独个体，而是一个团体。这是一种代际传承的精神思潮的学派。彼此的交流与竞争在最大程度上激发了那些同根同源的人的力量，彼此间的共鸣与反馈进一步增强了研究的兴致，竞争与嫉妒转变成对事物的争论与热情。

这种学派只能自发形成，不能人为去谋划建构。任何人为的努力，最终只会诞生一座颗粒无收的人造工厂。平庸之辈涌入科学研究，在两种情况下会催生衍生的学派：一是可理解的、外部的"方法论"很快就普及化，变得浅显易懂，似乎人人皆可依样画葫芦，"共同协作"；二是除了表面的思维方法之外，还掌握几个简单易学的基本概念，用于概括出现的一切新事物。

精神运动往往源于最小的圈子。譬如，在研究所或诊所里工作的几个人，两个、三个或四个，围绕着共同话题展开交流，在这一过程中互相启迪。这些共同的话题，不仅是新认知的起点，同时也意味着建构事业与思想上的共同体。这种精神在朋友之间默默地成长，在客观的成就中得以证实与体现，之后则作为一种精神运动，进入公众的视野。

然而，把整个大学都联结在一起的共同精神，是不可能存在的。它属于较小的群体，而当这种群体大量涌现且相互影响时，大学才绽放出至高的生命力。（IdeeIII，91f.；类似II，62f.）

学院作为学派，有时可能会偏离柏拉图的思想。柏拉图主张，唯有所有的成员都具备独立人格而且师生独立共处时，学派方能成功。否则，学生们就会倾向依附某些命题的教条式论点，产生偏见，排斥异见，在据理力争却败北时，不惜以暴力断言，同时，也易变得顺从与谄媚。每个学派塑造的本性中都潜藏这种与柏拉图相悖的精神，在柏拉图死亡时立即就为自己的胜利欢欣鼓舞。（GP314）

关于学派的终结，有诸多解读的方式，都相当粗略：公元6世纪，查士丁尼宣布永久关闭柏拉图的雅典学园，柏拉图学派随之而终结；这是一个暴力的终结。终结是指，学派原初的哲学思考与探讨转变为一种教学体系，这违背所有学派的初衷，因为当哲学一旦固化为一种教学体系，它就会随之枯竭。此外，僵化也会导致终结。然而，学派面临这样的后果同它出现一样不可避免。幸运的是，最初的哲学借助当下的著作而具备蕴藏于自身的力量，这份力量促进了哲学的再生，也进而保障了学派的续存。在西方，柏拉图哲学、后来的奥古斯丁哲学以及极少数其他的哲学便是如此。这种一再出现的终结并非哲学的终结，而是某个形态的落幕。（A31）

七、职业能力与知识自身的统摄

大学的使命，是在一个机构的框架内完成的，这个机构是不可或缺的，却也是一种持续存在的危险。

古老的实践课（在手工作坊、建筑与绘画工作室中，在生活方式、武装斗争与政治艺术中，在所有的职业实践中——有时在特殊的学校里）不考虑科学的整体性，不关心知识的纯洁性，而是专注于各自职业所需技能的特殊要求。反之，大学意义上的科学课程，旨在通过一种知识的理念，引领学生们去探索知识的根基，使特殊的实践在整体的科学性中找到自己的根源所在。大学的任务始终都是满足具体职业对专业知识与技能的需求，就此而言，大学无疑与从前的职业训练学校有相似之处。但是，大学引入了一个根本性的创新，即大学通过把这些要求纳入知识本身的统摄之中来满足它们。（IdeeIII，101；类似II，74）

八、理论与实践的关联

缺乏科学的指引，实践就如同一次没有方向舵或指南针的航行。（PuW250）

在纯粹的普遍性中，我们可能会不切实际地沉沦；而在纯粹的具体性中，我们则会面临无路可走的困境。即便是最细微的行动，也应该以终极的目标为指引。唯有在仰望星空的同时也脚踏实地，每一步才走得有意义。（AZM199）

抽象的力量服务于具体的洞见，但是沉溺于抽象之中，会使我们与现实隔绝。当前，由于抽象思维占据主导地位，而理性思考的教育却普遍不足，这导致了一些政客的浅薄。（AZM292）

我们此在的一个基本事实是，我们为抽象所统治，借助抽象，我们才得以看到所是之物。但是，歌德的话提醒我们："一切事实均已是理论。"这表明：我们所宣布的事实，已经不可避免在概念性的前提中才被看见。唯有借助概念，我们才能够目见并确认。凭借这种洞察，我们借以目见的形式不会成为欺骗我们的扭曲或变色的眼镜，而是照亮现实的工具。由此，我们领会了无偏见的理念，也借此驾驭了自己的偏见。值得注意的是，我们也经常需要偏见。（AZM293f.）

哲学教师能够激发想象，他们能够尝试通过建构已知与未知的关联方式，帮助学生产生对整体的意识。他们能够给予方向、展示及提示，他们能够对后果进行深思熟虑，但是他们不能够渴求超出个人纯粹思考能力之物。（AZM29）

哲学教师会引发关注，在一个经常无慎思的世界里，他们通过尝试说出本质的、简单的东西来引发慎思。然而，慎思并不等同于行动。共思者只能在内心行动上做准备，但抉择是在实践中做出的。（AZM7）

这些书，是为那些既善于独立思考又乐于作为共思者倾听的读者而准备的。它们不刻意追求震惊效应，也不会暗示性地把读者引入一个可确定的方向——人在那里无须进一步思考与提问。它们不想强化教条，而是让问题保持开放性，因为重大决策的复杂性远超思想的预先构想。决策与理论思考不同，后者可以毫无顾虑地给予思想以空间，也可以通过搁置沉浸于作者的内心世界，但理论思考终究也只是这样的一种准备。（HS366）

不学习之人大概率无法进行哲学思辨与探讨，因为人们必须掌握相关的语言与思维形象，且为此需要动用理智。然而，哲学思辨与探讨的起点是通过一种活动掌握这些形象、架构与学说，这种活动与其

指导思想紧密相连，但只发生在个人本质的自我在场之中。（PhN39）

我们称这种思考为哲学式思考，它引领我回归自我本身，借助与之完成的内在行动产生影响，并唤醒了我内在的本源，只有这些本源才赋予了科学以意义。（PuW318）【参见：论研究哲学，第318-320页】

第七部分 教育与传承

一、历史作为研究领域以及对实存的要求

历史——倘若历史研究倾向脱离实存的历史意识,而把历史意识仅视为知识,那么这种转变会带来双重危机:一则,我或将丧失真正的历史性,仅残留浩如烟海的历史知识;二则,我会渴望摆脱历史性,寻求一种人类普适的真相,并将其奉为历史客观性下的权威。

唯有当历史研究服务于历史意识,即便在对极致真实性的追求中满腔热忱地坚持批判性研究,它亦能借此直抵曾经的实存。看到每一种历史形态的存在都"直通上帝",这正是研究的意义之源。在历史知识与观察中,实存如同披斗篷的隐士,处处在场,既隐匿在观察者身上,也潜藏在被观察的对象之中。热爱所有蕴含实存的过往;敬畏不可理解之事;铭记自己家乡与祖国的根源;理解所有的过往,因为于我们而言曾经伟大的一切,也构成了我们当下世界的一部分;追寻最遥远的事物,从中我们仍能听到人类的声音。以上种种赋予一切可知以灵魂,要求我们准备好去了解并习得可知的一切。然而,若历史意识把一切事物仅视为客观对象,那便是混淆了历史的可探索性与历

史的诉求。由此，在连绵不绝的历史事件中，浩瀚无垠的历史知识会成为无关紧要的碎片堆砌，使得对其的认知与收集失去了任何意义。

只要历史知识服务于历史意识，过往就继续是在所有客观性中无法客观化的基础，当下才能从中获得其历史性的本源。并不存在某种一成不变、确凿无疑的真相，在运动的不确定的范围内，每一个当下都不可避免地再次成为自身。由于缺乏独立自主的自我存在，相对性意识容易人为地夸大过去的分量，这导致将伟大与看似持存的有效性混淆。最初，浪漫主义试图弥补自己无实存的此在。而后，真正的历史性使得一切客观事物最终都被相对化，被强制性地扭转为反面：历史上的所知被单方面客观化并固定为一种权威的有效性。

即使在我有历史意识的情况下，与陌生的历史意识进行交流，我仍然无法将我自己的所是传递出去，亦无法意欲接管他者的根基。历史实存的真理永远不会成为所有人的唯一真理，而是始终是一种主张与呼吁。将这种真理超越其出现的范围而绝对化，再将其与某历史事实作为支撑人为地关联起来，这样做会消弭历史的实存，因为它把难以捉摸的历史基础替换为客观的准则，似乎这些准则得以建立在历史之上；因为对于任何知识而言，逻辑的普遍性与存在的历史性无法完全重合。

只要历史知识服务于历史意识，那么习得这些历史知识就具有必要性。然而，若生活满足于对历史世界伟大人物的观察本身，混淆就开始了。人们似乎不需要进行当下的交流，便能够摆脱孤独。对内心深处的虚无之渊的恐惧，驱使人们投身于对客观形态的观察，被伟大人物及他们的作品所折服；这些伟大曾经存在过，就已足够。这种景仰历史的意愿被某些当下所排斥，因为它们的伤口与瑕疵暴露无遗，让那些不参与其中，不努力改善现状的人感到不适。因此，我抓住历史世界，它在宁静中展现出无尽的丰富。但对我来说，它仿佛被关在铁笼之后，并未真正融入我的现实生活。尽管我以现实主义的态度接近它，它的遥远使其具有无与伦比的美感。放弃自身的实际存在，我满足于作为历史灵魂的实存，对于这样的灵魂而言，当前已然是历史，在人为创造的遥远中，就像是被观察的过去，可以成为令人惊叹的对象。我由此生活在他人与陌生人的世界中，我只是通过回顾将他们带到我身边，被他们的伟大所吸引、所塑造，而我依然孤独。（Ph636）

在历史之镜中，我们超越了现实的狭隘，看到了行为的准则。没有历史，我们的思想就会失去呼吸。如果我们掩盖自己的历史，那么历史会出其不意地无声袭来。然后，过去的愚蠢幽灵就会统领我们。（KS33）

在当下技术日新月异的时代，人类此在条件发生了彻底的转变，每一种传承都面临着生存的考验，甚至可能会彻底湮没在遗忘之中。康德这类的伟大人物尚在被聆听，但或许即将渐渐沉入历史的地平线之下。（AuP249）

二、历史习得的要素

历史习得——当下出现一种对教育的敌意，它把精神行为的内涵矮化为技术技能以及对赤裸此在的最低限度的表达。这种敌意与地球及个体生活的技术化进程有关,在此进程中,所有民族的历史传承都被中断,只为了把全部的此在置于全新的基础之上:唯有融入由西方创造的,但在其意义和影响上具有普遍性的技术理性的世界中,方可得以存续。这必然导致对人之存在的彻底动摇。此次断裂是西方所经历的最深刻的断裂,但因为它是由西方精神发展过程中创造的,所以与它所属的世界仍然保持一定的连续性。但对于其他文化来说,它就像是一场外来的灾难,任何东西能无法在旧有的形态中持存。时下,伟大的印度和东亚文明与我们面临着相同的根本问题。在技术文明的世界中,它们必须适应其创造的社会条件和带来的后果,否则就走向灭亡。这种对教育的敌意粉碎一切过往,狂妄自大,仿佛世界正在被重新创造,而在这种转变中,精神实体只能通过一种历史记忆的方式得到保留,这种历史记忆不仅是对过往的了解,而且是当下生活的力量。没有它,人将成为野蛮人。我们的时代危机的极端性在永恒的实体面前黯然失色,这种实体存在作为一种不朽能够随时在场,回忆是其组成部分。

因此,对过往的敌意是历史性全新内涵产生过程中的阵痛之一。一旦历史主义变成了一种虚假的教育替代品,这种历史性自身就会对历史主义的虚假历史性持批判的态度。因为仅把回忆视为与过去相关的知识,就会止步于收集无尽的古物知识;把回忆视为理解性的观察,则把过去的图像和形态视作无关紧要的观察物;唯有把回忆视为习得,才能在敬畏中为当下之人创造出自我存在的现实,然后成为自我感知和行动的尺度,最终是参与永恒的存在。回忆方式的问题是现在尚可为的教育面临的一个问题。

越来越多的机构服务于过往知识。现代世界对这些机构的关注程度之高展现出一种深刻的本能，尽管发生过各种破坏，但至少不愿意中断历史的连续性。在博物馆、图书馆、档案馆中，过去的作品被保存下来，人们意识到，即使当下尚未能完全理解它们，它们也是不可替代的。今天，所有的政党、世界观和国家在这方面达成共识，这种对保存的忠诚态度从未享有过如此普遍和自然的保障。历史的残余在所有的纪念场所得到保护和照料。曾经伟大的事物作为当地历史的遗留得以存续，成为旅游胜地。曾经拥有世界影响力并实现共和国独立自主的地方，现在以旅游业为生。欧洲仿佛成了西方人历史的大博物馆。在庆祝历史纪念日，国家、城市、大学、剧院、名人的诞辰和忌日等方面，回忆虽然尚未得到充盈的内涵，但作为保存意愿的表征，已经开始起作用。

只有个别人能把知识性的回忆转化为理解性的观察，仿若脱离了当下，穿越回到过去。已完结之事作为内容上的教育元素仍然存在，千年的全景就像一个令人沉思的神圣空间。19世纪把这种理解推向前所未有的广度和客观性：对于观察的热情把人们从悲惨的当下解脱出来，把他们的注意力转向了人类所能创造的最伟大的事物。一种新的教育世界形成了，延续了以书籍和文献为主的纯粹的生活传统。那些最初观察者的后继者们相对暗淡。曾经一度被视为对形态原初的观察，由后继者的后继者保存着，他们依然被理解中所呈现的世界的丰富性所吸引，至少在言辞和教义上如此。

然而，最终只有作为当前可能实现的榜样时，古物知识与观察式的理解才拥有存在的权利。历史不是被习得为关于某事物的纯粹知识，也不是被习得为本不该消亡的、应该恢复的美好。通过对过去进行重塑，历史的习得仅在于实现人之存在的再生，通过踏入一个精神空间，在其中，我从自己的本源中成为我自己。这种通过吸纳过去而获得的教育，并非旨在轻蔑现实且将其摧毁，以便以简单的方式逃避它。相反，它使我通过眺望高处，在通往可能抵达的山峰的路上，不会失去我当下所能寻求的东西。

被重新获取的东西也将被建构成全然不同的当下。仅仅通过理解性的教育而获得的虚假历史性是对重复的意愿，而真正的历史性是寻找源头的决心，源头滋养着每一个生命，因此也滋养着当前的生命。再者，真正的习得无法被规划，也无法被强求，我们难以预测回忆中蕴含着哪些实现的力量。当今的局势以及历史中断的危险要求我们有意识地抓住这种回忆的可能性。因为如果这些记忆被粉碎，人类将自我毁灭。年轻一代进入了大众此在秩序的机械世界，今天，发现种种记忆承载物，如书籍、文物和历朝历代的家居特点等，比以往任何时候都更加容易，同时还能知晓自己的起源。身处其中的实存，在其历史性中如何对待这一切，是当下面临的一个问题。

塑造曾被视为纯粹的认识与理解，可能会渴望恢复不可复得之物，浪漫地向往，而忽略了每一种历史情境只是知悉其自身的实现可能性。与其相对的是一种寡淡的、坦诚的生活态度。在历史沉思的空间中，他们只追求那些对自己的行为绝对必要且因此具有约束力的东西。真正的塑造宁愿在最少的获得中保持原初性，而不愿在最宏大的世界中迷失自我。出于此，面对历史，关乎真实与实存的原初性的意识似乎也有所增加。不再是多样性的财富，而是那些代表着人类永恒言说的高峰又重获决断性。今天的寡淡与伟大合二为一。浪漫的追捧曾在遭遇当下此在的现实时幻灭，这种幻灭转变为投向真实的祛魅的目光，而这些真实同时也是丰盈的。（GSZ118—121）

三、回忆的形式

在心理学中，回忆是关于所学知识的认知，关于所经历的事件和情境、物和人的记忆。作为我对在想象中再现的事物的拥有，回忆是死的；在历经生活后无意识和有意识的影响下，它是能加工的回忆，是一种全然的拥有和深入，是转化为一般知识或被尘封，仿佛从来未经历过一样。

在历史学中，回忆是对传统的习得。仅仅是心理学上的有限时间的回忆无法突破此在，无法理解在自己尚未存在时所发生之事。通过记录奔向我的种种此在，我参与了人类的回忆。我超越自己的此在，拓展到无限的时间范围。我的此在仍然是起点，是我衡量并参照的标准，但它本身会通过历史的回忆而发生变化。从我觉醒的那一刻起，它就作为无意识的传承塑造着我。作为对象的知识与对过去的想象，它形态丰富，成为我精神教育的一环。于纯粹的观察及研究而言，过去是一种凝固的存在，是它曾经发生的样子。作为自身活跃的存在，历史性的回忆把过去视为流动的各种可能性的时下现实：我参与其中，决定着它到底是什么。虽然过去的事实本身已经决定，但对于我们来说，它尚未最终确定，尚未决定它到底是什么，以及它对我们有何意义。因此，过去的本质深不可测，在自身存在的同时，它于我们而言，也意味着不竭的可能性。

在心理学和历史学中，当回忆者把自己与所回忆的事物相关联时，回忆就成了存在性的。通过自由地理解已发生的事物，我在回忆中接受了我自己的身份。我是我曾经的样子，也是我所希望成为的样子。我的命运与我所遇之人密不可分，在这种历史性意识中，是忠诚，是对构成自己此在基础的虔诚，是对那些作为存在的真正本质对我发出呼唤的敬仰的力量，使得存在层面的自我认同得以实现。在这里，我才得以真正存在，而不只是在一个意识中的空洞的我。如果否认回忆，我将丧失自我的根基。

在这些回忆中，没有一份本身已经是形而上的。在每一种中，它都是可能的。（Ph853）

我们回忆什么、如何回忆，以及在其中把什么视为要求，都将共同决定我们的未来。（HS29）

然而，仅依靠回忆是不够的，从回忆中产生的启迪会指引我们今天的行动。现在与未来，才是我们的使命。（HS29）

四、审视与实存

仅仅审美式的直观是孤立的和享受的，哲学式的直观则能产生关联并转化为自己的现实。（GP72）

我永远兼为二者：实存与审视的可能性。于我的审视而言，世界历史的剧场始终是敞开的，我在其中看到了人类迄今为止所可能发生的多样性，以及我所继承的世界只是其中之一。作为历史性的一个个体，我是这个剧场上亿万人中的一个角色。然而作为可能的实存，我有能力进行整体审视，而不会成为其中的客体，并且有能力透过审视接触到其他的实存。

然而，如果审视不再是实存的寻求保持普遍的意愿，而是堆积人类历史和可能性的图景，那么在所见之中，不会被视为自我存在。这种塑造的共在可以作为对多样性的感知，在包罗万象的审视中，直抵实存的兴趣边界，但仍然与其彻底隔离。（Ph658）

审视的宏大在对比中显现，即作为纯粹的审视，其在实存的存在中的本源会被掩埋在诸多实存之中。（Ph659）

五、理解的层次

这里的问题是，我们在多大程度上能够理解并非我们自身的以及我们不能实现的一切？我们的要求是，在避免过于急躁以及自以为是的理解的情况下，可能在趋于无限接近的过程中实现这种理解。在理解中，我们使自己深藏的可能性保持活跃，并且在理解中，我们拒绝将自己客观化的历史性绝对化为具有排他性的唯一的真实。（GP153）

然而，恰恰是"历史性的理解"导致了一种混淆，在甚至将当下也视为历史时，会导致"受过塑造的"世界中思维方式的败坏，即暗含着对所理解的事物进行辩护的要求，如果不是完全认同，也至少要保护它们免受指摘。（A179）

想要理解的人必须有耐心。他必须在重复出现的不同形式中辨别出相同的内容。终有一天他会恍然大悟，这并非一种能够通过复杂运算强行产生的数学思维,而是一种与思考本身紧密相关的心灵转变。这并非要把某事物视为理解的对象,而是在对象性中完成一种非对象性的过程。当然,学习哲学语言及理解特定的概念是不可或缺的。但这些只有在有一天发生颠覆性的洞察时才具有意义:一种不是神秘的、不是道德的、不具有启示性特征的洞察,而是通过理性思考,在思考中超越思考本身的洞察。(GP615)

通过理解,即便没有实存,只要我将自己作为一种观察的意识(这是属于理解的特定的、再现的器官,与感知类似)发挥作用,我就能在精神世界中找到归宿。作为为我的世界指向行为的一部分,这种行为是必要的,但如果产生了错误的观念,认为通过精神与理念,已经完全涵盖了实质,这种行为就会让实存丧失行动力。事实上,因为实存在世界中没有属于它特定的领域,所以表面观察的眼光下,精神现实似乎是自足且完备的。因此,在世界指向中,精神与实存之间的分离并不会显现。但这种分离是对"我自己"作为存在的灵魂对抗精神上的塑造魅力的条件与表达,这种塑造魅力能让人通过享受广袤的世界获得迷人的富饶,但代价是实存变得虚空,或仅视为私人的而无足轻重。在世界指向中,在原初绝对意识中超越为实存,既缺乏根据也不可能。这种实证性有其他来源。尽管它可以被源于历史教育的虚假的、矫揉造作的、激情澎湃的或多愁善感的具有欺骗性的约束力取代,但由于其在没有边界意识的理解中被获得,在真实场景中的关键时刻,它们将背叛为平庸的实证主义和普遍人类的心灵关怀,也即刻就会失效。(Ph164)

我们理解得愈多,就愈发意识到,仍有许多尚待理解。(GP231)

千百年来，历史上最优秀、最智慧的人们都信仰永生，这一历史事实本身就令人敬畏。但是，无论是他们的信仰，还是我们自己先辈的信仰，都不会强迫我们去接受信仰。因为古人告诉过我们这是真理之一点，并非其成为真理的充分理由。（PuW149）

即使我们对一种宗教有如此深入的了解，它仍然停留在表层；即使透彻的理解也并不意味着内心的共鸣。在所有的理解的知识和真正的信仰——一个人与其信仰融为一体——之间，还存在一个跨越。即使我们了解所有宗教，我们自己仍然可能没有丝毫信仰。而当我们真正相信，也就是说，我们以绝对的严肃对待生活，这是可能的，而不需要了解人类的宗教。（PuW164）

全面理解是人类的一项奇妙能力，但只有在理解者自身在信仰中实存的情况下，才能够得到充分发挥。然而，这仅在每一个个体自我传承的根源中实现。（PuW165）

当我们阅读哲学家的作品时，我们要对自己认为重要与不重要的内容负责，要明白什么时候重要的洞见在与我们交谈，清楚什么时候会被引入歧途，是否在错误的意识、感觉及意愿中受到引诱。这种责任只能通过我们自身的本质来履行，而非依靠理智与理解。（Sche331）

六、阐释的方式

在对实存充满兴趣而非仅仅历史旁观性地进行阐释时，强调对从彼处言说者的重要性，而不是对纯粹史实的随意摘选。阐释的力量与重要性源于其严肃性,并体现在实际的结果中。

根本的阐释是扬弃。

大学教给我们历史知识的基础。我们获得了知识、观念与思想。历史的理解是一种纯粹地回溯所记录内容的方式,使我们得以远观那些与我们相关或无关的事物。

但是,习得远不止于历史性的理解。习得意味着在密码的搏斗中使其成为现实的语言。只要我们保持实存的开放性,它就能触及我们的内心。当它被认为是虚假或陌生力量的语言,或被视为引诱进入黑暗、不真实和邪恶时,它则会被抵御。习得是个体的事情,是每个独一无二、不可替代的实存,在《圣经》中得到了最为严肃的表达。

我们在历史脉络中研究这些文本,但我们同时从中听到了超越时空的真理。我们在历史研究中越是通过(现实的和认为的)历史事实获得非历史性与超历史性——这并不是一个普遍的概念,在任何普遍性的思考中都不会得到充分的体现——我们就越能获得实存的意义。这种超越历史是永恒的,在其中没有进步,它在时间中显现,并且在无法预见的、每次都是原初的重复中自我更新。(PGO492)

通过阐释,即所谓的习得,本源与本源之间建立联系。对本源的参与使得对密码的评判变得真实,但在这种参与之中,也已经发生了一种转变。一种本源的思考正在进行,是由其他本源的思考唤起的。

在这样的阐释中,区分了那些对其他人的经历来说是真实存在的,和那些触动了阐释者自己的东西。诚实的良心只信任它自己本源能够习得的内容。

从这里开始,我们所属的哲学与神学研究受到质疑。对过去伟大的遗产进行客观理解的深入研究，作为先决条件是不可或缺的，但这也可能变成一种多余的活动。因为当我沉浸在艺术和诗歌的美感游戏以及对轰动性思想的追求中时，当我只想体验戏剧性与错综复杂的历史事件引发的激动之情，却没有进行任何其他实质性的行动与准备，只是在其中寻求快感时，我会在活跃的行动中分散了对实存的关注。没有涉及个人责任的、会引诱人们进行偏题的冥想，使其远离当前的现实，并在此意义上缺乏严肃性。

  这个判断不应被误解，以纯粹科学性的严谨性所进行的博学的阐释，是不可或缺的。我们要归功于这类阐释，使我们能够无遮蔽地接触到传承的来源。它教导了挖掘历史上真实的、可被证明的内容，以及作品当时的真实意义。它从事一项只有专业人员才能完成的工作，而这项工作本身并不是目的。因为在不绕过历史上可证实的事实的前提下，它使得能够引发转变的理解成为可能，比一般的科学阐释更为深入。在从本源到本源的接触中获得的理解是不可预测的。奥古斯丁不能阅读希腊文，但借助翻译可能比他所有的同代人都能更好地理解柏拉图和普罗丁。博学的阐释不仅可以通过版本和注释提供来源，还能够通过翻译呈现。它能够用最简单的方式把所理解的让众人听到看到。这类阐释之所以重要，在于它能通过学派和阐释者自身的典范，让我们的先贤提出的崇高要求在广泛民众之中产生共鸣。此外，它提供的并非一种实存的对历史的无尽理解，而是在当下科技化的时代，将习得转化为人们日常生活的实践。唯有如此，才会不止于沉思的传承。历史理解不再疏远于当前的任务，而是服务于当前的任务。（PGO190f.）

从审视到习得的跃迁，把我们从对这个密码世界的认知引向它所在世界中的一种生活。

在这两种情况下，我们都在谈论对密码的阐释。它可以是对现有密码仅进行理性、心理学或社会学的阐明，或者可以是用这些密码进行自身体验和进一步思考。尽管这两者基本上是可以区分的，但在阐释的实施中却无法分开。作为对神话和象征的客观研究，实际上可以成为一种习得的形式。（PGO185）

所有对密码的阐释都表明了与密码相关的个人经验。不存在客观、中立的对密码的理解。只有当阐释者在密码中生活时，他才会接近密码。密码只对可能的实存存在。（PGO188）

阐释在语言停止的地方找到其边界。它在沉默中完成。但这个边界本身只通过语言存在。在语言传递的过程中，沉默成为一种表达方式。这种沉默并非对我所知道且可以表达的事情的隐瞒。相反，它是面对其他共思者、自我与超越，在可言说的边界上实现的沉默。这种沉默不是无语的缄默，无语是一语不发，也非沉默。（PGO195）

七、习得的不同面向

习得把客观转译为主观现实

充盈历史知识，只能借助个人实存中的习得。对过往所是的描述，应便于读者实现可能的习得。我希望持续地传授历史知识（并遵循历史认知的规则），但是这些知识得与我们相关。（GP93）

批判作为习得：在描述时，我们采取的是旁观者的态度。这只是表象。仅仅旁观无法看清任何东西。描述者参与得越深，描述才能越深入。描述所带来的结果，并非为纯粹理智提供普遍的客观性，而是本身就是一种谋求真理的斗争行动。（GP93）

并非被传授的知识或任何一种认知，而是阐释中的习得，唤醒了原始信仰当下的真实性。（PGO497）

我们听到并习得的，抑或不听而遗忘的，都是我们自己要承担的责任。仅凭我们的理智不足以承担起这份责任，唯有借助我们的本质以及实际的生活，我们才能实现习得抑或借由习得创造生活的现实。（PGO307）

反之，唯有通过习得被转译为主观的现实，所有原本客观的存在才能被主体所承认：于我而言，唯有被我所理解的，才谓之真理；唯有我积极参与或冥思苦索地沉浸其中的，才谓之世界；唯有成了我内驱力的，才谓之观念。（Ph589）

习得高尚、消解低俗决定了我们对未来道路的选择。倾听那些被视为先贤者所提出的崇高要求并融入生活。洞悉过往的不当行为及状况，动机及决策并直面现实，以便在摒弃不可忘之事的同时，寻找到那条真正正确的道路。对自己过往的看法之所以发生转变，是因为拥有一份要在新的情况下做出正确决策的意志。仅仅历史性的描述变成了有责任感的历史意识，在其中高贵或卑贱的意愿、真实或遮蔽得以彰显。（PGO170）

对传承的习得

在习得所传承的思维过程中，这种哲学思辨觅得了自我。这种习得不是指获得某种所思的知识,而是将这种知识转化为自己的思维实践。它不是简单的接受,不是最终的获得,不是实质的存续,也不是对一个趋于完整的思维结构的直观。(Ph285)

理性无法仅凭审视产生,理性的获得需通过对作品的习得。在诗歌及哲学中完成的针对可能性的构想,若仅作为毫无约束力的图像呈现在眼前则毫无效用,只有当它们切实地触动并借助内在行动成为我们自我转变的起点时,才会成为我们本质的一部分。(W986)

这就是对过往的习得所固有的不公平和不充分的原因所在。于哲学家而言,生活在存在的基本知识中,如何看待它的基本知识与传承所得的基本轮廓的关系,是一个不可避免的问题。他通过观察其他的基本轮廓来认识自己。他把其他的基本轮廓进行整合吸收,认识其意义和真实性,或者将其在原始状态中摒弃。然而,无论他如何行动,他总会剥夺它们的某种本质意义,用于丰富他自己的基本轮廓。(W191)

唯有借助对统摄及其方式最清晰的认知,保持全部传承的连续性,每一种现代哲学的真理方得以繁荣。原本存在的必须被吸收,当下的真相只能作为整个西方乃至整个人类思维的结果得以彰显。然而,这种真相无法通过把各种结果堆砌及分类来获得,而必须从这些思维的本源中再次产生。哲学思辨必须时时刻刻从这些本源中重获生命力,以免僵化为结果,流变为空洞的概念,以至于表面上似乎可理解的实际上变得晦涩难懂。深度的融合与浅薄的组合、原初性与折中式的差别正在于此。(W192)

我们的任务是对可能的例外敞开心扉,不以本身总是受限的普遍性为由，轻易地摒弃它们，同时也不认为它们代表着对所期望的普遍性的毁灭，而沉沦其中。我们要准备好接受它们，让它们进入我们的生活，并在习得的过程中增加自己的真知灼见。（W192）

例外可以成为我们的真理，而无须通过其自身存在作为榜样来我们指明道路。它就像是路边的灯塔，它在形而上学的基础上提供照明和定位，但它并不要求我们，也不显示具体的路径。当我们接近它时，它在照亮我们的同时也把我们推开，引导我们回归自我，以便让我们更好、更真实、更清晰地找到我们自己的道路。（W758）

对历史伟大思想的习得

有些思想在历史上以不可逾越的影响与非凡呈现在我们眼前。在人类的思考中，我们认识到一直在追寻却不自知之物。在对这些思想的扬弃中，我们承担起对自己思考的责任。（PGO43）

习得并非止于纯粹的理性理解，而是在理性的帮助下通过研习伟大的思想来实现。（PG71）

一个人若不能在某些关键的位置反驳康德，就不可能自称已经习得了他的思想。若不纠正康德的某些言论，就不可能说已经理解了他。对康德的理解在底层高度一致，但在表面上则意味着一种批判性的探讨。这种批判的前提是，康德整体上开辟了一条全新的真理之路。批评者在自己身上复现了康德的思维革命，成了另一个人，并从本源出发，诘问自己如何理解康德的每一句话，他是依仗康德实现了自身的思维跃进，抵达了那个本源。（GP585）

习得歌德的思想，关键在于将歌德的世界转化成我们自己的世界。如果我们步入了一种彻底不同的现代世界状态，而且不再经历在歌德的世界中得以形成的人类的基本经验（如严肃的爱情、宽容的善良、在终生教育中超越自我的要求），我们便会失去歌德。（AuP125）

若追求精神生活的丰盈，须就习得歌德思想的方式进行一场变革。我们对过往的习得方式心存感激，因为它在保存与净化文献、确保传承、方便获取有关歌德的一切资料等方面功不可没；在此意义上，它值得效仿与发扬。但即便心存最高的敬意，我们也无法接受他们建构的歌德形象，不能继续他们对歌德的个人崇拜。在此，引发了一个奇怪的问题：我们如何才能亲近一些我们自己并不是也无法成为的东西，让它们在我们的生活中占据一席之地？我们如何能在欣赏它的同时，接受它的塑造与教育，却不去盲目追捧它？

随着我们与过往历史之间鸿沟的日益加深，这将成为我们生活中普遍面临的一个基本问题：如何使那些无法重现且无以为继的逝去之物成为我们记忆的一部分，乃至成为我们精神的空间、行为的标杆以及前行的动力？如何吸收过去的艺术、诗歌及哲学，能够既非传统主义的教条式，也非相对主义的漠然，亦非美学上的毫无约束力的触动，而作为一种对我们的要求，对我们整体本质产生影响？（AuP138）

本源与决定存在于个体之中，唯有个体才能实现对歌德思想的习得。（AuP139）

在与谢林的交往中，我们既要习得，又要抵制；我们既会感激，又会愤怒；我们认为自己接近了他，又无限地远离他。（AuP276）

因此，他既是伟大的，又是不幸的。我们的任务，在于从他的伟大中找到自己的方向，而不被他的不幸所困。（AuP277）

习得作为多环节过程

在客观理解性地回溯时，在一切传统之中，某些东西悄无声息地成了我。我变成了我的所学，即便并未明确地知道是如此。由于其他可能性从未显露，一些思考习惯自然形成。某些内容不请自来、扎根于心，在我尚未深思自身所愿为何之前，就已然成了它们。然而，已逝之事不复再现。我现在是，从传承中生成之所是经历的一场转变，一段时间内维持不变的，只是过往的浅表化与机械化。

这种不被察觉且未经审视的同化，尚不能称为真正的习得，而真正的习得源自辨别。我面对他人（我理解的他人）时，会先与他们疏离，而后方能缔结真正的共同体。同样地，我与在无意间已深陷其中的所有传统剥离开来，只为能够清醒地做出抉择：要么摒弃它们，要么视其与自身相关而去习得它，成为自己。直接的合一，既非过去的自我存在，亦非现在的自我存在，它要么维持尚待觉醒的迟钝的可能性，要么成为浅表化后的脱轨的固化。与之相较，唯有辨别，方能成就自我存在，但也可能遁入虚无。这种辨别性的自我存在必须习得，因为仅仅借助自身的本源，它还无法自我实现。孤立的，与任何被视为非自我存在着的他者的保持距离的自我存在，最终陷入无底深渊。然而，习得必须源自自身本源的活动，否则自我存在就无以生长。

习得遵循过往，在此中，可能的实存尝试遇见其他实存的自我存在。它不再只是被传统的洪流所裹挟，而是立足于传统之上，以捕获传统承载的瑰宝。过往最微不足道的话语也可能唤醒它，而最厚重的传统也可能与它格格不入。它自己决定听到什么，被什么呼吁所触动。

习得与表面的接受之间存在本质的区别。后者因没有与实存相连，仅仅是虚假的所思与所言，只是鹦鹉学舌。通过感触将所学转化为自己行动的获取才不是盗取。

无须质疑，习得是绝对原初的，它是在区分中的合一，是在自由的敞开之中被吸引。它就像亲密的友谊，但又维持着指向过往的关系的距离。正如在所有交流中的那个谜题一般，我借由他者的存在而得以存在，但又是我自己；若对所有传统纯然接受、毫无抵抗，我将消融其中、迷失自我，与此同时，在自我孤立中，我同样会迷失自我。

当我在与陌生人最亲密的接触中从他人走向自我，习得也表现为排斥。真正处于本己之中的人，能感知到陌生现实的本质，从而更加成为真正的自我。如果我拒绝这种习得，害怕陌生力量的影响，或者不加约束地将一切美化为我的存在之证明，那么我就否认了自己的可能性。

通过理解文本，能够习得过往的哲学思辨。首先，它需要复现句子中所蕴含的意义。所用表述越趋向为纯粹的符号，作为对一个可明确固定的意义的可定义的概念，理解就会愈发确切。在哲学中，由于表述的含义常常悬而未决，边界模糊不清，因此这种意义只能从作者的整体语言运用中推断出来。然而，哲学决定性的含义总是超越了被固定的确定性意义，因此从可确定的用语中获得理解的过程永无止境，没有相应的终极的理解。理解者像是站在作者身旁，尽可能具身地进入作者的世界。只有这样，习得才可能实现。这不再是学习，而是以自己的历史性深入历史性的哲学思辨中，仿佛在根本上存在一个共同体，太一位处其中，所有自我存在都相互接触。

在习得（成为自身）的转化过程中，要考虑到有一种无法直接从文本中读出的真理，这种真理只因为有相应作者的存在才得以可能。它不是一种自此之后被发现的真理，而是彼时的当下真理如此被凸显，以至于看起来像是此刻当下的真理。哲学思辨的原初性实现了一种即刻的统一。由于习得排除了好为人师的态度，因此它也不会进行任意智性的修改与纠正。解构已表述的思想内容，将其元素放置在新的关系中，重新构建，这只是为了理清头绪，找到源头。通过掌握固定思想的认知，应该将那个曾经发生过的超越再次重演为当下的超越。因此，在处理传统哲学时，唯一重要的区别是：它到底是一种使用教学剧本的纯粹的智力工作，缺乏自己的根基，以整理为目的，把它错误地视为纯粹的知识内容变得简单易懂，还是个人在当下情境中，源自生命蓬勃的真正的哲学思辨。（Ph243ff.）

然而，当被问及，若我们在追求这种哲学思辨的过程中已经走了一段路，应该做些什么时，答案是：通过每次独特而不可替代的实践来获得补充，也就是以日常生活的方式来充实，举办活动，进行科学研究，促进对诗歌与艺术的理解，进行政治思考与行动，在具体的事物中彰显判断力。然后，理解那些伟大哲学家，在共同的空间中习得他们的哲学思辨，从他们那里汲取智慧的源泉。（PhN30）

八、借助直观伟人获得教育

　　直观伟大人物是一种神奇的力量源泉。然而，唯有亲身经历与伟大人物的邂逅，他们对我们才会是一种无可替代的现实。我曾有幸邂逅这样一位人物——马克斯·韦伯，对他的思念以及与他的共思，给予了我莫大的勇气。我们能否看见历史人物的伟大与高贵，以及这对我们产生何种影响，或许取决于与我们在现实中所遇之人的非凡程度。当我们目视着他们，以自身的自我存在走向他们时，便能感受到他们散发出的能量。这种能量源自对话，而非臣服。我时常自问：面对这种情况，我曾经遇见过的那个人会怎样思考和判断？还有，一位跨越千年时空的伟人又会如何评判？归根结底，唯有相互对等的交流才能提供帮助，因此，活人之间的交流才真正具有力量。与已故的伟大人物的交流是单向的，但蕴含启迪意义。（PA241f.）

　　对青年人而言，能够邂逅一位自己仰慕却不神化，且无须刻意去攀附之人，真的是一种美好的际遇。他在静谧的距离中围绕着他，询问他，聆听他。伟大的人格激发了他的观察者提升对自我的要求。行文至此，我再次意识到，在我的青年时代，曾经体验过这种不可思议、不能预期也无法刻意造就的幸运。当它彼时发生时，并未被我客观化。（Sch839）

　　在充满坎坷的人生道路上，于我和我的妻子而言，马克斯·韦伯始终是一个坚定信念的来源，无可替代。一想到他，就像在黑暗的时刻得到了保障。在他身上，我们看到了个人所能攀登的高峰，明白了何为可靠性、何谓精神的深度，以及德意志能够是什么。思考马克斯·韦伯在此情景下会说什么，成了一种自我要求。他的本质内涵，在青年时期一经被吸纳，便成了一种源泉，终其一生源源不断地滋养新生。（Sch840）

在发展个人的人之存在时，我们感受到与我们息息相关的形象，作为我们本质的榜样与生活的表率，近在眼前。当我们在特定的处境中设问"在这种情况下，他会想什么，说什么，做什么"时，我们是借助我们敬爱的伟大人物，朝向一种假定的身份发展。通过把自己仰慕的人士引入自己的思考中，我仿若是在他身上行动，透过他来行动。这并不排除我同时也从作为自我的角度在行动，但是将所仰慕的人士纳入进来并与他们共同核实，事物于我会更加清晰、更加充实。直观伟大人物的教育意义在于，在他们身上重新认识自身的自我存在，通过他们走向自我，直到那个人自己最终变得真实而原初，以此为基础，甚至无须借助假设身份这条弯路，便能认清事物并做出决策。（W1006）

真正具有影响力的伟大人物从来不会孤立地从虚无中诞生，而是由伟大的传承所承载，并被赋予了各项使命。他们是新颖的，因为他们的成就前无古人。他们也是陈旧的，因为他们所捕捉到的，仿佛已尽人皆知。夸大他们的独创性是错误的，因为他们正是汲取了精髓而变得伟大，是被历史上的精神整体所托举并身处现代的精神整体之中。同样地，低估他们的独创性也是错误的，因为他们的出现是不可预知的：已有的思想仿佛被熔化、被重塑后才获得了原初的生动性。甚至教堂的传统教义也似乎只有通过新的宗教体验才能变得有分量。奥古斯丁并非如同一个系统主义者，一个所有古典的、哲学的以及基督教动机的集合，而是用灵魂进行创造性更新的人。他敏锐地抓住触动他的诱因，并赋予它一个灵动的形态，便产生不可预见的持续影响，硕果累累。（GP391）

我们想要以倾听者、学习者与敬爱者的身份，踏入伟人的世界，在这个我们能够找到的最好的群体中，成就我们所能成为的自我，获得归属的资格。这个世界对所有人敞开。如果我们懂得正确的提问，他们会欣然作答。他们展示曾经的自己，鼓励我们，让我们懂得谦逊。每一位伟大的哲学家都具备的特质是，他们不寻求追随者，而是寻求那些做自己的人。所以，心存敬畏，唯有在我们自己进行哲学思辨与探讨时，方能靠近他们。（GP12）

九、伟人与成为自己

看见伟人的人，会感受到要做自己的要求。（GP35）

只要我们心怀敬畏，目光灼灼，便能感受到伟人所处之地，借此我们会成为更好的自己。伟人身上散发出的力量，让我们得以在自身的自由中成长；他们让我们沉浸在那个无形世界中，为我们揭示这个世界呈现的种种形态并使我们听到它的声音。

那些被我视为伟大的人物，向我揭示了，我作为什么存在。我如何看待伟人，以及如何与他们相处，这决定了我成为自己的方式。意志愈纯粹，思想愈真实，伟人的意志与真理便愈发清晰可闻。个人本质的可能性是感知到伟人的手段。（GP31）

我们无法全然理解伟人，但仰望他们时，我们是幸福的。我们无法洞悉他们。我们教育自己，去理解他们，这样他们才能教育我们，并引领我们走向自己。对于我们的问题，他们做出相关回应，并用我们寻求与他们交往的方式与我们交流。（GP12）

创造性的哲学家能够激发每个人内生的原创性思维能力。（GP60）

在我们内心深处，某种东西时刻准备着，无论伟大以何种形态出现在我们面前，它都能做出回应。唯有当我们作为可能的实存时，我们才能听到那位哲学家的实存对我们说的话、传递的思想精神。这样的接触，赋予了所有交往以终极的意义。（GP61）

阅读柏拉图、奥古斯丁、康德的著作，会切身体验到思维的生产力，体验到康德所言：我们无法学习哲学，只能学习哲学思辨与探讨。通过理解他们，我们自身原本的哲学力量被唤醒。通过他们，获得哲学思辨与探讨的自由，而非仅仅是所谓的独立理智的虚假自由。（GP231）

那些决定性的人物会为我们指引方向，而不是供人模仿的榜样。虽然内容上尚不明确，但在一个点上我们可以追随所有人：被他们严肃性的要求所撼动。（GP227）

他们对理解他们之人所产生的影响之大，在历史上只有伟大的体系学家能与其相媲美：亚里士多德、托马斯、黑格尔，但在性质上却截然不同。体系学家的影响在于他们的学派、教义与可习得性，而伟人的影响是激励他们的追随者独立地思考。（GP231）

借助教义，我应该能够更清晰地与哲学家共同拥抱他的所思，并借此促进自己本质的成长，而非仅仅是积累知识。（GP97）

伟人不应被拆解为问题，不应沦为教学体系，不应成为遥远的画面，也不应止于因他们的多样性而带来的刺激。他们的愿景绝非使我们的实存变得混乱，而是帮助我们建构实存。我们应借助他们实存的语言觉醒，并获得富有理性的洞见。（GP9）

然而，伟人成为权威的不同方式，也直接影响了追随者们与他们之间的关系。以诗人斯特凡·乔治[①]的追随者为例，便能清晰地看出这一点。贡多尔夫曾对我说："如果我不曾是乔治的追随者，我便会成为韦伯派。"而我则回应："成为韦伯派恰恰是不可能的。"任何试图盲目追随他的人，都未曾真正理解他。马克斯·韦伯倡导平等，他鼓励那些渴望依附者回归自我以及自我的自由。成为追随者是灾难性的，实则是不可能实现的。贡多尔夫坦诚地表示亲身经历了、忍受了这一点，并吸取了教训。（Sch840f.）

这种没有自我存在的精神，无法教育别人，但或许可以唤醒、捆绑并诱导认识。因为他不能引领他所征服之人成为自己，他的光芒不能滋养人，也不能使人澄明。（GP79）

康德的教育观

生活在实践的确定性与理论的无知性之间产生了一种张力，康德的思想正位处其间。康德倡导的教育理念，鼓励人们在可能性中生活并行动，尽管这些可能性会在此在中破灭。他不想因为不确定性乃至

[①] 斯特凡·乔治（Stefan George）：1868—1933。20世纪初德国最重要的诗人之一，被誉为"德国诗歌复兴的大师"。

不可能性而放弃它们。相较于依赖知识的规划以及对技术手段的精妙掌握，这种力量源自更深层次的根基，它才是引领其他一切前行的动力，缺乏它，其他一切将一文不名。（PuW129）

康德以思想的力量，把人类从错误启蒙编制的新牢笼中解放出来。这要求对我们整体理性的全部能力进行审视与确认。康德把思考建立于理性之上。于理性而言，理智固然是不可或缺的前提，却并非所有真理之源。因为理智倾向于把思考的产物视为现实本身，将自身的目的视为天经地义可能的且唯一正确的。康德则通过独特的思维方式，把理智本身置于批评之下，展示它的权利及界限。这一哲学路径，通过给予理性自由的空间，既超越了理智，却也不会失去理智。康德可被称为启蒙运动的集大成者，也可被称为启蒙运动的超越者。说他是集大成者，是因为他将理智与理性的可能性推向了极致；说他是超越者，因为他不仅洞察了理智的局限性，而且认识到了理性的限度。于启蒙运动的动机而言，康德象征着一次突破。（AuP245）

对于抱有这种信念的人来说，人类的未来图景无疑是一个迫切的问题。政治与教育决定人类的未来。法国大革命以及教育实验的勃兴，是激发康德发表参与性言论的唯二当代现实。（AuP246）

歌德的教育观

若世间并无完人，那么我们的任务便是看到歌德的局限性。完成这项任务，对于我们在现实世界中理解歌德至关重要，因为它促使我们摒弃自欺，避免完全陷入虚无之中。如今，真理与真实性是一切，是唯一笃定的可能性。因此，让我们勇于诘问歌德的局限性，即便冒

着再次触及自身不足的风险。（AuP127）

人们或许会说，歌德无所不知，但他的局限在于，他厌恶那些他不允许在自己身上产生影响的东西，因为它们会妨碍他充分发挥自己的可能性。他的局限在于人类可能性的无限性，这使他不能以有限的形式永久地踏入无条件性之中。因此，歌德的局限并非偶然的缺陷，而是他追求成为完整的人之存在这一生活实现的内生问题。他的失误是他自我真理的一个特征。因此，他必须拒绝一切不属于他的东西：现代自然科学，康德的激进之恶、他所谓的超越以及他所称之为病态的一切。那是歌德总是避之不及的界限，但他也是知道的，或许仍然保持尊重，但选择保持距离。（AuP135）

歌德不是一个被效仿的榜样。像其他伟人一样，他是我们的指引——但他超越其他伟人之处在于，以他的人性为媒介，使我们变得更纯粹、更清澈，爱得更丰沛、更深切。歌德就像人之存在的化身，却并不成为我们能够追随的道路。他是示范性的，并非榜样。（AuP136）

面对歌德，我们应如何自处？

他这样一位陪伴者是无与伦比的。对几乎一切生活情境中的问题，他的回答总能给予我们指引与启迪。他树立标杆，教我们如何赋予平凡日子以形态，不浪费被恩赐的生命时间，把内心的构思付诸实践。

随着对歌德倾听观察的加深，对他的信任也随之增长。因此，在看似失误之处，他依然重要，那是歌德的误判。即便是在他的谬误之中，仍蕴藏着一种真理，在他的局限性之中，伟大仍会彰显。

（AuP154）

在对暴力的震惊、对这个世界的忧虑中，在这个官僚主义碾轧一切的世界上，在这大众被原子化、材料化、任人牵引的转变中——这些转变被掩藏在诸如共同体、牺牲与人类福祉等的欺骗性措辞之中——在这世间，为作为人的个体，为他的内在独立与自我塑造的能力，为处于真正的共同体之中的人，为博爱、友谊以及世界公民性重新赢得空间——歌德或许能够通过他曾经的所是、所创与所思，协助我们达成这一目标——他依然为了我们所有人而存在。（AuP158）

尼采的教育观

哲学教育家。——所有伟大的哲学家都是我们的教育家。在与他们的交往中，我们的存在意识日益增强，体现在我们的内驱力、价值观与目标、我们的转变与状态以及自我超越之中。若仅期待从哲学家那里汲取关于世间之物的知识，那么他们是无关紧要的；盲目接受其意见与判断为可习得的有效性，且机械地应用于日常，如同应用那些符合理性的正确知识或理所当然的信仰内容一般，则是对哲学家的滥用。哲学家独一无二的、不可替代的价值，在于他们引领我们找到本源，并在哲学探讨中确认自我。因为自我成为——只要它是在思考中、在内在行动中作为对自我的作用以及自我创造而发生——并非借助被窥察到的洞见就能一蹴而就，而是需要与那些已经走过这条道并通过思考展示给我们的先哲并肩而行。

最后一位能在几乎所有的存在可能性、在人的本源与界限上对我们产生影响力的哲学家，是尼采。（N453）

这种教育犹如对二义性的内化。二义性能够被积极地解读为真正的、决定性的自我存在的媒介，尽管自我存在借由实存逃脱了二义性，但在被陈述之后，仍处于一种无限反思之中；它也会被消极地视为潜在的诡辩的温床，依据不同的情境以及彼时有效的此在驱动力，凭借一种直觉式的二义性，随意运用倾情认可抑或唾弃的可能性。在我们这个时代，这样的教育既不可避免又充满危险，它意味着：没有人能够在不了解尼采的情况下真正了解此在，并在哲学思辨与探讨中保持真实；但也没有人能够止步于尼采，并在他身上获得最终的满足感。（N457）

他之所以成为教育家，并非通过教导与命令，亦非作为永恒的标准或效仿的榜样，而是通过我们被他诘问并通过这一考验。这一切只能通过行动来实现。在与他同行中，我们积累不同的经验，人类此在的可能性得以彰显，对自己人性的谨慎的塑造得以实现，价值得以被审慎判断，对价值的感知能力得以提升。我们被引向一个独立的存在意识的边界，由此也回到了它的本源。但这一切并非通过全面且明确的引导达成，而是通过对我们的要求：运用他的思想来教育自己。没有什么是既成的，唯有我们自己努力，方能获取。（N454）

尼采成为教育家。然而，他成为教育者的程度取决于我们克服他引诱我们产生幻想的能力。（N450）

在研究尼采的过程中，我们受到教育，最终克服接受言辞字面意思的惰性倾向；我们受到教育，摒弃了挑选范例、标签化以及概括伟人思想观点的粗浅论证方式。唯有直面这种教育的可能性中存在的狭隘与诡辩，并在这种可能性中从根本上体验它们，进而认识并掌握它们，这种教育才得以发生。

尼采的教育引领我们步入无垠的辽阔，令人眩晕，才能在那儿全面唤醒实存之源的力量。（N456）

克尔恺郭尔、尼采与马克思的教育

克尔恺郭尔、尼采与马克思，以独树一帜的方式使真实性运动起来，要求并实现真实性，但也带来了毁灭性的一面。作为不可或缺的思想人物，他们无疑是教育家，但同时也是前所未有的危险人物。我们要学会通过他们如何进行正确的自我教育，而非误入歧途。他们的哲学思想行为不仅揭示了已经产生的废墟，而且自身是一个持续的破坏过程。

他们很有可能会活络我们的意识，让新的可能性萌芽，但同时也带来了一些令某些人着迷的思想，这些思想会重新掩埋那份新获得的意识。借助洞察力，他们似乎带来了毁灭，抑或是新的教条主义。（AuP395）

第八部分 教育与国家

一、政治的不同面向

政治意识的明朗澄清了不同的标准尺度。人们更加清楚如何衡量自己的目标,以及重要性遵循何种等级秩序。(A11)

政治行动视自己参照一种统摄,因此,是想要得到并决定整体的现实。它处在一种终极的依赖性之中,这种依赖性对它而言要么是彻底的现实,要么是超越,两者皆难以理解。(GSZ107)

唯有当我们既细致地审视特定情景下的每一个举动,又承担起引领全局、实现整体目标的责任,方能成就一种内涵丰富的政治。(AZM106)

政治,其本质在于与暴力的交织与互动。然而,暴力本身,人们面对它时所持的态度,以及深刻意识到这一态度是一种无可回避的现实,这些都超越了政治的直接范畴,激发了为政治的核心理念赋予结构的动力。由此,非暴力的意愿、牺牲精神、政治责任感以及军人气质中蕴含的意涵,才得以澄明。(AZM57)

从现实基础而非意义维度来讲,人类的每一份秩序,其此在的根基无不深刻地烙印着暴力的痕迹。国家的存续也无一不是通过暴力手段的直接运用或借助暴力威慑来维系，这一现实不可避免地和能够运用暴力的权力紧密相连。然而，这一人类社会运作的基本真相，往往会被尽可能地遮蔽。人们想把暴力视作偶然的、异常的，甚至是特定状态下社会病态的表现，而和平、安宁、非暴力则被不切实际地奉为常态。洞察这层虚伪的掩饰，并非意在颂扬暴力或倡导使用暴力，而是出于对一种严酷的事实真相的尊重与坦诚，展现出揭露这种自我欺骗的强烈决心。因为，这种自我蒙蔽会导致虚伪成风，那些毫无顾忌、肆意滥用暴力之徒则得以在社会上占据高位。（AZM58f.）

法律根植于道德之上，但是其效力的实现，却需要依赖于暴力。（AZM61）

然而，这一议题如今深刻地触及了一个核心抉择：是追求彻底的统治还是捍卫自由。这关涉政治自身存续的可能性，由此，也事关人类的尊严。政治不仅关乎暴力，从本质上看，其更关乎自由。面对对抗政治自身的暴力，政治力图把人类社会的每一重关系，最大限度地转化为法律关系，进而获得自由。（AZM222）

要想使人不止于为人，而是更富有人性的光辉，更加卓越，就必须不遗余力地维护政治的可能性。（AZM222）

政治道路自身需要另外一种引领。在这条漫长的征途上，那些持续贡献建设性力量的人们，往往不仅仅被单一的政治动机所驱使。在政治真正契合人类的地方，它从未故步自封。在历史的长河中，闪烁着几个幸运的范例：在英国、瑞士、荷兰及美国的自由抗争史中，道德伦理的深刻融入政治的才能、智慧与策略之中，这与仅凭个人高超

政治技巧取得的辉煌成就截然不同。后者虽耀眼一时，却因缺乏教化人心的力量，其影响终究如过眼烟云，难以持久。（AZM48）

对于那些倡导超越纯粹政治性束缚的人们而言，自我教育与净化、自己的生活是实现真实政治的先决条件。由此，政治也会成为宗教般的存在。缺乏宗教的政治，如同甘地所警示的"人类捕捉器"，将会扼杀人的灵魂。（AZM68）

将政治仅仅视为一个"遵循自身法则"、独特且封闭的范畴，是一种狭隘且片面的理解。参与政治的是一个全整的人。当个人与政治之间出现割裂，政治便容易扭曲，人亦随之分裂；反之，政治人物的言行举止，往往能折射出他们内在的政治价值观念与操守。（A13）

若政治被职业政治家操控为一个自我封闭的体系，那么有意义的政治便无法被构建。正如生活中许多预设往往陷入不确定性或理性的过度简化之中，政治领域亦不例外。这里，是各种思想力量激烈交锋的舞台，它们在不甚清晰、混乱的界限上展开复杂的斗争，只要它们不是某些政治家空洞无物的混乱思绪，每一股力量都彰显着内在的政治理念的独特的思考方式。在此背景下，哲学教授的著作，旨在厘清思想迷雾，阐明这些纷繁复杂的前提条件，增强政治意愿的自我意识并提升德国社会自我意识及其"道德—政治"思维模式。这些著作关乎德国政治未来的兴衰存亡，关乎在1933年悲剧性事件及其引起的极端苦难之后，我们共同面对的挑战。（HS366f.）

将纯粹的政治视为人类行为中一个特殊范畴、类目，是不合时宜的。超越纯粹政治的范畴——如道德深度、牺牲精神与理性思维，对于政治决策而言，具有不可估量的决定性作用。尽管个体的道德行为不直接显现为政治舞台上的即时效应，它却是民众基石中孕育可持续政治生态的先决条件。实干政治家的命运轨迹，以及塑造并推动他们斩获权力的民众思想土壤，共同编织着当前政治风貌的经纬，决定了其是流于套路的运作，还是充满影响力、教育意义、建设性乃至塑造性的力量。然而，若道德性中缺失了牺牲精神与理性光辉，其作为决定性因素的地位也将黯然失色。（AZM418）

真正的政治之火的熄灭，往往伴随着公众政治热情的冷却。唯有当各方在激烈的辩论与思想交锋中，通过说服来赢得影响力，真正的政治才得以可能。正是不同精神与思想的自由碰撞塑造了公众意识。（PuW347）

呼吁一种新型政治的诞生显得尤为必要。但这种变革的萌芽，需植根于"道德—政治"的双重土壤，并依赖于西方社会成员的根本性转变。这种转变虽已零星显现于个别先驱者身上，但如今，它必须在每一位掌握政治话语权的人身上彻底完成。（AZM178）

二、政治与超越政治的现实

唯有从超越政治性出发，方能一面直视无际的深渊，一面洞察至高的可能性。（AZM347）

超越政治性如何在政治中发挥作用，这是政治自身的奠基性的力量。（AZM74）

道德性、牺牲精神以及理性等超越政治的现实显示了那些本源，塑造了我们的人生观。它们彰显的严肃性历史悠久，却在工业文明的理智洪流中一度被遗忘，直到现在这个高度理智的世界逐渐意识到自己正站在自掘的深渊边缘。

在理性光辉中，暴力性得以被化解，道德自律与牺牲精神获得了前所未有的指引与根本的意义。

道德、法律、牺牲精神，它们自身就是理性，因为只有根植其中，而非作为纯粹理性孤立存在，理性才得以实现。（AZM254）

作为基本状态的理性：理性，作为我们的一种基本状态，它源自别处，而后融入我们的现实的世界。由此，我们在别处被赋予的任务，只有在这个世界中才能解决。在理性的引领下，我们既能深入其中，热情地拥抱生活，又能超脱其外，与自身与他物保持必要的距离，避免被疑虑、厌恶或冷漠所吞噬。正是这份理性为我们抵御狭隘，防止我们将其误认为是整体。同时，它也保护我们免于陷入有限性之中，避免将其视为无尽的绝对。（AZM299）

实现理性的本源仅存于每个个体之中。对于所见所闻的轻率言辞与草率论断以及心浮气躁，个人需承担起相应的责任，正如那些缺乏追求自由与团结之动力的个体，亦需为其缺失的动机负责一般。（AZM299）

这种理性的特质并非天赋异禀，而是需在适宜的环境下培育。尽管理性的价值与意义不受实现它的条件的约束。唯有在默默无闻、坚持不懈地追求与斗争中，理性方能成长；也唯有在反复抵御反理性势力的挑战与胜利中，它才会显现。

理性，实为人性之精华所在，是其他一切人性美德得以纯粹展现的基石。它是人之存在自身的高级状态。

无论是青年还是老年，理性都是他们重要的力量源泉。然而，理性之路从来不是坦途，它终其一生都面临着失败的威胁，从未能真正完满。

理性本质上只能是公共的。个人单凭一己之力，难以获得理性之光。（AZM300）

理想之火点燃一场心灵间的火种传递。个人的理性觉醒，往往源自他人的启迪或被某段深刻的表达所触动，当某种生活方式以其丰富的精神成果证明了其价值，它便成了可靠的源泉。人与人之间的信任，最初在由理性个体构建的亲密的共同体中萌芽，随后扩散至更广阔的公众领域，共同抵御反理性的逆流。（AZM310）

理性之中所蕴含的超越政治性的力量，如何在政治上发挥作用？唯有那些在政治纷扰中仍能保持真实之物成为政治的指引，方能揭示出拯救的路径。当一群值得信赖的人在交流中建立起深厚的信任，政治共识便踏上理性之路。理性之人相遇之时，便是公共领域美好的萌芽之际。（AZM309）

理性之所以是政治之本，其核心价值在于为国家和机构中所有的共同体构筑稳固的根基。

然而，这些由理性孕育而生的共同体，其本源仍深深植根于个体之间，他们寻觅彼此，无须条约，没有组织，默默地实现了理性的隐性的团结。这一独特现象是超政治的。若政治欲通过不懈的建设而持续繁荣，那么这些理性的共同体便必须积极介入政治领域。但值得注意的是，这些共同体并不会因此而被卷入政治之中。政治既能奠定也能摧毁人类的存在，关涉每一个个体，因此，政治自然而然地成了这些理想化共同体倾注热情的任务焦点。这些共同体超越了政治，也希望自身能够超越政治。（历史上所有著名的哲学家，甚至是神秘主义的杰出代表，都是政治思想家。）（AZM301）

历史的整体进程，由无数个体的行为共同缔造而成。站在历史的本源和起点之处的也是个体。每个人的行为举止都共同承担起塑造历史进程的整体轨迹的责任。尽管个体在浩瀚的历史长河中或许显得微不足道，但他们却拥有不容忽视的力量。这份力量源自个体对历史事件的积极参与，抑或静默旁观。每一次细微的行动或犹豫的搁置，都在无形中为后续的行动铺垫了基石，使得那些拥有更大影响力的个体得以在此基础上，实施对全局产生决定性作用的壮举。

世间万物，归根结底，皆为人之所为。而人，始终是个体的人。即便是在群体、民族或大众之中行动，即便他们自认为只是某种统治力量或普遍意志的工具，其行为的本质依然是个体的选择与表达。因此，超越政治性的力量，实则内蕴于每个个体之中，这是他们的自由。（AZM323f.）

在所有人类的机构中，若欲守护人的特性，就必须预设其成员为不懈追求理性之人。唯有在人们怀抱希望、积极追寻之时，理性方能真正降临。（AZM302）

任何组织都无法自行孕育出理性与良知，它们是组织构建的基石。（AZM302）

谈及印度的伟大，我们或许更应聚焦于甘地先生的非凡伟大。他以一己之力，让超越政治性作为一种政治力量，在我们这个时代熠熠生辉。甘地先生没有让政治与道德和宗教隔离，而是坚定不移地将它们融为一体，视为不可分割的整体。他甘愿牺牲自我，甚至不惜以"让整个民族在地图上消失"为代价，也要捍卫灵魂的纯净。（AZM68）

这一行为深刻地揭示了超越政治的严肃性，然而，正是这样的伟大榜样，在当今时代，其成为政治行动明确指南的可能性却愈发显得渺茫。（AZM68）

上帝的存在这一现实，既非是对理性的否定，亦非虚无主义的胜利，而是超越理性，包含并统摄着理性。（AZM492）

正是这一现实向我们提出了追求理性的要求，而理性作为其赋予人类的宝贵礼物，让我们拥有了自由、从本源绽放以及赓续的机会。然而，理性本身并非万物的基石，真正的基石是超越我们理解范畴、无法直接把握的事实，它被编码为"上帝"。（AZM493）

三、政治的两种基本理念

政治中存在着两种基本理念：一种植根于对民众的轻蔑与恐惧之中，另一种则重视民众的参与，真正从人民的立场出发，设身处地为其谋福祉，而不是仅仅在公开讲话中提及公众代表。

换言之，前者，是一种对自由全面排斥的政治形态，它根植于对自由本身的不信任，以及对人性的怀疑。在这样的政治框架下，不被信任的个体被置于他人之下，而那些自诩为"天生的统治者"、上帝的使者或是历史必然性的诠释者，则凌驾于众人之上，被视作未来的引领者。而后者，则是对自由的不懈追求。在这里，每一项政治行

动、每一项措施、每一条法律条文，都旨在促进自由。（BRD173）

我们的政治扎根于自由之中，并借此获得了自由。它要求我们构筑一个由自由公民组成的民主国家，实施全面而无差别的监督与公开透明。它摒弃威权和专制，因此也废除了"内部紧急状态"法。它绝不允许日常生活的军事化。它决定了积极的市民阶层以及独立且有责任心的个体此在的思想。它教育人们勇于思考，并敦促人们培养判断力。（BRD257）

民众必须拥有通过直接行动来表达自身意愿与抗争的自由。紧急状态法剥夺了民众仅剩的那些曾经被视为合规，但后来却不再合法的抗争途径。它实质上是一种奴役的工具。相较于紧急状态法，我们更应致力于构建并发展一套完善的法律体系，激发民众在四年一度的选举之外的参政热情，在一定程度上缓解当前近乎无政府状态的紧张局势。（BRD165）

最初，自由的人们以冒险和牺牲精神，将自己的生命与财富作为赌注，借助暴力反抗外来暴政的压迫。在公民自由的基础上，共同构建起属于自己的政治共同体，终于实现了自我解放，赢得了自主权利。正是这种内部深植的政治自由，赋予了自主性以力量，使之能够抵御外部暴力的侵袭。回溯历史长河，瑞士、荷兰、英国与美国的经历无不诠释了这种非凡而纯粹的自主性之力量。然而，反观德国的历史轨迹，诸如农民战争中的施丁格人起义以及汉萨同盟等城市自由斗争的尝试，却未能达成预期的目标。

时至今日，这种自主性已经成为每个民族不可或缺的权利。一方面，这种权利是一种苛求。它要求即便在当前尚不理解或无法亲身体验政治自由真谛的民族，也应当被赋予自由的权利。这种权利也斩钉截铁地要求他人得到自由，即使其无法实现自由，只能暗暗渴望得到外界的温柔牵引与明智引导，以踏上自由之路。另一方面，自主性对于长期处于不自由状态的人们而言，宛如一份突如其来的礼物，让他们感到茫然无措。这种感受，颇似某人意外中得巨奖，初时沉浸在无尽的喜悦与惊喜之中，但随着时间的推移，若未能妥善管理这份财富，最终可能重归贫困，甚至陷入更深的堕落。他们非但不会借助这份名为自主性的"权利"礼物建立起个人的自由，反而会沦为专制统治者及其权力意志的傀儡，彼此间更是相互倾轧，对世间任何形式的自由都构成了潜在的威胁。这份礼物的赠予，实则是一场基于对人性盲目乐观的荒诞剧，它忽略了自由唯有通过自由本身方能获得这一根本真理，也忘却了唯有在不断的自我审视中，自由方能得以赓续。这一理念的精髓，在于它深刻洞察到自由是人类的责任；而其偏颇之处，则在于它预设了一个理想化的前提——即所有通往自由的任务均已预先达成。（BRD236f.）

我们的国家结构建立在对人民的恐惧和不信任的基础之上。反之，民众本应肩负的，对政党、政府及政客保持合理质疑的责任，却未能得到充分的体现。盲目服从的心态貌似再次悄然蔓延，取代了应有的信任与审慎，人们倾向于无条件地相信政府能够解决所有问题。这种心态的普遍存在，每个人都难辞其咎，它正是我们历史上遭遇如1914年与1933年前不幸事件的原因所在。（BRD167）

在庞大的国家体系内，权力机构构建一个限制个人自由的严密秩序。这种架构潜藏着巨大的风险：为了增强国家的外部竞争力，不惜牺牲公民的自由权利；作为人的个体被轻视；统治者一旦掌握权力，便滋生傲慢情绪；教育体系更多地强调服从而非培养责任感；社会事务的处理被过度简化。（AZM192）

四、人民与民主

任何形式的民主国家都无法确保完全践行"民主"这一理念。（AZM423）

与所有其他的思想一样，民主也无法实现其绝对形态。不管它看似多么真实可行，却仍然充斥着扭曲与谎言。然而，不可否认的是，民主是唯一一条必要且充满挑战的道路，引领着人们共同迈向可能的自由，全世界都需为之不懈奋斗。

对于缺乏哲学或宗教信仰的人而言，这条道路难以通行。选择这条路的人，既非乐观主义者，也非悲观主义者，他们对自己的自由与命运有着清晰的认知。（HS22）

民主建立在人民理性的基础之上，理性是民主产生的先决条件。只要全民理性尚未实现，反理性的暴力行为就不会消失。（AZM423）

真正的民主，其基本原则是信任人民。但这并不意味着相信人民已经足够聪明、智慧或无可挑剔，更不是认为他们代表着上帝的声音。相反，它相信所有的福祉都植根于人民的自我教育之中。在思想家或政治家的引导下，人民通过了解事实和原因来进行自我教育。（A161）

一种并非由人民创造、也尚未被他们完全理解，而是骤然建立的民主，仅仅是一个契机，让这个国家的人民有机会接触并理解民主思想，从而走向自由……

民主若流于形式，终将演变为彻底的统治。（HS175f.）

人民（我们皆为人民的一员）并非尽善尽美，他们既值得信任，也需保持警惕。人民是统治者，但前提是他们必须首先确立自己的主权。（A125）

人民既不是一个真实的群体，也不是神话中的存在。他们在不同的情境中呈现出相应的特别的形式。他们在不同的情境下会展现出特定的形态。总体而言，"人民"实际上并非一个可以具体把握的实体，而是一种理念……

于我来言，并不存在"人民本身"这一概念，只有它多样而特殊的显现形式：在语言中，人民通过语言成为彼此理解的精神集体；在国家中，它通过国家成为一个意志单位；在机构中，人民获得了行动的可能性；在团体中，人民通过机构使自身获得有效性；在思想的创作中、在公开的讨论中、在群众集会和群众运动中，人民同样以特定的形式展现。因此，在任何情况下，人民都是大家所面向的特定表现形式。（A126）

当我们在政治思想中呼吁人民时，必须明确，这个群体并没有固定的规模。因此，在不同的表现形式和环境下，信任与不信任都可能是合理的态度。然而，对于民主而言，人民对自己的信任是其决定性的根基。人民是一个由相互之间有着千丝万缕联系的人所组成的共同体，他们进行自我教育，摆脱政治的愚昧，生活在机构的框架之中，并坚守着对自由不可动摇的信念。

不信任在很多情境下都是合理的，但如果它不能从属于一种基本的信任，那么民主和自由就不可能得以实现。（A126f.）

民主思想是解决当前人民主权迷信化问题的有效途径。根据这一思想，不存在起统治和治理作用的主权实体，重要的是人民自我教育的意志。这种意志总是以在机构中形成的方式塑造自身，而这些机构，尽管可能稳固且受到各种约束和保障的强化，但其本质仍然是变动不居的。（AZM426f.）

民主的道路虽然充满了各种错误和看似走投无路的情况，但它始终为人们提供了机会，让大多数人在这条道路上成长为有思想、负责任的个体。尽管这一过程中可能会出现均质化的倾向，从而面临从民主转向前所未有的最严重专制的风险。

民主的思想建立在人们在理性中实现自我这一任务的基础之上，它以每个个体的独一无二、不可替代为基石，以个体通过参与理性所获得的尊严为根本。

对于民主思想的质疑，实质上就是对人本身的质疑。（AZM429）

人民只有通过自己积极参与政治，才能够逐步走向成熟的民主。因此，民主的前提在于，人民能够在政治任务中最大程度地发挥作用，或主动承担起这种任务；同时，对人民的信任并非基于他们现在是什么样的人，而是基于他们未来能够成为怎样的人的信念。（A130）

只有自由的国家，以及这些国家中实现了自我的自由个体，才能够完成这些艰巨的任务。因此，首要的任务始终是人民通过他们所建立的国家来完成自我教育，使他们能够充分了解情况并共同参与国家

的事务。（A52）

　　人民中的非政党政治团体，其基础是自由的人际关联，这种关联首先在小范围内建立。这些政治团体在集体中追求政治上的自我教育，他们作为志同道合者聚集在一起。然而，在群体中偶尔会出现某位杰出人物，凭借其政治判断力、自我表达能力，或其人性与政治的严肃性，自然而然地成为领导者。这样的领导者拥有独特的品质，他寻求的是信任，而非劝说和臣服。他因自身的弱点而强大，放弃了一切智慧的、建议性的、装模作样的暴力手段。他并非那种因个人魅力（或魔力）而让人俯首称臣的领导者，因为那样的领导者往往会被带有不可告人阴暗动机的不幸之人所追随。自由的政治世界孕育了许多伟大的领导天性，但这其中并不包括个人魅力。无论是丘吉尔还是肯尼迪，他们都不曾拥有，也从未渴望拥有这一特质。他们的意志是，作为自由人与其他自由人一起，共同捍卫这个世界的自由。

　　自建群体进行政治方面的自我教育，固然有其价值，但也存在一个明显的缺陷：仅凭他们自己的集会，还无法追随具体的政治目标。他们在进行自我教育，但尚未付诸实践。在一个自由的民主国家中，这样的群体无疑会受益良多。那些在政治参与中证明自己能力的人，应该获得更多的机会去参与相关的政治活动，加入政党便是这样一个途径。

　　政党之外的自我教育并非旨在反政党，但它作为政党组织发展趋势的一种平衡力量，对政党组织自身而言，确实构成了一种对立的存在。它丰富了政治生活，并为那些有政治才华的人提供了展示自我的舞台。（A87f.）

选举和表决同样为政治自我教育提供了宝贵的契机（尽管这样的机会并不总是出现，但也绝非遥不可及）……

投票的数量揭示了自由的内涵（这与测量体温是完全不同的概念），这种内涵可能是腐败的、黑暗的、迷惑的、空洞的，抑或是真实和丰满的。这种内涵会通过经验和思想上的自我教育而不断转变。人民意志并非一种固定不变的已有之物，它自身是处于不断变动之中的，因此不能将其作为一种固定的存在实体进行表达和测量。真正的人民意志这一思想实际上是理性的思想：人民知道他们想要什么，每个个体也知道他自己想要什么，但要达到这一点，首先必须实现理性。我们必须彼此交流，明确我们对于"想要"的定义是什么：这就是民主中的对话，其目的是让我们知晓自己究竟想要什么。（AZM431f.）

实现民主这一思想，我们无疑还有漫长的道路要走。人民主权并非智慧的、美好的，更不是神圣的，它首先必须是理性的。目前，它只是踏上了民主的道路而已。唯有每个个体不断地抗争并战胜那些颠覆民主的行为，民主才能够得以存在，并成为通往自由的基本道路。

当这种自由没有真正地在每个个体身上承担起其应有的责任时，民主必将走向消亡。（AZM440）

机构与监督是紧密相连的，这是民主中实现自由的重要条件之一。这种监督之所以必要，是因为人们一旦拥有权力，很可能会无一例外地滥用它。在民主国家中，任何机构、任何主管机关、任何个人，都不能缺乏监督。（A145）

因此，民主首先并不是人们对国家的一种要求，而是每个人对自身的一种要求。实现这一要求，是个人能够参与民主的重要保证。我们可以从以下三个角度来理解这种要求：责任意识、对大人物的仰慕以及自我教育。（AZM441）

个人的生活方式、思考和工作的内容、决定采取何种行动，以及在集体中如何与他人共同实现这一切，都是个人需要负责的重要内容。

如果个人感觉自己无须承担这一责任，那么这就是对民主最根本的颠倒。人们不愿意承认对已经做过和发生的事情负有责任，他们想要减轻自己的义务而不是去增添，他们不愿意让持续自我教育的想法在自己身上产生实际效果。（AZM439f.）

只有不断地审视其过往，民主才能够真正地遵循其核心理念。已发生事件的基本事实必须在学校的教育中被提及和阐明，通过政治洞见，使一切对自由、理性及民主思想的背叛行为难以再次发生，甚至可能永不再上演。（AZM442）

真实性需要共同的基础认识，即我们的处境源于威廉二世时期的德国。我们需要深入了解当时德国民主的坍塌过程，以及它是如何逐渐倒向纳粹主义的。只有有意识地转变我们的政治思考方式，我们才能够真正地获得自由。低级的生物总是会轻易地忘记一切，然后从头开始。但是，作为人类，如果我们不认清自己曾经做过什么，就永远不会成为真正意义上的人。

如今，有些德国的年轻人抱怨说，学校里教授的历史到第一次世界大战就结束了。他们质疑成年人的坦诚。我们必须告知年轻人以前发生了什么，并且让他们明白，作为人类，无论我们的父母和祖辈的行为带来的后果是好是坏，我们都必须承担其责任。家长们不应该让他们免于了解那些虽然可怕却至关重要的知识，因为遗忘会严重阻碍基于事实的政治教育。（HS180）

如果民主的本质在于实现理性和自由，促使每个人在自我教育中不断进步，那么在魏玛共和国时期，德国的民主进程实际上是更多地转向了绝对的统治。（AZM433）

这种民主的意愿，其根源可追溯至《圣经》中上帝的构想。《圣经》认为，人类是按照上帝的形象创造的，因此每个人都应享有与生俱来的权利。虽然人人平等的政治思想自法国大革命以来虽常被滥用且多数情况下被颠倒，但的确是不可侵犯的道义上的基本要求。（AZM439）

五、理性与民主

期待仅依靠少数理性的人来维护世界秩序，这本身就是一种欺骗。理性必须深深植根于广大人民之中，才能长期有效地发挥作用。因此，"民主"显得不可或缺。它的核心意义在于，在民族内部以及不同民族之间，通过共同的思想和行动来塑造理性。（AZM419）

1. 理性统治的可靠性并非源自一两个孤立的个体，而是需要人民和领导者共同通过理性来确定。只有当每个个体都积极参与共同思考和共同治理时，这一理念才能实现。

其结果是，民主要求对全体人民进行教育，使他们能够根据自己的天赋和秉性，积极参与共同思考，并进行深入的研判。

此外，民主还需要思想的公开化，尤其是新闻、讨论、建议和草案的公开化。

2. 理性并非一成不变，而是持续发展的。只有通过对全体人民进行教育，理性才能引领民主成为共同的思想和行为准则。因此，民主没有最终的固定形态，而是在不断的塑造和转变中发展。

其结果是，民主需要自我批评的精神。只有在不断优化自身形式的过程中，它才能保持活力和生命力。

3. 理性在根本上是每个人固有的特质。因此，每个人都具有自身的绝对价值，不应仅被视为工具。每个个体都是独一无二的，无可替代。人民既是一个群体，也是由个体组成。最终的目标是，让每个人都能够根据自己的天赋和特质，实现与生俱来的自由。

其结果是，民主致力于实现平等：它希望给予所有人同等的权利和机会。如果这个目标是可能实现的，那么它只能在法治国家中实现。在法治国家中，所有人，包括国家领导人，其行动都受到法律的约束。这些法律通过合法的方式得以生效，并可以根据形势的变化进行修订。始终存在的不公平现象也将会无休止地推动着我们去追求更好的法律。

4. 理性是通过信任来生效的，而非暴力。然而，由于有时暴力在人们的行动中难以避免，理性在主张对抗暴力时，也可能需要采取暴力的手段。

其结果是，在警察对违法行为进行执法时，民主制度也会使用暴力，但这种暴力的使用仅限于行使法律规则和判决的方式。通过这样的方式，每个人都能受到保护，免受国家武断和非法的暴力侵害，从而确保生命和身体的安全。

5. 理性，作为一种态度，超越了所有特定的法律和机构。一切立法和法律条文都需首先认可人权。人权对所有人都具有约束力，同时又将他们解放，而且它自身不屈从于不断变化的法律制定。人类因其多样性而产生的各种行为，对其进行的判断、评估和归类，都以承认人类全部可能性的自由为基准。对不平等和不公正的敏锐感知，是法律起草、决断以及遵循的前提。

其结果是，民主不仅造就了人权，还使其摆脱了未来决策可能带来的威胁。民主保护每一个人，保护少数群体免受多数群体的非自由压迫。它将可能会发生在任何人身上的、任意形式的不公正，都转变为事关所有人的事情。这样一种出于担忧而产生的行动，正是民主得以生存和发展的基石。

6. 在政治实现的过程中，理性始终铭记：统治者与被统治者，在本质上都是人。他们都有着共同的缺陷，也都可能犯错。

其结果是，即使是由最优秀的人组成的政府，也需要时刻受到监督，而这种监督始终是由人来执行的。因此，这种监督必然是相互的：它体现在讨论中的思想交锋，体现在政府的职能划分之中，也体现在问责制度之中。（AZM421f.）

六、人民直接参与政治

我们所处的时代正面临着一个世界历史的政治基本问题：普通人

民能否实现民主化？人类的普遍特质是否足以使他们在生活中承担起作为国家公民的责任，参与对国家基本路线的共同理解和共同决策？然而，遗憾的是，如今的绝大多数选民并非基于知识而产生信任。相反，他们往往听信那些无法核实的幻象和虚无缥缈的承诺。同时，非选民的被动性也十分显著。此外，还有那些摇摆不定的少数群体、官僚机构以及个人，他们总是随大流做出决定。在这种情况下，通过一切手段赢取多数人的支持，大肆宣传、暗示、蒙骗、对特定利益群体的业绩承诺，似乎成了实现统治的唯一途径。（GSZ97f.）

那些引领技术时代的民族，通过自身的经历深刻认识到了自18世纪以来生存状况的转变，这一转变如今正在加速进行。在他们那逐渐崩溃但仍未完全消逝的传统权威世界中，他们不仅早早地洞察到了新事物，还意识到了自己并非注定走向灭亡。他们已经成功地踏上了一条实际可行的道路，与灾祸的降临、新形式的奴役、对人类尊严的剥夺、不公以及被掩盖的虚假辩护进行了持久的抗争。他们为自己设定了任务，旨在将这个技术性的工作世界置于政治秩序之下，以促进自由和公正的实现。然而，长远来看，只有当所有人都积极参与政治、共同思考并承担责任时，这一目标才有可能成功实现。随着技术性的工作世界不断变化，新的法律也成为必要。因此，政治状况的理念具有决定性意义。在这种理念的指导下，公民应被培养出政治判断力，能够通过他们的代表找到相关的法律形式。这些法律形式在技术性工作世界的基础之上，为人类此在的机会保留了自由。人们必须生活在秩序之中，但不应臣服于它。他们通过具有法律约束力的手段进行抗争，以获得生活、行动和冒险的自由，从而以不可预见的方式实现那些使人之所以为人的本质。（PGO67f.）

任何想要在政治上采取行动的人，都应当让人民知晓其意图，通过思想的力量说服他们，运用合理的理由、鲜明的观点以及崇高的榜样来教育他们。长远来看，真理的验证只能由人民自己来完成。只有通过这样的方式，人民才能从全人类被赋予的转向任务之中，学会不断成长，领悟事物，做出明智的决策。

如果有人因为对群众愚昧的愤怒而反对自由选举，那么他显然忘记了这一点：在历史的进程中，相较于大多数的被统治者，统治者们也并不总是更聪明、更正直、更优秀或更有责任心（当然，也存在少数例外），两者在本质上并无太大差异。而且，当面临的任务越为重大时，就越需要全人类的教育及共同参与。（AZM42）

政治家的首要职责，是充分发挥人民的参与作用。若他们渴望实现自由的政治，就必须最大限度地让人民知晓各种信息，激发他们的思考热情，向他们阐明自身的目标，展示实现这些目标的手段与途径，从而对他们进行有效的教育。（A129）

唯有通过人民的道路，方能抵达自由之境。对人类极端的蔑视，尤其是将蔑视者及其同伴排除在外的行为，终将导致暴政的诞生。（UZG211）

若人民是最终的决定性力量，那么我们必须采取一切可能的行动，帮助他们做出正确的决断。暴政发明了一些方法，在大众的喧嚣中，公投完全变成了假象。通过这些方法，他们或许能学到很多东西（以便将他们变成实用的工具），却无法获得真正的判断力。与之相反，民主追求的是促进正确的选举，因为选举是尚存的合法性手段，通过它，人民真正的、长期的以及重要的意愿得以表达。

长远来看，唯一的方法是对所有人进行教育，引导他们深入思考，从而深刻地意识到并唤醒这种意志。仅仅是学校式的技术知识与技能的传授是远远不够的。因为如果仅依赖这种方式，他们最终只会成为有用的奴役工具，服从于法西斯式的要求：信仰、服从、战斗。我们人类需要的是批判性思维和理解力的教育，需要一个充满历史和哲学的世界，这样我们才能变得具有判断力，变得独立。所有人都应该经历一个持续上升的教育过程，从一知半解逐渐走向知识渊博，从瞬间的思维火花发展成系统性的思考方式。这样，我们才能实现从教条主义到自由的飞跃。对于大多数人的发展而言，我们都希望他们在选举中能够有意识地行动，深思熟虑地做出更好的决定。

第二种途径是通过多数人参与特定任务来实现人民实践性的自我教育。因此，自由且负责任的地方政府对于民主精神的出现是至关重要的。只有当人们能够实际处理好最小范围、最近距离内每时每刻在生活中发生的事情时，他们才能够在更大的空间里成熟地实现民主所追求的目标。

第三种途径是关于选举过程本身的设置。选举的形式尤为重要，包括投票方式（是个人投票还是候选人名单选举）、对投票结果的评估（是多数票制还是比例代表制）、是直接选举还是间接选举等。虽然并不存在唯一正确的选举模式，但选举模式的选择确实会影响事物的进程。（UZG211f.）

我曾经与一位美国人进行过深入的交谈，他渴望了解德国人的观点，因此时常来访。那次谈话大致如下：那是在选举前夕，他特地来拜访我，并询问道："您觉得通过政党的协助来选举州议会怎么样？"我回答道："我认为，您的这种方式是有误的。它阻碍了我们进行政治上的自我教育。您还假定，德国人民和旧有的政党已经拥有了完善的政治秩序，并且旧时代的政治家大体上能够适应新的任务。然而，这种方式带来的结果却是，我们根本无法获得新的政治气象，依旧是同一类人在执政。由此，独立思想的萌芽也会被扼杀，甚至是完全消失。让我举一个例子来说明：如今在海德堡，土豆的价格引发了人们的强烈不满。农民们对每公担土豆仅仅3马克的微薄收益感到愤怒。而海德堡的市民则对每公担土豆12马克的高价感到愤怒。其实，最简单的解决办法就是：让附近城镇的居民和海德堡市民进行协商，共同努力使事情重回正轨。然而，他们并没有选择这样做，而是寻求国家的帮助。但实际上，此时国家并不存在，只有社民党挺身而出，准备接管本应由国家处理的事务，并且在一定程度上取得了成效。人民都在等待着当权者采取行动。现在您准备让当权者即刻发挥作用，并维持人民原有的服从精神不变，而不是将这样的任务交给居民，让他们自己去解决像土豆价格这样的实际问题。政治实际上始于最细微之处，始于人们之间的相互协商。在这一过程中，他们学会了自己把握实际事务，并且不期待从外部获得解决问题的途径。因此，我想要向您建议：首先，给予居民极大的自由来管理他们自己的事务。然而，与此相对的是，这个地区，乃至整个德国，都完全在您的掌控之中。无论是对外安全还是对内秩序，您实际上都需要承担起责任。您必须暂时在形式上肩负起这种重任，也就是执掌德国。之后，您便能逐渐将这种自由从基层扩展到上层，直到大约10年后，您有望在整个德国建立起自由的民主制度。当然，实现这一点是需要时间的。在德国民众中，那些具备政治天赋的人（迄今为止的政治家中并未出现）可能会逐渐崭露头角。他们作为人中翘楚，将在最小的圈子里证明自己的能力，并获得认可。他们不断更替、退场，又重新出现。他们不追求人民的服从，而是渴望得到人民的信任。早在政党诞生之前，他们就已经存在了。极少一部分的政治人物以这种方式脱颖而出，他们被他人认可，并非和他人之间建立起明显的界限。因为他们不会将他人隔绝在外，而是会让他人知晓情况，同时也参与思考。这个过程需要花费时间，合适的人选也需要通过实践和经验来不断锤炼。这些经验以及自由的政治态度将在打交道的过程中逐渐获取。它们并非来源于自身，也并非天生具备。只有通过这种打交道的方式，人们才能够将民主态度铭记在心，从而形成坚实的民主基础。没有这一基础，民主将无从实现。如果您采取现在这样的行动，那么一切政治自由思想的萌芽在德国实际上都会被扼杀。这并不是您的本意，但确实是由于您行动的后果所导致的。（A64f.）

"事实上，占领当局在做出最终决定时仍然行使着实际的主权，这一事实往往被虚假的独立性所掩盖。您应当在自身的职责权限下，让最优秀、最理性、最爱国的德国人公开地管理德国。这样，尽管历史上我们没能实现这种教育，我们至少可以从基层开始，以某种德国的独立自主性为开端进行重建。这种教育过程并非通过良好的教导、演讲、著作或是虚假繁荣的民主来实现，而是在实际生活中进行。因此，它只能从社区开始……

"通过对具体问题的关切，人们学会了如何去处理事务，并且懂得了每个人都有参与其中的责任。然而，对于我们来说，目前盛行的依然是服从和行政官僚主义。您需要让社区进行练习，在越来越大的范围内自主地去规治他们的事务。只有这样，才能够培养出具有政治思想的人。在公开讨论中，将会有一些杰出的人物从这些人之中出现，他们在建立新的政党时会给人们留下深刻的印象，并能够获得人们的信任。"（PuW362f.）

如今，政党民主的强制化进程忽略了民众精神上的必要前提。绝大多数德国人对于真正的民主为何物、他们内心的诉求以及应当选择何种政党或领导人都茫然无知。这无疑是一种替代现象，即用党魁、政党的官僚主义以及专制者的权威来取代那些本应被人民选出的德国人的权威。（PuW364）

公共精神的不懈斗争能够揭露这一切真相。唯有通过这种斗争，我们才能在后续自我教育的民众中，也就是在每个人的共同知识和共同意愿中，赢得一片沃土。自由且秘密的选举是实现政治自由与和平并存的唯一可靠途径。唯有秉持民主的理念，承认民主的义务，国家方能获得真正的和平。（AZM42f.）

总体的任务是，要确保人民能够直接参与政治生活，无论是通过参与思考和判断，还是通过赋予他们实际发挥作用的机会。因此，对于我们所追求的民主而言，核心问题始终围绕着人民。人民需要了解并有效利用各种机构。同时，这些机构也应当为人民提供尽可能广阔的作用空间。通过教育，人民应当以个体的形式实现自我，在集体中与他人和谐共处，并达到尽可能高的水平。内政的价值就在于它服务于人民，使人民变得有思想、有洞察力、勇敢且理性，从而有意识地积极参与自身命运的发展进程。然而，我们不能自欺欺人。党内寡头、那些善良但愚蠢的伪君子所持有的老式家长制思维，以及蔑视他人、狡猾、心术不正的野心家，他们本能地拒绝为人民提供知情和了解的合法机会。尽管如此，人民在他们所开辟的道路上学会了行走，如今这已经形成了对寡头政治所带来的致命危险的必要抵抗力。（BRD192f.）

议会是人民的代表机构，这一点在诸多议员的演讲中日益得到彰显。议会的尊严在于向人民展示他们内心深处的渴望与追求。通过人民代表的行动与思想，议会不仅成为人民的楷模，更引导他们前行。倘若这些代表能行正道，他们必将成为政治精英的典范。（BRD57）

因此，我衷心希望，在这次盛大的议会会议中，德国人能透过演讲的政治家，重新认识自我。愿他们能借助思想的力量，洞察并直言事实的真相。愿他们能以诚挚的语气、质朴的言辞，毫无掩饰地展现问题的严峻性。愿他们能让我们坚信，我们的国家正茁壮成长，自1933至1945年那场浩劫之后，它已涅槃重生，焕发出新生的光芒。在这样的时代背景下，机会主义、个人私利、对外畏惧等消极情绪都将烟消云散，而德国人那份与生俱来的、纯粹的人性良知，将坚定地回应他们：是的，这一切都是不言而喻的。（BRD31）

在反对党阵营中，他们凭借坚实的思想基础，推行切实可行的政治策略，以对抗当前政府的混乱局面。首要考虑的是，反对党中的政治家如何能为联邦德国的自由、和平、诚实及公信力贡献力量。在此背景下，人民的政治教育或许可通过受信赖的反对党在政党自我奉献的过程中实现。这样的实践能够彰显政治意志的纯洁性，尽管这一点往往被忽视。因此，对于选票的焦虑将不再是核心问题，取而代之的是如何强化人民中的理性与自由意志。人们不会盲目顺从民意调查的结果，相反，他们会借此机会识别出哪些非理性的观点需要纠正，而不是盲目适应这些所谓的"民意事实"。

若社民党能将重心置于人民的政治教育，并同时向人民展现一些值得信赖、具备政治天赋的人物，那么他们便能够伺机而动。他们有能力借助人民对真理与自由的坚定信仰，提出一些起初可能不受欢迎的理念，直至人民逐渐具备深刻的洞察力。这种洞察力并不会转向那些愚蠢或情绪化的人，而是会在那些渴望获得真知灼见的人身上显现。尽管起初这样的人可能只是少数，但他们有能力逐渐吸引并团结起更多的人。因为人民形成洞察力的潜力，远比追随一个通过其行为和榜样腐蚀民族精神的政府的决心，要强大得多。（BRD272f.）

我深恐自己失之偏颇。那些受国家意志之托，与千百年来杰出人物——不仅限于伟大的思想家——交往密切的哲学教授们，早已习惯了与人深度交流，这种交流远超常人间的日常互动。人们能从中深切体会到，他们的决断、行动所蕴含的严肃与深沉，他们的观点以及信仰的驱动力。教育应当使这样的交流成为大众触手可及之事，而我们亦当助力其实现。然而，若它尚未在此地生根发芽，我们便不能奢望它遍地开花。

尽管可能会有失公正，但仍需对那种以历史上的高标准衡量时断定的糟糕形象进行明确界定。如今，这些政客形象与20年代那些不可靠、不稳定的政客并无二致，鲜有例外。他们的姿态极具欺骗性，渴望得到自己无法企及之物。当事态趋于恶化时，他们并不会挺身而出，迎难而上。而当他们的面具被揭开，暴露出一直以来的真实面目时，我们会发现，他们并非生来邪恶，而是内心深处潜藏着一种将无形化为可能的虚妄。换言之，他们之中鲜有真正的"男人"。一个真正的男人，我指的是那种敢于坦诚相待、言辞可靠、不回避、不逃避的人。他在伟大事业的感召下，毅然前行，无虚荣之心，却怀揣勃勃野心。他拥有在灾难面前依然坚如磐石的可靠性，即便在危难时刻，也能保持敏锐的判断力。他在高度谨慎中不失勇气，深知自由的忧虑，从不采用任何卑劣手段。他清晰明了地知道自己所求为何，绝不会手足无措。他自由地仰望天空，同时脚踏实地。他视野广阔，亦专注于当下。他的演讲简洁明了，真诚地展现自我。他所谈论的内容，正是人们在现实的混沌中紧紧把握的那些往往难以言喻的事物，它们只能通过思考方式与判断力根据情境得以重新证实。所有作为真正自我存在的人，即自由的人，都能与他交流并理解自身。遇到不懂之处，他会坦然相告。他敢于发现并承认自己的错误，并会积极改正。他深知自己的能力范围，从不高估自己的力量。他懂得适时放弃，但始终明确自己的能力和责任所在。他拒绝被神化，而是渴望赢得他人的信任。他是自由的，也希望所有人都能享有自由。他通过对他人的高标准严要求，教育他们要做自己并实现自由。当这种要求未能得到满足时，他会遭遇失败。但他从无大人物的架子，也不会装腔作势，始终保持着适度的分寸。或许肯尼迪和丘吉尔正是这样的人，在他们的时代，我们深切感受到了上述的这些特质，他们值得我们信赖。（BRD117f.）

政治家借由自由协作之人的精神特质，力求攀登人类潜能的巅峰。任何其他精神特质，无论其多么真挚深邃，作为社会构成部分的人类皆有其局限性，因为他们将无关己身之事排除于现实之外，从而在更广阔的世界意义上不够真实。宗教的庇护与殉道催生了非凡之事，创造精神所孕育的作品与自然界的真实造化同样璀璨。然而，真正的政治家会在自身局限之内，毅然探索人类存在的边界。他们深受共同生活最高可能性的激励。他们的行动或许无法企及艺术、诗歌或冥想的完美境界，但在事物不断完善的变迁中，人类世界在时间的长河中得以逐步实现。

上文描述的品质，仅仅是为政治家的形象构建了一种大致的参照框架。人们会倾向于向他看齐，但他本身并非不可动摇的标准。因此，每个人，即便他是最为杰出的，也始终处于不断的发展与成长之中。（BRD132f.）

他[①]完全有能力在当前的职位上成为一个举足轻重的人物，这需要借助有代表性的思想和学说的精神力量，这些思想和学说起源于德国传统智慧和思维方式。之后，通过承担起自身的代表义务，他可以以尊严和人格为基石，在世间实现这一目标。（BRD135）

我认为，对于这些积极的事物，例如吕贝克[②]的行为，以严肃的态度对待、强调，并对其宗旨和结果进行阐释，是极具价值的。这样的做法将有助于人民进行自我教育，积极参与政治思考和行动。在这一过程中，他们将学会洞察事物的本质。（BRD25）

---

① 这里指的是联邦总统H.吕贝克（Karl Heinrich Lübke）。
② 吕贝克曾拒绝签署对于克里菲尔德（Carl Creifelds）为联邦法官的任命。

七、真理、自由与和平

政治若要持久,便离不开真理与人类的尊严。人们渴望自由与和平,然而,无真理之处,自由与和平亦无从谈起。(A206)

我并非意图将和平政治等同于世界政治,而是强调前者乃后者之基石。具体而言,首先,外部的和平唯有通过人类内心的和平方能维系;其次,唯有自由能够铸就和平;再次,自由又唯有通过真理方能实现……

和平并不意味着没有斗争,但人们可以将暴力的斗争转化为思想的交锋与充满爱意的斗争。暴力的斗争可通过交流与协商来化解,而交流带来的结果并非压倒性的胜利,而是公认的真理。唯有在这样的斗争中,每个人方能走向自我实现。爱的斗争会将一切暴力手段,包括智力的暴力手段,以同样的方式供自己和伙伴支配,从而消解它们的毁灭性影响。相较于传统的暴力手段,智力的暴力手段具备更高的理性化程度,相当于更强壮的肌肉力量。(HS174)

至关重要的是,和平的基石在于每个人都能以在和平与真理中生活的方式,主动承担起自己的一份责任:和平的问题,首要并非针对这个世界本身,而是关乎每个人自身。(HS185)

我不得不暂且搁置那些最为忧心的问题,它们的实际解答将决定我们民族深层次的命运走向。这包括从国民义务教育直至大学阶段的教育议题,以及国防实力的构建。倘若和平的维系在于我们,那么其先决条件便是,我们必须在每一个层面都保持真诚无欺,这一点无论

何时何地都至关重要。（HS182）

要奠定我们的新生活，我们必须从本质的起源出发，而这一点唯有通过毫无保留的自我审视方能实现。（HS121）

从历史的角度看，民众的自我审视与个体的自我审视似乎截然不同。然而，唯有通过个体的自我审视，我们才能进行民众层面的自我审视。个体在交流中实现的真实成果，能够升华为普遍的意识，并最终成为民众个体的自我意识。（HS130）

净化是实现我们政治自由的一个必要条件。因为罪责感催生了团结和共同责任的意识，没有这两者，自由便无从谈起。（HS142）

对于过错的澄清，实质上也是对我们新生活及其潜在可能性的深入剖析与明确界定，这一过程自然而然地培育了严肃性和决断力。（HS141）

倘若缺乏一条从深重的负罪感中净化自我的道路，那么德国人便无法触及真理的彼岸。（HS140）

作为德国人，我们生来便背负着一种无法逃避的命运。我们必须坦然接受这一现实。然而，倘若这份命运示意我们默许谎言与邪恶的存在，那么它将变得异常可怕。但倘若我们能洞悉黑暗、邪恶、虚伪与不幸的本质，并让这些经历成为转向的契机，那么这份命运便会奇妙地转化为属于我们自己的独特命运。对我们永恒起源的深刻记忆，将引领我们走向新生。（HS364f.）

自1933年以来，我身为德国人的自我意识，很大程度上源于以下认知：政治意义上的德国，其根基可追溯至1848年的变革，经由俾斯麦建立起的小德意志，实则是一个源自灾难性的、不真实的，被源自中世纪的帝国思想所粉饰的国家。第二帝国的建立，在思想层面上充满了虚妄，正如当时人们将火车站建造成哥特式风格一样，这并非真正德国的体现，而只是世界历史上一个短暂的政治阶段。德国远非如此，它拥有千年的独特内涵与丰富底蕴。西方的宏伟帝国思想早在13世纪便已消逝。德国的真正特质，唯有通过德语及其所展现的精神生活，以及德语所传递的宗教与道德现实来维系。这种德国特质多元且复杂。政治只是其中的一个层面，且是一个不幸的、灾难频发的历史维度。那些存在于广阔思想空间中的德国特质通过思想的创造与斗争而形成。它们无须以德国性自居，没有狭隘的德意志的意图与骄傲，而是基于事实、理念以及世界范围内的思想交流而存在。（PuW357）

因此，"何谓德国之本质"这一问题的答案，取决于我们是否在不断的道德妥协中渐行渐远，还是寻求转向，并勇于承担其带来的所有后果。（HS363）

转向，是人之为人的伟大哲学与宗教召唤。然而，作为事实的转向，始终是历史性的、独一无二的。对于我们德国人而言，转向的真正含义并非一目了然。它并非一种可以通过理性把握、有计划地创造出来的事物。然而，我们可以在未来的展望中揭示出一些选择，从这些选择中，我们能感受到一种超越我们掌控的、太一的征象。在这些以观点形式呈现的选择背后，隐藏着德国人在自我存在中不懈追求真理的抗争。（HS360f.）

尽管如此，我们的任务依然明确。我们的真理与尊严，并非奠基于经济与国防的成就之上，而是植根于转向之中。唯有通过转向，我们才能开辟通往未来的道路，建设一个自由公民所享有的自由国家。

在此道路上，尽管我们已在物质层面取得了一定成就，但仍处于探索的初级阶段。（HS347f.）

曾经，某些特质在个人之中虽已存在，却显得软弱无力；而今，它们却成了人类存续的不可或缺之条件。此言非虚，我深信不疑。那些依旧故步自封、沿袭旧有生活方式的人们，对即将到来的威胁浑然不觉。仅仅在脑海中思考威胁，并不等同于在生活的现实中已对其有所警觉与准备。没有转向，人类的生活终将迷失方向。若要继续前行，自我转变势在必行。倘若人们仅仅关注眼前，那么核战争的阴影终将笼罩世界，一切都有可能因此而化为乌有。（HS163f.）

真理的力量是不可估量的，它将在极权主义与自由之间扮演决定性的角色。自由世界的自我主张，要求真理通过不断的自我教育，变得更加真实。这是一项艰巨的任务，无从规划。（AZM143）

真理的追寻需要冒险。没有冒险，就无法铸就伟大的政治。若这种冒险仅仅是盲目的探险或赌博，那么它将是完全不负责任的。然而，若它建立在现实的责任之上，那么它将成为通往明确目标之路的先决条件。各政党和政治家必须敢于在自身身份之下冒险，以便在每个具体案例中，通过敏锐的洞察力和令人信服的领导力，赢得人民的思想和意志。缺乏这一点，任何政治都无法实现民众和国家的福祉。认为早晚会在真理的道路上获胜的信心，通过耐心得以显现，这种耐心在判决和行动中证明了自己的价值。（BRD280）

我们必须秉持这样一种意识生活：绝对的威胁是无法消除的。相较于陈词滥调的幸福观和深不可测的恐惧感，探索另一种生活方式显得尤为迫切。我们更倾向于栖身于真理之中，而非虚妄的幻象。我们不希望因体验极端境遇，而丧失了成长与提升的可能性。

我们渴望自己的命运能够充满意义。在历史的现实洪流中，人们有时会因谦卑而变得更加强大。（BRD256）

然而，自由究竟为何物？国家的外部自由及其政府形式下的内部自由，皆源自个体实存的自由。（HS175）

政治自由是一种可认知的事实，而追求这种自由的意愿，本质上便是一种体现存在的自由的行为。然而，政治自由与这一意愿并不等同。前文所述的存在之自由，根植于人类的存在本身，它既先于政治，又超越了政治。这是一种个体自我存在的自由，即便在政治不自由的环境下，它似乎依然可能。无论身处何地，只要人作为自我而存在，这种自由便是可能的。

对于这两种自由的区分，我们必须保持清醒。没有源自存在之自由的激情，政治自由便缺乏此在的能力。若政治自由未触及人之为人更深层次的自由，它将变得空洞无物，最终消逝无踪。

若政治上的不自由主要表现为对个体及全体人民行动与生活的压制，那么即便是存在的自由，其在显性表征上的实现也可能面临威胁，甚至最终无法达成。（AZM296）

所有的自由皆植根于个体之中。那些因自由而发生的事件，不能简单地归结于过程、机构或社会学角度的因果关系和连贯意义。自由潜藏于任何形式联系的前提深处，它唯独源自个体，源自众多来自不同共同体的个体，在人与人之间的交往互动中真正相遇。（AZM308）

自由起源于个体之自由，并在共和制的统治形式下赢得了其公共形态，共同抵御外敌的压迫。正是在这三个时刻的有机统一中，自由

才得以真正实现。（HS175）

作为人类，我们必须坚定地把握自由，并勇于承担起这一责任。我们决不能让自己沉溺于安逸，停滞不前。（AZM314）

理性的矛盾之处在于：它要求我们保持开放的心态，以此维护自由；同时，又要求我们在当下历史的具体情境中做出决断，并因此约束自身。（AZM314）

我们身处这样一种矛盾的情境：唯有在自由之中，我们方能成为真正的自我；然而，自由同时又可能引诱我们踏上堕落之路。（AZM311）

自由与权威相辅相成，在历史的传承中，实质性的自由获得了丰富的内涵。自由与自由共同体所蕴含的丰富秩序紧密相连。（AZM297）

当极权社会导致政治自由被摧毁，内在自由面临前所未有的威胁时，一个问题便浮现出来：作为所有自由之基石的政治自由，是否能在不借助与其本质相悖的暴力手段的情况下，仅凭人们之间的信任，发挥作用，最终在全人类范围内得以实现？在这个政治自由至上的世界里，如今亟待解答的是，解放是否必然带来自由。

对此问题的探索，无论是深入历史社会的进程，还是凭借对人类现实的主观臆测，都未能给出满意的答案。唯有通过个人的抉择，才能揭开这一问题的谜底。个体如何在源自自由的共同意志中塑造其自由，这完全取决于他自身。

每个人自身都是一种证明，昭示着何谓可能、何谓不可能。这种证明在交流中得以生成并获得力量。作为真实的自我的人类实况，会

是一种获取机遇的坚实保证。（PGO444）

即便在自由的国家，大多数人在多大程度上真正拥有自由的内在可靠性，仍是值得深思的问题。全世界各地的人们都在谈论自由，然而，那些高呼自由口号的人却往往对其真谛知之甚少，尤其是他们所提及的政治自由。人们常常打着自由的旗号行事，却反而使自由变得遥不可及。即便在自由的世界里，也有一股强大的力量在暗中瓦解自由。因此，我们需要一种道德政治的自我教育推动力，通过不断的重塑，来拯救这份由希腊人和共和制罗马人首创的这份宝贵财富——自由。这份自由，在欧洲之外的地方，从未自发地出现过。（A54）

在这一点上，我们切莫自欺欺人：在自由的世界里，任何违背自由原则的行径，不仅会侵蚀当地的自由根基，也会动摇其他世界对其的信念。若对自由的存在视而不见，维护自由便无从谈起。自由并非一种可供占有的物品，而是需要不断重塑，无论是在个人的道德修行中，还是在国家的道德实践中，皆是如此。我们应时刻铭记：世间的自由并非牢不可破，其丧失的可能性正日益加剧。

自由国家所构成的世界，拥有更广阔的机遇踏上自由之路，然而，它们尚未树立起典范。要在道德与政治道德的层面上实现自身领域的自由，因此，肩负起人类自由的政治责任，成了当今最为重大的使命。（A60）

唯有当我们真正实现了自身的自由，方能信任自我主张的力量。个人内在的不断发生的转向，构筑了政治自由的实存的基石。缺乏这一基石，政治自由便如同海市蜃楼，虚无缥缈。（PA149）

唯有在对真理的执着追求中，完整的自由才有可能得以实现。没有自由，便无和平可言；但没有真理，自由亦无从谈起。这一点至关重要。如果自由不植根于它所源自并服务的真理之中，那么它将空洞无物。（HS176）

八、政治家——人民的代表与教育家

政治家立足于一个尚未能妥善构建的世界之中，站在已知与未知的交界线上，依据总显不足的知识来指导行动。他们的作为植根于一种坚定的信念实质之中，并为其自我主张不懈奋斗。（AZM78）

政客是否能成为政治家，取决于其引导民众的是何种动力。他从内心深处唤醒的，并非虚妄与野蛮，亦非愚昧与诱惑，而是民众的理性之光。他虽给予利益集团一定的份额，但对他们的过分要求则予以制约。（HS251）

对于理性的政治家而言，政治本身就是一种道德的体现。在国家生活这一宏大的舞台上，他展现了个体在人民群众中的形象与行为。理性的政治家唯有通过人民中的理性方能成就其身份，他能够借助理性之人的共同体所展现的忠诚与持久性，使这种理性在政治实践中发挥实效。政治与道德的一体性对他而言是本源所在，唯有在深入反思之时，这两者才会被视作分离的概念。若被问及一位政治家在任何情境下都不能做什么、不能接受什么，其回答必将是形式化的。他不能这么做，因为这将泄露他道德政治任务的核心意义。当面临具体情势或其他政治家的建议，这些建议可能破坏他行动的意义（即精神与自我主张的统一）时，他会毅然拒绝。他在理性的指引下处理与违背理性之人的交往，他清楚自己被允许采取违背理性的行动，但在多大程度上被允许，这一点并未得到明确的阐述。（AZM333f.）

他掌握了一种独特的语言，能够激发无数人的内在意愿，点亮并唤醒他们，与他们共同塑造一种公共意识。他运用简单而贴近现实、逻辑严密且富有形象力的话语，将深刻的内容传达至人们的心灵深处。（AZM330）

然而，如今的政治家应深知通往救赎的政治进程必然伴随着人的转向。若表现得仿佛人们已完成这种转向，无疑是愚蠢之举。但政治家可以在自己身上切实地证明，他正亲身经历着这种转向。以此为基础，他明确表达自己的目标，传达自己的理念，并稳步践行。他对人类、对人民、对每一个人都给予回应。他不允许他们不假思索地逃避和沉沦。他持开放态度，毫无私心。他教导他人学会观察，不断提醒人们关注事物的本质、等级秩序以及现实状况。（AZM329f.）

然而，伟大的政治家并非孤立无援。他们吸引着相同层次的人才，引领他们学习并参与事务，从而共同发挥作用。若论及政治家的学派，它实质上是一种在共同精神中进行的个人传承。通过这种传承，政治思想作为一种普遍理念，超越了直接的教导，得以在实践中体现。（AZM330）

政治家深知，必须涌现出这样的人物，他们能使人民重新认识自己。这些人物告诉人民何为"所是"，何谓可期待，以及何谓须做之事。这一理念由众多人以不同的方式阐述，供人民进行检验。由此，人民中的每个人都思维活跃，学会了提出政治问题并进行思考。政治家应该深入了解自己所在地区和整体的情况，并清晰地明确自己的目标。因此，争取人民选票的政治斗争，对于政治家而言，从一开始便是对人民的一种教育。这种教育对于自我主张的形成来说是不可或缺的。

然而，这种情况孕育了多种可能性：一方面是理性的教育，另一方面则是在堕落之路上的诱惑。更甚者，若未对人民进行充分的政治教育，仅仅形式上的民主可能会导致领导力的普遍丧失。（AZM332）

政治家渴望其国家和人民能够拥有自我主张，同时也深切地期望着人民精神。因为人民的自我主张唯有通过其精神才能拥有内涵和价值。无论政治家的所作所为、所言所行如何，无论其教育是导向善还是恶，他都扮演着其人民的教育者的角色。他从超越政治的领域出发，通过政治实践实现了自我主张，并最终回归到那些超越政治之中。

信任与批评——人们往往倾向于服从那些能够激发他们信心的伟大政治家。他们理所当然地期望能够得到一位优秀的政治家，这位政治家的行动和决策都应当有明确的来源和合理的原因，这样，人们便可以免除自身的所有责任。因此，出于"道德—政治"上的要求，一些政府最期望的是人民能够信任他们。

然而，与人民紧密相连的伟大政治家，同时也是人民的代表和教育者，他并不寻求无条件的信任。他公开地提出客观的可能性，表明他的动机，勇于面对并接受对他的批评。唯有如此，人民才会共同肩负起责任。他从不认为他所担任的职务本身就足以赢得信任。

然而，政治行为唯有在人民了解政治家所掌握的信息时，方能得到全面的理解。在紧急情况下，面对当下的压力，在一场以沉默作为成功前提的斗争中，政治家需要那些无法即时知晓所有事态的民众的信任。在此之后，政治家必须坚定地表示："相信我，让我行动，服从我的领导。"但与此同时，他也必须根据实际意义进行补充："最终，我会承担起所有的责任。"

人民对政治家的这种信任本身就蕴含着一种责任，这既体现在促使政治家达到更高境界的道路上，也体现在历史决策时期所获得的信任基础上。因此，人民应当保留这样的要求：他们需要知情并听取对当前可能之事的解释。（AZM334f.）

即便政治家通过自己的此在、行动、言辞及成就赢得了人们的崇敬、爱戴和感激，他也不能被神化。主动拒绝这种偶像崇拜，是理性政治家的本质体现。他不仅深知自己可能会犯错，更明白如果人民对他采取神化的态度，他将目睹自己政治行动的意义以及为自由所做的努力被彻底摧毁。（AZM335）

理性的政治家知道，虽然争取自由与彻底统治的斗争是表面的，但作为当下的强制性现实，也有其军事和政治一面。他每天都在思考，为了自我主张需要做些什么。然而，他也清楚地认识到，这场斗争的根本在于精神和道德层面，具有长期的决定性意义。有了这种深刻的认识，他就发现了教育的重要性。教育是一项在组织层面上可以实现的宏伟事业，它不仅关乎未来几代人的精神层次，更决定着人们如今是生活在自由之中，还是处于极权统治之下，并最终决定整个人类的此在。（AZM337f.）

伟大的政治家往往同时也是人民的政治教育家，这是命运的慷慨馈赠。我们无法预测这类政治家的出现，但我们可以构建这样的国

家，使得当这类政治家出现时，他们有获得执政的机会。（A190）

只有在那些既有能力又愿意共同承担责任的人民中，负责任的政治家的理念才能得到回应，并得以实现。（AZM78）

九、联邦共和国的缺点与可能性

如今，联邦共和国仍有机会成长为一个真正的民主政权。这样的政权，就其本质而言，唯有通过深刻的自我反思、持续的自我教育以及必要的转向，才能在民众的内心生根发芽。随后，宪法将确立其独一无二的崇高地位，深入人心、为人所熟知并受到坚决的保护。一切形式的自由都将紧紧维系于这部宪法之上。由此，那种严肃的游戏规则才会得以生效，这种严肃源自即使在最激烈的政治斗争下也坚持的自由与团结。唯有如此，政党才能真正成为国家的工具，而非国家成为行使政党权力的手段。（HS19f.）

联邦共和国民主所经历的变化，我们清晰可见。有时，民主可能会步入歧途，最终既无法实现真正的民主，也无法孕育自由的公民。或许，那些踏上这条道路的人并不希望看到这样的结局。然而，这样的道路并非不可避免。唯有那些有意识地积极推动自由的公民，才能在自由共和制的宪法框架内实现真正的民主。但遗憾的是，到目前为止，这还仅仅是一个潜在的机会。（BRD127）

这个基本问题触及了联邦共和国的结构本质。答案看似简明扼要。人们通常会深入研究基本法、国家机构以及规章制度，以期探寻答案。西奥多·埃申伯格的杰出教科书《德国国家与社会》便是这样一本能够提供相关信息的著作。当这本书与他的论文集《论联邦共和国的政治实践：1957—1914年的批判性思考》相结合时，它们共同旨在培养读者的制度思维能力。后者是一本充满实时案例的决疑论书籍，鼓励读者通过自主练习来深化理解。

然而，真实发生的情况却远非如此简单。生活在既定社会结构下的人们，对这一结构所产生的影响，无法仅凭基本法去预见。

被意外所引领，往往会引发社会的混乱。然而，对于自由公民及其代表而言，他们眼前所浮现的，是一个基础且建设性的国家概念。这一概念并非教条式的陈词滥调，而是他们内心动机的真实体现。混乱往往会导致独裁的崛起，但国家理念的真正实现，却能为政治自由铺平道路。这种反对混乱的理念，对于实现而言，必须在任何具体措施、政府行为、议会决定以及讨论之中，都按照自身的方式产生效果。我们不能像谈论制度那样，以一种确定性的口吻去谈论公民和政治家的动力以及他们的指导思想。因为制度本身要追溯到一种基本动机，而这种基本动机又在制度之中创造了客观性和稳定性。在表述这种基本动机时，我们的目的并不是要对其进行认识和定义，而是要吸引人们的注意。我们不仅要展示出事实，更要向人们呼吁自由。因此，国家的结构实际上包含两个方面：一方面是制度上确立的东西和法律，另一方面则是在产生这些制度和法律的人类动机的基础上，或者在与这些动机相矛盾、滥用制度的其他动机的基础上，与这些制度和法律相关的事物，以及通过它们所出现的事物。（BRD129）

政党，作为人民的机关，理应源自人民的自由倡议。宪法第二十一条明确指出："政党应参与人民政治意愿的形成。"然而，在联邦共和国,人民的政治意愿似乎难以真正形成。大多数人对此知之甚少,令人忧虑。政党未能充分履行告知、教育和引导人民思考的责任。在选举中,它们更倾向于按照广告技术的原则进行操纵,其行动往往只关注那些他们渴望获得选票的群体的物质利益。(BRD130)

我国(德国)的两大政党在政治上都存在某些不切实际的根源。其中一个政党实际上已经放弃了马克思主义,却仍然以其作为执政的基础,因此陷入了思想上的混乱状态。而另一个政党虽然自称是基督徒政党,但一个政党不可能完全建立在《圣经》信仰之上,这给它带来了根本性的混乱。如果这两大政党能够进行政治上的自我教育,那么它们将不再仅仅是基于世界观建立的政党。相反,它们都将以共和制政体下的国家为基础,拥有政治良知,致力于创造实现自由的共同条件。在这个过程中,斗争的成败取决于政治观点和政治人物的可信赖度,从而使人民不再被愚弄。同时,对政党的不满也将逐渐消除。这些政党曾在一小部分政党政治家的带领下,几乎像异己分子一样占据了国家政府。而现在,人民在投票过程中将不再感到被迫在两方势力之中进行不情愿的选择,反对党也将成为其自身责任的共建因素。双方都将从实际出发,发展出真正的政治问题,而不是仅仅按照选举目的进行构建和宣传。(HS181f.)

反民主和反自由的力量始终潜藏在政治家们的思想深处。首要的问题在于,各党派之间缺乏共同的基础。作为国家民众的代理工具,它们之间互不认同,违背了共同的国家忠诚,陷入了相互争斗的旋涡。舒马赫曾讽刺地称阿登纳为"盟国的总理",而阿登纳则宣称社会民主党是对国家存在的一种威胁。

这样的局面导致了一个结果：在议会民主的意义上，真正的政治反对派无法得以发展。它们要么被置于权力之外，仅仅作为一种"反对"的力量存在；要么寻求适应，变得与其他执政党无异，以获取选票上台执政。然而，公开的党派思想斗争所带来的民众政治思想教育却是缺失的。因此，大多数人倾向于固守成规，尤其是在经济发展顺利的情况下。作为政治的政治、伟大的政治，以及通往自由的共同此在的共同命运之路，并未被民众所真正了解。（BRD137f.）

如今，只有他①能够凭借自己空前的权威，有效地启动对德国人的政治教育进程。他具备冒险完成非凡之举的能力，但同时也需承担丧失自己权力地位的风险。（HS274）

政治家的使命，在于在政治领域中引导人民进行自我教育。阿登纳是否通过其智力和道德层面精湛的操纵技巧，选择了一条华而不实的道路？（HS277）

我们可以对政党的寡头政治进行如下定性：它保留了多党制的框架，既反对独裁的一党制，也反对在生动民主环境下自由党派的形成。相反，它创造了一个由国家公民中的少数人组成的权威政府。这些人自诩为"政治家"（一份前途无量的职业），形成了一个封闭的小圈子，支配着绝大多数的民众。

自由的共和制宪法在真正的民主意志中得以形成。这种意志首先会转向那些最优秀的、最有思想的、最具判断力和远见的人，事实

---

① 康拉德·阿登纳（Konrad Adenauer）：1876—1967。德国基督教民主联盟的首任主席和西德的首任总理。

上，也就是少数人，即所谓的政治贵族。但这里的"政治贵族"仅指其字面意义，并非指这些人的出身和背景。民主在其深层意义上，同时也是贵族性的。这个不断更新的贵族团体对周边环境产生影响，这种影响从最小的圈子开始，最终扩展到全体民众。我们必须让人民保持自由，而不是将他们束缚在政党的枷锁之中，也不应该用大众来替代人民，因为大众往往是普通的、易被操纵的。

另一方面，政党的寡头政治则直接面向大众。它利用大众的匿名性来针对每一个个体。然而，基本上只有在选举中，它才会涉及大多数民众。在这些选举中，起决定性因素的并非政党寡头那固有但隐蔽的团结，而仅仅是各党派在作为其共同财产的国家中所占有的比例份额。选举特点以及选举策略体现这种统治的特点。

民主意味着民众进行自我教育，主动获取信息。他们学会了思考，了解正在发生的事情。他们能够进行独立的判断。民主是一个不断推动启蒙的过程。

与之截然相反的是，政党的寡头政治代表着对人民的蔑视。它倾向于向民众隐瞒信息，更希望他们保持无知和蒙昧的状态。即使这种政治为人民设定了目标，人们也无须知晓这些目标的真相。相反，它向人们灌输的是煽动性的话语、空洞的说辞以及华而不实的道德要求。在这种情况下，人们始终受制于自身的习惯、情绪以及未经审视的偶发观点，无法真正自由地思考和判断。（BRD139f.）

联邦共和国现状的一个显著特征是，能够并愿意承担整体责任的人寥寥无几。大多数人都渴望有所依靠，不愿自己肩负起必须承担的责任，不敢独立自主地行动，不敢以严肃的态度做出决定：我站在这里，我不能做别的事，只能对此负责。经济领域的领军人物和各地备受尊敬的人物，都在他们的特定领域内尽职尽责。然而，他们都期望得到某种庇护，如政府或政治家的支持。当面临更重大的任务，即在人类的整体命运中，在政治上担任领导和承担责任时，他们却退缩了。然而，这种空缺被那些敢于迎合这种需求的人所填补，即便他们可能并没有完全理解这项要求。他们凭借着不可动摇但毫无事实根据的自信，赢得了那些无助的臣民的认可，被允许做任何事。当公民的个人责任持续缺失并被推卸时，这些人所追求的是服从，无论他们是否愿意承认这一点。这条路最终会导向专制统治，进而演变为独裁。

其后果是，民众和执政者生活中的政治思维将被麻痹。（BRD150）

但除此之外，一个核心问题是：我们能否满怀自信地保护自己内在的自由，不受那些违背自由原则的权力的侵扰，不受那些利用紧急状态法等手段进行的、几乎难以察觉的颠覆活动的影响？遗憾的是，在关键岗位上的许多德国人，缺乏足够的自由意识。如今，那些人的某些言语和行为确实令人感到十分担忧。例如，大量人订阅《国家军事报》，这一事实便是其显著体现。因此，只要还有必要，我们就必须时刻保持警惕，防范自我被侵蚀。对主权的绝对追求，往往通过反对自由的力量得以最显著地体现。

从长远来看，要保护自身免受这种灾祸的侵袭，唯有通过长期的教育、培养公共精神以及建立适宜的制度才能实现。而且，对于任何可能导致自由丧失的做法，我们的反应越坚决，这种保护的效果就越能清晰地显现。（BRD154）

若非借助上述方式，就几乎只能说是一种奇迹了。因为在某种程度上，暴力似乎是国家存在不可或缺的条件。然而，当这种暴力被降至最低限度，并以法律的形式受到严格约束时，这确实堪称奇迹，是人民追求自由的坚定政治意愿所创造的例外。在人民的政治自由，即众多个体的自由受到侵蚀的地方，民主往往会先沦为一种限制自由的统治形式，进而可能彻底废除自由。因此，自由必须始终通过教育、传统、实践和勇气来重新赢得和捍卫。（BRD169）

基本法是一部深思熟虑的杰作，由富有思想的法学家和政治家共同创造。它深深植根于议会民主的传统思想之中，对人权或基本权利做出了坚定的承诺。这些权利被牢固地确立，成为不可侵犯的基石，未来的任何议会多数派都无法对其进行更改。在纳粹灾难性记忆的沉重压力下，这部法律深入审视了1933年事件的根源。人们普遍认为，当时的体制，即魏玛宪法，是那场灾难的罪魁祸首，并殷切希望未来永不再重蹈覆辙。因此，基本法的核心动力在于"保障"，对人民的不信任感引导着基本法的思想。然而，它缺乏对伟大政治本质的深刻理解，以及对历史风暴中自由面临的不确定性的认识。自由在冒险中得以繁荣，它在与自身真实性的对抗中、在道德责任的担当中茁壮成长。（BRD175）

唯有当基本法成为一部活生生的宪法，国家方能真正自立。通过这部国家宪法，国家为法律状况和政治行动设定了不可侵犯的、公民能够明确意识到的参照点。

在当今的国家社会中，道德政治的基础不可能是基督教信仰，也非某种形式的主义，更非任何特定的世界观，而只能是全体国民共同接受的理念——政治自由。人们通过这一理念来确定此在的基础。在此基础之上，人类个体的信仰和生活方式的多样性、精神斗争和自我教育的自由方能蓬勃发展。若这种可能性被否定，那么政治自由便失去了其希望之光。

公民对宪法不可侵犯性的认识，是政治现实与可能性的保障之基，亦是自由唯一的庇护所。（HS246）

宪法的书写应简洁明了，令人信服且朗朗上口，它本身便是一种政治教育的手段。唯有作为宪法所体现的基本意愿的结晶，规范立法方能得以诞生。（HS250）

人们普遍认为，我们的政治意识中存在着某种空缺。事实上，我们尚未拥有一个深植于心的政治目标，缺乏一种基于自我创造意识的活力，也未曾通过自由意志激发出真正的生命力。我们甚至对基本法这一基石缺乏足够的认识，殊不知，没有基本法，一切都将陷入无政府主义或独裁主义的深渊。人民将忍受对基本权利的侵犯，却未能理解这些权利作为人类尊严和公民荣誉的条件所蕴含的重要意义。我们的人民尚未具备民主的意识。当前的政府形式虽为议会制，我们称之为民主，但它已变得如此习以为常，以至于非但未能促进民主意识的觉醒，反而将其掩盖，不仅未能唤起公民的责任感，反而使其陷入瘫痪。这种形式成了人们成为真正"公民"的障碍。（BRD178）

在道德政治的抉择落在个人肩上，需要从错误、幻觉和反常的驱动力中实现转变的时刻，精神思想便作为政府和人民之间的第三种力量崭露头角。它同样有能力共同塑造政党各方的思想，引领它们走出混沌。即便仅在思想与观念的层面，它也展现出创造性和发明性。它是民主的公共领域，公民的判断力在此得以行使，或借此找到施展的舞台。人们通过它获得了自身的自由和理性。

然而，迄今为止，政府和政党越来越倾向于阻碍这种精神作为第三种力量发挥澄明思想和感受的本源之效。

德国的政治作家们，只要他们行走在理性的洞察力之路上，便认为揭发事实、无条件追求真理，并将思想的公开性本身视为自由可能性的标志，是一件有意义的事情。他们期望，即使在自己不直接采取行动的情况下，也能参与并影响人民和议员的政治思考。（BRD180）

在那些尚未孕育出新政治概念的地方，过往的虚构故事便乘虚而入，占据了主导地位。我们见证了一个普鲁士式的小德意志的崛起，在俾斯麦铁腕统治下的国家，它虚假地自诩为中世纪第一帝国的继承者，妄称自己为第二帝国。然而，这个被错误地冠以"帝国"之名的国家，既未赐予我们政治自由，也未带来政治教育。相反，它依靠在技术发展领域的领先地位，实现了惊人的经济繁荣，为人们带来了非政治的、璀璨的自由生活，推动了科学的伟大进步，并提供了模仿有余而创造力不足的教育。尽管这个国家一度辉煌，但尼采等人早已洞悉了它欺骗的本质。最近，特奥多尔·蒙森[①]在他那感人的遗嘱中，也苦涩地表达了对这种欺骗的深刻认识。（HS181）

因此，有意义的政治思考的先决条件在于采纳联邦制度，并抱有使联邦共和国自身发生变革的意愿。这意味着，首先需在公民的内在

[①] 特奥多尔·蒙森（Theodor Mommsen）：1817—1903。德国历史学家、古典学者、作家。1902年以其代表作《罗马史》获得诺贝尔文学奖。

行动中掀起一场转向的革命，随后再通过民主、合法且正当的途径，在国家层面实现这一变革。（BRD190）

对于新的国家而言，思维方式的转变显得尤为必要。其中，最大的隐患之一便是臣民的默许态度。只要他们能够从中分得一杯羹，便满足于现状，不思进取。他们并未意识到自己应对政治进程承担共同责任，而仅仅满足于服从的角色。（BRD191）

十、国家、人民以及教育事业

在青年时期，我一边反对民族主义，一边却依恋着自己的家乡、出身和德意志的传承；一边反抗现有教育，一边渴望获得真正的教育；我曾犯下过一个最为愚蠢的错误，就是蔑视国家，却甚至在思想上都未曾为构建一个更美好的国家付出过丝毫努力。1914年之前，私人生活的自由似乎如此理所当然，以至于我对自己生活道路所依赖的条件浑然无觉，未曾理解这种状态实则是政治建构的产物，并已悄然面临威胁。唯有1914年以来的种种事件，才唤醒了人们对政治自由的意识。其最终结果在1933年德国的灾难中达到了顶峰。（PA242）

这种柏拉图式的观点，强调人与国家之间不可分割的统一性，源自对当前时代深刻而无望的认知。柏拉图认为，揭示这个时代的真相，揭示其荒废与谎言是至关重要的，但同时也要探寻救赎的可能性。他主张在思想世界中预先构想这种救赎，通过把握永恒的原初图像来实现。随后，他提倡通过教育将这一构想付诸实践，并在由神的旨意（theiamoira）决定的关键时刻，利用这种教育来塑造国家。国家，因此成为人实现其本质的媒介。国家的真实性取决于统治者是否为哲学家，若如此，则每个人都能根据自己在整体秩序中、在所属位置上的行为，赢得一部分真理。然而，遗憾的是，绝大多数人都未能通过自己的认知直接触及那至高无上的"善"（Agathon）。（GP296f.）

柏拉图未曾设想，当各民族汇聚一堂时，他们竟敢于尝试通过教育和塑造每个人的方式来引领政治现实，确保任何个人，无论其多么伟大，都不能永久地独自掌控决策权。在这种现实中，人们将永远铭记，即使是最伟大的人也只是凡人，同样需要受到监督。（GP304f.）

因此，对于国家而言，大学及其整个教育事业构成了其内政的核心要义。这是因为它们与真理紧密相连，关乎其人民的伦理未来。大学中所发生的一切，无论积极还是消极，都将对整个民族产生深远的影响。（IdeeIII，26）

未来的一代将在以大学为核心的教育体系中茁壮成长，他们自身的精神、洞察力以及生活体验，将决定一个国家与民族如何坚定屹立。唯有在危机四伏的关头，方能彰显出什么是真实存在的，什么是需要捍卫的，什么是值得人们为之奋斗，以及什么是那可能让人甘愿牺牲的。（IdeeIII，26f.）

大学应当守护政治的可能性，利用非暴力的思想武器——启蒙、洞察力、信念以及真理，来捍卫其自身存在的前提。（IdeeIII，35）

十一、国家与教育

国家与教育——国家凭借权力，成为各种形态的大众秩序的保障。

　　大众往往并不明晰自己真正的需求。他们的诉求终将趋同，化作空洞无物的陈词滥调。若教育的内涵仅由大众的要求所塑造，那么其主旨无非是渴望学习生活中实用的技能；他们追求贴近生活，将生活解读为在实存中对现实的适应，乃至对大城市社交规则的掌握。在培育人才的过程中，一方面强调实用性，即所谓的才干；另一方面则纵容无拘无束，屈从于人的本能与欲望，即所谓的自然性。人们排斥蕴含理念的严肃性，因为它带来的是存在的距离和等级秩序，而非纯粹的实用性；他们渴望成为彼此和谐共存的个体，却也因此放弃了成为自我负责之人的可能性。

　　国家自身就是对所有人的永久教育形式，对年轻人的教育是它的核心关切，因为教育能够培养出国家的栋梁之材。

　　当前，国家似乎正面临两种极端的选择：一是放任教育，任由大众需求自主发展，并在与大众的博弈中尝试推行贵族式的教育体制。在此情境下，国家通过人事政策进行不连贯、交替式的管理，对执政党影响下的教学岗位进行划分。教学计划和实验的多样性能够被容忍，除非这种多样性已经造成了无法视而不见的分裂。其存在仍受限于一个事实：唯有最终获得政治权力集团支持的内容方能得以保留。若校长享有选择教师的自由，其个性在某些情况下可深刻塑造学校的特色。然而，总体而言，这种多样性更多地导致了在民族、世界观和社会等各形态的表面激情下，教师间的混乱与隔阂。他们缺乏彼此间的了解，受制于机械化的教学计划，学校内部也缺乏真正的凝聚力。监督与对立的管理方式进一步阻碍了教育的连续性。一切都是跳跃性的、多变的。孩子们无法获得那些真正的、伟大且高尚的印象，而这些印象原本能够深刻地定义他们的一生。对学习能力的过分强调迫使他们投入大量精力，却未能真正塑造他们的本性。这种方法忽略了事物的纯粹客观性，在基于信仰的基础上，与个人喜好的主观性形成了严格的对立。在许多情况下，人们过度强调个体性的重要，然而，这实际上无法塑造真正的人格，却被愚蠢地当作意志目标。孩子们在来回拉扯中成长，他们或许能找到些许传统的碎片，却找不到一个他们可以满怀信任踏入的世界。

另一种选择是国家紧握教育之舵，依据既定目标，进行隐蔽且暴力性的形塑。此举将导致思想自由受阻，教育趋于同质化。基本思想将被固化，如同信仰一般，伴随着知识和技能的灌输，作为感受和评价的方式也深植于人心。尽管布尔什维主义、法西斯主义所造成的后果与美国自由度下降的现象之间存在显著差异，但它们皆是以某种方式将人类进行类型化的体现。

大众能够理解这种国家统一形式下所蕴含的直接暴力，以及其无定向的多面性。然而，若要使教育重归其鼎盛状态，即在历史的连续性中促使个体成为真正的自我，那么唯有从信仰的根基出发，在严谨的学习与实践中，间接地传递一种深邃的精神内涵。

对此，并无任何捷径可言。国家权力在此无法创造，仅能保护或摧毁。只有当人们从未来的视角审视整体时，精神图景才会向人们提出要求。唯有深刻理解教育与饲养之间的差异，理解所有人都能理解的教义与那些通过内心行动的纪律而自主选择的精英所掌握的知识之间的鸿沟，这种要求方能得到满足。（GSZ104ff.）

十二、民主是教育

　　于自我主张而言，仅仅依靠现代武器来构建国防机构，并执行精妙的政治策略远远不够。自我主张有着更深层次的诉求：它要求我们从西方的历史渊源中汲取灵感，重新焕发活力，并在民主思想的引领下实现政治转向……

　　政治本身必须成为推动民主理念转向的力量。那些期望长久存续的政治体系，往往诞生于危机之中。危机能够唤醒超越政治本身的力量，并为政治发展提供明确的方向。所有伟大的政治实践，在社会层面上，都是朝向理性自我教育的迈进。政治家们通过自身在民众中寻求理性的方式，以他们的言行作为榜样，来实现这种教育目标。

　　正如理性确保了人类个体在持续发展道路上的开放性，自由世界中的理性生活也同样置身于自我启发、自我批评与自我审视的过程之中。这一路径引领着每一个个体的思维方式，进而导向各民族的自我教育，从而赋予了教育后代以深远的意义。对于追求持久自我教育的民主而言，没有什么比青年教育——即全体人民的教育——更为重要了。民主、自由与理性皆系于这种教育之上。唯有通过这种教育，我们才能守护住自身此在的历史内涵，并使其作为一种持存的力量，使我们在新的世界格局中生活得更加充实与丰富。

　　教师同样是教育体系中不可或缺的一部分。在当今时代，人们或许已将教育视为理所当然之事，仿佛教育工作者天生就洞悉何为正确的教育、其内容应为何物，以及如何妥善规划。然而，教师自身亦需接受教育。这种教育贯穿于所有年龄段人群的自我教育过程。随着教育推动力的不断增强，民主社会中教育的反转现象揭示了教育与受教育的循环本质。当这一循环蕴含深厚的信仰、知识和能力时，它便显得尤为富有成效。正如在理性的每个发展阶段要素不同，我们在此也不能简单地通过单一的因果关系来理解决定性因素。认为教师一旦接受教育，便能作为教育的完成者向尚未完成教育的孩子传授知识，这种观点无异于假设成年人一旦接受教育，便能对所有事物做出正确判断，这显然是荒谬的。唯有那些仍在通过交流的方式不断进行自我教育的人，才具备教育他人的能力。而只有那些通过严格而持久的学习实现这种自我教育的人，才能被视为真正受过正确教育的人。

对民主思想的忽视，同样也意味着对教育本质的遗忘。在19世纪，教育与科学教学之间出现了明显的分裂。教育被狭隘地理解为将年轻人培养成有用工具的准备过程。只有当科学能够为经济发展带来利益时，它才会受到关注。出于这种实用主义的目的，人们试图推动科学本身以及学校的教学。研究人员和教师也因此为他们所需的物质支持提出了正当的要求。然而，当国家的此在严重依赖于科学时，这种利益导向会达到顶峰。这种情况首次出现在现代科技发展到核武器诞生的时期。如今在美国，由于苏联突然显现（并在恐惧中被夸大）的优势，这种情况已经变得尤为明显。因此，科学和对新兴力量的教育（这些都需要以前所未有的规模进行）受到了前所未有的关注，以至于人们愿意将最丰厚的物质资源交给它们来支配。核物理学家如今变得极为宝贵，尤其是在苏联，他们在那里似乎可以享受到任何想要的物质福利，并且比其他人生活得更加安全。

在当今时代，关注青年科学家的成长与发展已成为一项亟须高度重视的任务。但对于缺乏年轻科学家的震惊可能带来的后果尚不清晰。尽管社会各界愿意为"教育"投入大量资源，以期在技术、经济和军事领域实现自我主张，但这并不意味着人们真正将对科学与思想的重视紧密相连，无论是在苏联，还是在西方国家。人们的焦点往往局限于技术层面，将其视为一种特殊的智力研究和技能培养。被技术所吸引的人才往往只是作为服务于特定目标的高级技术工人而发挥作用。然而，他们在此过程中并未真正获得全面的教育。知识和技能的培训，以及专业性的极致提升，并不能等同于对人的全面教育。它们并未涵盖对科学思维方式的培养，对理性、精神生活的塑造，以及对人类不断创造和传承的历史内容的参与和认知。

另一种方式，即真正的教育，是一项更为重大且深远的任务。从长远来看，它在应对科技、经济及军事等各种挑战时，展现出了更为显著的成效。全面审视教育的范畴，要求我们既关注教育的起点，也重视教育的目标。

在苏联，马克思主义教育曾试图践行这一方式，尽管那里的年轻人已对此产生厌倦。而在西方的自由世界里，这种方式实际上才更接近教育的真谛。其成功与否，将直接决定人类的未来走向。

除了自然科学的发展，人文科学的推进同样不可或缺，然而目前的重视程度还远远不够。仅仅依赖教学技巧、心理—教育学以及教学法等观点，也不足以支撑起教育的全面革新。教育的革新需要一个新的教育阶层的崛起，这个阶层中的教师，无论在大学还是小学，都应凭借其行为的深刻内涵、对伟大事业的责任感以及生活的严肃性，从公众中脱颖而出，赢得人们的尊重，并产生深远的影响。要实现这一目标，我们需要投入比现在多几倍的资金。但资金并非唯一条件，人们自身的转向同样是一个不可或缺的先决条件。

在此不可能发展出任何教育基本理念的雏形，即便是那些早已为人所熟知的理念也不例外。然而，有三个与民主特别相关的要点，我们可以明确指出：

1．自由的力量能否蓬勃展现，取决于民众的级次在社会中是否发挥作用。例如，教育体系已涵盖了对学业困难者的补习班和为智力特殊需求者提供的定制教育，却鲜见针对高智商或天才儿童的特别课程或教育。天才亦应享有平等权益，若此遭大众抵触，民主基石将动摇。若民主未能让最杰出的人才在各项任务与领域施展才华，为人类进步贡献智慧，其整体的自主性将日渐式微，最终可能自掘坟墓。（关于学校招生制度的探讨在此暂且搁置。其问题与不公现象频现，这是因为人为制定的规章制度往往存在着很大的弊端，这就需要我们持续进行自我审视与革新。）

2．通过参与对古典与《圣经》的思想的传承，掌握自然科学与技术的基本要义，并切身体悟民主社区的精神，青年人掌握了教育的内涵，并由此认识了专制社会的对立面。民主国家中自由的力量源于对极权主义本质的洞察，因为在技术时代，极权主义可能会成为新的统治原则。这种原则在尚未真正实现之前，就能在自由的社会悄然蔓延，如同霉菌侵蚀人们的精神土壤。鉴于人类的天性，这种思想的霉菌无处不在，若缺乏通过自由思考获得的清醒认识，理性的抵抗也无济于事。唯有自由的信念和理性的生活实践方能抵御它的蔓延。不能让没有相应知识的学生去反对极权主义。教师应该能够在讨论中发表观点，解答疑问，同时也要允许学生提出反对意见。用诸如追捕、审问、对精神施压的手段来对抗极权主义的思想只会适得其反。使用这些手段来反抗的人自身也成了极权主义思想的代表。

3. 长远看来，真正的教育（不同于专业培训）甚至对技术发展本身具有重要意义。专业的学习能把人打造成最有用的工具，但即便是在自然科学领域却不一定能使人具备应有的自然科学素质。真正的教育拥抱所有的自然真实与认知可能，无论其技术实用性如何，人类的求知欲是推动认知边界不断拓展的不竭动力。缺乏这种认知探索，新发明将无从谈起，仅能在既有技术领域徘徊，最终陷入停滞。

民主观念下，政治即教育，只是不同于以往仅限于特权阶级的政治和教育（就像柏拉图伟大的设想那样），是对整个民族的教育。教育是实现可能政治的基础，而理性的政治反过来从超政治的视角塑造着教育，其结果惠及每一个人。政治公开地渗透进每个人的私人空间。

现实主义的政治家并不认同这种观点，他们认为政治不是教育，而是少数人的专职。在他们看来，政治人物的私人此在无关紧要，这也与民众的私人此在无关。政治是公共事务。私人生活的伦理道德对政治毫无助益，民众的沉默亦不会塑造政治。如此一来，主张政治仰仗于每个个体的理性的观点，在他们眼中，不过是美好的想象。

但是，这种现实主义又是如此不切实际！任何旨在长远存续并持续发展的政治体系，本质上都是对全体国民的教育。政治的存续取决于那些隐身民众的真相，而他们的实质会在政治事件中，即便只是在选举中，得以公开展现。沉默的民众，实则是道德伦理的承载者，一切的政治都与此相关。他们首先通过家庭教育，随后通过学校教育实现了自身的实存。若这份伦理道德的实质消亡，所有人都会被实用主义的政治引入深渊。（AZM444-448）

一个自由的民族，其命运总是由民众各阶层中涌现的少数精神贵族所决定。在这些贵族身上，人民认识到了自我，并通过他们实现了民主的理想。（KS118）

一种缺乏杰出人物和贵族意志的民主，终将让位于草莽统治和独裁统治。（A115）

十三、民主教育

这里所指的并非对青年进行的政治教育，不是传授国家公民知识及其权威内涵，不是构建图景与认知，不是在实际操作中共同解决问题的练习，不是在讨论及其各种形式下的训练，也不是习惯于思考和阐释格言。

在此，我更倾向于将焦点转移到实现这种教育的前提条件上，那就是成年公民在其民主状态中的持续自我教育。这一过程将在面对实际问题的挑战与抗争中得以实现。缺乏这种成年人的持续自我教育，青年人的民主教育便无从谈起。否则，他们只能接受那些自身都未经教育之人的指导。

1. 民主政治家修剪混乱的灌木丛

坏的民主，仅于形式上显现，如同潜藏于混乱的灌木丛中，成为非法攫取与占据政治权力的工具。

民主的国家领导人清理了这片灌木丛。他们与人民打交道时秉持开放之态，他们在内部与身边的人打交道时，也让民众能清晰地认知自己的需求与期望。从政治自由的思想出发，他们明确无误地传达出何种事物是无条件有效的。这种交往方式的成功，在于政治家的言辞诚实无欺，摒弃陈词滥调，不容许任意、看似理性实则漫无边际的论证，拒绝使用老生常谈的话语。因此，他们能在任何时刻说出清晰、可明确阐释的格言。

2. 民主的基石——公民心中的宪法

联邦德国的基本法至今尚未深入人心。尽管学校课程中有所涉及，但这一目标仍未达成。究其原因，主要在于这部基本法，即德国首部基本法的诞生方式。

1947年，海德堡。巴登-符腾堡州对其宪法进行了投票表决，此前报纸也对此进行了广泛报道。我曾询问一位我认识很久的聪慧的年轻人，他会如何投票。"我什么也不会投，"他这样回答我，"我读过了宪法，但无法理解其内容，因此我无法做出判断，也就不能武断地发表意见。"如果全体德国人都具备这种理性的洞察力，那么我相信，事情的结果会更加理想。通过他的这番话，我仿佛听到了人民活生生的诉求，他们渴望拥有判断力和判断的机会。普遍弃权投票实际上意味着：请先教导我们，并让我们对此深思熟虑！然而，这些民主党人在推崇人民主权和自身观点时，却将知识和判断力视为理所当然的前提条件——这是多么不可理喻的虚伪行为啊！民主伴随着民众的思想而成长，没有这一点，它就只是可怕的假象。民主的理念认为，这种判断力是可以培养和发展的。那些不相信这种可能性的人，对于人类相关的事物,要么只会全盘怀疑,要么只会看到其行将灭亡,抑或是作为愤世嫉俗的操纵者,继续尝试玩弄权力的游戏。

3. 危机之中的民主教育契机

当议会就基本法达成决议后,这部法律便应成为人民道德政治意识的基石。然而,这种意识及精心制定的宪法,并非牢不可破。恰恰相反,只有在危急关头,人民与政治家方能恍如灵光一闪,深刻体会到宪法的真正含义。宪法的不可侵犯性必须得到确立,并与那些试图在人民面临紧迫情境时瓦解宪法的行为坚决抗争。一切行动都应无条件符合宪法的要求,但这并不意味着宪法的每一条款都不可更改。如果实践表明现行宪法存在不足,那么对其进行合法修改乃至增添新内容,亦是可行之道。对宪法的遵从,同样也为合法修改宪法开辟了道路。此类事件能够激发人民的广泛参与,进而培育出对这一共同根基的热情,这亦是民主自我教育不可或缺的一环。若这样的契机因微不足道的妥协而错失,且宪法的强制力亦未能彰显,那么民主教育本身也将付诸东流。(HS283ff.)

唯有当国家领导人与人民均怀有坚定的自由追求,自由与民主方能得以维系,而具体事件所带来的政治教育,正是实现这一目标的关键。这些事件在国家领导人的决策与规划中才会显现出来。(HS297)

4. 自由之毒药:安逸的政治

人们不应自欺欺人:认清暴力的形态、表现及预兆,并坚持在政治中直面这一基本事实,这并非浪漫的冒险渴望,而是历经痛苦、不得已而获得的深刻领悟。

在演讲、会议与谈判的表象之下,这一基本事实往往被掩盖。纯粹的理性意味着无视现实，试图通过预设的合约建议来驾驭暴力，尽管缔结这些条约的前提条件尚未成熟，仍需先行创造。

在严峻的情势下，回避问题的核心，仅依赖言辞平息事态，要求人们保持沉默，以免"复杂"的局势进一步恶化，这种倾向是极为有害的。同样，愤怒的抗拒、蔑视、威胁与控告也无益于事。唯有坦诚地指出问题所在，带着问题与答案深入探究，方能揭露事实与意图，并有望改变现状，使其符合人们共同的理性，尽管这可能会引发剧烈的风暴。

在1924年一场备受公众瞩目的冲突中，一位机智而善意的律师向我提出了这样的建议：暂时搁置，让动荡的情绪自由宣泄，直至公众对此事件的热情消退。届时，人们自会采取恰当的行动。然而，这是一个多么糟糕的建议！

礼貌的谈判、友好的幽默、周到的礼节、营造氛围、一致却空洞的陈词滥调，以及巧妙的操纵手段，这些元素共同构成了一种舒适却狡诈的政治手法。它擅长于形式上操纵民主，却是对民主理念的致命毒药。

正如1933年之前的情况所示，民主与自由正是通过这种方式自掘坟墓。这种自由的传染病并非自然进程，也非历史必然，而是每个人的过错。若政治家们缺席，而政客们最终在他们上演的那些悲喜剧中，暴露了他们并不清楚政治是生死攸关的，那么这不能归咎于那些类似希特勒的人物，即便他们在病态的土壤上如细菌般肆虐。人民是善良的，但领导人却是败坏的！

我们渴望在联邦共和国的框架内，能孕育其他力量。阿登纳并非逃兵，即便在不良民主政治的复杂纠葛中，他时常面临困境，他仍始终保持着清醒的认知，从未忘记自己所面临的挑战。其他政治人物看似也正在显现。

在美国的庇护下，我们获得了喘息之机，并借此机会进行了民主的自我教育，从而成为社会自我主张的重要一环。这一成就并非仅凭经济繁荣和军事力量所能达成。

政治的全部严肃性，首先源自对暴力的深刻理解。它涉足于此在的最边缘，深渊的临界点，那里孕育着毁灭性的力量。

宪法，是人们面对深渊时唯一的共同屏障。青年人和公民都需要深刻理解宪法所蕴含的严肃性，只有这样，他们才能看清现实的严峻，正是这种严峻催生了宪法的存在。他们还需要看到现行法律的严谨，以及宪法的基石作用。没有宪法，国家生活和人类机会都将荡然无存。因此，宪法必须被确立为独一无二、至高无上的基本法，而非空洞的言辞。

我们不应将现有的基本法视为真正的宪法，或认为其无须再进一步成为真正的宪法，这种欺骗性的观点是不可取的。几年前，我听说一所德国学校在部委的命令下举办了宪法庆祝会，将一些毫无意义、难以理解、缺乏实质内涵和有效象征意义的东西强加给孩子们，这无疑是对他们内心道德萌芽的摧残。（HS298f.）

5. 与国家保持距离

长久以来，德国人，尤其是学者们，常受批评，被指责对政治冷漠，对国家责任缺乏感知。对这种根植于专制国家几百年的传统的批评，确实有其合理之处。

然而，个人与国家间保持适度距离，实则是政治自我教育的重要一环。每个人都生活在自己的德国意识之中，即便在1933年那样极端的政治灾难中，这一点也未曾改变。若我们出于自身根基中的历史安全感，而背叛这种前政治意识，将会迷失方向；同样，若将我们的德国意识无条件地与一个特定的国家绑定，也会陷入迷茫。当国家与人民背道而驰，如1933年所发生的那般，才真正考验着德国的本质。曾有一位德国教授，其夫人为外国人，他们目睹了冲锋队的行军，甚至有教授参与其中。夫人疑惑地问丈夫："德国人究竟是怎样的，是这样的，还是像歌德那样？"他冷酷地回答："是这样的！就是这样的！"在我看来，他当时已迷失于愤怒之中。

若我们渴望在纷繁的可能性中寻得与自身本源的实质的联结，那么仅凭国家的框架，我们的自我意识难以获得真正的实现。我们的宿命，似乎是与各种国家的塑造保持一种审慎的内在距离。

民主也是如此，它作为一种固有而完备的基本定律，并非借助追求自由的人民的力量，作为他们斗争的辉煌成果被引进，相反，它的到来是出于特定历史时刻的迫切需要。尽管国家取得了显著的成就，但这种民主却常常缺乏稳固的根基和持久的生命力。唯有当公民们投身于思考与实践，在政治教育中锻造出团结的力量，这种民主方能得以真正实现，公民与国家也才能在内部建立起深刻的联系。

在荷兰和瑞士这样的特殊案例中，这种独特的状况持续了一段时间。在那里，个体与国家的认同感得以长久共存。然而，随着时间的推移，当与其各自的制度融为一体时，一种更为广泛的欧洲意识开始显露。这种欧洲意识倡导一种理念，即每个自由人都应与国家事务保持适度的距离。公民们将这些国家事务视为决定一切此在的基础，并为其服务，但同时也要确保自己不会在其中迷失自我。在政治中立的原则下，人们或许放弃了那些可能对世界命运产生重大影响的行动，但正是这种放弃，使他们能够更多地发展自身的力量，在祖国内部寻求一种和平的政治，这种政治在世界政治的舞台上或许并不构成一种权力要素，但它却作为一种模范，发挥着举足轻重的作用。

或许，亲近国家或保持距离，这种矛盾就是大国政治所固有的条件之一。

保持距离，并不意味着可以逃避责任。然而，在对国家的自我认同中，这种距离往往会消失，政治也因此而受限。

为国家中共同的自由而燃起的激情，往往会带来动荡。唯有将这种激情与内部优越性所带来的平静相结合，才能发挥其政治性的建设作用。

在这种平静之中孕育的自由，只能通过哲学思考来感知。它与政治自由截然不同，是人们在任何极权甚至是集中营中都不会失去的东西。尽管它从我们的视线中消失，仿佛并不存在。我们永远无法对它进行客观的确认。在躯体摧毁的过程中，在思想的病态中，它依然像难以捕捉的火花一样闪烁，尽管看似很快就会消逝。

然而，这种自由本身会在人们身上转向此在的现实。它试图尽其所能地促成那些能使自己暂时显现的时间条件。因此，它是追求真实的、可见的政治自由意志最深层的起源。（HS300f.）

十四、作为借助自我教育实现转变的再教育

首要之务在于为那承载着我们深切期望的、不可或缺的再教育过程确立指导方针，同时也要为德国重新融入世界民族的秩序之中提供指引。西格里德·温塞特①的言论或许令人心生沮丧，但若欲存续，鼓舞之力不可或缺。然而，此鼓舞绝非全然安逸之途，我们需严于律己，在成长的道路上，秉持对先贤思想要求的信仰，探寻自我之道。再教育的真谛，并非将既定知识与价值观强加于人，而是一场经由自我教育而达成的转变。因此，展现相关的方法与内容显得尤为必要。若我们的决心在上帝面前诚挚无欺，那么即便身处重压之下，我们亦能鼓起勇气。

关于再教育，我斗胆提出以下建议——

1. 首要之务，是全心全意地了解过去十二年的事实，以及我们目前的状况。直面真相是一项艰巨的任务，但我们必须认识到国家社会主义的行径，它们的根源和联系。我们必须意识到，这一政权的形成，源于我们社会各界思想上的准备。同时，我们也必须清醒地认识到目前的政治现实——德国最终的政治无能及其后果，以及世界历史局势和其中暗含的机会。这些机会的发展，恰恰关系到我们自身的命运。我们无法作为独立的政治因素在命运进程中发挥作用，这一点我们必须有清醒的认识。目前正在经历的国家崩溃带来的种种不幸，迫

---

① 西格里德·温塞特（Sigrid Undset）：1882—1949。挪威女作家，著有《新娘·主人·十字架》《克里斯汀·拉夫朗的女儿》《马湾的主人》等作品。其作品多描述中世纪斯堪的纳维亚的生活。于1928年获诺贝尔文学奖。

使我们深刻认识到：国家社会主义将我们带向了这样的苦果。当人们出于服从，将一切毫无质疑地交给领袖时，一切不幸的结果都可能发生。然而，若有人试图通过指责希特勒来为自己开脱，那么这种所谓的洞察力实则潜藏着新的危险。这并不比在绝对服从中放弃自己的自由更值得宽恕。对我们所面现实的处理才刚刚起步，我们必须将其贯彻到灵魂深处。任何书籍和文章都不能完全解决这个问题，但它们能够推动事态的发展，为我们指明前进的方向。（HS50f.）

至关重要的是，在真理的条件下赢得我们的德国生活。

2．我们必须学会真诚地交流。当我们能够就第一点中所述的事实与对方进行诚实、深入的讨论时，我们就是在实践这种交流。我们应该摒弃教条主义的断言、唇枪舌剑的喧哗、蔑视性的愤慨，以及那种一有机会就打断对话的骄傲自大。这些都不应再存在于我们的交流之中。

3．在进行自我反思、审视历史的过程中，我们必须回溯千年以来的生存本源。只有进行深入的研究，才能产生新的历史图像。政治史学家如西贝尔（Sybel）、多夫（Dove）、伦茨（Lenz）、特雷奇克（Treitschke）等人的学术贡献不应被低估，但他们的哲学史观却必须被彻底超越。从腓特烈大帝到希特勒的发展，从整体上看，是一个长期的、现在已经结束的历史阶段。

如今，在困境的笼罩下，我们比以往任何时候都更加深切地感受到：先辈的高尚灵魂渴望再次与我们对话，他们想穿透那些具有欺骗性、非人性的偶像的伪装。希特勒统治下的德国，并非我们真正的德国。然而，德国却孕育了这一政权，容忍了它的存在，并且在很大程度上，无论是出于积极的支持还是迫于恐惧的顺从，都参与其中。我们无法逃避这一历史现实。我们与这一政权有着千丝万缕的联系，但又不完全等同于它。因为我们本质的土壤中，也曾孕育出荷兰式和瑞士式那样争取自由的斗争精神。造成这种与我们德国人本质相悖的分裂的、并非黑暗的种族特征，而是专制主义和军国主义所带来的政治命运。尽管我们在政治上遭遇了不幸，甚至在俾斯麦统治下只是表面上看似幸福，但德国在思想上确实取得了辉煌的成就。这一点，我们必须铭记于心。

4. 我们必须在《圣经》与古典文化的深厚土壤中，为全体人民重新赢得西方的根基。这里蕴藏着我们的源头与基准，也是我们适应当下生活、追求变化的出发点。

5. 最关键的是唤醒每个个体的自我责任意识。无论是盲目的服从还是冲动的武断，都是对人性的背离。自我教育是实现自我责任的重要途径。我们必须警惕任何对我们所处境遇及被赋予使命的逃避。通过自我教育，我们炽热的热情得以对灵魂进行重构和净化。

西格里德·温塞特（Sigrid Undset）的论述显然并未有意给予我们帮助，但身处她那样的地位的人发表此种言论，确实值得我们深思。（HS51f.）

十五、庆典与德国的自由之历史

多年前，我闻及一所德国学校奉部委之命，将德国基本法颁布之日定为特别假日。据说，此日学校将举办庆祝活动，包括发表演讲，随后给予学生放假。部委还向学校提供了一份演讲稿草案，列出了可能涉及的内容要点。无果：老师们面露尴尬，无人愿意站上台前发表演讲。令人讶异的是，"自由"一词竟在整篇讲稿中缺席。即便如此，那些习惯于顺从的人仍辩称："我们必须这样做，因为这是有关部门的要求。"面对这样的政府举措，我们该如何评价呢？为了某些孩子们毫无概念的抽象模糊的概念而强行设定假期，这种对待方式，无疑是对他们稚嫩心灵的亵渎。其他国定假日的设定也同样存在此问题。民众真实的动力与可能性，在这种从不真实走向欺诈的教育方式中被悄然瓦解。

当我回想起童年时期所经历的庆祝活动，我深感其中的巨大差异。那时，全体民众与学生们一同欢庆9月2日色当（Sedan）的胜利。人们回味着那惊人的胜利进程，对每一场战役，无论是马拉杜会战还是格拉沃洛特战役，都了如指掌。在各自的家庭中，大家也知道阵亡的家庭成员，对付出的牺牲有清晰的认知。然而，弥漫在空气中的主要情绪还是喜悦：我们胜利了。作为孩子，我们被灌输了一种信念，即我们曾遭受世仇敌人的攻击，但如今已拥有了强大的帝国。对此，我们坚信不疑。

就这种差异而言，如今我们显然会以不同的眼光来评判当时的庆祝活动，但这并非问题的关键。同样不重要的是，直到很久之后，我们在回忆中才逐渐察觉到那些童年时期未曾意识到的东西：即使在庆祝的场合，无论是在房屋中、练兵场还是军营里，人们的表情、言谈方式和语调中都流露出一种寂寥。真正具有决定性对比的是，我从童年的经历中深知一场真正的庆祝活动应该是怎样的。而如今，这样的活动已经荡然无存。（A72f.）

试图确定德意志民族的确切起源日是徒劳的。然而，德国的自由却已有着千年的历史沉淀。一本详尽描绘过去一千年德国领土上政治自由历史的书籍，对于我们的教育而言是不可或缺的。遗憾的是，这样的著作至今尚未问世。

撰写这样的政治书籍，需要建立在德国人的历史概念之上，同时要与"小德意志"（即普鲁士德国）这一政治上的短暂、狭隘且经过篡改的概念明确区分开来。在解放战争之后的一段时期内，"德意志"这一更广泛的概念并不具有政治性。在中世纪，"德意志（Deutsch）"是对所有使用德语地区的统称，它不仅涵盖了奥地利的一部分，还包括了荷兰、瑞士。当时，尽管在一些小国中生活着德意志民族，但并未形成民族国家，也没有建国的意向。民族国家的概念，以及与之相伴的狂热权力渴望，是法国大革命后期众多邪恶产物之一（这一点在集会的狂热演讲中昭然若揭）。正如格里尔帕尔泽（Grillparzer）的名言所描述的那样："从人性到民族性，再到兽性。"

德国自由的历史能够唤起最为光辉的记忆：中世纪城镇的自由、联邦的自由，以及由普鲁士的施泰因男爵（Freiherrvom Stein）所引入的、作为城市自治的自由，这种有限形式的自由一直延续至19世纪。其中，也包括了瑞士和荷兰在德语区土地上所孕育的自由历史，至今仍令人振奋。这片土地承载着德国政治历史的精髓，构成了我们道德政治的根基。伟大的政治思想家康德曾言，过去几百年间，荷兰人与瑞士人为自由而斗争的历史事件具有决定性意义。在这样一部书籍中，也应涵盖那些以反自由之名破坏自由的势力和事件。因为，每一部争取自由的历史，同时也是一部记录自由之敌及其斗争与失败的历史。

最终，这样的书籍需简化为学校教科书的形式，区分出哪些历史值得了解，哪些则不然。即便在当下，我们历史教科书中的四分之三内容都充斥着已不再具有价值的信息。所有值得了解的内容，都应被深入挖掘并妥善保存在历史学的档案和文献之中。如今，我们正处于一个必要的重新奠基的时刻。我们需要了解的大量内容被遮蔽，而无关紧要之事却被大肆宣扬。人们常说，历史需要被改写。确实如此，但这并非意味着在伪造的意义上进行改写，是保持延续至今的历史研究的强度，但是以实存参与的更高的真实性去改写。（A74f.）

十六、政治的自我教育

政治教育几乎尚未起步，似乎完全迷失在了对选举的宣传之中。民主的理念本质上要求政治家们与人民保持紧密的联系。若缺失了这一点，民主便仅仅沦为党派的筹备工作和对选票的操纵。然而，政治上的指导原则、思想和概念应当是向自由的人民以及政府开放的。它们由人民的思想所塑造，并通过熟练的思维方式以及人民不断参与决策的过程而得以延续和发展。（HS179f.）

历史上，曾有人心怀善意对人民进行教育，例如英国人在印度所进行的大规模教育尝试。但他们能带来的主要是学校知识、技术、组织、管理、法律等方面的内容。正是这一举动，使得印度帝国在没有英国的情况下暂时成为可能。然而，人民真正渴望的是自我教育，

而非被动地接受他人的教育。他们希望从自己传承下来的文化实质出发，自发地应对技术和经济领域的新问题。（AZM129）

对于非西方国家将采取何种行动，我们唯有拭目以待。他们的发展之路在于借鉴其他世界的经验，以此进行自我教育，并逐步培育出自由的精神。然而，我们无法直接教育他们，除非我们自己首先成为一个更加出色的典范。同时，我们也只有在他们愿意接受帮助的情况下，才能伸出援手，为他们提供支持。（AZM138）

只有当自我约束的力量既适用于个人也适用于整体时，自由的自我主张才有可能保持中立。因此，一个自由的民族，同时也是一个中立的民族，他们坚信社会具有持续自我教育的力量。

这种自我教育的力量源自个人在自由决策时的克制胜过了信念的激情。（AZM191）

竞选活动及其作为政府行为方式的筹备活动，构成了人民政治自我教育的重要领域。若缺失了这一点，它将成为联邦共和国未来的一道黑暗阴影。（HS274）

现在，我们可以得出结论。政治讨论的意义究竟何在？它们不仅服务于政治自我教育，还为实际行动做好准备。正因如此，政治讨论构成了人民的政治生活的重要场所。若非如此，它们将沦为流言蜚语，仅仅成为心理学的研究对象，进而也成为有技巧的政治家手中的操纵工具。（KS71f.）

我们真正的公共领域，不应仅仅是人民的镜像反映，而应当是其政治自我教育的广阔空间。一个拥有自由机会的人民，在面对自身的错误和命运时，绝不会感到满足与平和。他们要求在人民与统治者之间建立对等的关系，并在这种关系中实现自我教育。在所有的演变之中，有一项任务始终不变，那就是：建立并维护一种政治自由的生活。

政治上的自我教育，既在日常生活的点滴中得以实现，也在重大的决定性时刻，通过持续的思维训练而得以强化。唯有在具体的情境与挑战下，人们才能够积累经验，展现出自身的判断力与智慧。（KS114f.）

而民众的自我教育过程，往往是在作家与公众的相互作用中得以实现的。（HS331）

进行哲学思考的人渴望探究事实的本质，并且坚决不愿忽视事实。但更为关键的是，他们绝不会背叛那些超越事实的存在。政治的现实性得以延续，并获得其意义与伟大，正是由这些超越事实的存在共同推动实现的。（HS193）

与依赖权力获得的权威截然不同，哲学思想的真正目的，是引导听众说服自己，学会独立思考。这样，人们就不会仅仅盲目追随他人，从而减轻自身的责任。相反，通过洞察一切，他们会增加自身的责任感。（P41）

另一方面，哲学思辨展现出更为谦逊的态度，同时也秉持着独特的高标准。在哲学思辨之中，人与人是平等的，每个人都被赋予成为理性个体的潜力，但除此之外，不存在任何授权。哲学思辨深深植根于人类所处的具体情境中，它坚守着自身的良好意愿。它不要求盲目地服从，而是引导人们进行深刻的反思，以便在自己内心深处发现那些在超越前可能存在的要求。它渴望引起人们的关注，但同时，它将

所有的决定与责任都交给每个人自身。它不能"给予"什么，只能唤醒那些前来探寻它的。（AZM362）

哲学基础并非一个思想体系，从中可以理性地推断出在一般政治或特定情境下何种行为是正确的。相反，这种哲学思辨是一种基本的精神状态，由此而形成的判断力和价值评判，是进行思考以及运用所有机构的前提条件。（A148）

第九部分 个别问题

一、大学改革的双重面向

1. 双重任务

在教育领域，无论是硬件设施如教学楼、实验室，还是软件资源如研讨会和图书馆，都对提升教育质量至关重要。同时，增加教职员工的数量和质量，为学生提供全面的关怀和支持，使他们能够心无旁骛地专注于学业，这些都是通过充足的资金投入可以实现的目标。人们普遍认识到，教育事业，包括中小学在内的整个教育体系，都需要巨大的资金支持。教育和国防一样，对德意志民族的未来具有深远的影响。然而，教育的成效往往需要数十年才能显现，其不足之处带来的后果往往是灾难性的，且难以追究责任。与之相较，眼下的此在是否能免于暴力的胁迫，是更加亟待解决的问题。

故而，政治家、议会和政府往往更关注国防，而对教育事业的重视程度相对较低。此外，社会福利政策因其直接关系到选民的利益，往往被视为更为紧迫的问题，导致对教育的资金支持相对边缘化。然而，教育对于我们民族未来的思想素质和文化层次具有不可替代的重要性。

设想一下，政治领袖凭借其深邃的洞察力，在国家层面为大学改革准备了充足的资金。然而，资金的筹备只是改革成功的前提条件。资金的筹集是国家的职责，而改革的实施则依赖于大学内部人员。关键在于如何高效地利用这些资金。

这里涉及两项核心任务：首先是对基础设施进行精心规划和建设，合理归类大量的学生群体，明确教师团队的职责，重组组织架构，界定职权范围，确保组织能够依法运作，等等。第二项任务是，重振那濒临失效的"大学理念"，使其再次成为引领改革的力量。这两项任务并非并驾齐驱。如果改革的目标不仅是完成大学教育的组织化和规范化，而且要进行真正的、适应新形势的大学改革，那么"大学理念"就必须发挥引领作用。如果改革仅停留在组织化和规范化层面，那么大学将名存实亡。

在审视对宪法、自我管理模式、机构权责划分、教学形式等的革新以及课程体系的变革时，我们务必秉持明确的目标导向，但同时亦需深刻洞察这些变革如何实现真正的思想生活，以及在科研与教学相互交融的创造中寻觅批判性思考与合理性的根基。这两项使命不是分别完成，而须同时推进。一方面，前者涉及我们能够构想和创造出的手段，以实现既定目标。另一方面，后者的核心特征在于，它不能通过任何的制造和计划来实现，而是依赖崇尚并践行着大学的理念的研究人员、教师和学生的此在。组织管理工作在此扮演着至关重要的角色，它不能直接创造最本质之物，却能为其提供机遇。尊崇大学理念的组织管理模式，会始终考虑这种机遇的存在，不仅不会抑制它，反而会通推动其蓬勃发展。

大学改革的"双重面向"揭示了两项任务的不可分割性：首先是大学外部的管理和保障，其次是通过内部思维方式的革新，以新的形式重塑大学理念。仅仅提供大量课程会丧失意义，而对理念的空想则可能在追捧中脱离实际。真正的挑战在于，如何通过切实可行的措施，激发思想的动员，确保这两项任务能够协同推进，这将是塑造大学未来命运的关键所在。

所谓的"思想贵族"，他们源自社会的各个阶层，深植于道德、个体精神那份燃烧的热情以及天赋之中，始终属于少数派。大学理念正是依赖于这些少数派的力量。这种模式对每个人来说都是有益的，因为这种精神的原始力量塑造了标准，而普通人通过仰望杰出者，能够在启迪中发现自己的价值。

贵族的头衔只能通过民主的方式获得认可，而不是基于个人的要求。大学与包括讲师和学生在内的所有人的信念密切相关。卓越之人的成就和品格被看见、被激励，获得没有宣之于众但事实上的认可，并得以施展才能，这是大学生存的基石。

大学改革的路上，遍布着数不胜数的具体任务，而本文无意逐一赘述。我更倾向于探讨那些基础性思想力量。若缺失这些力量的支撑，无异于对大学宣判了终结。在这样的情境下，大学在培养所需技术工人方面展现出一片繁荣景象，实则是虚假繁荣。

2. 历史层面

中世纪的大学是一个洋溢着思想碰撞与热烈辩论的精神整体。从初出茅庐的学生到独立执教的教师，从艺术探索到神学深究，大学内部井然有序，体现了那个时代特有的物的等级秩序。一个共同的思想体系的框架，贯穿于每一个环节。这些大学在欧洲范围内享有盛誉，吸引了来自四面八方的学子与师长。神职人员在其中扮演着重要角色，将教学任务合理分配至各个院系。

400年前，这些学府开始转变他们的形态。在外部，它们接受主权国家的任务分配；在内部，则引入新的人文主义、新的自然科学与新的哲学。与此同时，在旧有的形势下，思想观念也在悄然转变。这些旧的形式都被保留了下来，以新现实的标准对其进行衡量，它们似乎是虚无的，但时至今日，它们依旧意味着一种具有象征意义的真理。

人们常将这一过程称为大学的世俗化。统一且具有强约束力的教堂信仰共同体，被以服务科学为导向的、约束力较弱的共同体所取代。然而，这种描述并不全面。世俗化实际上反映了人们思想领域从神学框架向现代哲学多样性的转变。（像是黑格尔的世俗化神学思想，马克思的世俗化无神论思想，这种思想是完全与神学对立的，却有着自身新的"神学—无神论"特点）神学作为一门学科，逐渐转变为一个特定领域，不再占据大学教育的中心舞台，其在教学体系中的重要性有所减弱。但值得注意的是，世俗化进程并未触及真理的本质。真理，作为无条件且普遍适用的原则，往往以超越为基石，并不依赖于启示或教堂。（PA78ff.）

3. 当下面临的诸多严峻挑战

当前，大学正面临多方面的严峻挑战，这一现实已被广泛探讨并得到正视：首先，部分大学存在的过度招生问题，这对师生双方而言都是沉重的负担。其次，中产阶级的萎缩导致学生的此在情况也随之改变，这要求国家必须加大对学生的支持力度，并探索更加科学合理的选拔机制。再次，科学日益专业化，教学与研究愈发向研究所模式靠拢，这在一定程度上削弱了科学与大学的一体性。专业院校的集中，研究所的强势地位，影响了大学整体的地位与影响力。同时，社会与国家对大学教育的期待日益增长，要求大学能够培养出更多适应多样化职业需求的人才。面对这些纷繁复杂的挑战，尽管困难重重，但若坚守古老且永恒的大学教育与理念，或许能够找到破解之道。

然而，德国人对这一大学理念的看法却大相径庭。很多人并未在自己的生活中真正践行过这一理念，因此对它缺乏深刻的理解，仅仅因为心存疑虑就全盘否定了它。他们不愿相信任何典范的力量，却偶尔会出于修辞上的需要，机械地套用这些典范的框架。他们擅长运用巧妙的操控手段、欺骗和自我欺骗，怀揣对经营及工作本身的盲目热情，至少努力为自己争取到物质上的利益和社会地位的提升。

有些人则陷入了绝望，他们无措地任由事态发展，同时也自视为最后一批人，默默地拯救在持续的实现中残留给他们的东西，不张扬、不炫耀，在自己的小圈子里过着简朴的生活，守护着那些虽宝贵却也沉重的传统价值。而另一些人，则从颓废中奋力挣扎，重新站了起来。他们坚定地宣告："大学理念已逝！（事实上，早在第一次世界大战后便已如此。）我们必须摒弃幻想，停止追逐那些虚无缥缈之物！在逆境中，我们要孕育出一种新的美德，塑造出新型的人类——他们没有个性、能力中等、耐用且运行良好！"他们以这种乐观的态度规划未来，组织行动。出于对权力和成果的渴望，他们萌生了改革的念头，旨在培养各行业的工人与干部。他们深知，要胜任这些角色，就必须掌握相关领域的知识与技能。然而，不经意间，他们的思想却与通往极权统治的思想产生了微妙的联系。

在当前全球背景下，悲观情绪日益蔓延。对于那些能够超越德国本土视角的观察者而言，他们自视预见到了大学正面临的不可避免之衰退趋势。曾几何时，德国的大学与教育机构璀璨夺目，如今却只能在德国、欧洲、美国乃至全球范围内老一辈人的怀旧记忆中寻觅其辉煌往昔，而这些记忆正逐渐淡去，大有被彻底遗忘之虞。当众多人将这一景象视为人类自我毁灭宏大图景中的一环时，他们对于这一进程不可逆转的想法也愈发坚定。

他们清晰地目睹大众社会的崛起，感受到自由与极权统治之间难以调和的冲突，以及当前超越地域界限、影响深远的全球政治格局。他们注意到，两个拥有广袤土地和庞大人口基数的核武器大国屹立在诸国之林。同时，他们也见证了六亿中国人的崛起，正悄然改变着世界历史的面貌，预示着中国即将全面步入技术强国的行列。面对这样的未来，有人悲观地预测，人类将面临两种极端选择：一是屈服于极权统治之下，失去作为独立个体的人（甚至可能目睹原子弹被纳入全球规划，用以在不摧毁地球生态的前提下，对"多余"或"不理想"的人类进行选择性清除）；二则是坚决反抗，但这可能引发全球性的暴力冲突，最终在不远的将来导致人类这段奇异的历史的消亡。人类历史本也就肇始于几千年前，在地球漫长的历史长河中只是微不足道的一瞬。如此一来，大学的荒芜就只是全面毁灭过程中的一个缩影。

然而，根据大学所秉持的理念，它本不应是一个能够洞察人类命运的地方吗？在希望渺茫的境地中，至少能意识到这一点。

当这些观念被视为最终且确凿无疑的认知时，它们具有迷人的吸引力，却也容易让人陷入盲目与麻痹之中。因此，我们亟须以批判性的眼光审慎思考，从而清晰地认识到：并不存在一个预设的、必然导向某一结果的历史进程。实际上，只有那些可理解的、特定的发展是无可避免的。譬如，于大学而言，科学、理性技能与技术的日新月异，以及这些进步所伴随的复杂矛盾与不可预测的后果正是如此。同时，社会对于大学生的教育期望也在日益增长，既期望他们成为智力上的创新者，也要求他们成为各行各业的熟练工匠。

在当前全球政治风云变幻的背景下，大学所肩负的使命正面临着极其险峻的紧张局势，其核心在于，为了捍卫政治自由，我们迫切需要构建强大的工业基础与国防力量，以抗衡苏联（当时以其强大的军事手段，迫使东德、匈牙利等卫星国臣服）的强大威胁。然而，这一路径也暗藏风险，即可能促使工业与国防领域滑向极权主义。这一路径将从激进的大学教育小学化入手。这种趋势最终可能导致自由世界的自我主张偏离其核心——即自由本身，转而成为对既有体制与机构的盲目维护。这样的自我主张的斗争将失去其原有的意义，因为人们在追求正义与自由的过程中，可能会不经意间成为自己所反对的极权体制的化身，正如那句警世恒言所言："屠龙者终成恶龙。"

自由——这一我们自身的实质和赖以生存的基石，与我们组织生产、训练人才、传授知识及开展研究的方式紧密相连。

4. 大学的抉择

自然界与历史的诸多进程看似不可抗拒，实则，在错综复杂的现实情境中，真正具有决定性意义的是人的选择与决断。在政治舞台上，我们有能力做出决定，拒绝盲目接受那些被标榜为"必然"的、自我驱动的、导向核毁灭或极权统治的宿命论。同样地，在大学里我们也应勇于抉择，让思想的创造力在个别的必然性中发挥作用。

这应当是学生、教授和政治家的共同抉择。

学生们正站在人生旅程的起跑线上，怀揣着为人生奠定坚实基础的美好愿景。他们不仅承载着自己的未来，更肩负着人民与国家的未来，为此，他们正积极准备着。初入大学校园，面对纷扰与喧嚣，智慧的火花在他们眼前跳跃，关键在于他们是否能敏锐察觉，并在内心深处将其点燃。拥有独立判断力的人，能够在自主思想的指引下行动，这种指引体现在事务处理之中。即便面临种种不利条件，他们也有机会，心无旁骛地找寻到属于自己的道路。

若有学生对大学现状感到不满，这并非过错。改善之道在于他们自身，通过不断探索适合自己的学习方式，付出辛勤努力，将精神的此在融入每一份工作中，共同构建一个更加真实的大学环境。正是这样的学生，致力于追求真理，未来有望在各行各业中发光发热。而其中佼佼者，更有可能以教授的身份重返校园，驱散混沌，引领真正的大学焕发新生。

一直以来，历史的进程并非自发地演进。它有时仿佛是一个深奥难解的密码，挑战着人类认知的极限，因我们尚未完全掌握其规律，故而显得无从下手。但这一过程也并非仅凭组织谋划就能促成。真正能使其行之有效的，是那些将大学所倡导的理念内化于心的人们。

重申一遍，关键在于，为了完成任务同时建构自己的新生活的决断——即选择在科学探索的道路上不懈追求真理。

在学生时代，个体的主要责任往往聚焦于自我成长与发展。然而，作为讲师，他们对自我的责任感与对整个教育体系的责任感息息相关。面对当前存在的不足与不确定性，教授与政治家们应当积极倡导并推动改革，为大学更好地履行其使命创造坚实的基础与条件。

在成功构建起目标明确的学术机构和秩序之余，他们需时刻铭记并追求大学最初的意义：它是一个在各学科领域内不懈追求真理，并将这些宝贵知识传授给学生的神圣殿堂。但值得注意的是，改革的终极目标远不止于此。更为核心的是，我们要通过改革让真理在学者、研究者和思想家们身上得以不断焕发新生。这是大学的核心，正如大学也是人民思想教育的高地一样。否则，所有的改革都会化作经营，而大学自己则迷失其中。

我们正航行于浩瀚的海面，面对着可能愈发猛烈的风暴。我们秉承对真理的执着，寻找着指引方向的总舵盘。然而，我们每时每刻都需兼顾我们的周遭环境，即便充满艰难险阻，我们仍在这艘小船上，打造属于我们的避风港。同样地，在大学这片知识的海洋中，我们应珍惜每一次宁静时光，通过思考、努力与行动，不仅要坚守自我，更要积极寻找那些志同道合者，他们或许与我们有着相似的特质。在自由的氛围中团结一致，我们携手并进，共同驾驭这艘知识的航船。

5. 永恒的本源：真理与科学

真理与科学的本质，往往难以一语道破，它们在大学生活中彰显出来，永无止境。提及科学，多数人心中似乎已有一个模糊而共识的轮廓（正如德国基本法第五条第三款所阐述："艺术和科学、研究与教学均享有自由。"）。这不禁让人误以为，只要现有的事物得到宪法的庇护，在有序的组织中运作，便能自然而然地发展。

然而，真相远比这复杂。它要求我们在势不可当的运动中，勇于质疑自身，对每一个假设和立场都保持批判性的审视。只有这样，才能真正领悟到真理与科学的真谛。当人们把科学视为真理显露的一个瞬间，那他其实无须事先了解并最终掌握其全貌，关键在于被科学和真理触动。

大学所服务的，是跨越国界、西方的、人性的。这既不能从社会，也不能从国家角度给予解释，而是源自人类最本真的求知欲。正是这份原始的求知欲，驱动着大学完成其与社会、国家紧密相连的多重使命。只有获得社会与国家的支持与认可，大学才能够在这份原始的求知欲中实现自我。

这一本源的作用在我们每个人身上都有所体现，但究竟为何物，千百年来一直是哲学界不断探索的课题。哲学家们尝试以各种方式剖析并阐述它，试图将其清晰表达。在康德的思想中，我们或许能找到对这一本源最为准确的洞察；追溯至柏拉图，尽管其论述显得遥远且需深究，但其思想依然启迪人心；随后，费希特、谢林、黑格尔等哲学家（他们的观点虽不尽相同，却都与康德的"唯心主义"截然不同）则以各自略显模糊，因此颇具诱导性的方式进行了阐释。然而，值得注意的是，当哲学尝试以特定形式来界定原始的求知欲、认识的统一性、真理的原则以及那些包罗万象的理念时，这些阐释自身不能作为具备永恒有效性的认识的客观认知。它们更多的是借助特定的表达方式，激发思辨的力量，进而唤醒了人们的思考。这些思考又把这些客观化视为所谓的已知存在而摒弃。

在实践中，我们不难发现这一本源如何影响着一小部分人的决策力。他们立足于大学进行思考，起草制定并推动实施了一系列基础规范。威廉·冯·洪堡在筹建柏林大学时，便在其备忘录与管理文件中详尽记录了这一过程。

对于研究人员、教师、学生乃至致力于教育改革的教授和政治家而言，大学内一切活动的基础皆源自这一种来自别处的真理理念。这种理念独自为一切赋予了严肃性，它所设立的标准并非理智上固定不变的概念，而是随着时间的推移，不断吸纳各种真理的精髓。许多初入大学的青年，被理性的光芒、真理的力量以及深植于心的理念所激励，踏入校园的那一刻，心境便悄然不同。特别是在那些以实体建筑和象征符号展现其深厚历史底蕴的地方，他会产生一种在清醒中潜藏的意识，仿佛步入了一个神圣的殿堂。在这里，他们满怀期待，渴望聆听那些自古希腊时代流传至今的真理之声，它们以现代科学的辉煌姿态，直击心灵深处。

然而，现实往往与理想有所出入，大学或许更接近于一个因为能获取资格证书而值得追求的有用的小学。它可能显得一点儿都不神圣，充斥着忙碌与琐碎，甚至因烦琐的程序而令人感到厌倦——这些现实状况无可回避。但那些缺乏准备、未曾被真理之火点燃的人会只看到这些方面。相反，心怀对更高权威追求的学子们，他们踏入大学时，不会被眼前的烦琐所蒙蔽。他们凭借自身的积极行动与高效学习方法，在浩瀚的学术资源中探寻所需。有时，这份启迪或许就隐藏在某些教授的言行举止之中，学生们被教授们的此在、研究成果、深邃见解与独到言论所吸引，印证了他们的内心所求。若未能及时寻得所需，他们会自己不断地培育，使其永葆生命力。于是，他们默默观察着教授们，没有过多的苛责，只是提出期许：请拯救你们本质的理念，让你们成为我们的典范。

这就是本源的力量：一旦火花被点燃，它便永不熄灭。然而，它的脆弱之处在于，若其根本未曾存在，任何努力都无法使之凭空显现。但奇妙的是，它以人性的形式潜藏于众人之间，静候着被点燃，且这份潜能或许比人们普遍认知的还要广泛，深植于众多心灵之中。在真正崇尚精神探索的氛围中，它会光芒四射。这是对人的信念的坚定认可。若缺乏这份信心，我们便错失给予大学、进而给予真理与自由以机会的可能。

6. 总结：改革与重生

在当今这个自由的时代，大学面临着诸多挑战，人们普遍怀有把它建设得更加完善的愿景。

在深入探讨这一议题之初，我们首先需要明确界限：哪些方面可以通过精心规划、物质投入、法律保障及制度完善来逐步改进？然而，更为关键的是，这些具体行动背后应有一个怎样的核心理念作为指引？这一理念必须根植于每个人的严肃态度与不懈追求真理的坚定信念之中，唯有如此，它才能为发展规划提供评判标准。

这种区分凸显了一个核心事实：尽管大学改革必须紧密结合国家和社会的现实环境，但其核心因素在于坚守并践行那些跨越时代的大学理念。改革不仅需要物质资源的支撑，更离不开创新思维与理念的引领，而这是不可规划的。

仅仅按照详尽无遗、几近随意的改革方案行事，若缺乏明确理念的指引，这样的改革终将流于形式，难以触及根本。理念并非通过简单学习就能掌握，它源自深刻的反思以及对从传承中所闻的要求的回响，在每一次重生中都发挥作用。

那些不可为之事，可以被唤醒——我们通过积极交流，能够相互激励。我们不应重复历史的轨迹，而应将那些在历史长河中已被验证有效，且始终指引我们走向未来的理念，在当下付诸实践。

大学改革的核心前提，在于我们能否以一种共识性的思维方式实现重生。这种重生不仅体现在各个具体学科领域积极践行大学理念的过程中，更贯穿于大学整体在思想层面对自身发展道路的表达之中。

对那些长久以来永葆真实的大学理念的历史性回忆，深化了我们对当前时代的思悟。这些理念不仅根深蒂固，而且绝不会因时间的流逝而黯淡，反而具有超越时代的生命力，能够在新环境、新框架下不断被重新实践。这正是思想实存的先决条件。

评估大学当前问题的标尺与判断力，应根植于该大学理念在当代现实中的体现。任何未以此理念为基准，检验其改革动机的举措，都是肤浅的、零散的，如同病急乱投医。

唯有深刻铭记并内化大学理念之人，方能客观审视现状，有效发挥改革之力。反之，将大学仅仅视为一种可运用目的和手段去组织的运营，只是一种传统社会的事务以及其教养，那么其关注点便局限于为特定职业提供技能培训这一狭窄范畴。这些职业仅是一种绩效形式，如同商品的生产与销售。这种营生性质被传统的修辞章法粉饰。

然而，那些以大学理念为灯塔，力求发挥效能者，已通过他们赋予研究以意义、精心施教以及在著作中独到地阐述世界等方式，成功地将这一理念付诸实践。他们管理大学的过程中，倚仗的不仅仅是更为理性的评判标准，更是渴望亲自引领大学各项事务的精神。这种精神，正是推动大学不断焕发新生的本源所在。这就是大学理念，它不仅是对某一领域知识的深刻理解，更是激发现实为它服务的过程中重新焕发活力。

有一点明确无误：德国大学系统的重大变革，要么重生要么衰落，要么成为一场精神运动，要么在内部日增的混乱中外显为外部的官僚秩序。技术性主导的大众社会，往往缺乏明确的长远目标，仅围绕着短期或特定的目的运转。若大学仅满足于为这样的社会培养劳动力，那么它便未能充分履行其应有的使命。将大学的功能局限于上述狭隘的目标，会导致这些目标本身也无法得到有效实现。一旦大学衰落，社会与国家的进步也将受到严重阻碍。

因此，所有大学内的活动都应服务于一个目标：追求真理，并以大学理念为指引去实现它。缺乏这一核心思想与坚定意愿，任何财政支持都无法发挥真正的效用。（PA84-92）

二、关于哲学学习

科学的根基深植于哲学之中。不论科学在何种实际场景——工厂作业、经济发展、艺术创作还是政治决策中发挥作用,哲学传统的思想都扮演着至关重要的角色。科学若要避免迷失于繁杂的外部任务之中,防止因过度追求精确无误而丧失其意义,最终还需回归哲学,从中寻回科学的意义。因此,为所有学生提供哲学教育的机会,应当成为大学教育体系中一个不言而喻且至关重要的组成部分。

然而,现实情况却不尽如人意。哲学常被视为多余,被视为一种个人的兴趣爱好,或是装点门面的工具。那么,这种对哲学地位的轻视究竟源于何处呢?

主要的原因可能在于时代的变迁,这150多年来,时代精神被各种实际性的任务所主导,如特定的科学知识、科技进步、经济发展以及权力斗争。与此同时,尽管哲学以多种形式流传至今,但它往往未能充分认识到或重视自身使命的重要性。

另一方面,近几十年来,对"综合"知识的需求日益凸显,人们热切期盼并公开宣告着要复兴哲学。然而,尚很难说这种复兴已经全面而彻底地成功。

在大学环境中,哲学的式微部分归因于其自我封闭的状态,导致哲学虽得以延续,却如同近亲繁殖般,逐渐脱离了时代的现实。哲学教师的职业发展轨迹往往高度一致:从踏入大学校门研习哲学,到获得博士学位、攻读博士后,进而申请并担任教职,这一路径固然清晰可行,但若成为唯一路径,哲学恐将陷入枯竭之境。哲学家们似乎未能从生活的洪流、现实的挑战以及推动科学进步的力量中促进哲学的繁荣，而这些正是培育哲学、滋养哲学繁荣不可或缺的土壤。相反，他们有时过于沉溺于历史哲学的浩瀚和琳琅满目的书籍之中，如同博物馆中的标本收集者，专注于收集而非创造。他们研究这些书籍，却未能从中激发出新的思想。人们学习哲学，学习精妙的智性运动，却没有学习严肃追寻真理的哲学思辨，而我们渴望的正是源自真理并与真理共生。

同样令人担忧的是，哲学在科学领域内正日益被边缘化，被精细的专业研究技术所取代。偶尔出现的哲学术语，虽然看似装点门面，实则与实际的研究内容和教学实践脱节，貌似仅适合作为开场白或总结性陈述出现在某些特定场合下。

当前，哲学与科学的形象被某些夸大之词所扭曲，尽管不可否认仍有许多积极的个例存在。但总体而言，某些批评确有其合理之处。鉴于此，我们不禁要问：如何才能有效促进年轻人更深入地理解和接触哲学的本质内涵？

那种我们认同的、能够深刻揭示意义、照亮生活、引领我们进入真理共同体的伟大且真实的当代哲学，其诞生与影响，并非人力所能精确规划。在历史的长河中，思想的火花何时何地闪耀，超乎所有人的控制。

尽管哲学之光可能起初只是微弱的火花，但我们仍可采取积极措施，为年轻一代创造条件，让这火花得以在他们心中点燃。其中，一个至关重要的条件便是深入了解哲学史。这里的"了解"，并非简单指背诵哲学史书中的知识点，而是指真正沉浸于哲学经典之中。遗憾的是，当前许多伟大哲学家的著作，包括其外文译本，往往缺乏必要的、客观且富有历史深度的注释，有的甚至已绝版，这无疑成为年轻人探索哲学传统的障碍。

中学阶段应当像大学一样，开设哲学课程。但中学和大学都不应该将哲学作为一门必修课，强制学生参加。哲学的魅力在于哲学教师的独特个性与年轻人的兴趣在自由环境中自然融合。任何形式的强制都会扼杀哲学的生命力。

在哲学的黄金时代，人们会普遍认为哲学是所有科学不可或缺的一部分。这是因为哲学具体的展现形式之一就是科学，赋予科学以灵魂，为它们提供意义和动力，而无须直接提及哲学本身的主题。然而，在我们这个时代，无论是科学中的哲学元素还是哲学本身，都未能获得应有的信任。这一切的转机在于那些代表哲学的个体。应当在各个学科的框架内，为他们创造施展才华的空间，即使这意味着要面对可能失败的风险。

在大学教育中，哲学教职、研讨课程图书馆是不可或缺的基石。为了既坚守传统又鼓励创新，同一所大学内应当汇聚多位哲学家执教，这样学生们就能超越单一视角的局限，学会比较、补充和自我纠正。费希特曾主张一校一哲，这反映了他自视掌握了真理，但忽略了共同探索的价值——它呼唤着对话、质疑与思想的多样性。在选拔哲学教职时，不应局限于那些仅专注于哲学教学的私人讲师，而应广泛寻访在科学领域深耕并取得杰出思想成就的人士。他们的丰富阅历已赋予了他们传授哲学的能力。

哲学学习应当充分赋予学生自由选择的权利，而非作为强加的任务。诚然，哲学在各个领域中都有其不可替代的价值，但将其设为必修课程或硬性要求通过考试，非但不能有效激发学习的兴趣，反而削弱了学习哲学的动力。那些缺乏吸引力的哲学内容，以及对待哲学思辨漠不关心的学生，都缺乏对哲学发展的价值。

哲学在高年级教育阶段应当占据一席之地，这是不容忽视的。许多地方已经认识到这一点，将哲学纳入高年级学生的学习范畴，但遗憾的是，并非所有地方都做到了。关于如何有效实现这一目标，确实是一个值得深入探讨的课题。在现有的课程体系中，我们可以看到，希腊语课上学生们会接触到柏拉图的经典，拉丁语课上则学习西塞罗的著作，而在德语课上，莱辛和席勒的作品也是不可或缺的一部分。即便老师在教学过程中并未直接讲授哲学，学生们也能在这些文本的阅读中，潜移默化地吸收到哲学的意涵。然而，只有按照哲学的标准来精心挑选和解读这些文本，才能更有效、更深入地培养学生的哲学思维意识。对于初次接触哲学思想的学生而言，那些简单的哲学原理能穿透他们眼前的迷雾，照亮他们的世界。如果我们不能为孩子们提供这样的思想启迪，无疑是一种巨大的损失。

学校开设哲学课程的主要目的，并非单纯为了学生未来在大学深入学习哲学专业铺路。当孩子们的心灵开始隐约感知到哲学思辨时，我们应当适时地引入相关思想，引导他们探索出一条道路。这样做是为了让思想的广阔天地向孩子们敞开，让他们首次意识到无限性。在这个过程中，孩子们将逐渐展现出对哲学思辨源头以及事物本质的洞察力。这样的教育，不是为孩子们尚未定型的未来做预设，而是让孩子们首次体验到精神的充盈。

为了达到最佳的教学效果，我们呼吁在教师资格考试中，将哲学设置为一门公认的副科。这样，那些热爱哲学的人就能获得宝贵的时间，在学生时代深入探索哲学的奥秘。

将哲学纳入教师资格考试的选修范畴，面临的挑战之一在于哲学本身缺乏统一标准。每位教师的个性及其哲学倾向，在教授高年级哲学课程时都会自然而然地体现。因此，在课程中引入无神论、逻辑主义或实证主义等哲学流派时，可能会遭遇争议。考虑到学生的年龄和认知发展阶段，我们需谨慎选择，避免过早地让他们接触所有极端或复杂的哲学观点。划定适合学校教育的哲学科目边界，需要高度的责任感与审慎态度。既不应刻意回避某些观点，也不宜一股脑儿地介绍所有立场。儿童中不乏展现出非凡才智的个体（尽管这种才智可能随年龄的增长而趋于平庸），他们往往会向哲学教师提出独到的问题，这就要求教师以严谨的态度给予回应。然而，教师无须在课程初期就设定严格的界限或框架。实际上，学校的哲学教学往往难以做到完全系统或面面俱到。更为有效的方法是，依托经典哲学文本作为教学核心，通过深入解读这些文本，引导学生学会哲学思考。

冥想的精神、深刻自我反省的能力、公正无偏的思考习惯以及对所有内涵丰富的可能性持开放态度，这些宝贵品质虽无法直接传授，却能在深入探索伟大哲学思想的过程中被唤醒与培育。这一过程难以预料，它要求给予个体足够的自由空间，至于如何充分利用这片空间，则全然依赖于个人。

需要明确的是，鉴于在此对当今时代的重大议题只能进行简短阐述，难免有其不当之处。

面对这些问题，真正的解决之道并非源自外部机构，而是潜藏于每名学生与教师的内心生活之中。西方大学的精髓，在于激发每个人的自我责任感，鼓励他们主动探索并找到属于自己的精神之路。在此过程中，教师的建议与课程的设置或许能起到一定程度的指引作用，但最终学生会去拥抱那些对自己成长最为有益的真理。

如果更多的学生能够挣脱学校规章的束缚，勇于追随内心天赋的指引，探索属于自己的道路，那么大学教育将会不断迈向新的高度。要实现这一点，根本上需要我们在生活中保持一份严肃与纯真，让个人的天赋得以自然展现。

在师生关系中，我们不谩骂、不神化，而是相互配合、相互鼓励。作为年长者，我们凭借丰富的经验和专业能力进行传授；而年轻人则需从自身出发，获得洞见，坚定自信心。同时，年长者继续学习，直至人生的终点。正如康德所言，行至此，须退出，方能开启真正的哲学思辨。对于年轻人而言，他们面临着同样的命运，但在不同的条件下会有不同的机会。（PuW21-27；auchPA57-61）

三、攀升与机会平等

平等的理念和不平等的事实？

不平等是事实，而平等则是一种在自由环境中富有意义的理念。（A47）

当我们谈及"全体人类是平等"的这一崇高观念，认为他们的起源相同，追求的目标也一致时，这种理念若被视为既定事实，便会过

于抽象。（AZM108）

然而，完全否定这种人类共性的理念，转而轻视其他人类、民族与种族，将他们视为纯粹的生物体，并企图通过欺诈或武力来征服或控制他们，出于这种目的强调差异性亦是不正确的。我们必须认识到，我们同属人类大家庭，但每个人又都是独一无二的。（AZM108）

人类，作为拥有共同起源与目标的群体，被一种信念凝聚在一起，以至于他们能超越一切，甚至是关乎生死的争斗。这种信念是如此坚定，以至于直至牺牲理性的人之存在，才可能使之动摇。（AZM113）

谈及人类的平等及其可疑性，西方社会率先提出了人类平等的概念：它主张所有人都应享有平等的基本权利，任何人都不应被仅仅视为达成目的的手段，而应被尊重其作为人的固有尊严。这些权利，在近代被赋予了"人权"这一称谓。这些理念不仅为我们所信奉，更仿佛已悄然植根于全人类的心中，即便是那些尚未深刻理解其内涵的人们，也似乎已经准备着去接纳它们。

这一平等的核心理念，与现实中人类存在的个体差异并不相悖。

我们生来便各具特色，体质、种族、天赋、性格千差万别，这些基于经验的差异是显而易见的事实。再者，每个人都是独一无二的个体，每个生命都是唯一的，就连动物亦是如此。

而人类平等的观念则另有起源。它要求每个人在道德责任和义务上应当平等对待，这是一种应然状态，而非实然的人际交往现象。这种平等，是所有人都应奋力达成的目标，它意味着每个人都能不受限制地成为最真实的自己。正是这样的追求，催生了一种新的"不平等"——每个人都在以各自独特且不可复制的方式成为自己,这正是人类独有的。

人类平等与不平等之间的冲突,并非源自两种截然不同的自我认知模式,即将自己视为自然个体,或是将自我视为实存的自我存在。这种矛盾的产生,往往是因为人们混淆了如在和自我存在,错误地将它们视为等同,或是仅将其中一种视为唯一的人之存在。(A47f.)

平等,其核心在于机会的均等和法律面前的无差别对待,它并不要求个人在天赋、个人存在的能力或道德品质上达到完全一致。民主的理念倡导的是尊重人类的多样性,以及公正合理的等级秩序。在这样一种平等而民主的氛围中,没有人被轻视,也不被过度神化。同时,给予那些有能力的重要的个体施展才华的机会,其他人则会出于对优秀之人的欣赏而谦逊让位。(AZM442)

民主制度想要持久稳健地发展,就必须反对任何不公正的特权现象,但同时也要积极支持那些"民主贵族"。这些人具备独特的洞察力,能够识别出人才的天赋,看得出每个人在取得成就过程中有多少是依靠付出的辛勤努力,识别出判断力与理性的道德品质。他们在做这些判断时,是基于自主认可,而非臣服于任何外部强制。(AZM442)

作为过程、问题与挑衅的选拔

在社会学领域有"选拔"这样一个概念,它描述了社会中持续进行的、无论是无意识还是计划性的、带有正面或负面影响的筛选过程。回顾历史长河,教育长期被少数上层阶级所垄断,他们因此得以掌握读写能力，成为伟大作品、历史记忆、国家艺术及法律智慧的传承者。贵族家庭的孩子，在浓厚的政治教育氛围中成长，在正式步入权力舞台前已经接受了长期的政治素养培养和思想修辞辩论的洗礼，积累了显著优势。在选拔过程中，统治者展现了识人用人的智慧，他们擅长识别并任用那些能够弥补自身不足的人才。如今，随着新技术的发展，教育资源的普及程度大幅提升，几乎每个人都能获得受教育的机会，文盲现象逐渐成为历史，取而代之的是一种将全社会的人民紧密联系在一起的普及教育。

要实现民主，关键在于从社会各个领域中挑选出杰出人才。政治领袖承担着首要责任，要审慎选择合作伙伴，为自己培养后继之人。（AZM443）

当今时代的一个显著变化是，读写能力得以普及。媒介技术的高速发展，使得全球资讯触手可及，媒体将世界各地的事件迅速公之于众，拓宽了人们的视野。同时，诗歌、哲学等思想瑰宝以低廉的价格被印刷成书，每个人都得以参与到对伟大的传承之中。然而，这一变化也带来了双重影响。一方面，信息爆炸可能导致普通人思想上的混乱，他们可能因信息过载而变得消极，注意力分散。但另一方面，这一变化也为普通人提供了前所未有的思想飞跃的机会。历史上，这样的机会往往仅对少数精英开放，而今，随着教育和教学方法的进步，更多人有机会获得正确的理解，实现精神上的自我培育与成长。

当前时代的变迁首先并非那种精神思想的演变，即当下对过往观念的扬弃而导致的思想的变化。这种变化是一种外在驱动的过程，它在普遍的水平下降的情况下，借助科学技术的力量，推动了全人类思想层面的进步。然而，这种思想解放的契机，并不意味着带来更多的自由；相反，初看之下，它似乎更多的是对既有自由的破坏。

今日，通往自由之途的唯一正道是，在民众内心的觉醒之中培育自由。这条道路，要么是通过民主制度，对每个人进行自由与责任的教育，引导我们逐步迈向自由；要么则是公民与政治家滥用自由之名，最终滑向奴役的深渊。在这条道路上，不负责任的政党统治的寡头政治以及公共虚假的状态，可能使所有人彻底沦为被奴役的对象。这种极端情况在历史上从未出现过，因为以往缺乏足够强大的技术手段来实施如此广泛的奴役。（PGO450）

有那么一小群人分散在世界各地，他们因共同认可至高无上的要求而紧紧相连。关注这一由少数志同道合者组成的共同体，并不妨碍我们同时关注每一个个体的独特机会与基本权利。事实上，重视某些个体的成长与进步，与致力于确保每个人都能享有公正生活条件的目标，是并行不悖的。一种关注，即聚焦于个体的内在成长，引领人们踏上哲思之旅，促使个体精神得以实现、净化和升华。而另一种关注则与政治相连，着眼于构建所有人的此在社会环境。

贵族与大众、个体与整体之间的对立，并非一种非此即彼的选择题。我所理解的"贵族"，并非单纯指代上层阶级、拥有更多物质财富者、统治者或成功者。相反，真正的贵族，跨越所有的阶级，是一种勇于追求自我超越的精神，而非满足于现状的安逸心态。我所言及的"个人"，即是这样的贵族，他们不甘于平庸的如在，而是作为自我主宰的个体而存在。他们的灵魂闪耀着独特的光芒，充满爱的力量，秉持着刚正不阿与清正廉明的原则。这种精神特质跨越所有社会阶层，穿越所有公共有效或无效的方式。这些贵族没有固定的外在特征，他们不苛求于人，唯独对自己严格要求。他们很难被选拔出来，因为他们往往以独特的方式成长，拥有深邃的思考和敏锐的洞察力。实际上，他们更多地出现在那些看似普通的工人、农民之中，而非仅限于受过高等教育者和富裕阶层。历史上那些显赫的贵族之中，也不乏这样的人物。在此在的安宁中，在有计划的思想工作所需要的安全感之中，这些人或许更能够实现自我，尽管享乐、自满的歧途近在咫尺。他们更加真实可靠，在灵魂诉说的灾祸中展现出非凡的韧性。然而，那里隐藏着一个不被世界所知、被遗忘的秘密。那里的灾祸，是身体机能的丧失、暴力的侵袭，或是希望的破灭。

正义的动力源自两个相辅相成的方面，缺一不可。首先，它推动最杰出的人才（这些人才往往也是最为稀缺的）充分发挥其能力；其次，它致力于确保每个人都能享有平等的机会。这两个方面相互依存，若将其中任何一个抽离，正义的本质便难以维系。

环境的强制与机会的开放

在教育选拔的舞台上，一个核心议题是关于大学教育应如何定位其受众群体。表面上看，它似乎对所有人开放，但实际上，它更聚焦于培育未来的精英群体，旨在让他们自由成长并施展才能。然而，问题在于，我们无法预知谁将成为真正的佼佼者。因此，若要避免埋没人才，就不能简单地将标准锁定在某一特定类型上：那些天生严肃、早早受到真理之光照耀的人。对他们而言，求知与探索既非是职业也非沉重的任务，而是关乎借助知识以及服务真理参与世界创造的使命。精英并非某单一类型，而是被命运承载的个体的数不清的多元性，在理解一个事物的过程中，他们的本质获得了客观意义。（IdeeIII，127；ähnl.II，92）

将人类仅仅视为既定材料进行雕琢，为了达成此在的目的将其滥用，这样的做法对于促进个人内在的丰盈毫无裨益。显然，任何选拔机制都不应秉持这样的初衷。相反，人应当是在思想的引领下，实现自我，而非被用作工具。个体应当是终极目标，且通过在集体生活中的行动所展现出的客观价值来为自己正名。因此，任何涉及筛选的过程，都应当秉持对人类无限可能性的敬畏之心。（IdeeIII，127；ähnl.II，92）

这种筛选过程，有时悄然无息，有时则明显受到引导，但它终究是无法回避的。它所发挥的作用，往往只在极其有限的范围内实现了某种程度的公平。理想中，每个人都应顺应天性，去学习、去尝试自己力所能及之事，但即便是那些最为杰出、最为幸运的人，也未能完全实现这一理想。人类，作为理念上的无限存在，却常困囿于现实的有限框架之内。只有把握住这些条件，他们方可获得实质。因此，关键在于我们要学会接受这些限制，并在限制中获得自由。

从出生的那一刻起，遗传和天赋的烙印便是无形的枷锁。随着时间的推移，我们逐渐意识到，无法将心中的梦想同时全部实现，甚至不能逐一实现，因为生命的有限性。

这种限制还深植于个人的出身和社会背景之中，为不同条件的人提供了各不相同的展现舞台。

然而，即便在这样的背景下，人们依然能够觉醒到内心的自由。

他们正视自身的局限性，同时紧握每一个机会。这成了个人在遭遇阻碍与机遇并存时，为实现自我而采取的唯一且必要的策略。

心理学家与社会学家，在审视这一现象时，持有截然不同的视角。他们渴望通过深入剖析事实，提炼出有效的策略，以指导筛选过程，旨在促进优秀人才的脱颖而出。诚然，这种方法在一定程度上是有效的，但我们也必须对其认知的局限及可能带来的规划性后果保持清醒的批判态度。我们的目标是在理解这一现象的同时，不会忽视个人的自由，避免因过度干预而施加不必要的限制。历史上那些智力卓越之士的社会背景便是这一议题的生动例证。（IdeeIII，133f.；ähnl. II，97f.）

显然，将天赋出众直接等同于出身于上层阶级的观念是错误的。更合理的推断是，上层阶级的人往往能享受到更为优越的教育资源，这些资源无疑是他们取得卓越成就的重要基石。

然而，若我们简单地将各阶层人群的天资视为等同，仅仅将后天的差异归咎于机会的不均，这样的看法未免过于仓促。（IdeeIII，134；ähnl.II，99）

从根本上讲，人的"诞生"远非仅仅是生命的初始时刻，一个人的出身背景对其影响深远，不容忽视。人类的存在，是内在本质与历史沉淀交互作用的整体。书香门第的孩子，在长大成人之后，在本质上区别于他人。

即便是那些闪耀着智慧光芒的伟大思想成果，也往往根植于创作者儿时独有的体验。以费希特为例，尽管他天赋异禀，但不可否认的是，其性格中亦存在些许粗犷，正是这丝狂热和狭隘给他的本性又增添了顺从的特质。

在评估一个人的价值时，传统固然不是唯一的标尺，亦非首要考量。但在追求真实与公正的选拔时，我们不可忽视它对塑造个体本质的作用。童年时期的某些缺失，永远难以弥补。（IdeeIII, 134f.; ähnl.II, 99）

对于缺乏传统浸润的人来说，一种特定的传统并非他了解自我的必要条件。但成人后，若要以不同于童年的视角重新审视传统，那么接触并深入理解传统便成为不可或缺的一环。

若个体的成长深受书香门第传统的影响，那么，真正关键的不是简单的上学，因为在现代教育体系几乎每个人都有上学的机会，也不是物质上的富足与各种试错的机遇。在这样的家庭环境中，真正宝贵的是那份精神实质，是富有内涵的严肃性和持续的培育。并非出生于这种家庭本身有什么价值，更多的是家族成员共同秉持一种责任感。社会学上的优越地位，并不能保证这些品质的传承，20世纪上层社会背离自身传承的例子就明显增加。从新教教区到精英阶层，再到新贵阶层，许多杰出人物虽出身于此，但他们所受的教育却是无法简单复制或谋划的。

另一方面，普通民众或大众群体的特性，往往难以捉摸，甚至难以明确界定。筛选在群体中时刻发生，即便是社会学上的主流阶级，本质上也是一个复杂的群体集合。长久以来，人们对于群体特性的认知往往趋于一致，且这种认知往往偏负面。

谈及天赋，多数人倾向于高估自己，视自己为不凡之才。然而，一旦遭遇挑战，他们便可能转而以"缺乏天赋"为借口。这种既提要求又找借口的心态`,在大众中颇为普遍。他们渴望被认可,希望自己的能力被高估,但同时又倾向于逃避责任与挑战,不愿在严格的自我磨砺中成长,承担自己的使命。(IdeeIII,135f.;ähnl.II,100)

四、权威与自由

权威的具象化

真理在具体现实中向我们走来,深入真理之基,我们会遇到例外与权威。例外,是质疑一切,令人心生畏惧,又为之着迷。而权威,则是汇聚了承载我的一切,令人向往,使人平静。

让我们尝试把权威具象化:

权威是真理的集大成者,它把统摄的所有形式融于一体,在历史的形态中,以普遍性与整全性展现在我们面前。更具体地说:权威是此在的权力、强制的确信、理念与实存的本源的历史性的统一,而实存自知在此间与超越相关联。

因此,权威是真理的一种表现形式,它不仅局限于普遍的已知,也不仅是外界强加的命令和要求,亦不止于一种整体的理念,而是融合这三者于一身。权威虽以外部要求和强制力的姿态出现,但其影响力却深入人心,从内部发挥作用。在超越中,权威始终保持着冷静与理智,即便是那些掌握权威、发号施令的人,也需对权威保持敬畏与服从。

这种权威,若不被浅表化,也不因沉溺于此在的权力而变得具有暴力性与破坏性,那么它就不能自诩为时间的此在中对所有本质而言唯一且普遍的权威。实际上，每一种权威都承载着其独特的历史形态。因此，并非某种科学的理性分析就能全面洞悉并确定权威真理的内涵。相反，权威的真理容纳了世间万物之知，却没有将其摧毁。

这种真实的历史性统一就是权威的无条件性。从最初奠定的根基出发，它作为历史曾在包容了当下，通过图像、符号、秩序、法律和思想体系而得以展现，所有这些在无可替代的当下的历史性沉淀之中，始终与我一致。

然而，并不存在能够像在上述抽象的描述中保持波澜不惊的真正的权威。它本身就是历史的产物，随时间流转而不断变化，始终处于一种张力之中。这种张力，推动着权威的不断运动。

在权威之间，存在着一种张力：一方面是对永恒稳定的渴望（这种权威若真能实现，或许会扼杀探索真理的热情）；另一方面则是打破旧有框架获得新生（但若其发展失控，也可能带来混乱与无序）。秩序源自对旧秩序的打破，每一次破坏性的例外都可能孕育出新的权威。

此外，权威与自由之间的张力，也深刻影响着每一个个体。个体渴望作为自己的真理在他自己的本源中找到那些从外界以权威姿态降临之物。这样，我们把在权威之中成为自由的过程具象化了。（EP40f.）

权威与自由的辩证关系

个体：权威与自由之间的张力。

一个真正意识到自身自由的人，内心往往充满敬畏；这是他与权威联系的标志，他将自身的自由归功于权威。在世界现实中作为权威与我对话的力量，塑造了我自身的存在。

自由并非肆意妄为，后者只是个人随意抉择中蕴含的无数偶然性。真正的自由，源自对必要性的深刻认知，因此在采取行动时，会从无尽的内涵中做出选择。自由并非唾手可得，它要求人们首先理解自由的真谛，自由并非在所有生活领域的此在都能毫无阻碍地实现。若是对自由的真谛和意义缺乏深刻理解，便有可能将个人的肆意妄为与真正的自由相混淆，从而陷入不可预知的危险之中。只有当我们在自己的本源中重新发现真理，成为真理的承载者，我们才能与那种意涵丰富的自由不期而遇。这体现了一种基本关系：每个人都渴望在自己的本源中，将那些从外界以权威姿态降临的，识别为自己的真理。

因此，我们内心深处始终是在探寻真正权威的。我们对统摄的意识对于权威是有意义的，权威在这个世界中正是统摄的符号。

若我们将追求在权威中获得自由的过程具象化，便会发现这一过程虽直指权威，但一旦权威缺失，其自由的实现便无从谈起。

自由与无度的肆意妄为往往容易混淆，因此需要对自由加以合理的限定，防止其沦为空洞无物的概念。这种限定正是通过权威这一此在的力量来实现的，只要权威紧密维系着与本源的历史纽带，在传承（尤其是在教育领域）信仰、知识、观点及态度等方面发挥积极作用。

被深深信仰的权威，是真正的、触及本质的教育的源泉。每个人的成长旅程都始于其有限性。在逐步成为自己的过程中，学习并掌握历史传承下来的内涵，而这一切都离不开权威的指引。在权威的指引下成长时，权威不仅为个人开辟了广阔的空间，更让他处处都与存在相遇。但反过来，若一个人在成长中缺乏真正权威的引导，虽然可能积累了一定的知识，掌握了语言和思想的工具，但内心深处却可能感到那份空间的空寂，虚无在其中时刻凝视着他。

在个人的成长道路上，随着自我反思的深入，自身的本源逐渐显露。当权威的内涵真正内化于心，它便焕发出勃勃生机。在此之前，权威往往显得外在而陌生，自由对权威的抗拒，实质上是对一种尚未转化为自在的排斥。通过挑战权威而生成的自由，这种自由随后又能在权威那些已显僵化、客观化中找到对抗的支点。在通过权威走向自身之后，个人超越了权威。

让我们来对人类的可能性做一个终极设想：一个人达到成熟之境，他完全自立自强，内心深处铭记着过往，从未遗忘，从生命最深处的本源汲取力量而生活。即便从最长远的考虑出发，他也能保有决断力，积极行动，同时基于创造自我的权威，保持对自我的忠诚。在他的成长旅途中，支持是不可或缺的。起初，他带着敬畏之心，在与他人的联结中生活。在尚未能从自己的本源出发，自主做出抉择时，他依赖于他人的引导和决定。然而，随着解放的逐步推进，他内心深处的本源力量逐渐觉醒，成为指引他前行的决定性力量和光明。终于有一天，他无比坚定地听到了真理在自己内心的呼唤。此时，他已彻底挣脱了外在权威的束缚，自由地掌握着真理的钥匙。对他而言，自由不再是肆意妄为，而是追求真理的必然选择。权威在他心中升华为一种超越，通过他的自在发声。

这种极端设想融合了自由与权威的概念，它是一个从相对外在权威逐渐深化至内在权威的解放过程。人类最终在自己的内心聆听到作为根基内涵（而不仅仅是表面的规则）的内在的权威，并在它真实的世界里，识别出它。自由是本真的不可或缺性。唯有在确信权威的内在存在之处，才能从特定的外在形态转变为内在的存在，它深根于人类历史与文化的整体之中，跨越真正权威的所有形态，在与整全的根基与本源合一的过程中，去体验外在的权威。在那儿，所有人都作为人属于彼此，彼此相关，相互交流。

这样看来，权威与自由非但不冲突，反而相辅相成，彼此滋养。正如自我存在的本质在于经由超越而自我赠予的自由，这份自由也反过来通过权威得以自我充盈，因为自由通过权威来了解自我。因此，只有在那种基于整全的统摄的全部方式而当下在场的广度中，在超越中出现的每种历史具体化中，自由才能够实现。

然而，我们必须认识到，追求绝对独立自由的人，其旅程是没有终点的。每个人在成长的路上都会遇到挑战，无法成为无缺的完人。因此，无论个体在追求自由的道路上如何努力，他也无法在不感受到前路的迷茫与不确定的情况下，消解自由与权威之间的张力。个人的自由内核往往渴望得到权威的认可，或在与权威的对抗中证明自己才是潜在真理的标志，否则就无法与偶然的冲动区分开来。权威的力量，既可能作为助力强化，也可能在反抗中赋予个体形式和支持，以消解任意性。正是那些能够自立自强的人，更加渴望权威的存在。

再者，尽管众多个体能在集体中找到真正的自由，但大多数人往往沦为此在欲望中无序与任性的牺牲品。个人自由的实现，实则建立在人人皆自由的基础之上。自由渴望的是一片自由的海洋，只要还有人未能获得自由，那么任何人的自由都是不完整、不牢固的。

因此，当我们以自由集体之中的自由之人的最高理想为参照时，不难发现，权威在现实中总是伴随着一定的强制力量存在。在这样一个统摄所有的集体现实中，权威依然是真理的形态，声称自己掌握所有的真理。而当权威迷失时，混乱便会趁机滋生，权威也会以某种注定的方式，从混乱中重生。（W797ff.；ähnl.EP41ff.）

权威与例外

例外和权威是在其历史现实中深不可测的统摄。它们揭示了在纯粹理智看起来毫无意义、值得唾弃的东西：世间并无绝对唯一的真理，人之存在亦非孤立无二；真理处于时间脉络之中，因此具有历史性，故而是一项时常面临挑战的使命。

权威下的真理与例外语言中的真理，在其存在之处，是最具当下性、最具震撼性的；在其缺失之处，它便成了人们心中那份深切的思念与向往。只有在人们用理智那种看似清晰无误、纯粹正确的真理掩盖了所有本源与内涵之处，这种真理的统摄性的现实才会消失。然而，正是在这种现实性中，我得以真切地感受到自己的实存。

例外和权威导向真理的根基，这种真理不再只属于统摄的一种方式，而是成为能够穿透一切界限，在一切之上显现的一统。在这种统一之下，由不同统摄方式所引发的种种冲突似乎瞬间找到了解决方案，而这一过程并非通过简单粗暴地优选某一特定方式来实现，而是通过存在于所有统摄方式的作为太一的超越的言说。这不是统摄不同方式的和谐统一，而是来自太一的瞬间冲击，保留了行动中的张力，为新的突破提供了空间。

例外与权威，本身是相互对立的极端，但实质上，它们都是指引我们向真理迈进，因此又在更深层次上实现了统一。这两极之中存在着共同之处，有以下的特点：

1．它们共同植根于超越。每当它们显现，无疑就是超越本身的直接体现。缺少了超越，便不会有真正意义上的例外存在，也无法孕育出真正的权威。

2．两者皆是未竟之作，永远处于动态变化之中，仿佛是一场无尽的自我提升之旅。在这个过程中，它们各自在特定的时刻，通过内部的张力，成就了各自唯一的真理形态。

3．两者都是历史性的，都是无可替代的。因此，在它们最初的真理内涵中，它们是不可模仿、不可重复的。但它们作为历史中一切的统摄，将一切都纳入自身之中，同时也因其历史集中性而可以开放地踏入所有空间。

4．在"例外"与"权威"之中，真理并非一个可以被审视和认识的对象。若将它们建构为一个可依据理性演绎原则的对象，它们将被束缚，失去原有的活力和真理。同样，若将它们作为有明确目的计划和行动的目标，它们将迅速消散无踪。这两个词汇，表面上看似简单直接，实则指向了一种超越，在超越之中生成作为一切统摄的归一性的真理存在的基础。诗歌与哲学，均难以完全把握这份真理。诗歌的边界，是在其形态之中所生成的内在性，并非诗歌的终极追求；哲学的边界，在于所思之物从来不是真理存在的自身，尽管所有哲学思辨都以实现这一目标为旨归。（EP44ff.）

在权威中思考与生活

对于那些深入哲学思辨世界的人们而言，他们无法在权威的庇护下盲目度日，而不问其缘由。单纯地生活在权威之下，与主动审视它、在思考中接近它，是截然不同的两种状态。若我仅仅是被权威所包围，真理似乎一目了然；但当我开始去审慎地思考它时，权威便展现出其无尽的复杂性与多面性，任何单一的理性分析都显得力不从心，难以全面诠释它在历史长河中的真实面貌。然而，随着哲学思辨的日臻成熟，我们逐渐意识到，思考与在权威中生活是不可分割的整体。

这种哲学思辨并不能直接推导出权威。我信任权威，是统摄性在全体中的本源；至于我是否应该信任它，这始终是一个未经充分论证的疑问。值得注意的是，对权威的阐释，其目的并非在于证明历史上某一具体权威的正当性。

在面临例外与权威的挑战时，这种哲学思考从未选择沉默。虽然直接论证权威的悖论尚未浮现，因为任何试图论证权威的行为，在某种程度上都会削弱其本身的权威性。然而，哲学的力量在于，它不仅能够揭示那些因时间流逝而失去真实性的对比，更有可能将源自本源的东西提炼为最纯粹、最耀眼的当下。

即便面对例外的挑战和权威的威严，哲学的真理之路也从未终止，而是以理性之名贯穿于其中。我们并非让某种上文论及的既定形式最终占有真理，或是干脆在真理的内容中展现它，而是最终言及理性。

理解理性的本质，以及如何在实践中实现它，自古以来便是哲学的核心使命，并将永恒地延续下去。（EP46f.）

自由与权威

19世纪的欧洲，在经历了与中世纪权威的艰苦斗争后，终于在一定程度上迎来了前所未有的全民自由。

然而，这份来之不易的自由，在随后的日子里，却让许多人感到茫然无措。这不禁让人质疑：这，真的是我们追求的真正自由吗？在欧洲的某些角落，人们似乎渐渐淡忘了自由的珍贵，忘却了先辈们为争取这份自由所付出的牺牲。自由沦为肆意妄为。于是，我们面临的真正问题不再是对抗权威，而是如何在内心深处承认并接纳那些真正的、有效能的权威。

然而，企图复辟消逝的权威，犹如搭建一场虚幻的舞台布景，终究难以赢得人们的信任。紧接着，一场前所未有的恐怖事件发生在部分欧洲国家。在那里，一些人与政党崛起，他们用绝对的暴力终结了混乱无序的无政府状态。这些势力不仅摧毁了那些"布景"，更将触角伸向了社会的每一个角落，深入每个家庭，全面掌控人们的精神世界并使其瘫痪，将这种暴政统治包装成他们新的"权威"。在实施这些极端计划时，他们毫无顾忌，内心没有丝毫的良知与不安。他们宣称这种暴政是当下唯一可以获得的所有人的自由。就这样，恐怖取代了权威。

沉浸在新奇事物的喜悦中，广大民众竟未意识到，自由已在转瞬间彻底离去。在迷茫的慌乱、顺从的冲动以及对人性的神化中，他们以解放之名，自然而然地步入了臣服之境。他们的生活变得缺乏思考，满足于盲目跟从，却也同时深陷于对暴力的狂热之中。他们不仅承受暴力，还传递暴力，最终自己也成了暴力链条上的一环。

迄今为止，尽管同时丧失真正自由与权威的现象主要局限于部分地区，但它已然演变为全人类共同面临的挑战。面对全球数十亿人口，这类人以压倒性的优势获得日益显著的重要性，如何挽救自由，已成为关乎人类未来的核心议题。当前，这一议题的核心在于：如何通过真正权威来有效抵御暴力与恐怖，从而拯救并守护自由。

与往昔人们呼唤自由、坚决反对权威滥用的时代相比，今日，负责任的群体转而呼唤权威的力量，以对抗那些负面的自由。人们不再言之凿凿地说：权威和自由；如今更为深切的忧虑是：自由和权威。问题在于，权威对自由意味着什么。

我们知道，"搭建布景"仅是徒劳。那么，我们应当何为？

我的核心观点是，我们需要构建一种哲学框架，用以深入探讨自由与权威之间的微妙关系。唯有通过清晰的思考，我们才能真正领悟"何为"这一问题的真谛。

自由与权威是社会学和心理学中的术语。例如，马克斯·韦伯为我们揭示了统治的三种基本类型：法理型统治，它建立在人们对既定法律秩序合法性的理性信仰之上；传统型统治，则深深根植于对悠久、有效传统的神圣尊重；而个人魅力型统治，则是基于对某位领袖超凡能力、英雄气质或模范行为的崇拜。在非私人的法律体系中，上级官员作为秩序的维护者；在传统秩序中，领主与臣民之间通过传统纽带紧密相连，臣民既受传统召唤，领主也受传统约束；而在魅力型统治下，人们因信仰领导者公开宣扬的秩序而甘愿服从其领导。

塞巴斯蒂安·弗兰克从心理学的视角深刻剖析了人类内心深处对教皇式权威的渴望。这种渴望，源自对服从、臣服乃至某种程度上对奴役与暴力体验的追求，驱使人们以各种形式构想并塑造这样的权威形象。

社会学与心理学的分析阐明了真相，两者缺一不可。尤其是社会学中的理想统治类型为我们提供了一种概念上的清晰框架。然而，这些分析虽然客观且可验证，但其局限性也显而易见——它们未能触及这一现象的本质核心，也就无法揭示内涵的真理。

依据马克斯·韦伯的洞见，不同类型的统治方式背后，依赖着截然不同的信仰体系作为支撑：一种是相信通过民主投票与广泛共识达成的真理之路；一种是坚守传统与习俗中蕴含的真理；还有一种则是追随某位领袖所引领的新真理。这些信仰是决定性的力量。就全体多数而言，他认为最终信赖的是那些本质上善良且理性的人；在传统社会中，则将信任寄托于历史深处那些独特的根基；而在魅力型统治下，则是对那些超凡脱俗的领袖充满信任。然而，社会学上的这些形式，其本质是纯粹的功能性。全体多数可能会陷入从众心理的疯狂；传统若过于狭隘僵化，则可能导致精神死亡；而领袖的魅力若被滥用，也可能如"花衣魔笛手"般引领社会走向歧途。因此，为了辨别真理与谬误，我们需在每一种形式中，从不同根源审视社会学与心理学中的概念及其内涵。

让我们深入探索权威自身的本质，即便该过程中可能需要借助一些心理学和社会学的概念来辅助理解：

1. 权威这个词及其概念的根源可追溯至古罗马时期的思想体系。

在拉丁文中，"auctor"意指首创者、推动者或使事物增长之人，而"auctoritas"则代表了生产、辅助与增强的力量。这一概念蕴含着双重意义：与创造相关联的已存；与发挥作用相关联的是自身的效用，与帮助性的支持相关联的是提出要求。

在各类权威形态中，无论是官员与律法、家父和慈母、受人尊敬的教师还是医生，其根基都是存在的内涵。存在的内涵在这些角色中得以展现并被认可。

2. 这种存在的内涵源自何处？它通过历史的传承，关联着世间万物的基础与超越。

自最初的基石奠定以来，权威这一历史性的存在便如影随形地围绕着我们，通过图像、符号、社会秩序、法律条文及思想体系等多种形式展现其声音。追溯其根源，权威并未经历彻底的理性论证。我们自小便在权威的熏陶下成长，并借由它逐步探索自我。往往，当我们开始意识到权威的存在时，其实早已身处其中而不自知。权威之于我们，难以穷尽、无法彻底洞悉。我们日臻成熟的过程也是不断澄清权威内涵的过程。孩提时代，我们或许因权威的简单直接而服从；但随着时间的推移，我们感受到它的成长变化与生生不息。权威，在一生中不断自我重塑。

权威，作为引领，从历史的根基深处向我们走来，以它最温和的姿态，包含虔诚之情，不会在非紧急状态下造成伤害。正如雅克布·格林所言："权威，这份自古以来自父母传承而来、深植于心的宝贵遗产，我们渴望妥善珍藏，并延续至后世……然而，每当试图追溯它的源头，它便飘向远方，如同不可探究因而缥缈神秘之物，隐身于黑暗之中。"

这份拥有团结之力的权威，其本源是超越。它关乎神性的思考，以及这种信仰如何悄然地塑造并渗透进我们生活的每一个角落，这奠定了权威的力量。

那些在历史上无法预见的以及神圣的当下，正是凭借一种秩序的意识维系了权威。我融入了这种秩序之中。这份先于一切行为、无目的的归属感，便是权威的基石。以此为出发点，它指引着我在世间的一切行为，调控着每一个目标，而这些目标本身从来不是终点。

源自外界的真正的权威会与信任它的内心相遇，这份内心的等级与真理，与向它言说的存在的内涵息息相关。

3．换言之，自由唯有在与其相伴的权威中方能彰显其丰富内涵，而权威也唯有在激发自由之时，才堪称真正的权威。

在理智的审视下，我会将自由与权威视为两个独立的阵营，各自争取着属于自己的领地。两者各自为政，会进行有一场胜负之争，自由可能最终战胜被抛弃的权威，或权威成为自由的枷锁。

然而，自由与权威缺一不可。唯有对方存在时，它们各自才能更真实、更纯粹、更深刻。只有当自由沦为肆意妄为，权威沦为暴力时，它们才会成为对立的概念。而这样的对立，只会让两者都失去各自本质的意义。缺乏权威引导的个人，容易变得肆意妄为，茫然不知应当何为；而失去自由精神的权威，则可能会把暴力升级为恐怖。

因此，真正的自由的人是与权威共生的。那些遵循真正权威的人，其实是在享受最大的自由。而正是这份权威，赋予了自由以丰富的内涵。

4.权威的存在内涵体现在专业知识之中。如今，这些由专业知识铸就的权威，我们称之为专家或专业人士。他们的权威不仅源自对常识的掌握，更基于对专业领域的深入研究和严格要求。这种权威广泛覆盖着知识领域的方方面面，它既是达成目标的工具，又超越了工具本身。因此，仅仅是技艺纯熟的工匠并不享有这样的权威，单纯智力上的优越反而会削弱他人的信任。

进一步说，权威常与一种有效的此在权力紧密相连，这种权力要求并促使人们服从。最终权威依靠暴力获得权力。

然而，纯粹依靠暴力的权威，无法让人心悦诚服地接纳其为权威。如果我服从了一种压倒性的暴力，那么这种暴力尚不能因此被视作权威。

如果权威是建立在坚固的信仰之上，那么暴力将会消散无踪。理想的权威是强大的、非暴力的、持久的、非强制的。实际上，强制越多，权威越弱。使用暴力的程度正是衡量权威是否正逐渐失去其正当性的标尺。非暴力权威的理想世界，与无权威导致的恐怖形成对比。

然而，在我们的此在之中，权威必须与统治直接挂钩，这是权威的劫难。在权欲的驱使下，权威可能被滥用，从而背离了其真理。真正的权威，是对一切暴力的明确拒绝。耶稣在十字架上的牺牲，作为我们西方文化的深刻象征，展现了面对无力、痛苦、失败乃至死亡时的义无反顾，同时也传递了放弃非善意权力的信息。然而，这种基于善意与放弃权力的神圣的权威观，在历史的长河中经常被扭曲，演变成了忏悔与权力的斗争。人们将所有激情投入其中，不惜一切代价地追求权威，将其视为权力的代名词。

我从两个不同角度审视了权威这一概念。首先，我探讨了社会学和心理学的视角，这些视角虽然触及了权威的表象、它背后的现实基础或社会功能，却似乎未能触及其核心本质与真义。随后，我转而围绕着权威本身展开了探讨，试图不去辨识它，而是把握其精髓。

第一种思考方式是一种面向对象的研究方式。它似乎开辟了新的途径，让我们能够通过获取知识，有计划地构建出我们所需之物。而第二种方式，是具有哲学启发性的思维方式。它其实没有辨认出任何对象，但是，若是成功，某些东西便会在我们心中逐渐变得清晰而深刻。这种方式不直接提供技术上的解决方案，却能在不备之中唤醒并强化我们的现实意识。

这两种思考方式，都属于哲学认知。当我们运用面向对象的方式思考时，我们得以窥见有限事物的世界；而当我们在对统摄之中的对象进行思考时，我们则在对象的消融中感受到了自身存在的充盈。两者虽异，却同为思考。

哲学的思维启迪至关重要。仅凭理性的探讨，我们或许会迷失在有限性的无尽之中。但哲学的力量在于，它让我们在无限性之中既感受到空间的广袤，又找到了坚实的立足点。这种转变发生在我们的意识之中，而非知识之中。它改变了我，却未触动我已有的知识体系。它让我更加明澈，更加坚定，在不可避免的波动中更加宁静。它赋予我们勇气，让我们在所知的确定性消失时，却变得愈发坚定。

此外，这一思考还触及了另一个议题。关于"我们应当何为"，这个问题，我们常常希望通过设定目标和寻找途径来解答。要么是主动探索应为之事，要么是在没有明确任务指引时，意欲被动顺应。

然而，最为关键的是第三点，通过它，不管是那些有特定目的的、可建构的领域，还是面对界限的谦逊意识，都会被纳入一种包括万象的统领之中。它便是每个人在内心行动中所承担的责任，是自我启迪。它带来的结果并非一定是表面上的心理洞见，而是自我演变。这是一种没有预设目的的行动、没有具体事物的责任，它构成了我们人类自我存在的进程。这一进程非旁观者所能远观，而是在与我自身那些无法客观化的现实相统一中，得以实现。

因此，这里存在一个双重误区：试图将实际的统摄视为可定义的对象，进而将其简化为计划与意图。在这种形式中，恰恰丧失了它的意义。这种误区容易误导我们，将那些既难以客观把握又无法轻易操控的事物视为不存在。

当错误浮现，亟待纠正之时，现代人往往倾向于将其视为心理学范畴的问题来应对。无论是无意识、非理性、此在、本能，还是其他种种称谓，人们期望通过心理学的知识框架来解读它们。相应的心理技巧与疗法也被寄予厚望，希望使得灵魂的疗愈成为可能。在我看来，哲学思考的某种根本性偏离，在诸多重要现象中显露无遗。比如，赫伊津哈（Huizinga）在其著作《游戏的人》（*Homoludens*）中，以游戏的视角深刻剖析了伟大的文化现象，通过丰富的历史实例，揭示了其内涵。然而，在他这本精彩且富有教育意义的书中，赫伊津哈忽视了游戏中蕴含的那种无条件的严肃性，这种严肃性超越了游戏本身。

教育学试图融合心理学原理，将教育转变为一种目标导向的心理活动。然而，一切教育的核心在于内涵的传授与践行。一个被认为富有意义而被建立的塑造世界，人的形象，以及所有那些无法直接传授的精髓，都需要在教学过程中，通过树立榜样、精心挑选学习素材和练习来实现。当孩子们被崇高的信仰所拥抱，当他们的心灵被伴随终生的理想所充盈，当他们承载着世代相传的象征符号生活时，这样的教育便是宝贵的。若教育的首要使命得以实现，那么即便心理学知识有所不足，也不会对教育的整体效果造成根本性的损害。反之，即便心理学理论再完善，也无法单凭一己之力完成这一教育的核心任务。

在政治领域，常流传着这样一种观念：满腹经纶之士似乎仅凭知识和周密的计划便能无往不利。经济、法律、社会学、军事策略、宪法乃至其他各领域的专业知识，都仿佛是他们手中的利器。然而，政治的真正决定性因素是共同体的道德。要想合理运用这些专业知识，必须坚实地立足于道德基础之上。这种道德不仅由杰出的政治家们践行并受其影响，更在良善的政治环境中，在民众之中稳定地发挥作用。

归根结底，决定性因素仍然是内涵：

*以宗教崇拜为例，它被何种现实观念所左右？在这场精神游戏中，哪些现实被不断构建与再构建？

*教育之路，究竟是由何种教育内涵引领前行？在无目的性的教育基石之上，我们如何筛选那些具体的教育目标？

*政治体系，又是从何种共同体理念的土壤中汲取养分，形成其准则与愿景？本源在何种无目的性中获得其意义？

无条件之物总是扮演着决定性的角色，它在自由与权威的整体性中得以成形。自由与权威，作为纯粹的功能，虽可从社会学与心理学的视角进行剖析，但其本质精髓却难以被对象化。实际上，对于经验层面的知识探索而言，自由和权威并不存在，只有同时蕴含这两者之物才能在我们心中显现。

若要深入理解其内涵，我们需那些在对象中触及非对象的思考方式。这种思考给予我们启迪，却从不强加定义；它进行呼吁，却不给予指示；它唤醒我们，却从不强迫我们；它让我们意识到自身的存在与价值，却从不沦为我们的工具。

自从人类思想萌芽以来，我们此在的一个基本特征便是试图将原初的存在颠倒为对象性和目的性。这种错误倾向体现在多个方面：比如，把富有象征意义的现实简化为神秘的、目标导向的行动；把共同体变为社会，把灵魂的存在变为对物的占有。这一系列变化把原本影响我们的，变成了我们试图掌控和占有的；全面的体验，被切割成碎片化的认知；生动的创造过程被转化为机械化的制造；丰盈的创造之本源被转化为目标；被未来充盈的当下被转化为对未来的承诺；而认知的内在存在也被转化为一种对象的已知存在。这样的错误难以避免，它必须被经历并且一再被克服。

现代科学，凭借其卓越的成就，无形中扩大了这种理性化误区的范围，导致人们对科学产生了近乎盲目的崇拜，进而为这些转变披上了新型合理化的外衣。回望历史长河，笛卡尔的某些理解偏差，也诱发了原本伟大的现代科学发生了这一转变。

然而，无论理智如何精巧地设计与行动，都难以在统摄的空间中，构建起我们真正实存的家园。我们的思维会提醒我们，不断将我们从遗忘中唤醒，引领我们重新审视。

这种重新审视既简单又充满挑战：它要求我们从理智的桎梏中挣脱出来，同时又不失理智。在这一转变过程中，我们并非通过摒弃思考来触及自己的本质，反而需要通过深化思考来实现。

言归正传，当下的权威形态何如？我们应当如何行动？

现在我们知道，对此没有一套清晰的诊断与治疗方案。

不过，对于这一复杂问题的诊断，我们可以尝试从以下几个方面进行概括：

1. 我们生活在一个意识存在不断觉醒的世界里，这是身为理性个体的我们共同踏上的旅程。然而，意识的存在如同一把双刃剑。

一方面，意识作为一种明辨是非的知识力量，在科学领域得到了前所未有的发展，它揭露了欺蒙并对其祛魅。但与此同时，这一过程也让古老的神话传说和上帝那丰盈的当下存在逐渐淡出了人们的视野。仿佛随着知识的累积，意识随之流失，除了技术能力的提升和相关知识的积累，似乎什么都不存在了。

在政治自由的天空下，这种意识的流失以一种微妙的方式发生——通过关系、均质化，以及平庸之治的盛行，人们倾向于将一切简化，仅关注事实与可行性。

而在极权统治的阴影里，这种丧失则直接通过系统地抹除宗教、形而上学、哲学的宝贵遗产而发生。即便民众普遍接受了基础教育，学会了读写，能够接触各种学习资源，但这些知识往往仅服务于现代技术工作的需要。学校成了进行特定的、强化的意识启蒙的场所，同时，却在历史层面出现了彻底的意识丧失。

2. 尼采首先提出了"上帝已死"的论断。对于尼采来说，这是一种绝望的呐喊。但无论人们如何诠释这句话，无可否认的是，在当今社会，数以百万计的人们冷静地陈述并坚定地实践着无神论。

然而，对于多数人而言，彻底的无神论立场却显得难以承受。人类似乎难以在完全清醒、毫无自欺的状态下独自面对世界。人们或许能够宣之于口，内心渴望，并努力维持这种无神论的清醒意识，但在现实生活中，他们往往会被某种替代"上帝"位置的存在所征服。例如，盲目崇拜列宁的尸体，或在公开审判中认罪，委身于独裁者的暴力统治。在这些情境中，虽然"上帝"的概念被明确否定，但人类内心深处对绝对性的渴望却得以被填补。

3. 在这个世界上，每个人都向往自由，每个人都自诩为自由的追求者。然而，自由似乎变得空洞而苍白。这种空洞感催生了被领导者心中对依赖的渴求——他们似乎不想再听到被呼吁去承担决断自由带来的责任，而是只想被牵着手往前走。

于是，我们这个时代呈现出一个基本的现象：尽管对自由的渴望如此普遍，甚至连专制的步伐也披上了"解放"的外衣；但与此同时，许多人却对真正的自由感到难以承受。他们渴望找到一种方式，既能打着自由的旗号，又能巧妙地规避自由。

4. 这是当代社会探索构建纯粹世俗权威的一次努力。这里的世俗权威是基于专业、知识、个人素养以及民主选举，而非神意。当这种权威自视为绝对无误，不承认自身有效性的条件，而且与科学迷信、对人类能够构筑理想世界的信念，以及对人类此在自主的活力与理性的信念相关联时，它在无神论者的眼中还能站得住脚。

但现实是，在帮助他人的过程中，人的作用往往有限，我们更多时候只是命运的共历者。因此，任何一种纯粹的世俗权威都不是绝对可信的。

对权威的无超越的追求，实则映射了一种无超越的服从心态。这里不存在对权威的敬畏，只有基于理性或盲目的顺从。在无序的环境中，权威往往是在人们迷茫无助时，被人为塑造出来的发放号令者。遗憾的是，如今执行命令时的暴力与权威本身的力量被混为一谈，经由恐怖实现的机械管理的外化转向，取代了自由之人那份诉求，渴望在权威中寻找到作为有说服力的当下的本源的深度。

然而，上述对当前时代的描绘仅触及了冰山一角。它们将已知的部分过分放大，仿佛这些已知之物已然是整体。这个时代无疑还深藏着更多未知，无论是机遇还是挑战，都远超我们的视野与认知；我们不应将任何片面之见视为绝对真理，以此界定当下的全貌。

在剖析现状之后，关键在于提出针对性的解决方案。

当历史性的权威四分五裂，自身陷入混乱，难以再为我们提供安全感；当我们被日常的有限性束缚，被当下的喧嚣淹没，忘却了在与统摄与超越的联结之中，我们真正的潜能与可能。面对此景，我们如何寻回自我？

我们渴望权威，因为内心深处相信，自由无法自足，它需要在权威中找到自我。

诚然，理性赋予我们无限计划与创造的空间：从开拓新大陆到将撒哈拉沙漠改造为绿洲，从登月探险到构想全球联邦的法律框架，科技的不断进步似乎让一切有目的的创举触手可及。人们甚至自认为能通过新的繁育手段，按个人意愿塑造人类，创造更完美的人。这种

"一切皆有可能，虽然有些尚未实现"的信念，促使我们将"我应做什么"迅速转化为"我该如何实现它"。

但权威，却非人力所能轻易构建。我们深知，权威不可强求，其本质中蕴含着不可制造的特性。面对"何为"的疑问，没有现成的答案。旧有的权威模式不做出改变，不经历不断的重生，是不可能被简单地复制出来的。权威的新形态虽与过去相连，但旧有的一切必须经历蜕变才能得以存续。

在此背景下，我深感以下几点对于理解权威及其有效性发展至关重要：

所有权威，其根基皆在于超越。但若权威即神本身，其命令仅源自对神的服从，那么问题便转化为：神的声音何在？其旨意是否清晰可辨？

人们、国家乃至机构，时常自诩为上帝的代言人。然而，无一例外，没有谁能断言自己独占了上帝的真谛，并以此为由向他人宣示。真正的权威，在于服务与服从之中，它带着敬畏之心，自我约束，同时保持倾听的姿态。因此，世间令人信服的权威，其本质在于：

首先，权威随着历史不断地运动与演变。在每一次被客观化的过程中，它都会遭遇限制，进而步入衰退。权威始终在自我斗争与自我寻找的张力中前行，它从未有过永恒不变的绝对形态，每一种看似稳固的形式，都终将面临被超越的命运。

其次，权威并非单一存在，而是多元并存的。每一种权威都是历史性的，与超越相连，但没有任何一个权威能够自诩为唯一或独占。

那么，上帝的声音究竟在何处回响，我们又该在何处聆听？是在内心的良知吗？但良知亦会受蒙蔽。是通过个人的洞察力吗？洞察力亦非无懈可击。是超自然之音的启示吗？对于未曾亲耳所闻之人，这些声音难以成为确凿无疑的指引。或是藏于宗教典籍与启示录之中？然而，世界宗教纷繁复杂，书籍众多，它们似乎都能自圆其说。

神性所要求的形式，最终还是要回归到人的决定上，即便这选择源自神启。在某个"飞跃之处"，那些无条件的要求，其来源与缘由已难以追溯，它们的出现本身就是一种无须理由的必然。面对这样的情境，我们有两种可能的态度：

一是将我们认为的真理的决定性限制在我们个人的历史现实之中。我们从自己的根源与传承中接过自我，由此获得了我们的此在。我们对自己的行为负责，坚定地投身于我们热爱的事业。在生活的斗争中，我们自主决定当下应为之事。但当我们遵循权威行动时，我们清楚这并非对所有人的普遍要求。我们认识到，这是人类的共同境遇：我们个人无条件信奉的真理，难以在言语中成为普遍适用的法则。只要我们内心与之共鸣，通过它实现自我，这份真理便具有历史的有效性。另一方面，我们承认的、在科学领域内对所有人普遍有效的真理，从来都不是无条件的绝对真理，而是建立在特定方法与立场之上的相对真理。这样的真理，对于每一份理智都是普遍适用的。

另一种可能是，我接纳了一种世界性的权威，它不仅是我个人历史的一部分，更是全人类共有的绝对权威。我深信，神性在世间以某种方式清晰表达，这种权威自认为是无可替代的普世真理。拒绝接受这一权威，往往被冠以固执、傲慢、邪恶意志乃至堕落的标签。

审视这些标签，我们不难发现，当我们将视角扩展至全人类时，哪一权威仅对我个人行之有效就显现出来了。神的启示并非一目了然，它需要人与人之间的真诚沟通来辨识，以防被某种形式篡夺。每种人类权威都有其界限，每个职位也伴随着职责的明确范围。上帝并非直接干预世事，因此，我不能盲目地将自己托付给任何个人、机构、地点或现实，除非那是基于共同的历史使命。若我身处历史洪流中，无条件地融入尘世，我便不会将其中任何元素视为普遍绝对。

真正的权威应当是开放的，它随着自我认知的深化与不同权威间的交流而不断演变。相反，虚假的权威则拒绝交流，只关注自我，自诩为真理的唯一持有者，其交流不过是形式上的展示，目的在于传播自视的真理。这种权威要求服从，不容置疑。但一旦中断交流，最终的结局就只会是战争与暴力。

一种权威，它在多变的面貌与丰富的历史形态中，持续展现出交流的渴望；而另一种，则如同封闭的真理堡垒，拒绝交流，两者之间的界限，在我看来，正是区分促进自由的真权威与扼杀自由的假权威的关键。

虽然根据以上所述，直接谋划新权威并不切实际，但我们可以探讨权威产生的条件与趋势，思考在一个日益祛魅的世界里，权威可能如何在特定的危机与机遇中应运而生。

1. 在极权主义的阴影下，当今社会的政治生态凸显出一个要求：政治与宗教信仰应当明确分野。政治关乎人们能达成共识的此在问题，特别是围绕基本的物质生活保障。这里的分歧点不在于信仰，而是源于空间紧张、物质此在的资源有限以及人口无序增长，导致人们在生存空间中竞相争夺一席之地。这种竞争自然而然地蕴含了对个人此在的捍卫及扩张,以及暴力和狡猾。

在这样的背景下,秩序的维系依赖于合法权威的建立,它使此在的团结和共存成为可能。

在这种此在秩序中,仅存有一种信仰形态是不可能的,它不仅自诩为唯一真理,并企图通过政治——即此在的权力手段,来实现对世界的全面掌控,成为世界的主宰,而非仅限于非暴力的、精神层面的宣传。面对这样的信仰极端,和平对话往往徒劳,唯有以暴制暴,以威胁应对威胁。

政治与信仰的真正分离,其实有赖于信仰本身及其所关联的超越。这种超越是所有历史信仰的共性,它能将人们在此在中团结在一起,共同抵御任意的虚无主义。

此在秩序的合法性被极大削减,对于整体中的生活来说是不充分的权威,但它仍然是权威。这份合法性方法的运用建立在一种基本信任之上,即便面对挑战,人们也倾向于遵守既定态度。从暴力到秩序的转变,离不开敬畏之心和遵循传统的集体。在必要的情况下,人们自愿服从,并非出于胁迫,而是出于洞察力和自我说服,是相信在持续向好的过程中,获得自由认同的可能性。

即便这些方法偶有失误,它们也具备自我纠错的能力。共同寻求权利,以最大限度地保障此在秩序的自由与公正,已成为有效的途径,而不是一种个例。

在我们这个时代,拯救权威与自由的关键,在于释放信仰、生活方式及精神创造的多样性,让它们在开放的交流中自由竞争。

2. 在我看来,思想形态的演进蕴含着巨大的机遇。科学领域的具体的意识启蒙引发了祛魅，然而，这一过程中，原本正确的观念在转变后却滋生了明显误区。它未能洞察整体，而是在整体的空间里抓取认识的对象，将有限的认识对象错当作存在本身。这种做法，以机械单线或机械辩证的理性概念，替代了包罗万象的存在当下，偏离了原始、全面的经验，同时也削弱了无目的性的当下，使行动仅服务于特定目标。

只有自由的、不受任何客观对象束缚的意识启蒙，才能带来繁荣。未经启蒙之物在启蒙过程中不但不会被毁灭，反而会得到发展，尚未识之物也会在启蒙中从新的起源里变得更加丰富多彩。存在不会被忽视，反而会被更深刻地理解。唯有摆脱幻象，回归清醒，我们才能真正面对生活的挑战，领略存在本身的奇迹，正如摒弃迷信后，信仰方能回归纯粹。

一个通过科学极大增加了理智手段的世界，会陷入理智机制的陷阱，但它仍可以引导理智并通过理性超越理智。

一个不再生活在神话的真实性之中的世界，不再被纳入神秘的蕴藏和启示中的世界，会落入科学的伪神话中。但它也许可以听到古老的神话被转化为符号中的语言，尽管它剥离了虚假的现实，而作为现实的密码。

在我看来，思想形态的重构，对我们的未来至关重要。我们需要在有效的哲学中成功地找到一条道路，既能帮助我们摆脱一种受限的状态，这种状态以崩溃的现实形态依附于客体，又能以现有知识为桥梁，引领我们自身相信那些永恒的内涵，从而获得自由和权威。

若我们能从哲学的角度深刻理解自由和权威包罗万象的本质，

而非仅停留于社会学和心理学的表层分析,那么我们的实践将焕然一新。对于虚假的自由与权威而言,批判是致命的;而对于真正的自由和权威,批判则是一种救赎。

当前,我们面临的挑战在于,如何让意识的澄清不仅停留于知识的积累,因为这种积累实则是一种贫瘠化,而是通过思想的清晰化促进发展,并通过学校教育尽可能惠及所有人。我们无须通过错误的思维方式同时切断洞察力与信仰的根基,走向独断专行。相反,我们应通过公开的讨论和辩论,将思想精练至最简单、最明晰的状态,并在实践中不断完善和实践。

但这听起来多么像天方夜谭!若有人感受到哲学思想的力量并见证这样一个奇迹:理性的思想、超越的思想、自由的牺牲行为总是不断涌现,自古以来便不断冲击着原本无意义的历史,那他就会不得不抱有希望。对人的信仰能遏制灾祸,因为,尽管人会犯下各种错误,但在他的内在仍然是根据《圣经》的教条对神的复刻。

3. 我们身处的时代,与往昔迥异,就真的毫无希望吗?

一个显著迹象是欧洲、中国乃至苏联,数百万人流离失所,这不仅是现实的写照,更是某种象征。能在故土、国家与信仰中寻得历史权威的人是多么幸运!他们通过历史权威寻得自己,从而进入权威,进而超越权威,找到了通往本源之路!而今,越来越多人的根源被割裂,他们的出身是破碎的,归宿也被反复打断,他们在漂泊中迷失,对自我与世界充满疑惑。当生活被压缩成一个既无过往也无未来的瞬间,一个缺乏远见与憧憬的单纯此在,人类集体的整体历史感是否还存在?在一个无处止息的权威中,我们是否还能寻得安宁?当主干和许多枝干都枯萎时，是否还有树根为其输送新的养分？

对于理智来说，我们西方人今天仍然重视的、作为我们生活基础和内涵的一切正遭受前所未有的挑战，以至于彻底的悲观主义的阴影似乎正要将我们吞没。

然而，也有人怀抱不切实际的乐观，他们视毁灭为新生的前奏，坚信人类能在彻底毁灭的废墟上获得更加璀璨的新生。

但这些悲观主义和乐观主义的判断过于绝对，能够借助知识手段加以驳斥。而且它们与我们作为有限生命体固有的胆怯相悖，这种胆怯产生在我们面对世界的无限多样性，以及我们要完成的任务时。我们的任务是，在其中听取那项引领我们的指令，并在无知之中服从于这项指令。

我们不应向绝望低头，也不应盲目乐观。相反，我们应在这不确定性中既看到危机四伏，也捕捉到潜藏的机遇。而最大的机遇，往往蕴含于每个人的责任与担当之中。个人决定自己的命运。

此刻，正如过往的每一瞬间，我们的使命是将可能转化为现实，共同塑造未来。空有愿景而不付诸行动，终将一无所获。当下错过的，将会永远失去。

同时，我们还应超越时空与历史，通过热爱的生活，每时每刻直接与神性同在，不让自己在历史的长河中迷失方向，而是在自由与权威的张力中参与永恒的当下，即使在衰败的时代，每个人仍然能够体验到这一点。

至于自由与权威的话题，我并无新论，只愿唤醒您心中的共鸣。

我应当对当下的问题加以阐释。估计您不会想到，我会提及瑞士，这个在世界历史的狂风暴雨中，依旧矗立的岛屿，正是通过自我教育实现了自由与权威以及不同的权威之间的动态平衡。我只想谈谈这个时代的问题，其中迅疾的变化，如果不受控制，甚至会从外部威胁到这个独一无二的、珍贵的岛屿。（PuW41-64）

五、集体与个人

大众社会中能有个体主义者的一席之地吗？个体有可能在一个集体社会中坚持自我吗？

如今人们常常焦虑地提出这个问题，要回答这个问题，我们需要首先澄清个体与集体之间并非简单的对立关系。人类总是兼具这两者的特征，是集体之中的个体。个体的存在离不开其所处的人类环境，而这种环境又是基于个体力量形成的。个体离不开整体（像我们所说的社区、社会、集体），整体也不能没有个体。因为人类既不像蚁群中的蚂蚁那样，作为一个无面孔的、一再复制的个体，在完整的集体之中只具备功能性而没有自我。同样，他也不是世间的独行侠。人类的传承使得婴儿能成长为人，若缺失这种传承，他甚至不能成为人。与动物不同，人类的成长不是生物遗传的不断重复，更是依靠在历史的演变中的教育。天生的聋哑人缺失了听和说的能力。早前，他们被误认为是智力低下的人。自从他们能够通过系统的学习作为听力和口语替代品的手语，才得以证明自己是完备的人，因为他们获得了精神上的传承，进而成为人。

人类与动物的一个显著区别在于，我们与集体的关系总是难以达到完美，这是人类的一个基本事实。正是这种不完美性，驱动着人类创造历史。人们通过劳动，在共同体中建立起秩序，但相比生物遗传的稳固性而言，显得既脆弱又易逝。人类对每一种已经建成的共同体形态都感到不满，从而激发了他不断追求进步的渴望。在现代科技的飞速发展中，这种追求进步的精神得到了淋漓尽致的展现。人类通过不断的发明与创新，对自然的掌控力日益增强，甚至开始尝试改造自然。然而，在此过程中，我们所汲取的经验是：由我们亲手创造出的环境始终处于剧烈的变化之中，难以寻觅到稳定而持久的形式。（PuW65f.）

随着技术的迅猛发展，其规模之庞大、进程之不可预测，正在深刻改变全人类的此在状态。如今，个人与集体之间的基本关系，相较于过去，变得更加尖锐、分裂，甚至让人心生疑虑。

随着技术的飞速发展，共同体也呈现出新的形式。昔日那种作为整体共同发展的综合类共同体，如今已逐渐分化。这种分化，常被视为共同体与社会之间的某种对立。那些真正有意义的共同体，是历史性的，它们独一无二，扎根于它所获悉的悠久的历史之中。这些历史，通过口头相传、书籍记载、习俗习惯、人际关联等多种方式代代相传，而家庭纽带和共同信仰更是其中不可或缺的力量。这样的历史是自然演进的产物，无法人为规划；它是被珍视并传承下来的，而非人为制造。相比之下，技术驱动下的社会集体则显得截然不同。它们诞生于当下，具有高度的灵活性和可复制性，没有承载历史的记忆。这些社会集体往往是人为规划的结果，可以轻易地被创造或忽略。在它们眼中，个人更多地被视为实现某种目的的工具、组成部分或功能单元，可以随时被取代，而不会对社会有任何影响。除了带来经济上大量的剩余价值、推动机器改进、更换人和材料的磨损部件等缺乏内涵的目的，这样的技术群体似乎缺乏任何前景。

如今，这种对立愈发明显，仿佛实质性的共同体与技术性的社会互相排斥。然而，这种对立并非新生事物，它一直处于继承传统与理性变革之间，以及技术意义上的毫无思考的屈服与有计划的改善之间的张力之中。这种两极化的现象，是人类社会不可避免的一部分。当某一极占据上风时，也意味着其固有的不足。纯粹的实质性，作为世界现实来说是有缺陷的，在自然界中无助且无力。而完全由计划驱动的产物，虽然为人类带来了强大力量，却也潜藏着毁灭人类的风险。在实质性社区中，人们或许会面对自然感到无助，在日复一日的危机和劳作中迷失方向。此时人们满怀希望地投身于技术世界，在机械化的集体中看到解放。然而，当机械化生活让人疲惫不堪、近乎窒息时，人们又开始怀念起实质性社区。

简单来说，人类生活于个人与集体这一对矛盾之中，而在集体层面，又具体体现为实质性的共同体与计划性的技术社会之间的对立。

随着集体中实质的普及和丰富，人的本质也会随之而提升。那些能够在历史的回声中认出自我、创造性的个体，正是这种实质的典型代表。然而，通过有计划地构建技术环境，并依靠全体成员的共同努力，人类逐渐获得了对自然界的掌控力，进而实现了权力的增长。然而，上述那种本质与这种权力之间并非一致。那种本质依赖权力来施展影响，而权力也只有通过这种本质才能获得意义和满足。

当前，这两极之间的发展趋势似乎更倾向于不遗余力地推进技术手段的进步。（PuW67ff.）

这一事实正是个人与共同体、共同体与社会之间的割裂的缘由。

在极端的情况下，共同体将会消逝，取而代之的是对所有人进行剥削的、毫无灵魂的机制。人们发现自己曾经所处的富裕的、充满生机的集体，如今变身为工厂。在工厂中，人类自身就是一种功能，是可以被替代的，而且本身的个性更是多余。当技术构建的外部秩序过于严苛，以至于引发了人们内心的混乱，自我的丧失和共同体的丧失就会同时出现。

这一点在极端情况下尤为醒目：一面是集中营中的残酷现实，人被彻底物化，遭受非人待遇，其生命价值被无情榨取，无异于一种谋杀；另一面，则是那些因劳动保护加强和工时缩短而获得自由的人们，面对突如其来的自由却感到迷茫与空虚，集体感的缺失让他们失去自我，只能在业余时间的集体活动中寻找慰藉，从工作的重压下逃进娱乐之中。

当然，上述描述更多是一种构想，上述极端情况在现实中很少发生。这种构想与上述讨论，都是我们所做的观察。我们只对已发生的事情进行观察。然而，当观察对象转向我们自身时，这种认知便具有了局限性。自然法则不以人的意志为转移，但我们对自我此在的认知，却能实实在在地影响我们的行为和事件。我们内心的世界远比我们能意识到的要丰富得多，而这些"未知的更多"并非黑暗的背景、抑或模糊的无意识，实际上这是我们的自由，尽管我们无法在对象层面明确认知它，但它是我们之中最明亮的部分，是我们自己。我们要怎么做，完全取决于自己。（PuW69f.）

现代神话以一种独特的方式提供了救赎之道,将那些令人畏惧的元素变得明亮。

随着技术的飞速发展,一种新型的、去个人化、由技术塑造的个体形象应运而生。这类人清楚地认识到自己属于某个群体类型,而非独一无二的个体;他们明白自己的价值体现在高超的技能与稳定的表现中,他们学会了顺从,因为没有对个体此在的强烈追求,也不认为自己高人一等、超越众人,因为他们意识到自己可能被替代。他们厌恶孤独,敞开大门生活,不会为自己保留私人空间。他们习惯于随叫随到、兢兢业业,一直被视作一种类型,即便孤独无助时可能感到迷茫,也不会轻易气馁,因为他的后继之人大有人在。在这样的背景下,"个性"这一概念似乎变得陈旧而略显滑稽,取而代之的是成为某一类型中的一员所带来的力量感、满足感与成就感。

还有一类现代神话,它们将放弃个人的存在视为崇高的道德壮举:这类神话颂扬历史的车轮滚滚向前,其势不可当,要求无条件牺牲个人此在的幸福,以换取所谓的深远意义。在这些神话里,个人的价值仅在于为历史大业服务,任何抗拒这股洪流的行为都将被视作异端而被消灭。这种历史进程能够被描绘成经济劳动的过程,旨在为几近获得的整全创造完美的秩序,或是种族纯洁、健康、完美的追求,抑或国家以自我优越为绝对标尺,力求成为独一无二、引领其他民族效仿或臣服的天选存在。

这里关乎每个人的重大决定。这些不过是虚妄的神话,它们缺乏超越的现实,是人类暂时和永恒的灭亡之路上的磷火。它们遮蔽了真实的世界,在极权国家内构建起一种短暂而宏大的假象,最终湮灭于虚无。这些神话之所以错误，是因为它们扼杀了人类最为宝贵的品质：清晰的思考、理性的判断以及对未来道路负有责任心的探索。追随此类神话的人，令人心生寒意。他们并不看我们，只是带着空洞无神或是锐利如刀的目光转向我们。他们如同被操纵的傀儡，被用作传声筒，自己却沉默不语，那是一种从不质疑的暴力或者一抹完美的微笑，构建出一种易碎、在个人层面完全不可信的同盟关系。于是，人们在这样的环境下，或出于恐惧，彻底服从指令，或遵循惯性，盲目从众。

当这些神话披上知识的外衣，揭露其虚假本质便显得尤为迫切。然而，作为个人真实生活的基石，是否接纳或摒弃这些神话的特征，终究取决于我们个人的选择与决断。有人能迅速意识到，一旦深陷其中，便会步入歧途；而另一些人，则对这些神话抱有近乎痴迷的态度，就如同沉醉于自己的日常生活一般。这背后，其实是个人选择的问题——是随波逐流还是坚守自我。首先，这是一场思想的较量，随后可能演变为为维护此在展开的暴力斗争。值得注意的是，那些推动这些神话的人，从一开始就不吝于使用暴力手段。

这是两种截然不同的世界：一种是将个体彻底融入集体之中，这个集体被一种伪科学的神话所统领；而另一种世界，其未来充满变数，无法被任何总体计划所把控。在这里，每个人都被赋予了自由成长的空间，世界由个体的能动性，由那些具有罕见才能的、有洞察力的、可靠且负责任的个体引领前行。正是为了将政治自由惠及所有人，这些人才得以脱颖而出。

尽管大多数人的集体行为能对事件的发展产生深远影响，但关键时刻往往由少数人的决策引领方向。当领导者的角色落在某一人肩上时，其影响力之大往往超乎想象，战争的爆发、和平的维系乃至事件的走向，都可能深受其个人决策的影响。然而，领导者也需深知，唯有在群众充分了解并认同其决策的基础上，他才能真正洞悉并顺应民心。

这一道理同样适用于个体层面的细微之处。过去，精英的身份由阶级决定，但如今，精英成为每个人自我选拔的结果，与社会出身无关。举例来说，尽管家庭破裂的现象屡见不鲜，家庭价值被忽视的问题也日益凸显，但每个人仍可以选择重视婚姻与家庭，从中获得忠诚、责任、出身的安全感带来的幸福。至于《金赛报告》所揭示的，在美国，75%的男人渴望婚外性行为，50%的男人有婚外性行为，它们既不应被视为对某种存在行为的标准，也不应简单地归结为人的"天性"使然。

在参与政治投票时，大多数人并非遵循神意的指引，而是基于当下的个人意愿的技术性功能，由此是可订正的。民主的核心价值之一，在于它对少数群体的尊重。实际上，杰出人才往往属于少数，这并不罕见。这些少数人以其更高的标准和实际成就，成为大众学习的楷模。有趣的是，那些行正当之事的正当之人，追求的是影响力的最小化，却往往能收获更广泛而深远的影响力。

在当今这个日新月异的时代，个人与共同体、实质的共同体与理性的社会之间的界限正逐渐淡化，这使得强调个人价值变得尤为关键。面对所有的废墟，人类内在的潜力永不磨灭。无论是在聚光灯下还是私密角落，真正的共同体构建源自个体，他们有能力穿透技术建构的营生世界，为这个世界注入新的灵魂。

"个人已经消失"的论断显然站不住脚。即便在可怕的极端的条件下，个人也从未真正消失。相反，历史证明，在极权主义的阴霾下，个人会穿上内心的盔甲。他们不会受骗，而是保持隐秘而坚定的判断力，拒绝盲目崇拜虚假的权威。

个人唯有在与他人的互动中，方能坚守真我。从演变为巨大恐怖机器的集体中挣脱而出，个人方能重新成为构建真正共同体的本源。在自我迷失中，尼采的箴言尤为贴切：真理始于两人之间。多派间的对立已消失，它们都变成了宏大的轮廓，现在是实质与非实质之间的对立。此刻，个人肩负起了非凡的使命；在世界最隐秘角落，生活着承载未来之人，他们在当下作为自我存在感受着真实的永恒。

当前，人类面临的每一个问题都笼罩在毁灭的阴影之下。曾经，耶稣与使徒所错误预估的世界末日，如今已悄然转化为人类自我毁灭的现实图景——这并非宗教预言中世界的毁灭，而是指地球生命体系可能遭受的毁灭性打击。似乎，人类技术进步的潜在后果已远远超出了我们的掌控。技术的进步仿佛又回到了起点，犹如远古时期火的发现，然而，与火只在特定情况下具有破坏性不同，技术能量的高涨将是全面而彻底的灾难，其影响远超任何局部性的破坏。

有些人表现出无所谓的态度，仿佛这与他们无关，另一些人则沉溺于无尽的抱怨之中。

诚然，订立条约、采取预防措施以抵御重大灾难至关重要。然而，若没有那些肩负责任确保一切有序进行的人，这些努力终将化为泡影。

如果所有人，或是大多数人，甚至少数几个模范人物都没有能够独自扛起推动历史进程的重任，那么人类文明几十年后注定会走向覆灭。但假若个体能够坚守信念，他们就有希望与复兴的共同体共同抵御人类文明的衰落。然而这一目标的实现，或许需要他们在道德与政治观念上成为一个全新的自己，就像经历了一次转向。（PuW71-75）

六、医学与教育学中的类似问题

医学的进步与危机

患者与医生之间滋生了一股不满的情绪。在过去的几十年中，随着医学领域的飞速发展，我们不得不正视其背后的危机、改革的呼声，以及对现代医学体系的超越与整体疾病观念、医生存在重塑的迫切需求。

那么，这股不满情绪背后的根源何在呢？

首要原因，是技术革新带来的社会学效应影响了医疗行业的组织结构和医生职业生态，进而对"医生"这一核心理念构成了挑战。

其次，自然科学在医学中的应用，有时过于追求精确性，反而忽略了其应有的服务性，导致研究者凌驾于医生之上。

最后，因为即便是在自然科学探索的极限边缘，医学的探索与实践也从未停歇，在该极限的边缘，医生陷入迷茫，被卷入许多现代人与公共系统面临的信仰与目标缺失的状态。（PA122）

技术时代对医疗职业的组织和运作的影响

让我们通过一个简单的关于组织的实例来探讨：医疗资源不再受

到个人的掌控和分配，转而由组织体系来运作。这样一来，诊所、医疗保险公司及研究实验室横亘于医生和患者之间。这种转变无疑极大地提升了医疗服务的效率，却也有悖于传统的医生存在。医生被功能化：全科医生、专科医生、住院医师、专业技术人员、实验室医师、放射科医师等。而且，他们成为医生的过程，也不再仅仅是通过教育和自由执业来实现，更多的是通过考取执业资格，被医疗机构聘用并安排在各种特定的岗位上。由此，各种各样的权力机制横亘于医生与病人之间，削弱了人与人之间原本应有的信任感。（PA124）

我们的核心理念应是：唯有医生与每位独立的患者建立联系，他才能真正践行医生的使命。而其他人，尽管在医疗领域内尽职尽责，但并非医生。接下来，我们还需要考察各类组织，并以此考虑哪些变革能为理性个体提供施展才华的舞台。

所有改革的成功，皆基于一种坚实而有效的道德基石。以诊所为例，其不仅因技术进步而蓬勃发展，更成了医学实践与教学传承的核心阵地。在这里，诊所的精神氛围对治疗过程起着至关重要的作用。这种精神，在技术能力、建筑设计、秩序维护及纪律性等方面，展现出一种普遍且全球共通的气质。然而，其精髓之处，在于那些难以完全复制、只能在历史中积淀传承的元素，即领导者以身作则，在自由开放的共同体中，每位成员都能实现自我价值，展现典范般的医疗生活。在这样的医疗环境中，年轻医生超越了书本知识，通过日常与同事、患者及护理人员的互动，逐渐成长为行业的楷模。正是这种机构的医疗精神，作为道德精神，赋予了技术机制以灵魂。它不是空洞的言辞，而是体现在每一次实际行动之中。（PA125）

自然科学式医学的危险

但在实践中，医生也是广义上的研究者。医学知识的根基深植于临床经验之中，正是这些经验赋予了自然科学知识在医学领域的实际意义。每当医生确诊一位患者的病症时，他便在进行一场研究——这不仅要求他具备将病例准确分类的自然科学判断力，更需他在复杂的现象、情境、因素及其可能性的关联之间，洞察出治疗的核心所在。这一判断力的先决条件是医生的临床洞察力，是其在个人经验积累基础上，对患者个体的深切关注，以及对病情变化、患者身体语言、行为举止及所处环境的敏锐捕捉。这种研究态度，自然而然地摒弃了那些虽科学上可能引人入胜，但在医疗上却无实质意义的诊断和治疗手段。

自然科学研究对精确性的追求，加剧了这种纯粹技术倾向，却忽视了生物学的深层意义——形态学的直观、对生命体的直接感知。自然科学经验远不止于物理学和化学的范畴，以及通过这些方法所获取的关于生物工具和生产的知识。这些工具和产品，被视作无生命的机器或程序，而生物学的真谛远比它们丰富得多。

这种生物学的知识与医疗实践紧密相连，它体现在对病症表现、病史及患者个人生活经历的细致观察中。现代科学不仅推动了医学知识的精确化，也使得这些临床知识在几百年中得以急剧增长扩大。但在那些轰动性科学发现的光芒下，同样重要且令人钦佩的临床进步却常被边缘化。似乎存在一种倾向，人们遗忘了那些已取得的宝贵成就。

在自然科学式的医学中，以知识为基础与生命打交道的方式可归结为两类：一是基于具体自然科学原理的技术行为，另一则是依据生物学原理的护理行为。后者强调对生命的倾听，通过环境的营造、蓬勃的发展，以及遵循希波克拉底广义原则中的健康管理与饮食指导。即便如此，医生的实践探索依然没有止境。（PA126f.）

在没有自然科学的地方，医生会做什么？

在内心真实性得以自由展现，以及这一内心作为理性本质与其他理性本质进行交流的地方，就是对身体特质认知的边界。与纯粹的技术诊疗和生物学护理不同，在人类可理解的范畴内，还存在着一种独特的元素——那就是自我教育与相互教育。

医生应当明确，何时何地应当运用自然科学知识进行诊断和治疗，又何时需要踏入那片不同的领域——那里，是人与人之间能够理解、互相交流的意义空间。

1. 自然科学医学可以深刻认识到人类不仅是生物体，更是理性的存在。这种理性存在自身似乎也会生病，人的精神可能会偏离常态。正因如此，18世纪末，精神病理学得以被接纳入自然科学医学体系中。（PA127）

精神病理学真正能够理解和实现的领域，唯有通过实际的临床实践才能得以充分展现。这一点，在精神病院、诊所的日常诊疗中体现得尤为明显。那么，教科书和文献资料中所传授的知识，在多大程度上与实际操作紧密相连？又有多大比例的知识仅仅是一种转换的专业术语，不管是大脑神话学，还是心理神话学？这些专业术语虽然改变了我们在实践中的交流方式，但并未改变实践本身所固有的有效性和

现实性。（PA128）

……然而，当时至关重要的是，人们逐渐意识到，在自然科学知识之外，精神病理学还蕴含着一种独特的认知洞察力，它是精神病理科医生日常实践中不可或缺的。这种洞察力虽非传统意义上的自然科学之科学，却采用了科学性的研究方法，认知心理学赢得了广泛的认可。

这是一种极端的区分。从事自然科学研究，无疑能推动科学的进步，而掌握认知工具，则能够探索意义内涵世界的奥秘。尽管这不一定带来直接的科学进步，却能提升个体的塑造。认知心理学，作为探索内涵的广泛意义的一门学科，在掌握历史传承知识的基础上，通过研究人们的互动交流，不断更新迭代自己的知识体系。（PA128f.）

2．自然科学的土壤已经无法孕育新生，而实践则在呼唤着行动。医生渴望帮助病患，他们尝试以心灵触动身灵，这样的过程被赋予了"心理疗法"之名。那么，是否真的存在两种截然不同的治疗路径呢？

医生的核心使命始终未变：以善意待人，运用语言与智慧，在恰当的时机灵活应对，针对病人的心态巧妙地施加积极影响。在现代自然科学医学里，这种独立的心理治疗手段已逐渐为人所熟知。

医患之间的对话仍然是基础。然而，随着心理治疗的演进，催眠、暗示、梦境解析、鼓励患者表达新思与回忆，乃至情绪释放等手法，逐渐超越了单纯对话的范畴，成为治疗方法。（PA129f.）

哲学

精神分析，或许可视为一种歪曲的景象，其错误的解答路径，间接揭示了医生应担当与可实现的职责。

它不应因片面的否定而被轻易摒弃，相反，其广泛传播的事实，恰是对医疗领域疏漏之处的警醒标志。精神分析内含的真理亟待理解，并应将其颠倒的部分拨乱反正。这一真理的探索，植根于哲学的沃土，是深思熟虑之人类思想的体现。

科学之路虽无止境，却也存有其界限。那些理智上可知的、可设为目标的事物，在实践中往往需要不断超越。而当科学认知触及边界，思考并未止步。自古以来，人类哲学思考中便孕育着一种超越客观对象的思维方式——理性。若我摒弃理性，便可能沦落于非理性的散漫与压迫之中。

尽管如此，困囿于惯性的自然科学的思维方式或心理认知框架，我仍徒劳地尝试去捕捉那些非理性的，在边界上威胁的、挖掘的、破坏的或者是令人振奋的、引领的、充盈的的元素，依然运用我的理智把它们如同研究对象一般去剖析。然而，这使我偏离了科学的轨道，却未能触及哲学。真正的哲学，需借助理性的思维，每一步都运用理智，在超越理智的同时却不会丧失理智。

困囿于理智之中，我感受到，哲学的悬置仅是答案的缺席，辩证法也仅是矛盾的堆砌，缺乏指引则如同踏入虚无，整个哲学世界也只是醉汉的闲谈。

若我沉溺于研究的旋涡，错将一切视为思考，而非系统洞察其本质，那么我便为自己与现实筑起了一道高墙。我发觉自己已被囚禁于经验性的现实与客观范畴的思维框架之内。只有被引入并保留在专业哲学中，却又未自我设限的普遍范畴的学说，才能赋予我驾驭思维形态的力量，并将我从困境中解放出来。

然而，当我试图挣脱科学思维模式的束缚时，却发现自己仿佛一夜之间变成了一个手足无措的孩子。此时，诱人的非理性主义已准备将我捕获。那么我并未在统摄的哲学真理中完成转向，反而遭遇了向具有伪科学魔法的非哲学的倒退。

正是在极限之地，自由悄然显现。对于自然科学而言，自由并不存在；它并非研究的对象，而是那片启蒙的无限空间，让人得以认识实现自我的无限可能。这，正是实现转向的转折点所在。（PA133f.）

医生的存在，从我们看待现代科学与哲学基础问题的视角，可以凝练为一句话：在科学与哲学的交融使命中，蕴含着一个核心前提，它虽尚未引领研究达到完美实现，却保留了医生职业的核心理念。医生的实践就是具体的哲学。

结论：医生能够做什么

在现代医疗领域，我们观察到医生群体中三种灾难性的倾向，每一种都是一种伟大的力量带来的阴影。首先，优化组织运营虽然为医生创造了更优越的技术条件，却也对原有医生理念的实现造成了毁灭性的冲击。其次，科学认知的飞跃催生了一种医学，它若忽视了自身的局限性，便可能以理论之名压迫治疗与患者，束缚其思想与心灵。最后，对医生的哲学理念的实质的追寻，在其边界处会伴随着非哲学的失当行为。

那么，这些趋势是否注定无法逆转？

第一，对于"技术—组织"的束缚，医生们并未选择屈服。他们如同即将消失世界的守护者，以个体的力量，在有限的空间内，努力保留那些在特定条件下仍能得以发展的理念。那些矢志不渝秉持医者理念的医生，以及那些决心在病痛中更加理性的患者，他们从来不允许自己灰心丧气，持续推动着医疗改革的浪潮，也受到理性之人的支持。

第二，自然科学对医学的局限，对于纯粹的研究者而言并不构成威胁，因为他们尚未深入医疗实践。但医生不同，他们需要更广泛的普遍性。尽管"整体医学"只是一个概念，尚不是具体的实在，但独立的医生依然渴望将各种有益的观点融会贯通，作为人类在人类的物质与精神世界中寻得一片安身立命之地。

第三，至于哲学，我们理解有些医生正在抛弃专业哲学和非哲学。但值得注意的是，没有哲学的指引，我们难以识别并抵制自然科学式的医学边界上的谬误。

正如希波克拉底所言："医生就是哲学家。"

能够依托自然科学技术的飞速发展，创造出前所未有成就的医生，唯有当他们将这份实践融入哲学思考之中，方能成就其职业的完满。他们立足于现实的土壤，熟练地构建着这些现实，同时不被其迷惑。作为最坚定的现实主义者，他们在未知中寻得真知。

通过与病人的紧密联结，医生提供的这份私人关怀可抵御来自外界各种权力、国家乃至社会的种种压力。在这份清醒中，医生达到了人性关怀的极致。面对挑战与困境，他们在实践中锤炼出对永恒的哲学洞察，这种洞察让每一次技术的进步都是向善的。

然而，这正是技术时代所面临的普遍性难题。在这个知识爆炸、技能日新的启蒙时代，人们往往被对进步的盲目追求所蒙蔽，忽略了那些真正重要的价值。尽管世界的真实面貌比以往任何时候都更加清晰可见，但现实却似乎变得愈加隐晦。

从所有的局部到整体，这个时代都面临着转向的问题。未来的革新将在何处率先爆发，无人能预知。

那些不断提醒自己，作为研究者，应认识到自身的局限，不应将任何事物视作可以不加质疑、理所应当的存在的医生，他们倾听内心哲学家的指引，审慎思考，面对技术可能带来的潜在风险和谬误，他们当能够作为代表寻找引领人类走出理智牢笼的道路。这或许正是医生与生俱来的使命与责任，向世界发出这个信号。（PA135ff.）

职业还是工作

于所有人的此在而言，职业依然是不可或缺的。在诸如医生、教师和牧师这样的职业中，工作的本质无法通过简单的命令来确保，也无法完全客观地衡量实际的服务效果。这些职业的核心，在于个体工作者的行动，它们的核心难以被简单优化，因为这取决于基本的此在。它们服务于人类个体，然而，在专业技能提升和工作量增加的过程中，技术世界日益孤立，在此背景下，最先导致的结果将是实践锻炼质量的日趋下降。

群体秩序要求我们优化物质资源的分配，但关键在于，这种优化应当如何适度进行，并自我设限，以便为个人保留足够的空间，让他们在不受外部约束的情况下，能够独立完成那些最为核心的工作。这构成了职业领域亟待解决的根本问题。工作的真正乐趣，源自人类此在与其全心投入的事业之间的共鸣，这种共鸣是整体性的体现。然而，当整体被通用的秩序切割成一个个独立的服务部分，每个部分都旨在实现一种可被替代的功能时，这种工作的乐趣便荡然无存，思想的完整性也随之瓦解。曾经，人们需要在建设性的服务中持续全身心投入，而现在，许多工作按部就班地完成即可。对于那些仍在为真正实现自我职业价值而奋斗的人来说，他们的抗争显得孤立无援，力量微薄，仿佛陷入了无法遏制的沉落之中。

医疗实践的转变是一个显著例证。医护人员虽能高效地广泛接诊，但在医院内采用技术化治疗流程，往往将患者治疗过程细化为不同环节，患者则得为此在不同部门奔波。同时，这种做法拉开了医生与患者间的距离。这为医疗诊治成为生产线上的产品制造创造了条件。人们想要把急救医生训练得更为亲切，用对机构本身的信任替代对个体医生的信任。但医患关系不应被束缚于机构的机械运作之中。尽管紧急救援服务依旧高效，但在这种模式下，为病人提供关乎生命延续的个性化关怀却变得愈发困难。在机构、官僚体系及物质成就的追求下，医疗体系的运作越发像一座庞大工厂的运营。许多患者倾向于接受新技术治疗，这与对盲目追求技术的那帮人进行有效组织的意愿相契合，他们用不切实际、往往掺杂着政治目标的修辞来标榜能够惠及所有人的健康。医疗运营取代了对个体的细致关怀。受过良好教育和训练的医生，他们不仅口头上承担责任，更在实践中亲身体验，因此他们只能接触到小部分人，并在有限的情感联系中去帮助他们。如果这种趋势持续下去，真正的医患互动或将逐渐消失。技术服务的便捷取代了人本关怀的职业本质，医生的自我此在与其职业此在日益分离，这种分离对许多职业而言是不可避免的，在医生行业却恰恰是毁掉了所有的成效。但医疗活动这种此在秩序的局限性必然显露。公共服务组织常受滥用的困扰，最大化利用潜在公共利益成为病人与医生共同的诱惑。这不仅催生了"为受益而病"的心态，也促使医疗机构追求快速高效的治疗以累积利润。随后，尽管法律与监管试图遏制这种滥用，却可能进一步限制了真实医疗实践的空间。最为关键的是，当真正的医生——那些能够认真、理性且清晰地治疗患者的医生——逐渐消失时，真正的病患将愈发难以找到那个能将其视为整体来潜心治疗的真正医者，进而失去自身的权利。如今的医疗体系像一台庞大的机器，本想把医生用作照料大众的守护者，却由此让他们变得不复存在。

其他职业领域也面临着对其核心价值的威胁，这种威胁普遍存在。这种侵蚀职业本身所带来的工作乐趣的原则，在于此在秩序的界限，而此在的秩序在此非但不能有所为，反而可能破坏他们自己所需要的。这种状况引发了广泛的不满，无论是个人、医生与病人之间，还是教师与学生之间，都深刻感受到了被剥夺了可能性的挫败感。即便他们投入了大量精力，几乎耗尽了自己的能力，也难以获得真正的成就感。如今被职业作为个体的存在愈发被转变为运作，借用集体主义手段追求一个模糊的目标，好似可以把大众等同为杰出人士而使之满意。这导致职业理念的彻底消亡。如果这些机构，从技术角度讲，看似完美无缺，而个体却感到窒息、无法呼吸时，这种毁坏就显得尤

为令人费解。（GSZ59-62）

诊疗的先决条件：科学性与人性

诊疗建立在两大支柱之上：一是自然科学知识与技术能力，二是人性的道德情操。医生始终铭记，每位患者都拥有自我决定的权利，其尊严与个体价值无可替代。

通过系统教学的力量，科学知识得以清晰明确地在最广泛的范围内传播。而医学中的人性，则通过医护人员的品格、日常的言行举止、诊所里的精神，以及那份不言而喻的医学使命感，代代相传。教学可以规划，通过规划它会更清晰、效果更好；科学研究增加了知识和技能，它会更具有批判性和方法性。相比之下，人性难以被刻意规划，它无须刻意追求进步，却能在每位医生、每个诊所中自然而然地展现其力量。正如17世纪伟大的英国医生西德纳姆所言，这一人性真理依旧适用："若我与他人身患同疾，我治疗他人的方式，就是我期盼他人治疗我的方式。"

然而，现今的医学发展在某些方面，似乎对这一美好而简洁的见解提出了质疑。（PuW169f.）

科学性和人性在寻求彼此。

充满人文关怀的医生，并不奢望科学能解决它力所不及之事，但他们希望提供的服务是全面而负责任的。同样，深知科学局限性的医生明白，仅凭科学知识的积累，并不足以支撑起医疗实践的全部。在科学的边界之外，他们化身为人类社会中受苦者的帮助者与命运的共历者。

科学性与人性，这两者紧密相连，不可分割。一旦放弃了科学，幻想与欺骗便成为信仰的替代品。错乱之人更多地受到其狂热的盲目信仰所束缚，而非真正神的指引。非科学也是非人性行为滋长的温床。（HS38）

医学科学与诊疗艺术

因此，很多时候，成功的关键在于那些不经意间的幸运之举。那些长期积累的经验使得观察与预期得以可能，即便人们尚未全然明了其背后的科学机理，这种观察和预期却以科学为基础使得超越全部科学的诊疗艺术得以可能。诊疗艺术的有效性也在实践中得以验证或修正。有时，诊疗艺术可能在事后也难以完全解析成功的奥秘，但渴望这份探索未知。

医生唯有在客观化的基础上，方能做出合理的行动。对每一次治疗的客观评估与审视，是进步的唯一途径。

然而，当疾病的根源源自患者的行为选择或是其自身就是病态的，情况便变得复杂而棘手。此时，医生所面临的挑战已不仅仅是生物学层面上的疾病治疗，更需将关注点扩展至患者的自由状态，思考如何有效介入。（PuW193f.）

一个人通过专业知识成为一名医生，而专业知识以客观化为前提，客观化又建立在保持适当距离的基础之上。如果这种客观化涉及人的本质，我们就会面临一个方法论上的双重挑战：首先，我们需要明确究竟是哪一种形式的客观化在起作用；其次，这种客观化是在怎样的交流过程中得以体现，又或者在哪些交流的中断中发生？

（PuW193f.）

事实是，除了医生在每种特定情况下的实践，这个问题并无他解。（Sch801）

对医生的要求：为整全之人辩护

伟大之事悄无声息地发生。家庭（全科）医生可能正是医学理念革新的理想之域，这些医生没有医院或职责权威的介入，却深深扎根于病人的日常生活之中。在专科医生眼中或许需要复杂机构支撑的医疗实践，对于能够真正看见病人的家庭医生来说，却能转化为一份在整全指引下获得的独特的治疗策略。这种医疗视角，在多变的环境中尤为宝贵。它强调人与生活环境的共生，不将病人简化为一系列实验室数据的堆砌，而是能够综合评估、灵活运用并合理分类。它让诊断工具各展所长，同时保持自己的判断力。它既拥抱现代医疗的辉煌成就，也懂得根据实际效果进行区分。此外，它还融入了希波克拉底的传统智慧，关注人的生活轨迹，引导患者以积极态度面对疾病。它深知健康生活习惯与合理饮食的长远价值。随着时间的推移，家庭医生与病人之间建立起私人的联系，这种关系让面对生死离别时多了几分从容与理解。

然而，有人或许会认为，坚守家庭医生身上体现的那份传统的医生理念，不过是理想化的乌托邦梦想。这一理念终将消逝，因为所有人类，无论是患者还是医生，都已经不同于往昔，因此，他们已经不再能够作为往昔意义上的病人和医生。

但最终的走向，真的会如此吗？病人持续不懈地以诊所医生为标尺，寻找并认定那位真正的医生，这难道不是当下最真切的现实吗？

难道一个清醒、热心且学识渊博的个性化的医生存在的形象，不会在未来继续传承吗？

不论我们探讨的是医生、教师、牧师、政治还是企业，这一问题的答案都殊途同归。对于那些担忧发展必然伴随灾难的人来说，需要告诉他们：无人能断言灾难的必然性，但个人的悲观预期往往会自证。在那些真正的人类的要求中，反抗者的声音在大声言说。因此，即便当前某个看似无法撼动的现实令人沮丧，它也绝非永恒。理智总爱预设最坏的情况，但美好的事物不会自行降临，它们需要被创造。这要求我们每个人深思，在自己的领域内，我们为何而活，又该如何坚守。成功的模样，无人能预知。……现在，让我们一同审视这现代医生理念。

试问，谁能定义医生应有的模样？医生的典范，远非仅是那些开头提到的冷静处理病例的专业团队所能概括，它更植根于无数次失败经验、病人的经验以及自己的经验。

医生，终将成为智者。他洞悉人性的局限，目睹了无能为力，也见证了无尽的苦难。他直面精神疾病，那是人类存在的可怕事实。日复一日，他站在生与死的交界，人们既期望他力所能及，又期待他完成不可能的任务……（PuW177ff.）

面对残酷的现实，他不会自我蒙蔽，坚持在职业生涯理智地行动，为饱受苦难与濒临死亡边缘的人们提供可能的援助，这份努力虽似渺小，易被灾难的洪流吞没，却意义非凡。当人们不断将伤口撕裂得更大的时候，他缝合那些细小的裂痕。他珍视每一个生命的延续，尽管人类的作为已让数百万生命消逝。

有趣的是，正是那些最易受到职业影响的医生，需要具备一种貌似的淡然态度。在观察病情，乃至自身处于险境时，都能保持冷静。有些杰出的医生，通过冷静地面对并观察自己的疾病，直至生命的尽头，以此证明自己。这份冷静赋予了他们深邃的洞察力，不让泪水模糊他们的视线，让他们能够完成不允许双手颤抖的手术。在冷静的外表下，内心依旧保持清醒，这是一项极高的要求。

医生深知自己技能的局限。他无法彻底消灭死亡，尽管现代医学能以前所未有的方式延长生命；他不能根除精神疾病，即便在某些情况下能给予患者慰藉；他无法彻底消除痛苦，尽管能采取比以往更为有效的手段来减轻患者受到的折磨。在取得种种成就的同时，相比于自己能够做到的，医生更加清晰地认识到自己的力所不及之处。

医生天性待人友善，即便面对无法治愈的病症，他们依然选择站在绝望的病人身旁。在对待精神病患者时，这种态度尤为显著，它要求医生不仅要为这些不幸之人争取最大的生存机会，更要在心底深处保持对他们的尊重。

医生这一职业，是一场不断揭露的旅程。因此，医生必须异于常人。鉴于种种恐惧，医生面临着巨大的诱惑：

他们可能沦为怀疑论者，眼中满是世间的不幸与缺陷，最终因心生厌倦，成为愤世嫉俗者。

他们可能选择成为自然主义者，冷静地观察着因果、自然的无情、世事的无常变迁，以及持续涌现和消亡。由此，个体是微不足道的。

他们可能步入无信仰的境地，认为世界不过是无尽苦难的轮回，一旦目睹了与和谐世界观相悖的事实，心中的信仰之光便可能黯然熄灭。

然而，正是这些内在的危险——怀疑主义、自然主义、无信仰，构成了医生成长道路上不可或缺的磨砺。在克服它们的过程中，就铸就了医生对人性洞察的深邃、怀抱希望的能量以及那份不顾一切的执着热情。对此，人们可以称之为：即便在坟墓边缘，他也埋下了希望的种子。

随后，他勇敢地直面恐惧，坚信着一个无条件的原则，这个原则让每一次援手、每一份爱的付出，乃至日常的善意之举，都显得意义非凡且无可替代。

面对怀疑主义这一生活常态，医生学会了坦然接受。它不仅不会侵蚀他的心灵，反而成了他抵御欺骗的盾牌。同样地，自然主义教他正视现实，无信仰则让他摆脱了对虚幻与迷信的盲目追随。

然而，医生独有的这份对人类的洞察力，有时也会诱惑他对其他人产生蔑视。唯有保持善良的初心，铭记人类存在脆弱，从而正视自身的脆弱和不足，他才能免于这种毁灭性自负所带来的侵蚀。

因此，医生的成熟之路，是一条不断自我启发、与自我及病人保持适当距离的探索之旅。

希波克拉底有云，"医哲乃神"，意指那些以哲学思维行医的医生，如同神明。这里的"哲学家"，并非单纯指传授哲学理论，而是指那些在生命的洪流中，以医生的存在，根据永恒的规则进行思考的医生，这一点是很难的。对于他必须接受的一切，他给自己的灵魂悄悄地遮了一层纱布：他们深知，尽管心怀无尽的助人热忱，却也有力所不及之时。面对诸多无奈，他们选择沉默，而不是自欺欺人，因深知自己无法仅凭一己之力给予所有人救赎。对于整体的无知，让他们拒绝成为病人心中那热切期盼的救世主幻象。

他所能达到的最高境界，是成为病人的伙伴，以理性回应理性，以人心温暖人心，并在最不可预测的偶发情况下，与患者建立起一种友谊。

于是，人们或许会思考：医疗工作者是否可以通过正当途径，成为一股治愈的力量，而非扮演魔法师或救世主的角色，更无须任何形式的暗示或欺骗。在无私奉献的助人之心中，有那么一瞬，医生全心全意地为患者着想，这样的存在本身就是无价的宝藏。一位拥有精神力量与绝对善念的理性医者，仅凭其本质就能激发他人无尽的信任、强烈的生存欲望以及正直的力量，这一切甚至无须言语。人与人之间的影响，其深远之处往往难以言喻。

关键在于那些仿佛天生具备医者仁心的医生，他们的人格特质是自然而然形成的，既非强求也非规划所能及。正是这样的人格，为医术的治疗手段提供了指引。我相信，我们都认识这样的医生，而在那些将救死扶伤视为天职的医者身上，这种职业精神更是影响深远。（PuW179-183）

医患关系——与教育关系的类比

病人与医生之间的关系纷繁复杂。有的病人对医生怀有绝对的信赖，盲目地遵循医嘱；而另一些人则将医生视为知己，有一种朋友之间的信任，他们不苛求医生超凡入圣，也不担心其不可靠。有人因医生的悉心照料而心怀爱意；也有人因疾病存在与医生保持着紧密联系，或是有着对隐私暴露的顾虑，而且因在医生面前显得无能为力而对医生产生恨意。这些患者内心矛盾,既需要医生的帮助,又渴望早日脱离这种依赖。有人如蒙田(Montaigne)般,对医疗体系持有批判态度:生病时不要找医生,那样你就会患两种病。然而,也有无数人自古以来便对医生的倾情付出深表感激,这种情感从荷马史诗的时代延续至今。尽管病人与医生之间的关系千差万别,但一个共识始终存在:基于理性的医学治疗是可能的,然而,只有在医生和病人都能保持理性的前提下,这种治疗才得以实现。

这种表达方式常被看作是陈旧的,还带有浓厚的市民主义色彩,显得自我陶醉且脱离实际。如今,我们发现了与之相悖的两个冲突:一方面,旧有的人道观念正在转变为一种新的人际交往模式;另一方面,有人试图将人视为可以随意研究和设计的对象,完全摒弃了人道观念。

人道观念正经历着这样的转变,人们开始认为,残酷的事实使人们把医患关系简化为两个理性个体共同处理身体自然过程的设想,这简直是天方夜谭。实际上,既不存在完全理性的医生,也没有完全理性的病人。这不过是部分医生从自身立场出发的一厢情愿罢了。

尽管有人认为现实并非如此,这个理想化的模型并不符合实际情况,但我们的目标应当是努力让现实接近这个理想。因为,人与身体之间并非简单的对立关系,而是一个由自然科学深刻理解和引导的自然过程。(PuW184f.)

医生和病人之间的关系,在理念上是两个理性之人之间的互动,掌握科学知识之人来帮助病患。(PuW171)

真正的心理学家,他们运用的是一种基于全局意识的科学认知可能性。这种全局意识连接着他们与对话者及病人。相比之下,伪心理

学家则简单地将既有知识搬运到实际应用中，自身就成为这些知识的一个执行者。（Sch805）

在医生与患者的交流中，权威的角色确实存在，但它同样可以发挥积极作用。虽然双方偶尔实现了真诚沟通，一旦权威感未被全然消解，这种关联便可能瞬间消逝。然而，在多数情况下，权威的使用是恰当的，关键在于医生不应因自我在生理、社会地位或心理上的优势而自视高人一等，视患者为异于己类的存在。医生应保持的态度，更接近于自然科学家对待研究对象那般，权威只是其专业立场中的一部分，而非全部。（APs673）

在弗莱恩克尔（Fraenkel）身上，我找到了一个对我生活有益的医生典范。他的此在，对我而言，正是对医生存在最高境界的直观经验。他拥有一种非凡的能力，能够针对每一位病人，展现出独一无二的关怀。他几乎完全牺牲了自己，带着自身灵魂活在他人身上，仿佛他人就是他自己，但与此同时，他又保持着清醒、现实的头脑，比病人自己更能预见未来的方向。无论是贵族将军、学者教授、商人和企业家，还是农民、小资产阶级或工人，他都能深入他们的内心世界，与他们的需求、价值观和目标紧密共存。（SW129）

他能够感知到每个个体的独特需求，并全心全意地投入其中。这种广博的胸怀，让他超越了表面的情感共鸣与暴露般的心理剖析，深入世界的多元本质，积极参与其中，为公正评价留下了无限的空间。他的纯真赋予了他智慧，而那份满溢的善良，则推动他不断转变。

弗莱恩克尔的工作远不止于病人的治疗，尽管这是他的核心使命。在服务病人的过程中，他同时是组织者与研究者。他深深扎根于现实之中，深知医疗技艺的实现离不开这些真实的场景。因此，他积极参与医疗组织与机构（如医院、疗养院、社会救济机构）的建设，同时也致力于医学教育的传承（在大学中传授知识）。（SW130）

遇到这样一位医生是我的幸运，通过他，我得以公正而审慎地找到属于自己的道路。（SW130）

医生只有在结合患者实际经历，并通过科学与医学的深入交流中，才能为患者提供帮助。（SW134）

确实，医生和病人之间建立的是一种整体充满人性关怀的、超越单纯科学范畴的联系，正是基于这种联系，他们共同完成了许多真正有价值的事情。然而，认为医生的人格会被其科学性所消解，这是不正确的观念。因为，医生是与病人一起，将自己的科学知识运用在那个无所不包的人类共同体中，但并非以此科学性来主导此共同体。（PuW196）

这种典范的前提是，医生和病人都处于理性和人性的成熟之中。（PuW172）

但现实是，医患关系往往也受到医疗体系这个巨大的产业的影响。医疗保险制度存在的必然性和医疗机构的规模化，对医生与每个病人之间原有的关系构成威胁。（PuW171）

同时，病人更想服从医生的权威，而不是深入了解医学知识。医生是病人心理上一个理想的"锚点"，免除了病人自我思考和责任担当的义务。（PuW172）

病人往往并不是理性的，而是非理性的，与理性相悖的，因此，理想的医患关系在特定情境下需要反转。

只有建立在超越之上的理性，才能赋予力量，使我们在理论以及实践中时刻记得自己在已知之外的无知。然而，人性中的恐惧往往驱使人们追求确定性和可靠性，而非纯粹的理性。这种心理倾向导致医生不能在每一次交流中，都把他的所知告诉病人。（PuW173）

最终，我们面临的核心问题是：医生的本质是什么？他们秉持的人格理念是什么？在这个日益倾向于迫使医患关系变得混乱的时代，我们更应坚定不移地坚守并传承那些传统的医者人格。（PuW207）

七、自我确证与自我教育

世界观与自我决定

仅以世间的事实为导向是远远不够的，每个人都需要明确自己真正的追求、生活的归宿以及存在的价值所在。我们人类是多元的，正是这些不同生活方式和观念的相互碰撞与交流，促进了人之存在的发展。只要是以真理为依托，它便是和谐的，且永无止境。（AZM4）

本书旨在通过将当代政治意识融入更广阔的超政治的统摄之中，为时代精神的成长贡献一份力量。因为当政治仅仅被视为人类活动的一个领域时，它便无法触及人类存在的根本问题。

哲学思考的价值，更在于它能帮助改善个体的内在状态，让我们在面对极端挑战时，从理性中获得这种坚定的内在状态。我们渴望理解自己为何而生、为何而为，这种对生命意义的探索，将引导我们做出正确的选择，并为未来的一切做好充分准备。我们得学会生活在日益显现的危险之中。（AZM7）

认识到技术、技能与成就的局限性，是转变我们命运的关键一步。人类必须将科学与技术融入统摄之中。我们所为的边界处是思考的全部严肃性。在这个时代，我们必须认识到，并非一切都可"为"。（AZM7）

面对可能被彻底毁灭的威胁，我们不得不反思此在的意义。这种外部灾难的可能性，是对我们内在整体精神世界的挑战。（AZM24）

这种危机，作为一种可能性，甚至是一种大概率事件，不断出现在我们眼前，既是促使我们深刻自我反省的契机，也是推动政治革新、防范灾难的唯一机会。它要求我们将反思融入所有人的日常生活之中。我们必须置身于真实事件的视域之中。对于即将发生的事情，我们不能被动承受。因为置身事外本身就是灾难。（AZM24）

外在的威胁与内在的转向

仅仅构建新的组织机构是不够的。更关键的是，我们需要从内而外地转变——改变观念，调整态度，改变我们的道德政治意愿。（AZM49）

那些安于现状的人，并没有意识到潜在的威胁。只是在头脑中思考它，尚不意味着真正将危机融入生活实践之中。若不发生转向，人类的生活将消亡；唯有主动求变，方能延续生存。（AZM49）

人的自我意识，正是在转向中得以构建。这种转向超越了理智的范畴，于理智而言，这种转向的现实并不存在。若试图仅通过理智的思维框架、知识和技能来建构自我存在意识，我就会陷入虚无。如果我意欲用这种方式找寻自我，也定将一无所获。我已经在纯粹的理智思维中遗忘了自己。唯有借由理性，我才回归了真实的自我。

当转向发生之后，理智与理性依然紧密相连。对于可用理智分析的对象，我们应深入探究直至其边界，确保在转变的洪流中，我们的所思能被保留在理性之中。认知的边界，正是体验与超越的起点。（AZM26）

面对前所未有的严峻威胁，我们需要的不仅是提升洞察力，更是人类整体的转向。但这种转向，不能依靠外力强制推行。

人们可以揭示真相，让那些跨越千年的古老的要求重新发出声音。学校课程中必须纳入这两部分内容：学校应教授学生如何预见未来的多种可能，同时倾听那些穿越时空的要求。至于每位学生如何回应这些要求，则是他们个人的自由。当政治此在的基本事实被揭示，当其行为的后果得以发展时，真正的答案便蕴含于每个人身上，不是停留在个人的观点，而是取决于生活实践。（AZM52）

尽管人类的心理物理结构相对稳定，但在不断发生的转向中，人类社会的面貌却经历着演变。尽管它们的起源各不相同，那些伟大的，引领时代、激励人心的事迹，往往超越了原有的预期，克服了相同的逆境。尽管与生物学与心理学理论相悖，但人类的转变在历史上是可能的。从以色列的先知到古希腊的思想家和诗人，从最初的几个世纪的古典晚期以及基督教的革新，到新教世界建立的以《圣经》为基础的道德体系，尽管这些转变在历史的长河中转瞬即逝，但仍然具有启迪意义，永久保留在人类的记忆中。（AZM52）

思考与行动

思考创造了空间，澄清了前提条件，提供了可知的线索，基于此，我们必须在特定情境下寻得路径。或许难以理解的是，我们的洞

察力只能在观点和思维方式的多样性中得到发展，然而，真正的行动是迈向历史性的飞跃。（AZM31）

然而，我们在面对问题时的悬而未决、开诚布公、无边无际，并不是我们在表达我们的疑惑，而是意在通过深入的思考，使存在的必然性成为可能。存在本身，在承担起不可推卸的责任时，也获得了自由。思考，帮助我们净化心灵。这种思考，是理性的热情。（AZM32）

有人或许会疑惑，"私人"行为如何能对政治行动产生影响？这两者看似毫无关联，确实，它们之间不存在直接的因果链。但这样的疑问忽略了人的私人性表征——每个人都是独一无二的，无论他身处何种领域。（AZM50）

真正的转变，源自每个人日常生活方式的改变。首先，个体是唯一决定性的力量。无论是数百万乃至数以亿计的微不足道的举动中的一个，还是一句简单的话语，甚至是一个日常行为习惯，都至关重要。宏观上的社会变迁，往往是许多人私下行为的表征。那些不能与邻为善、刻意给他人造成困难、私下里诅咒他人、造谣中伤、撒谎欺骗、破坏婚姻、不孝敬父母、不关心的孩子成长甚至违法乱纪的行为——即使他独处一室，这些行为也不仅仅是私事，都阻碍了世界的和平。他在微观层面埋下了恶果，从而导致了宏观层面人类的自我毁灭。在人类的所有存在与行为中，无一不蕴含着深远的政治意义。（AZM50）

自我反省与感恩之心

回溯学生时代，我便学会了独立面对生活。我并非英勇无畏，也未曾冒过生命危险，而且会避免冒险。若真要让我去涉险，那必然是极端情况。但有一点我始终坚守：外界的声望与名誉，从未能打动我。我漠视世俗的眼光。一旦我认为某事是正确的，我就会说出来，而且只要在其中发现自己的任务，便毫不犹豫地付诸行动。（SW25）

1904年7月23日（日记）：每个人都被迫在某种伪装下度过一生。我们都不得不在某一特定位置上，感受到与自身认知的冲突和碰撞。（SW140）

1905年8月11日（日记）：嘲笑自己的苦难以及可怜的此在并不难，但真正难的是正视现实的严峻，把握未来的真相，并调动所有力量去实现那些可及的目标。我的才智不足以让我在思想领域取得有意义的成就；然而，成为科学领域的普通工作者却又浪费了我的天资。我的天性敦促我，运用所学在实际的工作中去改善人们的生活，在教学中启迪有潜力的青年。遗憾的是，这些愿景如今因健康原因而受阻。出路何在？（SW135）

继续回望我的生命轨迹，不禁心生疑惑：一个游离于主流社会和大众边缘的病人，如何能走出这样的一条道路？一个叛逆的灵魂，如何在等级分明的秩序中赢得一席之地？一个天赋平平，起初默默无闻，直至晚年才绽放光芒的青年，是如何一步步攀登，直至晚年才达到创作的巅峰？

我的初步答案是：我坚持不懈，珍惜并充分利用了每一个可以把握的瞬间。我习惯于制订短期计划，却从不绘制人生的整体蓝图。尽管常怀悲观情绪，但从未放弃希望。像是被幸运眷顾，我的工作成果总是超出了预期，人生的旅途充满了意外的惊喜，鲜有遗憾。

然而，仅凭个人的努力还不足以解释这一切。古人称之为"堤喀"（Tyche，意为命运的恩赐），当下以自身努力为前提的堤喀以及决定整体命运的堤喀才至关重要。这背后的逻辑错综复杂，我没有答案。我虽心存感激，却难以道破其中的奥秘。我尤其感激那些我所敬爱的高尚之人，他们之中很多人，自我年少时起便给予我诸多支持与帮助，直至今日。除此之外，便是那神秘的未知领域。

歌德晚年曾言："行事须谨慎，勿轻易冒险。"我虽不敢与歌德比肩，但有一点可以类比：回顾过往，我意识到自己的生活轨迹无法复制。那些特定的环境、运气以及无私的帮助者皆为偶然，从整体上看，这一系列的巧合之中显现出一种非凡的意义。（SW29f.）

在我的境况下，在探索与实现人生道路的过程中，普遍性对合理规划具有其不可或缺的意义，但更重要的是倾听内心的声音，倾听那些在特定情境中偶然降临的机会或挑战，我才能在自己的历史性中变得真实。尤其在青年时期，这种等待和进攻，冒险进入这个神秘世界，又从中撤退逃跑，同时也是一种令人振奋的心境，那种"未来未知"的心情，既令人忐忑不安又充满信任。这些巧合不仅仅是偶然，不是于我们的知识而言，而是对意识到自己独一无二的历史性而言。这是无法通过任何计划所能预见的。它借助自身沉浸在现实中的力量而显现。（PGO171f.）

对形势与自我意愿的确认

1939年2月7日：我撰写日记的初衷是，确认我究竟想要什么。

……国外的危难对我们来说无关尊严：我们不能对他国提出要求。而在国内，作为无罪者承受着危难：我们蒙受了巨大的冤屈。在国外遭遇不幸,就好像我们不请自来,为他人所厌弃。而在国内遭遇不幸,是蒙受了最极端的不公,但我们的尊严不容践踏。

离开是一种行动的可能,也是对命运的干预。而留下也绝非负罪,并非干预,而是尽可能地维护我们的所属与权利,是对这片土地以及一切力量之源的坚守,仍旧是对"地方精神"（geniusloci）的熟知。（SW143f.）

1939年2月10日:从现在起,生命被一种异于往常的死亡阴影所笼罩,随时随地都可能会陷入一种危境,那时,仅有的选择就是结束自己的生命,以避免在更大的痛苦和毫无尊严中死去。这一点在主动离开时比选择留下更容易被感知。它驱使着我踏上移民之路,因为它决绝地把整个生命置于一种危险的压力之下。那是一种被抓住,因此也是被渴求的危险。它在麻痹时却又在以恐惧的姿态重新笼罩在心头。生活因此陷入一种张力之中,一切安逸与闲适的情绪都随之消散,一切都比以往任何时候都挤入最终的标准之下。（SW145）

1939年3月16日:然而,我渴望的正是能够毫无保留地全面审视与感受周遭的一切,力求让每一个决定都获得最高限度的澄明。（SW152）

1939年4月1日:生活只有在超越的基础上才有可能。（SW157）

1940年11月16日:在我看来,如果格特鲁德与我这样的分离被认为是理智的、被允许的且是可接受的,那么一切都会失去实质。如此一来,实际上就没有什么是严肃的。只有当一个人全情投入于某处,人才是真正意义上的人。如果格特鲁德被国家权力消灭,而我苟活于世,那么我就什么也不是。我们相互扶持,这是我们在世界上唯一的庇护。国家若要我存续,就必须同样珍视格特鲁德的生命,因为伤害

一人的罪过一直都是伤害我们两个人的罪过。（SW158）

1942年5月2日：如果我的哲学在这个关键点上失败了，那便不再值得一提。忠诚，若非绝对，便形同虚设。（SW160）

解释自身哲学思辨的起源与目的

在整体之中看待我的作品

童年的感知与经历如何塑造了今日的我，这实难量化：无论是学生时代便有的"边缘感"，还是疾病剥夺了我大部分自然热烈的生活体验；无论是家庭里充满爱与信赖的理性思考这一幸福存在，还是父母充满信任的积极的人生态度；还有与亲爱的姐姐共同构建的、历经岁月考验的信念共同体；以及父母双方家庭中那保守与自由、反对派、倾向于由贵族建立民主的多元态度。（PuW387）

人，唯有通过他人，方能实现自我，而非仅凭知识堆砌。我们成为自己的过程，正是他人成为他们自己的镜像；我们的自由，也建立在他人自由的基础之上。因此，自学生时代起，我便深感人与人之间的交流对我来说首先是实际问题，之后才是我们生活中哲学思考的基本问题。（PuW388）

我的作品，自始至终秉持冷静客观的笔触，旨在激发一丝理性。但要做到这点，需通过触动读者的实存而引发内心的不安，激励他们成为自我，向他们强调存在中潜藏的意义，让他们在不理解的边缘思索着搁浅。这是一种倾向（如果人们可以把理性意愿称作一种倾向的话），我就身临其中，为它沉思，也与它共思，这也是我希望引领他

人踏入的旅程。（PuW400）

这取决于个人的生活目标与动力。他需明了自身位置，意识到每一个选择，哪怕是最微小的决定，都承载着不凡的意义。投身于超越之中，人方能真正成为自己，超脱于成败之外，他在世间的效力具有了时间上的意义。世界并非由类似自然法则的某种固定法则主宰的既定进程，亦非某一思考所能完全可知的、预见的或是由于我们而言陌生的决定所引导的命定的过程。未来掌握在每个个体手中，然而是以一种在整体上不可预料的方式。

我的写作，多源自昔日作为学术教师时的教诲。若论及教育学的意愿，那并非我的初衷，因为，我认为，真正的教育始终是自我教育。它虽属个人范畴，但在教学中，我们试图通过呼吁关注、启发思考、示范展示，传授理解之道，激励年轻人向光明前行。我并未直接向个人呼喊，但很可能让他们感受到了永恒秩序的庄严，这庄严不容丝毫削弱。在极致的宽容之下，隐藏着最为严苛的要求，个人需倾听这无声之音，而哲思的传授，正是为了让这声音更加清晰、响亮。（PuW401）

接纳患病的存在

在个体的生命中，人类总是被赋予一项任务：身负疾病，在所处的世界中探寻一种生活方式。这种方式既非普世模板，亦难被复制。（SW112）

我生命中的每一个抉择都是由我此在的基本事实共同决定的。我从小就患有器官疾病（支气管扩张症和继发性心力衰竭）。（PuW280）

如今我学会了在身患疾病的状况下规划生活。（PuW280）

绝不能因为担心疾病，而将其视作生活的焦点。我们应以一种不给予疾病特殊关注的态度来正确地对待它，同时继续进行工作，仿佛它从未存在一般，让一切活动围绕但不受制于它。（PuW281）

正确地对待疾病，如同每日手捧满溢水杯行走，每一步都须谨慎，以免点滴外溢，它渗透在生活的每个瞬间。（SW121）

自我养成的小心翼翼，极大地提升了我的生活效率。或许在健康人眼中，这份谨慎有些令人生厌。谈这些都显得有些可笑，因为显得过分紧张。但它却是我多年与频繁感冒斗争后收获的宝贵经验，让我在更加谨慎中减少了病痛的侵扰。（SW125）

1901年，弗莱恩克尔提出，为了掌控疾病，病人必须将疾病融入生活。他必须接受这个事实，纳入规划和考量之中，以便在剩余的空间寻找可为之事，无须为疾病感到羞愧。

然而，与疾病共生是场终身的探索。未预见的病情、深陷其中、健康与疾病的界限模糊，或是盲目忽视，都是潜在的危险。这种疾病不似肢体残缺这种由身体某处的损伤导致机体残疾，它作用于生命进程，削弱体质，却未必限制人格。（SW131）

选择。面对疾病，我们有几种选择：要么为疾病而活，对生活中的一切安排都以在最大程度上实现身体健康为宗旨；或者是积极治疗来控制疾病，但同时以疾病为先；抑或承担健康风险和带来的损失。过分沉溺或近乎自负地刻意遗忘疾病，皆为愚蠢之举。

更深层的选择在于，我是否愿以病人身份生活，回到父母身边，安逸地生活，放弃世俗的追求与成就，专注于精神爱好，不受任何约束；还是带着疾病融入人群，继续在世俗社会中前行。若选择了后者，在某些恶劣的情况下，我就不得不承受某些侮辱性的瞬间。（SW137f.）

接受疾病：认识到其不可逃避性，将其视为自身此在不可分割的一部分。它让人们直面自身局限。通过疾病更真实地找到自己，是一个人能接纳自己的疾病的本源。疾病把人从原本理所当然的态度中唤醒，它在特殊条件下对生活提出了挑战和要求。（SW141）

将疾病融入生活

面对慢性疾病这一自身此在无法回避的常态，个人的态度往往游走在两个极端之间：

一端是，我会抗拒疾病，视其为异己之物："那不是我，那不属于我的世界。"这种心态试图与疾病进行切割，尽管徒劳，仍努力过着仿佛无病的日子。另一端，则是接受疾病是不可改变的事实，视作与我同在的时间现象：我生病了。疾病，成了我存在的一种特质，我的所有经历都与疾病密不可分，甚至包含了我不愿错过的体验。我执拗地将自己与疾病并提，我想生病，它就是我的本质，是我渴望的本质。

然而，这两种极端皆因其直线型的思维而失之偏颇。在接纳疾病的过程中，我们难免会在这两个极端间徘徊。但"接纳"本身，便是一场没有终点的探索，纯粹的状态难以企及，总有一些不当之处。病人不仅会比健康之人更能体会到生命的有限与极端依赖性，他还与健康之人有着一点本质上的不同，也就是没有一天能够完全信赖作为此在的自身。（SW142）

需要强调的是，上述关于疾病的描述，不能给人留下一种错误的印象。我深知，所有的痛苦实际上已经从我身上解除了。我上述所有的控告和绝望的说辞，都必须在基本情绪之下被理解：被爱和爱的确定性。（SW142）

与由生病带来的瘫痪的抗争充斥着我的生活。我经常失败，在不得已中止工作的被动中，瞬间变得手足无措。（SW134）

但正是这些挑战，促使我形成了新的工作态度：在持续的间断中，珍惜每一个能够集中精神的瞬间，才有可能有意义地生活。我学会了以一种轻松的方式学习，抓住事物的本质，捕捉灵感的火花，迅速写下初稿。唯有坚持不懈，把握每一个好时机，才能在任何情况下都继续工作。（PuW282）

自我认知以及与伟人的交往

当我开始进行自我认知，它就会自然而然地成为生活的一个要素，或将生活提升至对本真严肃性的意识。然而，也可能会使得生活具有欺骗性直至成为虚构的表演。我们对自我认知的意愿，其界限是那份不假思索的单纯，这份单纯还让我们生活在极度的自我反省之中。理论上，提问没有界限，但实践中很有可能还是有的，要求在现实生活中每时每刻都要去遵循，过度的犹豫、等待和无尽的探求，会是对宝贵生命的浪费。（PA244）

在追求个人目标的道路上，刻意为之往往让我们偏离了真实的自我。比如，若我立志成为领袖并全力以赴，可能会在不自觉中成为一个扮演领袖角色的演员，反而失去了真实的自我。同样，若我过分追求保持原初状态，也可能因此丧失了前进的动力和初心。当我们试图用既定的标准去衡量自己的行为和思想时，反而可能陷入无标准的迷茫之中。虽然自我反思能够在某种程度上启迪我们，但仅凭此并不能带来真正的知识和创造力。这种不确定性带来的不安深植于我们内心深处，它在我们感受到生命本源那份虽模糊却坚定的确定性时，方能得以平息。（PG071）

个人在其此在中会遇到哪些人，在哪里选择和被选择，在哪里回避或躲避，这都是每个人自身的命运和责任。他在给定的空间里有自己的自由。与谁一起生活，由谁决定他，这都属于个人的本质。

当历史人物通过书籍和传承来到我身边时，也存在一种类似的责任。当我进入这个不确定的思想家共同体时，我必须有选择地学习。当我进行哲学思考时，决定性的是，我想要追随哪些哲学家。因为我阅读谁的作品，与谁对话，这决定了我自己的思维方式。在研究事务时，伟大人物的个人形象会建构为一个深思之后的整体。他们会成为正面榜样或反面形象。通过与他们的交往，我选择了一条自我教育之路。（GP56）

行动者与公共精神的自我教育，需要远超法律法规机制标准的内省与责任意识。这份责任应在生活的整体之中，在与其他规定的共在中看到每一项规定。它不仅得用最简单的方式建构特定的秩序，而且得解放所有人的日常生活，并对一切不可预测的机遇保持开放。（GP925）

文献缩写对照表

A	Antwort.Zur Kritik meiner Schrift<Wohin treibt die Bundesrepublik?> München 1967
APs	Allgemeine Psychopathologie, Berlin-Göttingen-Heidelberg 1959
AuP	Aneignung und Polemik. Gesammelte Reden und Aufsätze zur Geschichte der Philosophie, München 1968 (herausgegeben von Hans Saner)
AZM	Die Atombombe und die Zukunft des Menschen (ungekürzte Sonderausgabe), München 1960
BRD	Wohin treibt die Bundesrepublik? München 1966
E	Einführung in die Philosphie. Zwölf Radio-Vorträge, München 1955
EE	Der Evangelische Erzieher 22. Jg. (1970): S.252f.
EM	Die Frage der Entmythologisierung. München 1954

EP	Existenzphilosophie. Drei Vorlesungen, Berlin 1974
FuW	Freiheit und Wiedervereinigung. Über Aufgaben deutscher Politiker, München 1960
GP	Die großen Philosopen, 1.Bd., München 1975
GSZ	Die geistige Situation der Zeit. Fünfter, unveränd. Abdruck der im Sommer 1932 bearbeiteten 5. Aufl., Berlin 1960
HS	Hoffnung und Sorge. Schriften zur deutschen Politik 1945 bis 1965, München 1965
Idee I	Die Idee der Universität, Berlin 1923
Idee II	Die Idee der Universität, Berlin 1946
Idee III	Die Idee der Universität, Berlin-Göttingen-Heidelberg 1961 (gemeinsam mit Kurt Rossmann)
KS	Kleine Schule des philosophischen Denkens, München 1965
N	Niezsche. Einführung in das Verständnis seines Philosophierens, Berlin 1950.
P	Provokationen. Gespräche und Interviews, München 1969 (herausgegeben von Hans Saner)
PA	Philosophische Aufsätze (Fischer-Bücherei, Bücher des Wissens 803), Frankrfurt am Main – Hamburg 1967
PGO	Der philosophische Glaube angesichts der Offenbarung, München 1962

Ph	Philosophie, Berlin-Göttingen-Heidelberg 1948
PhG	Der philosophische Glaube, München 1954
PhN	Nachwort (1955) in: Philosophie I, Berlin -Heidelberg- NewYork 1973
PuW	Philosophie und Welt. Reden und Aufsätze, München 1958
PW	Philosophie der Weltanschauungen, Berlin-Göttingen-Heidelberg 1960
RA	Rechenschaft und Ausblick. Reden und Aufsätze, München 1958
Sch	Antwort in P.A.Schilpp (Hrsg.): Karl Jaspers, Stuttgart 1957
Sche	Schelling – Größe und Verhängnis, München 1955
SW	Schicksal und Wille. Autobiographische Schriften, München 1967 (herausgegeben von Hans Saner)
U	Universitas 15.Jg. (Heft 5) 1960
UZG	Vom Ursprung und Ziel der Geschichte (piper paperback) München 1963
VE	Vernunft und Existenz (Sammlung Papier), München 1960
W	Von der Wahrheit. Philosophische Logik. Erster Band, München 1947

图书在版编目（CIP）数据

什么是教育 /（德）卡尔·雅斯贝尔斯著；李莎莎译. -- 沈阳：万卷出版有限责任公司, 2025. 9.

ISBN 978-7-5470-6751-2

Ⅰ. G40

中国国家版本馆CIP数据核字第2025PB1484号

出 品 人：王维良
出版发行：万卷出版有限责任公司
　　　　　（地址：沈阳市和平区十一纬路29号　邮编：110003）
印 刷 者：辽宁新华印务有限公司
经 销 者：全国新华书店
幅面尺寸：170 mm × 240 mm
字　　数：400千字
印　　张：29.5
出版时间：2025年9月第1版
印刷时间：2025年9月第1次印刷
责任编辑：王　越
责任校对：刘　璠
封面设计：仙　境
ISBN 978-7-5470-6751-2
定　　价：68.00元
联系电话：024-23284090
传　　真：024-23284448

常年法律顾问：王　伟　版权所有　侵权必究　举报电话：024-23284090
如有印装质量问题，请与印刷厂联系。联系电话：024-31255233